A OSCURAS EN LA CIUDAD

A OSCURAS
EN LA CIUDAD

ADAM CHRISTOPHER

Traducción de
Gabriel Dols y Manu Viciano

FANTASCY

Papel certificado por el Forest Stewardship Council®

MIXTO
Papel procedente de
fuentes responsables
FSC® C117695

Penguin
Random House
Grupo Editorial

Título original: *Stranger Things: Darkness on the Edge of Town*
Primera edición: junio de 2019
Tercera reimpresión: diciembre de 2020

Printed in Spain – Impreso en España

ISBN: 978-84-01-02298-2
Depósito legal: B-10.685-2019

Compuesto en Pleca Digital, S. L. U.

Impreso en Rodesa
Villatuerta (Navarra)

L 0 2 2 9 8 2

Dedicado a Sandra, siempre.
Y a Aubrey, porque sí

26 de diciembre de 1984

Cabaña de Hopper
Hawkins, Indiana

Jim Hopper trató de reprimir la sonrisa que sentía expandirse por su cara, de pie frente al fregadero, con los brazos sumergidos en agua caliente y jabonosa, viendo por la ventana de la cocina cómo caía la nieve en enormes copos del tamaño de puños.

La Navidad no era una época buena para él, no desde... bueno, desde hacía mucho tiempo. Desde Sara. Hopper lo sabía, lo aceptaba, y durante los seis años —casi siete, ya— que llevaba de vuelta en Hawkins, se había resignado a la creciente sensación de tristeza y añoranza que iba ganando cada vez más fuerza a medida que se acercaban las fiestas.

¿Se había resignado? No, no era eso, no del todo. En realidad, recibía con gusto la sensación, se dejaba abrumar por ella, porque era... fácil. Cómodo.

Y, por raro que sonara, seguro.

Sin embargo, al mismo tiempo, se odiaba a sí mismo por ello, por rendirse, por permitir que la semilla del desespero creciera en su mente todos los años, sin excepción, hasta germinar del todo. Y su odio solo serviría para sumirlo más en la tiniebla, y el ciclo entero se repetía una y otra y otra vez.

9

Pero eso se había acabado. Ya no más.

Ese año, no.

En realidad, era el primer año en que las cosas eran distintas. Su vida había cambiado, y ese cambio le había permitido ver lo hondo que había caído, en qué se había convertido.

Y todo, gracias a ella. A Jane, su hija adoptiva. Legalmente, oficialmente, su familia.

Jane Hopper.

Once.

Ce.

Hopper notó que la sonrisa crecía de nuevo, tirando con insistencia de las comisuras de su boca. Esa vez no intentó contenerla.

Por supuesto, tener a Ce en casa no significaba que debiera olvidar el pasado, ni mucho menos. Pero sí que tenía nuevas responsabilidades. De nuevo, tenía una hija a la que criar. Y eso implicaba pasar página. Su pasado no había desaparecido, pero por fin podía ponerlo a dormir al fondo de su mente.

Fuera, la nieve siguió cayendo, cubriendo los troncos de los árboles que rodeaban la cabaña con más de medio metro de una suave manta blanca. La radio había asegurado que no era una tormenta y que no había alertas meteorológicas, pero el boletín que Hopper había oído a primera hora de la tarde empezaba a parecerle demasiado optimista. Había anticipado una nevada copiosa por todo el condado, pero en ese momento Hopper se preguntó si habría caído toda en las pocas hectáreas que rodeaban la vieja cabaña de su abuelo. El boletín meteorológico había advertido a los oyentes que, si tenían que viajar... en fin, mejor que no lo hicieran. Quédense en casa. Manténganse calentitos. Termínense el ponche de huevo.

A Hopper le parecía muy buena opción.

A Ce, en cambio...

—El agua está fría.

Hopper espabiló de sopetón y encontró a Ce a su lado, junto al fregadero. La miró y encontró en el rostro de la niña una expresión intensa, interesada, preocupada de que Hopper llevara tanto tiempo fregando los platos que el agua se le había enfriado. Entonces miró sus propias manos, que sacó de la menguante espuma. Las yemas de los dedos parecían uvas pasas y la pila de platos del banquete de sobras de Navidad no se había reducido mucho.

—¿Va todo bien?

Hopper volvió a mirar a Ce. Tenía los ojos muy abiertos, expectantes. Hopper notó que aquella sonrisa volvía a crecer. Mierda, no podía evitarlo.

—Sí, todo va bien —respondió. Extendió el brazo para revolverle su mata de rizos oscuros, pero Ce se apartó con una mueca al sentir el contacto de la mano cubierta de espuma. Hopper se echó a reír, retiró el brazo y cogió el trapo de la repisa. Se secó las manos y señaló con la cabeza hacia la sala de estar—. ¿Has podido hablar con Mike?

Ce suspiró, quizá pasándose un poco de dramatismo en opinión de Hopper, pero... al fin y al cabo, para ella todo seguía siendo nuevo y a menudo, por lo que parecía, desafiante. La miró mientras ella regresaba al sofá, cogía el aparatoso rectángulo que era su nuevo walkie-talkie y se lo tendía, como si de algún modo Hopper pudiera invocar a sus amigos en el éter.

Se quedaron mirándose y, tras unos momentos, Ce meneó impaciente el walkie-talkie.

—¿Qué quieres que haga yo? —preguntó Hopper, echándose el trapo de cocina al hombro—. ¿No funciona? —Cogió el aparato y le dio la vuelta—. No puede ser que se haya quedado sin pilas tan pronto.

—Funciona —dijo Ce—. Pero no hay nadie. —Suspiró de nuevo y sus hombros se hundieron.

—Ah, claro, es verdad —dijo Hopper, recordando que Mike, Dustin, Lucas y Will estaban todos fuera visitando a familiares ese día. La pandilla al completo estaba fuera de alcance del nuevo walkie-talkie de Ce.

La chica recuperó el aparato y trasteó con los controles, encendiendo y apagando una y otra vez el interruptor de volumen, provocando que emanaran breves ráfagas de estática con cada giro.

—Ten cuidado —advirtió Hopper—. Te han hecho un regalo muy bueno.

Entonces torció el gesto al darse cuenta de que el regalo que le había hecho él, nada menos que el Tragabolas (un juego para niños mucho más pequeños que Ce, como Hopper había comprendido con el impacto de un mazazo cuando ella le quitó el envoltorio el día anterior), quedaba a la altura del betún comparado con el walkie-talkie que los chicos le habían comprado juntando dinero.

Por lo visto, tenía muy oxidado el asunto de la paternidad. Había comprado el juego casi sin pensar, porque a Sara le encantaba, y...

Y Ce no era Sara.

Pero Ce no se dio cuenta del malestar de Hopper, concentrada como estaba en el aparato. Él volvió al fregadero, abrió el grifo del agua caliente y se puso a remover el agua de la pileta con una mano.

—Y ayer os lo pasasteis muy bien, ¿verdad? —Miró hacia atrás—. ¿Verdad?

Ce asintió y dejó de hacer chasquear el walkie-talkie.

—Pues eso —dijo Hopper—. Y mañana habrán vuelto todos a casa. De hecho —añadió, cerrando el grifo—, seguro que los encuentras con ese cacharro a última hora de la tarde.

Rellenado el fregadero, Hopper reemprendió su ataque a los platos. Oyó que, a su espalda, Ce volvía a la cocina. Bajó la mirada cuando la niña apareció de nuevo a su lado.

—Oye —dijo mientras cogía un plato del montón y lo sumergía—, sé que te aburres, pero el aburrimiento es bueno, créeme.

Ce frunció el ceño.

—¿El aburrimiento es bueno?

Hopper pensó un momento y confió en llevar la dirección correcta con aquel consejo paterno improvisado.

—Claro que sí. Porque cuando te aburres, es que estás a salvo. Y cuando te aburres, se te ocurren ideas. Y las ideas son buenas. Nunca sobran las ideas.

—Las ideas son buenas —dijo Ce.

No era una pregunta, sino una afirmación. Hopper volvió a mirarla. Casi podía ver los engranajes girando en su mente.

—Exacto —respondió—. Y las ideas llevan a preguntas. Las preguntas también son buenas.

Hopper miró por la ventana, ocultando a su hija la expresión preocupada que había invadido su rostro. «¿Las preguntas también son buenas?» Pero ¿de qué narices estaba hablando? No estaba seguro de si había tomado demasiado ponche del que había sobrado o tal vez demasiado poco.

Ce se escabulló fuera de la cocina y, al momento, Hopper oyó el chasquido del televisor. Volvió la cabeza y vio que Ce se había sentado en el sofá, sin posibilidad de llegar a la tele con la mano, pero aun así los canales cambiaban en rápida sucesión y la pantalla pasaba de un patrón de estática multicolor a otro.

—Sí, es por el tiempo. Lo siento, pero creo que la tele tardará bastante en volver a funcionar bien. Eh, ¿te apetece otra partida al Tragabolas?

La única respuesta a la pregunta de Hopper fue el silencio. Volvió la cabeza otra vez y vio que Ce se había girado hacia él en el sofá y lo miraba con una cara que solo podía describirse como... adusta.

Hopper soltó una carcajada.

—Era solo una sugerencia. También puedes leer algún libro.

Hopper terminó de lavar los platos y tiró del tapón del fregadero. Mientras el agua sucia se iba por el desagüe, se secó las manos y volvió a mirar hacia la ventana de la cocina. En el reflejo, Hopper vio el sofá y la tele todavía encendida, pero ni rastro de Ce.

«Bien», pensó. No podía hacer nada con el clima, pero

quizá no fuese tan terrible que estuvieran encerrados en la cabaña. Los últimos días navideños habían sido muy ajetreados, Ce pasando el rato con sus amigos y Hopper aprovechando la oportunidad para visitar a Joyce. Parecía estar sobrellevándolo todo bien, y había agradecido la compañía de Hopper. Jonathan también.

Dio media vuelta y fue hacia la mesa roja cuadrada que había contra la pared en el otro lado de la encimera, donde estaba abierta la caja del Tragabolas. Preguntándose distraído si sería posible jugar contra uno mismo, sacó una silla mientras Ce reaparecía por la puerta de su dormitorio. Lo miró con una expresión tan seria que Hopper se quedó petrificado, con una mano todavía en el respaldo de la silla.

—Esto... ¿Va todo bien?

Ce inclinó la cabeza a un lado, como un perro que escucha un sonido fuera del rango auditivo humano, sin apartar la mirada de Hopper.

—¿Qué pasa? —preguntó él.

—¿Por qué eres policía?

Hopper parpadeó y dejó escapar un profundo suspiro. La pregunta parecía salida de la nada.

«¿Adónde quiere llegar con esto?»

—Bueno —dijo, pasándose una mano aún mojada por el pelo—, sí que es una pregunta interesante.

—Has dicho que las preguntas son buenas.

—Esto... Sí que lo he dicho, sí. Y lo son.

—¿Entonces?

Hopper soltó una risita y apoyó los codos en el respaldo de la silla.

—Claro. O sea, es una buena pregunta, lo que pasa es que no creo que la respuesta sea sencilla.

—No sé cosas sobre ti —dijo Ce—. Tú sí que las sabes sobre mí.

Hopper asintió.

—Es... Pues mira, sí que es verdad.

Dio la vuelta a la silla y se sentó a la mesa. Ce sacó la silla de enfrente, también se sentó y se inclinó hacia delante apoyando los codos.

Hopper pensó un momento.

—No estoy seguro de que de verdad quisiera hacerme policía —dijo—. Es solo que, en su momento, me pareció una buena idea.

—¿Por qué?

—Ah, bueno. —Hopper calló. Irguió un poco la espalda y se frotó la barbilla sin afeitar con una mano—. En fin, no sabía muy bien qué hacer con mi vida. Acababa de volver de... —Calló de nuevo.

«No, no, eso todavía no. Ese tema tendrá que salir en otro momento.»

Quitó importancia al asunto moviendo una mano en el aire.

—Quería hacer algo. Cambiar algo. Ayudar a la gente, supongo. Y tenía algunas habilidades y experiencia que pensaba que podían ser útiles. Así que me hice poli.

—¿Y?

Hopper frunció el ceño.

—¿Y qué?

—¿Cambiaste algo?

—Bueno...

—¿Ayudaste a la gente?

—Oye, a ti te ayudé, ¿no?

Ce sonrió.

—¿Dónde estabas?

—¿Qué?

—Has dicho que acababas de volver de algún sitio.

Hopper negó con la cabeza.

—No creo que estés preparada todavía para esa historia.

De pronto sintió una leve presión en el pecho, una pequeña oleada de adrenalina que, combinada con los restos del ponche, le provocaron un ápice de náusea.

En esa ocasión fue Ce quien negó con la cabeza.

—Las preguntas son buenas —repitió.

Tenía razón, por supuesto. Hopper la había cobijado, ayudado, protegido. Habían superado juntos cosas que la gente no podía ni imaginar, luego habían pasado a ser familia legal... y, aun así, Hopper comprendió que seguía siendo tan misterioso para ella como Ce lo había sido para él aquella noche en casa de Joyce, después de que la encontrara con los chicos en el vertedero de chatarra.

Ce bajó la barbilla y lo miró con la cabeza ladeada, dejando claro con el gesto que estaba exigiendo una respuesta.

—Escucha, enana, hay cosas que no estás preparada para oír y cosas que yo no estoy preparado para contarte.

La frente de Ce se arrugó de concentración. Hopper se descubrió observándola fascinado, preguntándose adónde la llevarían sus pensamientos a continuación.

—¿Vietnam? —preguntó ella, vocalizando la palabra como si nunca la hubiera pronunciado en voz alta.

Hopper levantó una ceja.

—¿Vietnam? ¿Dónde has oído tú eso?

Ce meneó la cabeza.

—Lo he leído.

—¿Cómo que lo has leído?

—En una caja. Bajo el suelo.

—Bajo el... —Hopper se echó a reír—. ¿Has estado explorando?

Ce asintió.

—Vale, pues sí, tienes razón. Había vuelto desde Vietnam. Es otro país que está muy lejos de aquí.

Ce se subió a la mesa.

—Pero... —Hopper se detuvo—. En realidad, no, no es buena idea.

—¿El qué?

—Hablarte de Vietnam.

—¿Por qué no?

Hopper suspiró. Esa sí que era una buena pregunta.

Pero ¿cuál era la respuesta?

Lo cierto, comprendió Hopper, era que no quería hablar de Vietnam, no porque fuese un trauma ni un demonio personal para él, sino porque era agua pasada. Pero, sobre todo, porque le daba la sensación de que formaba parte de la vida de otra persona. Aunque no se había parado de verdad a darle vueltas como era debido, era consciente de la forma en que había compartimentado su pasado en su propia mente. En resumen, sí, Vietnam había sido una época difícil y Hopper había vuelto cambiado, como casi todo el mundo, por supuesto, pero lo que ocurría era que no resultaba relevante, ya no. Esa persona no era él, ya no.

Porque con el tiempo había llegado a aceptar que, en realidad, su vida solo tenía dos partes.

Antes de Sara. Después de Sara.

Y, en realidad, lo demás no importaba demasiado. Ni siquiera Vietnam.

El problema era que no estaba muy seguro de cómo iba a explicarle eso a Ce.

—Pues... —dijo Hopper con una sonrisa—. Porque Vietnam fue hace mucho tiempo. Y cuando digo mucho, es mucho, mucho. Y yo ya no soy esa persona. —Se encorvó sobre la mesa, apoyando los codos—. Mira, de verdad que lo siento. Se nota que tienes curiosidad por el tema. Y entiendo que quieras saber más cosas sobre mí. Soy tu...

Se detuvo. Ce enarcó una ceja y bajó de nuevo la barbilla, esperando el final de la frase.

Hopper suspiró feliz.

—Ahora soy tu padre. Y sí, hay mucho que no sabes de mí. Vietnam incluido. Un día te lo contaré, cuando seas mayor.

Ce frunció el ceño. Hopper levantó una mano para bloquear la réplica que sabía que llegaría.

—En esto, vas a tener que confiar en mí —dijo Hopper—. Algún día estarás preparada, y yo también. Pero, de momento, tendremos que dejar estar eso, ¿vale, enana?

Ce hizo un mohín, pero, por fin, asintió.

—Vale, bien —dijo Hopper—. Mira, sé que estás aburrida y que tienes preguntas. Eso es bueno. A lo mejor encontramos otra cosa de la que hablar, ¿de acuerdo? Déjame que ponga una cafetera.

Hopper se levantó, fue a la cocina y empezó a manipular la cafetera, una reliquia que había encontrado en un armario y que, sorprendentemente, parecía funcionar bien. Mientras empezaba a llenar el depósito de agua, oyó un fuerte golpe detrás de él.

Ce estaba de pie junto a la mesa roja, sacudiéndose el polvo de las manos contra los pantalones vaqueros. Encima de la mesa había un gran archivador. En su cara lateral había escritas dos palabras:

NUEVA YORK

Hopper llevaba años sin ver esa caja, pero sabía lo que contenía. Volvió a la mesa, tiró del archivador hacia él y entonces miró a Ce.

—¿Sabes? No estoy seguro de...

—Has dicho que encontremos otra cosa —dijo Ce. Señaló la caja—. Otra cosa.

Hopper supo por la mirada en sus ojos, por el tono de su voz, que esta vez no iba a echarse atrás.

«Vale. Nueva York, Nueva York.» Hopper se sentó a la mesa y miró el archivador. Por lo menos, era algo un poco más reciente.

¿Estaría Ce preparada para eso?

Y puestos a preguntar, ¿lo estaba él?

Mientras Ce se sentaba enfrente de él, Hopper abrió la tapa. Dentro había un revoltijo de ficheros y documentos, coronados por una gruesa carpeta de papel manila cerrada con dos gomas elásticas rojas.

«Ah, sí.»

Acercó la mano y, sin sacar del todo la carpeta, retiró las gomas y la abrió. Al hacerlo reveló una gran fotografía en blanco y negro, el retrato de un cadáver tendido en una cama, con la camisa blanca teñida de negro por la sangre.

Hopper cerró primero la carpeta, luego el archivador y apoyó la espalda en la silla. Miró a Ce.

—Esto no es buena idea.

—Nueva York.

—Mira, Ce...

Entonces la tapa del archivador se abrió sola. Hopper parpadeó y miró a Ce. La niña tenía el semblante firme, intransigente, decidido.

Hopper hizo rodar el cuello.

—Vale, muy bien. Si quieres Nueva York, tendrás Nueva York.

Se acercó aún más el archivador, pero en esa ocasión dejó de lado la carpeta de papel manila y sacó lo que había debajo. Era una tarjeta blanca y grande sellada dentro de una bolsa de plástico, grapada por una esquina a un folio donde estaban registradas sus características.

Hopper miró un momento la tarjeta, que estaba en blanco, y luego la giró y dio la vuelta al folio para que quedara detrás. En el dorso de la tarjeta había un solo símbolo, al parecer pintado a mano con una espesa tinta negra. Una estrella hueca de cinco puntas.

—¿Qué es eso?

Hopper alzó la mirada. Ce se había levantado y estaba inclinada sobre el archivador para poder ver. Hopper apartó la caja y sostuvo la tarjeta en alto.

—Es solo una tarjeta de un juego estúpido —dijo, riendo. Pero la risa murió en su garganta y volvió a mirar el símbolo—. En realidad, es un juego que creo que se te daría bastante bien.

Ce volvió a sentarse. Miró a Hopper y, cuando él la miró a ella, vio una luz en sus ojos.

—¿Un juego?

—Ya llegaremos a eso —aseguró Hopper.

Volvió a dejar la tarjeta delante de él y luego levantó el archivador y lo dejó en el suelo junto a su silla. Todavía sin hacer caso a la carpeta de encima, sacó otro montón de documentos. El de arriba era una carta de reconocimiento del «Jefe de Inspectores, policía de Nueva York».

Hopper leyó la fecha de la parte superior: «Miércoles, 20 de julio, 1977».

Respiró hondo y alzó la mirada hacia Ce.

—Antes de ser jefe de policía de Hawkins, estuve como inspector en Nueva York. Trabajaba en el departamento de homicidios.

Once vocalizó en silencio la palabra, desconocida para ella.

—Ah, claro —dijo Hopper—. «Homicidio» significa «asesinato».

Ce puso los ojos como platos. Hopper suspiró preguntándose si de verdad acababa de abrir la caja de Pandora.

—Bueno, el caso es que en el verano de 1977 ocurrió algo muy extraño...

1

La fiesta de cumpleaños

4 DE JULIO DE 1977
Brooklyn, Nueva York

El pasillo era blanco. Paredes, suelo, techo. Todo, sin excepción. Blanco sobre blanco sobre blanco, un estilo que a Hopper solo lograba despertarle un leve mareo. Oftalmia de la nieve en pleno centro de la ciudad. Qué cosas.

La casa entera era blanca, de arriba abajo, todas las habitaciones, todos los pisos. Por fuera era la típica edificación de arenisca de Brooklyn. Por dentro, una exposición de arte. Hopper tenía su copa de vino aferrada por el balón, temeroso de derramar siquiera una gotita.

Pensó que solo los ricos podían vivir en una casa como aquella, porque solo ellos podrían permitirse pagar al ejército de limpiadores que debían de hacer falta para mantenerla como estaba. Ricos que se creían Andy Warhol. Ricos que eran amigos de Andy Warhol, o al menos conocían a su decorador.

Y, además, tenían hijos. Dos críos, gemelos, que en esos momentos celebraban su fiesta de cumpleaños conjunta en la enorme cocina que había al fondo de la casa, cocina que daba a un frondoso jardín rodeado de paredes altas, un oasis imposible oculto en los espacios entre adosados y dotado de un verdor que, de algún modo, resistía al abrasador calor veraniego que estaba convirtiendo el resto de Nueva York en un desierto baldío. El ruido de la fiesta resonaba por el austero pasillo en el que Hopper había buscado refugio, al menos durante un rato, con su bebida mal elegida.

La alzó para escrutar su contenido. Vino tinto en un cumpleaños infantil.

Sí, los Palmer eran esa clase de gente.

Hopper suspiró y dio un sorbo. Aquella no era la forma en que había planeado pasar el Cuatro de Julio, pero sabía que no debía criticar la decisión. Los treinta niños, casi la clase entera de Sara en la escuela primaria, estaban divirtiéndose muchísimo, entretenidos por profesionales que los Palmer habían contratado para la ocasión y alimentados, aguados y, sobre todo, azucarados por un equipo de restauradores que seguramente cobrarían más por aquella fiesta que Hopper por el trabajo de un mes entero.

Y no solo había entretenimiento para los niños, sino también para los adultos. En algún lugar, pasillo blanco abajo, al otro lado de una de las muchas puertas blancas, todos los padres salvo Hopper estaban congregados en torno a un espectáculo organizado solo para ellos. Algún tipo de número de magia, había dicho alguien. Diane había intentado convencer a Hopper de que se apuntara a verlo, y hasta había probado a arrastrarlo tirándole del brazo, pero... ¿un número de magia?

No, Hopper estaba bien donde estaba. Solo. En el pasillo del blanco infinito. Con su copa de vino.

Llegó una oleada de risas desde la cocina, que se estrelló contra otra carcajada casi simultánea salida del otro extremo del pasillo. Hopper miró hacia un lado y hacia el otro, dudando hacia qué actuación dirigirse. Entonces meneó la cabeza, se regañó a sí mismo por ser un aguafiestas y fue en dirección a los padres. Al abrir la puerta del final del pasillo, casi esperaba encontrar una sala blanca y un piano de cola blanco en el centro, con John Lennon a las teclas y Yoko Ono tumbada encima.

Lo que encontró fue otro salón, de los varios que contenía la casa de arenisca, quizá un poco menos prístino que los demás porque, al menos, el blanco de las paredes estaba interrumpido por el cálido marrón de unas librerías ornamentadas y probablemente antiguas.

Hopper cerró la puerta después de entrar y saludó con un educado gesto de cabeza a los otros padres, que estaban de pie cerca. Hopper reparó en que se trataba sobre todo de los hombres, mientras que las madres y las tías de los niños estaban sentadas a una gran mesa circular que ocupaba casi todo el salón, con la atención fija en la mujer que ocupaba la «cabecera» de la mesa, en el lado opuesto a la puerta. Era una mujer joven que llevaba la cabeza cubierta por un pañuelo rojo estampado y, delante de ella, en la mesa, había nada menos que una condenada bola de cristal.

Hopper tensó la mandíbula, pero resistió el impulso de mirar su reloj de pulsera. Se sentía incómodo y fuera de lugar, ya que, por lo visto, era el único hombre presente que no había aprovechado la invitación a un cumpleaños infantil para ponerse elegante. Casi todos los demás padres iban vestidos con americanas de solapa ancha en distintos tonos arcillosos y corbatas a juego.

«Ah, sí, el conjunto chaqueta-corbata Modelo T. Puede ser del color que quieras, mientras sea marrón.»

De pronto, Hopper no se sintió tan mal en su camisa roja a cuadros y sus vaqueros. Por lo menos, iba cómodo. Con el calor que hacía, el poliéster no era muy buena decisión, como parecían haber descubierto varios hombres a su alrededor, dadas las caras rojas y las pátinas de sudor que lucían algunos.

Hopper ocultó su sonrisa con la copa de vino mientras se la terminaba y desvió su atención hacia la escena que se desarrollaba en el centro del salón, donde Diane estaba sentada con las otras mujeres —la mayoría vestidas con largos y vaporosos vestidos de algodón que parecían mucho más transpirables que la elección masculina—, inclinada hacia delante para escuchar mientras la pitonisa miraba la bola de cristal y fingía ver el futuro de... ¿esa era Cindy, la madre de Tom?

A Hopper le costaba acordarse de todo el mundo. De pronto, le apeteció otra copa de vino.

La pitonisa siguió con su perorata. Era más joven de lo que Hopper habría esperado, aunque tampoco estaba muy seguro de la franja de edad adecuada para las pitonisas. ¿No se suponía que eran mujeres mayores? Tampoco era que importara mucho: aquello era una farsa, nada más.

Hopper se propuso relajarse, disfrutar del espectáculo y dejar de ser tan capullo.

Una salva de aplausos lo sacó de golpe de su ensoñación. Miró a su alrededor y vio que las mujeres de la mesa estaban cambiándose de sitio para que la siguiente sujeto quedara delante de la pitonisa.

Era Diane. Se rio de algo que había dicho su compañera de al lado y miró hacia atrás. Los ojos se le iluminaron al ver a Hopper y le hizo un gesto para que se acercara.

Tras una mirada avergonzada a los otros padres, Hopper avanzó hasta quedar detrás de la silla de Diane. Su esposa le tendió la mano y, cuando Hopper la apretó, ella alzó la mirada hacia él con una sonrisa.

Hopper se la devolvió.

—Oye, ¿por qué me miras a mí? Madame Mística va a adivinarte a ti el futuro.

La pitonisa dejó escapar una risita al oírlo. Se apartó un poco el pañuelo de la frente y miró a Hopper.

—Pasado, presente, futuro... ¡Todas las sendas, todos los caminos están abiertos a mí!

Movió las manos por encima de la bola de cristal.

Diane sonrió de oreja a oreja, respiró hondo, irguió la espalda en la silla y cerró los ojos. Soltó el aire despacio por la nariz.

—Muy bien —dijo—. Dame caña.

Las presentes vitorearon y la pitonisa, intentando contener su propia risa, hizo rodar el cuello y clavó la mirada en la bola de cristal, con las manos extendidas sobre la mesa a ambos lados de ella.

La mujer no habló. Hopper vio cómo su mirada se centraba y su ceño se fruncía al aparentar concentración. Llegaron murmullos del fondo de la sala cuando algunos hombres perdieron el interés.

Y entonces...

—Eh... ¡Oh!

La pitonisa se apartó de sopetón de la bola. Hopper puso la mano en el hombro de su esposa y sintió que ella apoyaba la suya encima.

La pitonisa cerró los ojos y sus rasgos se crisparon como si le doliera algo. Hopper notó que Diane le apretaba más la mano y empezó a sentirse algo inquieto. Aquello era un teatrillo y no había nada real, pero en el salón había cambiado algo; la atmósfera de diversión desenfadada se estaba evaporando de repente.

Hopper carraspeó.

La pitonisa abrió los ojos y ladeó la cabeza mientras miraba la bola de cristal.

—Veo... veo... —Negó con la cabeza, cerró los ojos y apretó los párpados con fuerza—. Hay... oscuridad. Una nube... No, es como una oleada que se extiende y recubre... lo recubre todo.

Diane se removió en su silla y alzó la mirada hacia Hopper.

—Luz... Hay... —La pitonisa hizo una mueca, como si acabara de morder un limón—. Hay... No, no es luz, es una... ausencia. Un vacío. Oscuridad, una nube, como una oleada que llega y recubre... recubre...

La pitonisa dio un respingo. Diane saltó, asustada, a la vez que la mitad de los presentes en la sala.

Hopper meneó la cabeza.

—Oiga, si esto es algún tipo de broma...

La pitonisa volvió a negar con la cabeza, una vez, y otra, y otra.

—Una oscuridad. No hay nada más que oscuridad, una gran nube, negra como sierpe...

—Creo que ya es suficiente —dijo Hopper.

—La oscuridad se aproxima. Una noche sin fin. Un día sin alba. El día de...

—¡He dicho que ya es suficiente!

Hopper dio un manotazo en la mesa. La pitonisa abrió los ojos de golpe y se llenó los pulmones de aire. Parpadeó varias veces mientras miraba los rostros del salón, con expresión de sorpresa, como si acabase de despertar de un sueño profundo.

Entonces todo el mundo empezó a hablar a la vez. Las mujeres empezaron a levantarse de sus asientos, deprisa, repentinamente avergonzadas de haber participado en aquel juego, mientras sus maridos murmuraban entre sí al fondo de la estancia. Diane se puso de pie. Hopper le rodeó los hombros con un brazo.

—¿Estás bien?

Diane asintió, frotándose la frente.

—Sí, bien. —Se volvió y le dedicó una tenue sonrisa.

Hopper se encaró de nuevo hacia la pitonisa.

—Mire, no sé cómo se supone que funciona esto, pero estamos en el cumpleaños de unos niños, por el amor de Dios. Si quiere asustar a la gente, a lo mejor debería esperar a Halloween.

La pitonisa miró a Hopper, con el rostro todavía inexpresivo y los ojos entornados como si le costara mucho esfuerzo entender lo que decía. A su alrededor, los demás padres iban desfilando poco a poco hacia el pasillo. Hopper se volvió para seguirlos.

—¿Te encuentras bien? —preguntó Diane.

Hopper miró en su dirección, pero su esposa no estaba dirigiéndose a él. Se lo había preguntado a la pitonisa, que estaba frotándose las sienes.

—Eh... sí. Escuchen —dijo ella—, lamento lo ocurrido. De verdad que lo siento. No sé lo que me ha dado.

—Ya, seguro que no —dijo Hopper.

Tiró del hombro de Diane para apartarla de la mesa y llevarla hacia la puerta. Justo antes de abandonar el salón, miró atrás. La mujer que habían dejado sentada a la mesa de pronto parecía incluso más joven que antes, y el gran pañuelo rojo y la bola de cristal de repente se veían ridículos.

—Voy a hablar de esto con Susan y Bill —aseguró Hopper.

—Jim, déjalo estar —pidió Diane, negando con la cabeza.

Hopper frunció el ceño, exhaló con fuerza por la nariz y salió de la estancia. En el momento en que pisó el pasillo, notó remitir su ira al ver que Sara corría hacia ellos junto a los demás niños, con una bolsa de papel blanca con rayas rojas aferrada en una mano y, en la otra, una caja de cartón marrón con agujeros cuadrados a un lado y la tapa doblada para formar un asa resistente, que la niña tenía tan aferrada que se le habían puesto los nudillos blancos.

—Eh, enana, ¿qué llevas ahí? —preguntó Hopper mientras se arrodillaba para coger en brazos a su hija de seis años.

—¡Tarta de cumpleaños! ¡Y una piedra mascota! Nos han dado una a cada uno. Esta se llama Molly.

—Vale —dijo Hopper muy despacio, inclinando con los dedos la caja que contenía la piedra mascota mientras Sara la sostenía en alto para enseñársela—. ¿Crees que Molly querrá tarta de cumpleaños?

—No seas bobo, papi. Molly solo bebe limonada.

—Claro, cómo no.

Hopper miró a Diane con la boca hecha una O de sorpresa y las cejas enarcadas.

—¡Oye, entonces nos tocará más tarta a nosotros!

Diane se echó a reír y le tiró del codo.

—Venga, vámonos —dijo, y se volvió para seguir a los demás padres y niños en dirección a la puerta principal.

Esperándolos en el vestíbulo había dos animadores del grupo de los niños, ambos disfrazados de Tío Sam con motivo del día de la Independencia. Estaban repartiendo a los

27

niños que pasaban banderitas estadounidenses con astas cortas, en la punta de las cuales había atada una pequeña bolsa de papel de caramelos. Sara dio la caja de la piedra mascota a su padre para poder coger la bolsa con la mano libre.

—¿Qué se dice, Sara? —preguntó Diane.

—¡Gracias, don Payaso!

Los tres bajaron juntos los peldaños que llevaban a la acera mientras los demás invitados desaparecían en el interior de la flota de coches que había ocupado casi todo el espacio disponible en la calle.

Pero los Hopper podían ir andando. Su casa no quedaba lejos y, al cabo de unos pocos pasos por la calle, Hopper notó que Sara le tiraba de la mano. La soltó, encantado de permitir que la niña quemara algo de su exceso de energía mientras se dirigían a su propia casa, que estaba solo a unas manzanas de distancia.

Diane entrelazó el brazo con el de su marido y le apoyó la cabeza en el hombro mientras caminaban despacio.

—Una gran fiesta —dijo.

—Sí, estupenda —replicó Hopper—. Me he pasado todo el rato aterrorizado por si manchaba de vino tinto alguna cosa que no podría pagar ni en mil años, y luego una profetisa del fin del mundo nos ha predicho un apocalipsis inminente. —Levantó la caja—. Ah, y tenemos un inesperado nuevo miembro en la familia. Sí que ha sido una gran fiesta, sí. Qué ganas tengo de que llegue la del año que viene.

Diane se echó a reír, se apartó de Hopper y le dio un puñetazo juguetón en el hombro en que había estado apoyada.

—Venga, hombre, no ha estado tan mal. Es solo que Lisa se ha puesto... —Dejó la frase en el aire, moviendo las manos mientras buscaba una explicación.

—¿Lisa?

—Lisa Sargeson, la pitonisa. En realidad es madre de un niño, y hace magia como una especie de segundo empleo.

—¿La adivinación es magia?

—Bueno, no ha sido solo adivinación. También ha hecho algunos trucos de escapismo bastante buenos con candados y cadenas. Janice McGann se ha presentado voluntaria y casi le da un infarto cuando Lisa le ha dicho que no tenía la llave.

Hopper sonrió al oírlo.

—¿Y qué ha pasado con lo de la adivinación? ¿Qué es, que Lisa Sargeson ha perdido la chaveta?

Diane se encogió de hombros.

—Se le habrá ido el santo al cielo.

Hopper dio un suave silbido.

—Pues menudo santo.

—Y menuda fiesta.

—Ya lo creo, ya. O sea, estaba allí la clase entera de Sara con todos sus padres, pero te juro que la gente que había trabajado nos superaba en número. ¿Y eso de montar un espectáculo para los adultos, también? Venga, no me digas que Susan y Bill no estaban fardando.

—Bueno —dijo Diane—, yo me lo he pasado bien, aunque tú no.

—Eh, yo no he dicho eso.

—Ni falta que hacía. He visto cómo estabas.

—Ya te he dicho que tenía miedo de mancharlo todo.

—Que sí, que sí.

—¡Que sí!

—James Hopper —dijo Diane, entrelazando de nuevo el brazo con su marido—, estabas tenso todo el rato. Tienes que aprender a relajarte.

Hopper abrió la boca para responder, pero la cerró al momento. Se limitó a encogerse de hombros y descubrió que se negaban a volver abajo.

—Es que...

—¿Es que qué?

—No sé, esa casa. Esa gente. Vale, los Palmer son una familia maja, pero... no son como nosotros. No son como los otros padres. O sea, no han dado la fiesta en su casa de los

Hamptons porque sabían que nadie podría permitirse ni siquiera la gasolina que necesitarían para llegar.

—Eso no es verdad —replicó Diane con una sonrisita.

—Ya, vale —dijo Hopper, logrando por fin que sus hombros se relajaran—. Puede que no. Pero en serio, ¿esa casa? Venga ya, la gente normal no vive así. Y si tienen tanto dinero, ¿por qué llevan a los gemelos a la escuela pública?

—Oye, ese colegio está muy bien. Yo no daría clases allí, ni mucho menos dejaría ir a Sara, si no lo estuviera.

—Lo sé, lo sé —dijo Hopper—. Pero tiene que haber docenas de escuelas privadas caras a las que podrían enviar a sus hijos. En fin, ¿tú no lo harías, si pudieras permitírtelo? El colegio de Sara estará bien, pero venga, estamos hablando del sistema educativo público de Nueva York.

—Y si no creyera que el sistema público de Nueva York funciona, desde luego no estaría dedicándole sangre, sudor y lágrimas, ¿no crees? —Diane se detuvo para mirar a Hopper—. No eres el único que intenta cambiar las cosas, Jim. Yo no vine a esta ciudad solo para animarte desde la grada. A veces deberías recordarlo.

Hopper asintió y volvió a llevar a su esposa a su lado mientras reanudaban el paso. Era cierto que Nueva York tenía problemas, pero también que el colegio de Sara era bueno. Hopper sabía la suerte que había tenido Diane de que la destinaran allí, dada la situación actual de la educación en la ciudad. Diane le había hablado de otras escuelas en las que, según había oído, a veces los profesores ni se presentaban en clase, o los niños de doce años se pasaban botellas de vino mientras el profesor se quedaba sentado a su mesa, reacio a intervenir, sabiendo que cualquier intento de ejercer su autoridad caería en saco roto, si no derivaba en violencia. Y sí, eran ejemplos extremos, pero había veces en que la ciudad entera daba la sensación de ser un ejemplo extremo. Al borde de la bancarrota, con los servicios públicos tan desmoronados como las infraestructuras.

Bienvenido a la ciudad de Nueva York en 1977.

No era que Hopper lamentara la decisión que habían tomado de mudarse allí. Ni muchísimo menos. Para él, había sido la decisión más acertada en el momento. Al volver de Vietnam, retomar la vida en Hawkins, Indiana, había sido como entrar en una especie de universo paralelo. Había entregado su sangre, su sudor y, según le parecía a veces, parte de su cordura para participar en una guerra que no daba la impresión de tener fin, que se libraba por motivos que no alcanzaba a comprender, mientras los pueblos pequeños de Estados Unidos parecían haber entrado en un bucle temporal, sin cambiar ni un ápice durante el tiempo que Hopper estuvo fuera.

Hopper se preguntó si algún día cambiarían de verdad, si podían hacerlo siquiera.

La desazón había hecho presa en él, y no había intentado ocultarlo. La llegada de Diane en el año 69 había sido una distracción más que bienvenida. El romance que floreció al poco tiempo entre ellos vino seguido del nacimiento de su hija, Sara, en el 71. Y eso había ayudado.

Al menos, por un tiempo. Pero Hawkins, Indiana, seguía siendo Hawkins, Indiana. La dicha doméstica no podía durar para siempre. Hopper necesitaba... algo más. Algo más grande.

Algún lugar más grande.

Algún lugar como Nueva York.

A decir verdad, le había costado un poco convencer a Diane y, de vez en cuando, Hopper aún sentía una punzada de remordimiento. Por mucho que Diane lo apoyara y quisiera que Hopper hiciese lo que sentía que necesitaba hacer, mudarse de Hawkins a Nueva York era un movimiento importante, en todos los sentidos. Hawkins era pequeño y soporífero, pero allí habían creado un hogar, una familia. Era seguro y era cómodo. Y, a medida que los recuerdos de Vietnam remitían cada vez más rápido, era... fácil.

Quizá ahí estuviese el problema. Lo seguro, cómodo y

fácil era maravilloso, pero Hopper tardó poco en darse cuenta de que no era lo que quería. Sus dos períodos de servicio en Vietnam lo habían cambiado y, al regresar, se había descubierto a sí mismo hundiéndose en el olvido de la zona residencial.

Había visto las señales enseguida, como también lo había hecho Diane, cosa que Hopper agradecía. Se había valido de su apoyo, sin el que... bueno, sin el que no sabía lo que podía haber pasado. Había visto lo que les había ocurrido a otros que habían ido y vuelto y no habían logrado soportarlo.

Hopper necesitaba un cambio. De modo que Diane y él lo habían hecho. Se habían mudado a Nueva York. Una gran ciudad, una ciudad en apuros, una ciudad que necesitaba ayuda.

Hopper sabía que podía hacerlo. Sabía que sería difícil, que sería un bautismo de fuego en una ciudad a la que había quien empezaba a llamar el infierno en la tierra, incluso entonces, antes de que se armara la gorda de verdad.

Pero... era lo que él quería. Lo que necesitaba.

Así que, en primavera de 1972, Diane le había dicho que sí. Había aceptado los argumentos de Hopper: era el momento de hacerlo, siendo los dos aún jóvenes y capaces de abrirse un nuevo camino en la vida. Sería bueno para todos.

El expediente de Hopper le había servido de mucho. Al regresar de Vietnam se había incorporado al departamento de policía de Hawkins. Tres años y medio de buen trabajo policial, añadidos a un puñado de cartas de recomendación y a su experiencia militar, le habían servido para ganarse un puesto en un programa de reclutamiento rápido en la policía de Nueva York, que andaba muy escasa de personal, por el que los policías de calle con experiencia especial ascendían directamente a inspectores. Tras unos breves meses de trabajar uniformado para aprender todo lo que pudiera sobre la ciudad y el departamento, Hopper se encontró con una placa en el bolsillo y un escritorio propio. Trabajó mucho y le echó horas y más horas, y el gesto no pasó desapercibido. Cuando los recortes de presupuesto y personal arrasaron el departamento, a Hopper lo ascendieron de nuevo, en esta ocasión a homicidios.

Nunca había sido más feliz.

Era cierto que no tenían mucho, y por eso se había puesto tan irritable en casa de los Palmer, por la innecesaria exhibición de riqueza, pero... eran felices. Tenían un apartamento en un barrio de Brooklyn que no estaba tan mal, la verdad era que no. Diane tenía un puesto en una escuela pública que estaba bastante bien. Era del montón; podría ser mejor, pero también peor. Sara era una niña muy capaz y, aunque solo acababa de empezar el primer curso, le iba bien. Y Diane estaba en el colegio con ella, no para llevarla de la manita, sino... para poder echarle un vistazo de vez en cuando.

A fin de cuentas, aquello no dejaba de ser Nueva York.

Hopper sintió un fuerte tirón en la pierna que lo sacó de su ensueño. Miró hacia abajo y vio a Sara tirándole con todas sus fuerzas de la rodilla. Su edificio estaba solo a unos pocos portales de distancia.

—¡Vamos, vamos! —exclamó Sara—. ¡Tenemos que comer más tarta, papi!

—Claro, porque lo que necesita ahora mismo esta jovencita es otra sobredosis de azúcar —dijo Hopper, riendo mientras levantaba a la niña hasta su cadera mientras Diane se adelantaba para abrir la puerta del edificio. Hopper hizo ademán de seguirla al interior, pero, en vez de eso, topó contra su espalda cuando ella se detuvo—. ¿Qué pasa?

Diane miró a su marido.

—¿Eso es el teléfono?

Hopper prestó atención. Diane tenía razón. Sonaba un teléfono en algún lugar por encima de ellos, en su apartamento, que ocupaba el primer piso del edificio.

—Ten —dijo Hopper, girando el cuerpo para poder pasar a Sara a Diane—. Voy a ver si llego. Podría ser importante.

Con su hija segura en brazos de su madre, Hopper subió los escalones de dos en dos.

—¿Diga?

—Hop, sí que cuesta localizarte —dijo una voz de mujer, bastante grave y rasposa por el tabaco. Era una voz que Hopper conocía bien.

—Esa es la idea, Delgado —respondió él—. Es el Cuatro de Julio y lo único que tenía que hacer hoy era llevar a Sara a un cumpleaños.

—Ya, bueno, pues tengo que invitarte a una fiestecita pero que muy distinta.

Hopper notó que se le aceleraba el pulso. Si la inspectora Rosario Delgado, su compañera desde hacía seis semanas, había estado intentando dar con él en su día libre, Hopper sabía que debía de tener un muy buen motivo.

Y, de pie al teléfono que había en la pared al lado de la nevera, le dio la impresión de que sabía a ciencia cierta cuál era ese motivo. A su espalda, oyó que Diane y Sara entraban en el piso. Cuando las dos llegaron a la pequeña cocina, Diane miró expectante a su marido. Cruzaron la mirada y Hopper hizo un leve asentimiento con la cabeza.

—¿Hola? Centro de control a inspector James Hopper. Responda, por favor.

Hopper volvió a acercarse el auricular del teléfono a la cara.

—Perdona. —Calló un momento—. Tenemos otro, ¿verdad?

—Deberías venirte para acá lo más rápido que puedas.

Hopper asintió.

—Salgo ahora mismo. ¿Cuál es la dirección?

Dio media vuelta, buscando papel y boli, y descubrió que Diane ya le había traído de la encimera el cuadernillo que usaban para la lista de la compra y le ofrecía un bolígrafo con la otra mano. Vocalizó un «gracias», se volvió de nuevo y sostuvo el cuaderno contra la pared, al lado del teléfono. Delgado le dictó la dirección y él la apuntó.

—Vale, la tengo —dijo—. Voy enseguida.

—Te voy extendiendo la alfombra roja —respondió Delgado. La comunicación se cortó con un chasquido.

Hopper devolvió el auricular a su soporte. Sintió las manos de Diane en sus hombros. Levantó las suyas, cogió las de su esposa y dio media vuelta en el reducido espacio que le dejaban.

—Hum, escucha... —empezó a decir.

Diane asintió con la cabeza.

—Tienes que irte.

—Tengo que irme. Lo siento.

Diane sonrió.

—No te disculpes —dijo—. Nunca te disculpes por hacer tu trabajo.

—Te lo compensaré.

—Te tomo la palabra.

Hopper se deslizó fuera del abrazo y anduvo hacia la puerta. La abrió y se volvió, con la mano todavía en el pomo.

—Te llamaré para decirte dónde estoy —prometió, y entonces miró a Sara, que ya estaba ocupada con su tarta en la mesita de la cocina—. ¡Eh, enana, guárdame un poco!

Sara levantó la mirada hacia él y sonrió, con la cara cubierta de glaseado rojo y azul.

Diane dio a Hopper un beso en la mejilla.

—Ten cuidado.

Hopper la besó en los labios.

—Ese es el plan —dijo, y se marchó, cerrando la puerta a su espalda.

2

La tercera víctima

4 DE JULIO DE 1977
Brooklyn, Nueva York

—Qué desastre, qué desastre.

Hopper miró al agente uniformado, dudando de si su opinión se refería al estado del apartamento o a la naturaleza del delito. «A los dos», pensó mientras cruzaba el pasillo con paso cauto, sus manos cerradas en puños, preocupándose de no tocar nada ni molestar al pequeño ejército de policías que parecía atestar el lugar. Miró a su alrededor, tomando instantáneas mentales, como hacía en todos los escenarios del crimen. Sin duda, se sacarían fotos desde todos los ángulos concebibles, y alguien trazaría un plano del piso, y otra persona lo mediría todo y marcaría todos los objetos de interés con una banderita amarilla, pero nada superaba al tiempo que se estuviera en el escenario de verdad, en persona, viendo el sitio con sus propios ojos, haciéndose una idea del inmueble, de la distribución, del entorno. De las relaciones entre una sala y otra, entre un objeto y otro.

Pero el agente estaba en lo cierto. Aquel lugar era un revoltijo. Había bolsas de basura a lo largo de todo el pasillo, ninguna de las cuales parecía haberse movido en cierto tiempo, y cuando Hopper miró hacia las habitaciones contiguas al recorrerlo de camino al escenario del crimen en sí, vio más de lo mismo; al parecer, la vivienda entera estaba llena de basura. No había ningún olor particular que pudiera discernir, aparte de la ranciedad general que conllevaba el aire cálido atrapado en un apartamento cerrado en plena ola de calor.

Pero eso cambió a medida que se acercaba al escenario del crimen. Pronto le llegó el característico tufo a carnicería que tenía la muerte. Dado el calor que hacía, Hopper se sorprendió de que no apestara más.

—Inspector Hopper, qué amabilidad la suya por pasarse.

Hopper se volvió y encontró a su compañera, la inspectora Rosario Delgado, de pie junto a una de las puertas que acababa de dejar atrás, con los brazos en jarras. Llevaba pantalones vaqueros de campana, cinturón marrón de quince centímetros de ancho y un polo de un tono azul más claro con todos los botones desabrochados, además de su placa dorada de inspectora colgada de una cadena al cuello, rebotando contra el botón inferior del polo. Ver aquella placa recordó a Hopper la suya, que sacó del bolsillo trasero y se enganchó al cinturón por delante. Delgado lo miró mientras se formaba una sonrisilla en sus rasgos aceitunados.

—Bonita camisa —dijo la inspectora—. ¿A que lo adivino? Era una fiesta de disfraces y tú ibas de leñador.

Hopper bajó la mirada, de pronto cohibido por sus vaqueros, su camisa roja a cuadros y sus botas de medio tacón hasta los tobillos.

—¿Qué quieres que te diga? Me gustan los cuadros.

—Seguro que vuelven locas a las chicas.

Hopper señaló la ropa que llevaba ella.

—Hablando de vestuario...

Delgado se encogió de hombros.

—Iba de camino hacia Studio 54 cuando nos han llamado.

—¿En serio?

—Claro que no. Con el calor que hace, ¿qué querías? Vamos. —La inspectora echó a andar pasillo abajo.

Hopper la siguió. El pasillo terminaba en otro par de puertas, vigiladas por otros dos agentes uniformados. Delgado entró por una de ellas, seguida de cerca por Hopper.

Antes que nada, miró por toda la habitación, no para evitarse afrontar el horrendo espectáculo que ocupaba su centro, sino, de nuevo, para hacerse una idea general de todo. La estancia. La decoración. Las dimensiones. Las relaciones.

La escena.

Era un dormitorio, con las paredes cubiertas de un papel marrón a franjas que no parecía ni muy viejo ni muy nuevo. Había una ventana rectangular con cortinas verdes a rayas que dejaba pasar una cantidad aceptable de luz. La moqueta del suelo tenía un estampado floral denso en azul y rojo. Había una cajonera de una madera marrón que no casaba con el tono de las paredes, y con un espejo redondo de afeitar encima. En la habitación no había sillas, pero sí una cama. Parecía que habían dormido en ella y luego habían colocado otra vez las sábanas y las mantas de cualquier manera, sin preocuparse mucho. El dormitorio estaba relativamente despejado de basura, pero la palabra a subrayar en esa frase era «relativamente».

Solo entonces permitió Hopper que su atención se concentrara en el objeto de la cama, lo que convertía aquel cuchitril en el escenario de un crimen.

El cuerpo de la víctima más reciente.

Delgado señaló hacia la cama.

—Vale, tenemos lo mismo de siempre. La víctima es un varón de treinta y tantos y en buena forma física, si no tenemos en cuenta que la mayoría de su sangre está fuera del cuerpo.

Hopper se acercó mientras Delgado retrocedía un paso para dejarle espacio. El cadáver estaba tendido boca arriba en la cama, e iba vestido: pantalones azules de vestir y camisa blanca arremangada. En los pies, que pendían del extremo de la cama, llevaba calcetines negros y unos zapatos del mismo color bien abrillantados. Su cabeza había caído un poco por debajo de la almohada. Las mantas eran de un tejido grueso y marrón que se había vuelto en torno al tórax de la víctima, donde había absorbido la sangre.

El pecho del hombre era un desastre. La camisa blanca estaba desgarrada y Hopper reconoció el familiar patrón de franjas más oscuras en la piel.

Respiró hondo y se cruzó un brazo por la tripa para acunar el otro codo y frotarse la barbilla. Negó con la cabeza.

—Igualito que los otros —dijo.

—Igualito que los otros —confirmó Delgado—. Apuñalado cinco veces y luego rajado entre las heridas para componer...

—Una estrella de cinco puntas —dijo Hopper—. Una puta estrella de cinco puntas. —Miró a su compañera—. ¿Todo lo demás es igual?

Ella asintió.

—Sí —respondió—. No hay signos de entrada por la fuerza. Ni de pelea. Los vecinos no han informado de ruidos ni de nada sospechoso.

Hopper volvió a pasear la mirada por la habitación. Fue hasta la ventana y, sin tocar nada, miró entre las cortinas entreabiertas.

—¿Y quién lo ha encontrado?

—El administrador del edificio —dijo Delgado—. Por lo visto, alguien se quejó del olor, así que ha entrado con su llave.

—¿Tenemos su declaración?

—La tenemos. Está colaborando mucho.

Hopper asintió y se volvió de nuevo hacia la ventana. El exterior era una calle de Brooklyn como cualquier otra. Había varios coches aparcados en la acera. Otro circulaba por la calzada, con el motor ronroneando. Un hombre mayor vestido con chaleco blanco y sombrero de fieltro negro pasaba por la calle, y en el otro sentido una mujer más joven llevaba a una niña pequeña de la mano; los vestidos de cuello alto con estampado de flores que llevaban las dos ondeaban como velas de barco en el poco aire que hacía.

Era una calle normal y corriente.

Una calle como la suya, como en la que tenían su casa Diane, Sara y él. Y era cierto que su piso estaba un peldaño o dos por encima de aquel, pero ¿de verdad suponía eso alguna diferencia? Allí habían invadido el espacio privado de alguien. Habían asesinado a alguien en su propia casa. Eso lo igualaba todo, sin importar quién se fuese o dónde se viviera.

Hopper no conocía al hombre de la cama, pero podría haberlo hecho.

¿Y si hubiera sido Diane?

Apartó esa idea de su mente. El de policía era uno de esos trabajos de los que todo el mundo aconsejaba no permitir que se volviera personal, de los que todos los manuales y los libros de texto y los programas de entrenamiento afirmaban que había que afrontar con cierto distanciamiento, o de lo contrario podían destrozarte. Lo cual era cierto. Hopper lo sabía.

Pero también era consciente de que, si no lo volvía personal, entonces... ¿por qué narices se dedicaba a ello?

El truco, la respuesta al dilema, era controlarlo antes de que lo controlara a él.

Miró hacia la calle. En el exterior, el mundo seguía su curso como si no hubiera pasado nada. Dentro había otra historia, pero Hopper respiró, se aclaró la cabeza y volvió al trabajo.

—Total, que, para quienes lleven la cuenta en casa —dijo Delgado desde detrás de él—, esta es la tercera víctima. El escenario del crimen es idéntico, la forma de matar es idéntica, todo es idéntico.

Hopper cerró los ojos y se pellizcó el dorso de la nariz.

—No hace falta preguntar si han dejado otra, ¿verdad?

—No hace falta, no.

Hopper se volvió. Delgado ya sostenía en alto la bolsa de pruebas. Él la miró un momento, la cogió y le dio la vuelta.

Dentro de la bolsa de plástico transparente había una tarjeta blanca. Era rectangular, más grande que un naipe, quizá del doble de su tamaño. Una cara estaba en blanco.

Hopper la giró, sabiendo sin duda lo que iba a encontrar en la otra cara. No quedó decepcionado.

La tarjeta tenía dibujada una forma, tres líneas cortas y onduladas que recorrían muy próximas en paralelo el lado estrecho, pintadas a mano con pericia en tinta negra con un pincel grueso. El símbolo era distinto de las tarjetas que habían encontrado en los escenarios del crimen anteriores, pero saltaba a la vista que formaban parte de un mismo conjunto.

—Añade otra a la colección —dijo Delgado. Se llevó la mano a la nuca y levantó su pelo negro y ondulado, intentando aliviarse algo del calor que hacía en el dormitorio—. Propongo que se lo dejemos ya a los profesionales. Este bochorno me está matando.

Hopper asintió y le devolvió la tarjeta. Delgado la cogió y se la entregó a un miembro de la policía científica que había junto al umbral mientras salía. Hopper se quedó un momento más para echar otro vistazo al cadáver y luego al escenario.

Contuvo el aliento.

Tres víctimas. Cada una de ellas apuñalada cinco veces y con una estrella tallada en su cuerpo por el asesino al unir las heridas.

Tres víctimas. Mismo modus operandi. Ya no podía ser otra cosa.

Brooklyn tenía su propio asesino en serie, que mataba a sus víctimas llevando a cabo alguna especie de ritual.

Hopper exhaló y salió del dormitorio.

Como si Nueva York no tuviese ya bastantes problemas.

26 de diciembre de 1984

Cabaña de Hopper
Hawkins, Indiana

—¿La tercera?

Hopper miró su taza de café. Estaba vacía. Ya se había tomado una entera y tan solo acababa de empezar. Iba a tener que moderarse.

Enfrente de él en la mesa, Ce negó con la cabeza, sus labios una curva descendente de confusión. Hopper se levantó y fue hacia la cafetera en la cocina.

—Sí, esa fue la tercera —dijo, llenándose la taza—. Para entonces ya llevábamos casi dos meses trabajando en el caso. Si dos asesinatos son iguales, tienes una pauta y está claro que buscas a una sola persona. Pero la tercera muerte lo convierte en otra cosa. Ahí fue cuando supimos seguro que teníamos que atrapar a un asesino en serie.

Ce, concentrada, entornó los ojos.

—Pero... ¿a los demás los atrapabais en broma? —preguntó, dubitativa.

Hopper volvió a dejarse caer en la silla.

—Ah, no, no es «en serio». Asesino en serie —repitió, vocalizando mucho—. Un asesino en serie es... bueno, es alguien que mata a mucha gente.

—¿Como papá? —preguntó ella.

«¿Papá?»

Entonces cayó en la cuenta. Ce se refería a Brenner, al doctor Brenner, el monstruo responsable de su crianza recluida en un laboratorio.

«Mierda.»

—No, esto era distinto. Él era distinto. Es... complicado. Escucha...

Dejó de hablar y bebió un poco de café. ¿De verdad iba a seguir con aquello? De pronto, le pareció una idea pésima. En muchos sentidos, Ce era más joven que su edad física, ¿y Hopper estaba hablándole de Nueva York en los años setenta y de cuando tuvo que enfrentarse a un asesino en serie?

Era demasiado. Suspiró y se frotó la cara.

—No estoy nada seguro de que debamos hacer esto, de verdad. O sea...

Ce irguió la espalda con un movimiento brusco.

—No pares.

Hopper suspiró. Otra vez.

—¿Estás muy segura de esto? Porque...

—Pero ¿qué pasó?

—Porque no quiero que tengas pesadillas durante todo un año, ¿sabes?

Ce miró a Hopper con su acostumbrada intensidad. El silencio se extendió entre ellos hasta que ella habló por fin.

—Retrocede hasta el principio.

—¿El principio? La historia ya es bastante larga tal cual está. Y los primeros dos asesinatos eran iguales. Como te decía, fue en el tercero cuando empezaron a pasar cosas.

Ce miró la mesa. Hopper la observó por encima del borde de su taza. La chica no abrió la boca, y Hopper dejó el café en la mesa.

—¿Qué hago? —preguntó.

—Principio, mitad, final —dijo Ce sin apartar los ojos de la mesa—. Eso es una historia. Principio, mitad, final.

—Es verdad.

Ce miró a Hopper.

—Háblame de Delgado.

—¿Delgado? Esa pregunta sí que sé responderla.

Hopper dio un sorbo al café y empezó por el principio.

3

Sonny y Cher

La oficina de inspectores de la Comisaría 65 de Brooklyn no era lo que se dice un hervidero de actividad a las ocho de la mañana, pero Hopper atribuía el letargo al dichoso calor. Nueva York estaba asándose viva a fuego lento, y eso que ni siquiera era verano todavía. Si el tiempo seguía igual, Hopper ya empezaba a hacer planes de trasladar su escritorio a la azotea usando el montacargas. Por lo menos, allí arriba hacía vientecito. En la oficina, lo único que movía el aire eran tres cochambrosos ventiladores de pie que el sargento Mc-Guigan había desenterrado de un trastero olvidado mucho tiempo atrás. Por supuesto, el aire acondicionado no funcionaba. Hopper no recordaba que lo hubiera hecho nunca, y no albergaba muchas esperanzas de que se arreglara en la década en curso, al menos si se mantenía el nivel actual de recortes presupuestarios infligidos al departamento de policía de Nueva York.

Y para muestra, el escritorio que había delante del suyo. Como todos los demás que utilizaba la plantilla de seis inspectores de homicidios de la comisaría —no, ahora habían pasado a quedarse en cinco—, era metálico y había vistos tiempos mejores, pero ese en concreto estaba pelado, sus cajones vacíos, sin un miserable papel secante ni un teléfono encima. Llevaba ya semanas así, desde que la última ronda de eliminación de redundancias en el departamento se cebara en la 65 con particular saña, les arrebatara un inspector y dejara a Hopper sin compañero.

Por una parte, Hopper comprendía la necesidad de eficiencia. La ciudad estaba sin dinero y el gobierno federal no movía ni un dedo al respecto, por lo que tocaba hacer recortes. No por ello estaba bien, ya que solo se podía retirar cierta cantidad de grasa antes de derramar sangre, pero al menos entendía las cuentas.

También comprendía la inmensa suerte que tenía. En la primera mitad de 1977, o por lo menos hasta la fecha, se habían cometido casi seiscientos homicidios en toda la ciudad. Pero no se distribuían equitativamente entre los cinco distritos. La 65 se encargaba de una parte bastante tranquila de Brooklyn, y cada uno de los cinco inspectores de homicidios que quedaban llevaba como mucho tres investigaciones abiertas a la vez. Seguían siendo demasiadas, pero Hopper sabía que la cosa podía ponerse mucho peor que eso y, de momento, incluso sin compañero, se daba con un canto en los dientes por el puesto que tenía. Si lo lamentaba por alguien, era por el capitán, Bobby LaVorgna, un italiano grandullón con un enorme bigote de morsa y veinticinco años de experiencia, que distribuía los casos entre sus inspectores con la pericia malabar de un antiguo maestro. Pero en los últimos tiempos, se pasaba casi toda la jornada encerrado en su despacho, saturando el aire de humo de cigarrillo mientras discutía por teléfono con sus superiores, suplicando más recursos, más dinero, más hombres. La vida como inspector de homicidios en Nueva York no era ni mucho menos pan comido, pero al menos, en opinión de Hopper, él no estaba amarrado a un escritorio todo el día, rellenando papeleo y gritando al viento.

—Eh, ¿te has enterado de lo que pasó ayer?

46

Hopper levantó la mirada de los papeles del caso que estaba revisando y bajó los pies de la mesa mientras el inspector Symonds se aproximaba a él desde la sala de descanso, con una humeante taza de café en una mano y un ejemplar de la edición matutina del *New York Times* en la otra. Le entregó el periódico a Hopper y apoyó el trasero en la esquina del escritorio vacío mientras se subía la pernera del pantalón azul celeste para estar más cómodo. Hopper apartó un momento los ojos del periódico y vio que Symonds pasaba un dedo bajo el cuello de su camisa y sacudía la corbata corta y ancha, cuyo color casaba a la perfección con el del traje.

—¿Nunca has pensado en vestir con fibras naturales, Symonds?

Symonds dio un bufido y bebió un poco más de café.

—Se llama estilo, James Hopper. Cuando necesite que don Paleto me dé consejos de moda, tendré que buscarme un loquero mejor.

Hopper meneó la cabeza, divertido, y devolvió su atención al periódico. La portada estaba dominada por la fotografía de un helicóptero accidentado.

—¿Sabes que ese trasto cayó en Madison Avenue? Mi mujer estaba allí. Joder. —Symonds bebió un poco más y negó con la cabeza.

Hopper leyó el titular: «Cinco muertos al salirse una pala de rotor de un helicóptero en el Edificio Pan Am».

Se había enterado por el boletín informativo la noche anterior, pero el artículo del *Times* le permitió hacerse una mejor idea de lo que ocurrió cuando el tren de aterrizaje de un helicóptero de New York Airways, posado pero con el motor en marcha, cedió y derribó el vehículo en su plataforma de aterrizaje poco después de las cinco y media de la tarde anterior. La hoja del rotor mató a cuatro personas en la azotea antes de partirse y caer por la fachada del edificio, rebotar contra una ventana y salir volando despedida hacia Madison Avenue, donde acabó con la vida de una peatona.

—¡Madre mía! —exclamó Hopper—. ¿Jacqueline está bien?

—Está bien, gracias a Dios está bien, pero lo vio todo. Está muy alterada. Le he dicho que se tome el día libre, pero dice que prefiere trabajar, ¿sabes? —Symonds volvió a negar con la cabeza—. En fin, ahí lo tienes. —Señaló hacia el periódico con la taza de café, como si eso lo explicara todo—. Nunca sabes cuándo te llega la hora, ¿verdad? No lo sabes y punto.

Hopper asintió, notando que se le tensaban los músculos de la mandíbula. Symonds tenía razón: cuando te tocaba, te tocaba. Como policía y, sobre todo, como veterano de guerra, era muy posible que Hopper lo supiera mejor que la mayoría, pero no era algo en lo que pensara mucho. No podía. Si empezabas a preocuparte por cosas como esa, no tardabas mucho en caer en un agujero negro. Hopper había visto cómo le pasaba a demasiada gente que había vuelto del mismo lugar que él.

Llegó un golpetazo desde el otro lado de la oficina que interrumpió las divagaciones de Hopper. Devolvió el periódico a Symonds, que se separó de la mesa y miró hacia el otro lado de la oficina. Hopper giró en su silla y siguió la mirada del otro inspector, hacia las grandes ventanas que permitían ver el interior del despacho del capitán.

Dentro, LaVorgna caminaba en círculos después de haber dado un portazo con todas sus fuerzas. Eran las ocho de la mañana y la primera batalla del día ya se había librado y perdido, al parecer. Hopper vio al capitán andar de un lado a otro con el teléfono encajado en un hombro mientras intentaba encender el siguiente cigarrillo, haciendo aspavientos que convertían la neblina de su despacho en remolinos lo bastante grandes para que Hopper los distinguiera desde su escritorio. El capitán movía los labios para despotricar contra lo que fuera que ordenase el decreto que acababa de llegar desde arriba. La pared divisoria con ventanas amortiguaba el sonido con sorprendente efectividad y convertía los actos del capitán en los de un mimo.

Y entonces sucedió. LaVorgna era un fanático de las normas y, pese al calor, llevaba puesto el uniforme completo, aunque al menos había colgado la gruesa chaqueta de lana en el respaldo de su silla. Pero en ese momento, escuchando lo que le decían por teléfono y negando con la cabeza, con el cigarrillo bien sujeto en los labios, se aflojó la corbata y se desabotonó el cuello de la impecable camisa blanca.

Eso nunca era buena señal.

Symonds regresó a su mesa y Hopper devolvió la atención a su propio trabajo, pero, tan pronto como abrió de nuevo la carpeta del caso, llegó otro estruendo procedente del despacho del capitán. LaVorgna cruzaba furibundo la oficina y la puerta del despacho aún se movía después de rebotar contra el marco. El capitán desapareció por las puertas que daban al vestíbulo de los ascensores.

En la oficina, los demás inspectores volvieron a lo suyo, terminado ya oficialmente el entretenimiento matutino, y los tres ventiladores siguieron zumbando mientras se reanudaba el quedo murmullo del trabajo policial.

Hopper giró despacio en su silla. Después de pasar un año en la 65, todavía no encajaba tanto como habría querido con los otros cuatro inspectores del turno del sargento McGuigan. A Symonds y a Harris, en un apuro, tal vez podría haberlos llamado amigos del trabajo, pero Marnie y Hunt eran un par de gilipollas que iban de machotes y a los que prefería mantener a distancia. Además, antes de llegar ya sabía que iba a resultarle difícil: Hopper era el novato, el pueblerino, el paleto del medio oeste que creía que podía llegar y salvar de dos patadas la ciudad que los demás llevaban toda la vida llamando su hogar. Por lo que a ellos respectaba, Hawkins, Indiana, bien podría haber sido Tombuctú. Lo más probable era que su rápido ascenso a homicidios tampoco hubiera ayudado mucho. Quizá los demás lo interpretasen como favoritismo, aunque Hopper no tenía ni idea de quién pensaban que lo había favorecido. Pero estaban molestos con lo deprisa que había ascendido, por lo menos un poco.

Symonds y, en menor medida, Harris, se habían abierto un poco a él, pero Hopper no permitía que le afectara. Sí, había llegado a Nueva York con un trabajo que hacer, y... bueno, tal vez tuvieran razón, porque también tenía una especie de misión. Pero no consistía en salvar la ciudad. No se trataba de ser un héroe. La ciudad no necesitaba héroes. Necesitaba policías, buenos policías, que supieran hacer su trabajo.

Policías como Hopper.

Pero, aunque LaVorgna estaba de su parte, como todo buen capitán debía estar, seguía sometido al protocolo y a la presión de grupo combinada que ejercían sus otros inspectores. Como novato que era, Hopper había aceptado al compañero que le habían asignado sin protestar —las órdenes se cumplían—, pero sabía que le habían endosado sin piedad a Joe Stafford, un inspector entrado en años cuya carrera saltaba a la vista que estaba en declive terminal. Stafford se resistía a levantarse de su escritorio, pero aun así no parecía capaz de ocuparse de su papeleo. Hopper lo había pillado más de una vez estudiando obsesivo las estadísticas de los Yankees en vez de hacer disminuir el montón de ficheros de casos que crecía sin pausa en su escritorio, hasta que, después de sobrevivir a dos rondas de recortes, por fin salió su número y la policía de Nueva York les dio a él y a sus trajes informales de color beis la jubilación anticipada.

La puerta del vestíbulo se abrió de golpe y regresó el capitán LaVorgna con el cigarrillo consumido hasta el filtro. El hombretón se limpió el sudor de la frente mientras regresaba dando zancadas a su despacho. La puerta volvió a sacudirse contra el marco a su espalda. Si el capitán seguía al ritmo que llevaba ese día, el aire acondicionado no sería lo único de la comisaría que iba a necesitar reparaciones.

Hopper miró a través del pasillo hacia el escritorio ocupado más próximo, donde el inspector Harris apuntaba algo en un fichero mientras, distraído, lanzaba al aire y atrapaba una vieja pelota de béisbol con la otra mano.

—Harris, ¿tú sabes qué está pasando?

El inspector se encogió de hombros pero no alzó la mirada.

—¿Qué voy a saber yo, Hopper?

Este giró de nuevo el cuello y volvió a su trabajo. Casi al momento, llegó un silbido admirativo desde la mesa que tenía detrás. Hopper levantó la cabeza mientras reparaba en que la oficina había vuelto a quedarse en silencio, y entonces hubo un repentino borrón azul y un golpe seco cuando alguien dejó caer una gran caja de cartón en el escritorio vacío que tenía enfrente.

—Y tú quédate calladito también —dijo la recién llegada.

Estaba de pie con las manos en las caderas junto a la mesa vacía. Vestía unos pantalones acampanados de color azul oscuro y una blusa blanca con volantes bajo un chaleco ajustado. Parecía tener unos treinta años y llevaba el pelo moreno largo hasta los hombros y muy ondulado. Estaba frunciendo el ceño a Hopper, aunque con una ceja levemente enarcada.

Hopper miró a su alrededor y vio que el resto de la oficina los observaba en silencio. Algunos inspectores sonreían y, al fondo de la sala, Hunt y Marnie, que llevaban unos trajes de color gris claro casi idénticos y camisas multicolores con los botones desabrochados casi hasta el centro, intercambiaron unos susurros que casi hicieron que Marnie se doblara por la mitad de la risa. Su mata de pelo rubio con la permanente se meció en torno a sus orejas mientras intentaba reprimir el ataque de hilaridad.

Hopper no les hizo caso y se volvió hacia la recién llegada.

—Eh...

La mujer alzó la barbilla.

—¿Es usted Hopper?

Él bajó la mirada hacia su escritorio, solo un instante e involuntariamente, pero fue suficiente.

—¿Qué pasa, tiene que buscar la placa para comprobarlo?

Hopper parpadeó y devolvió la mirada a la mujer.

—Sí, soy Jim Hopper —dijo—. ¿Y usted es...?

La mujer le tendió la mano, convirtiendo el ceño fruncido en una sonrisa que parecía bastante forzada. Hopper se la estrechó y notó que sus dedos se aplastaban bajo el fuerte apretón.

—Su nueva compañera. Inspectora Rosario Delgado.

—¿Mi nueva... compañera?

Delgado retiró la mano y rodeó de nuevo el escritorio vacío. Tiró de la caja de cartón y miró en su interior antes de empezar a sacar cosas de ella. Una grapadora. Varios documentos. Una taza llena de bolígrafos que tenía una bandera impresa en un lado y algo escrito en español por debajo.

Hopper miró a su alrededor. Las sonrisas de los demás se habían esfumado. Harris estaba mirándolos, con la pelota de béisbol apretada con fuerza en una mano y los ojos entornados.

Hopper se volvió de nuevo hacia Delgado.

—Disculpe, ¿ha dicho que es mi nueva compañera?

La mujer siguió desempaquetando sin levantar la vista.

—Diez de diez en comprensión auditiva, inspector. Seguro que le dieron un certificado en la academia y todo.

Hopper se la quedó mirando. En torno a él, los demás inspectores fueron aproximándose, el tándem Marnie-Hunt apoyado en extremos opuestos de la columna de carga que había en el centro de la oficina, ambos con los brazos cruzados y grandes sonrisas en los labios mientras miraban a Delgado de arriba abajo. Marnie cruzó la mirada con Hopper y levantó las cejas.

Hopper no le hizo caso. Volvió a girar en su silla.

—Vale, escuche, señorita Delgado...

—Inspectora Delgado, inspector Hopper —lo interrumpió ella. Había terminado de sacar sus pertenencias de la caja y la bajó al suelo junto a su escritorio. Luego volvió a erguirse, de nuevo con los brazos en jarras, y miró a Hopper desde debajo de su flequillo oscuro—. No me lo diga. Usando sus increíbles habilidades policiales, ha deducido que soy una mujer. Enhorabuena. Que no se me olvide escribirle una carta de reconocimiento.

Hopper abrió la boca para responder, pero lo salvó la llegada del capitán LaVorgna. El jefe se quedó de pie, sudando al lado de sus mesas, e inició el proceso de arremangar sus brazos gruesos como troncos mientras el brillo de su sempiterno cigarrillo latía al ritmo de su aliento.

—Veo que ya os conocéis —dijo—. La inspectora Delgado se incorpora a nuestra comisaría desde la 117, en Queens. Acaba de ascender a inspectora de homicidios y es tu nueva compañera, así que, si tienes algún problema con eso, te recomiendo callártelo. Y si tienes alguna pregunta, no quiero oírla. —Se ajustó una manga doblada de la camisa justo por debajo del codo—. ¿Ha quedado claro?

Hopper enderezó la espalda en su silla.

—Muy claro, señor. —Se detuvo un momento—. Es solo que... hum...

Delgado sonrió.

—Lo que intenta decir el inspector Hopper, señor, es que su nueva compañera parece ser mujer.

LaVorgna dio un fuerte suspiro, apagó el cigarrillo en el cenicero a rebosar que había en la mesa de Hopper y se volvió para dirigirse al turno entero.

—Muy bien, escuchad. Nos enorgullece formar parte de una nueva iniciativa que encabeza el comisario en persona. A partir de este mes, pueden asignarse inspectoras a homicidios. La inspectora Delgado es una de las nueve primeras que han sido asignadas a comisarías por todos los cinco distritos. Tendrá las mismas obligaciones que el resto de vosotros, trabajará en los mismos casos que el resto de vosotros y seguro que será igual de incordio que el resto de vosotros. Es la inspectora que reemplaza a nuestro querido inspector Stafford. —Señaló con un dedo a Hopper—. Llevabas demasiado tiempo esperando a que te asignasen compañero, así que feliz Navidad.

El inspector Marnie soltó una breve risotada. LaVorgna lo miró con furia.

—¿Algún problema, inspector?

La mandíbula de Marnie chasqueó al mascar chicle.

—Bueno, supongo que necesitábamos a alguien que preparara el café —dijo. Hunt soltó otra risita desagradable.

—Tú ríete, inspector —dijo LaVorgna—. Esta ciudad necesita polis, buenos polis, y a mí me da lo mismo que vengan desde los anillos de Saturno, siempre que los casos se resuelvan y el tablón se despeje. Y ahora, todos a trabajar.

LaVorgna regresó a su despacho y los otros inspectores, poco a poco, volvieron a sus escritorios. Harris, que no se había movido, seguía mirando a Delgado. Ella le sostuvo la mirada hasta que, por fin, Harris dejó la pelota de béisbol en su mesa, cogió su taza y se fue a buscar café.

—Son muy amistosos —comentó Delgado, sacando su propia silla de debajo y sentándose a su nueva mesa—. El turbio inframundo de Brooklyn debe de estar temblando de miedo sabiendo que vamos a por él.

Hopper sonrió.

—Lo mejor de Nueva York.

Delgado negó con la cabeza.

—Que Dios nos ampare. —Movió unos papeles, dejó un puñado de bolígrafos en un cajón del escritorio y luego miró a Hopper—. Bueno, ¿cuál es tu historia, compañero?

Hopper enarcó una ceja.

—¿Mi historia?

—Sí, tu historia. Pero sáltate lo del signo del zodiaco y tu color favorito, porque esas cosas me traen muy sin cuidado. —Miró el cenicero—. Veo que fumas.

—¿No fuma todo el mundo?

—Yo no —dijo Delgado—. Pero mi padre me dijo que nunca confíe en un hombre que no fuma, así que perfecto. No tienes pinta de ser de por aquí. Ni tampoco suenas a neoyorquino.

—Correcto —confirmó Hopper—. Soy del medio oeste. De Indiana.

—Te acompaño en el sentimiento.

Hopper se reclinó en la silla y miró a Delgado, que se encogió de hombros.

—¿Qué pasa?

Hopper señaló la taza que la inspectora había dejado en su mesa.

—¿Es la bandera cubana?

—¡Pero si también sabe geografía! Otro punto para la educación pública de Indiana.

—¿Eres de Cuba?

—No, de Queens.

—Ah.

—Mis padres sí que son de Cuba. Escaparon a Miami y luego volvieron a escapar a Nueva York antes de que yo naciera.

—¿Y eso qué significa?

Delgado ladeó la cabeza.

—¿Qué significa qué?

Hopper se inclinó hacia delante y el respaldo de su silla de resorte se enderezó. Dio un golpecito con su boli en un lado de la taza de Delgado. Por debajo de la bandera cubana había una línea escrita en español.

—Eso.

Delgado sonrió.

—Vaya, pero no sabe idiomas. Significa: «Eres la mejor mamá del mundo».

Hopper sonrió.

—¿Tienes hijos?

—No —respondió Delgado—. Pero me gustaba la taza. ¿Y tú?

—Una hija, Sara, de seis años.

—¿Con seis años y en Nueva York? —se sorprendió Delgado—. Qué duro.

Hopper se encogió de hombros.

—Nos va bien.

—¿De dónde decías que eres?

—De Indiana. Un pueblo llamado Hawkins.

—Y en Hawkins, Indiana, ¿tienen polis?

—Pues sí. Y electricidad y agua corriente, también.

—Eh, nunca te acostarás sin saber una cosa más. ¿Y qué pasó? ¿La pompa y el glamur de la gran ciudad te atraían o es que tienes algún tipo de ansia suicida?

Hopper se echó a reír.

—Para nada. Fue solo que era el movimiento adecuado en el momento oportuno.

Delgado se inclinó hacia delante.

—¿Existe un momento oportuno para mudarse a Nueva York? Ser policía en Hawkings...

—Hawkins, sin la ge.

—Hawkins, como se llame. Pero ser poli allí no es como serlo aquí. —Dio unos golpecitos en la mesa con la uña—. No lo pillo.

Hopper apretó los labios.

—Tienes razón, es distinto. Pero me hacía falta un cambio. Antes de hacerme poli, estuve en el ejército. Me alisté después del instituto y estuve cuatro años dando vueltas por todo el país. Después, un día, se me llevaron a una selva en la otra parte del mundo.

Delgado siseó entre dientes.

—¿Te presentaste voluntario a esa mierda? No pareces de esos fanáticos del Tío Sam.

—Y no lo soy, pero parecía una buena manera de largarme de Indiana. Lo fue. Y, al principio, hasta me lo pasaba bien.

—Hopper se lamió los labios—. Hice dos períodos, desde el 62 hasta el 68, y luego volví a Hawkins, Indiana, con una Estrella de Bronce y sin nada que hacer.

—¿Así que te hiciste poli?

Hopper separó las manos y compuso una sonrisa tensa.

—Y aquí estamos. ¿Qué me cuentas tú?

Delgado se rio.

—Ah, lo mío es sencillo. Me enrolé en la policía de Nueva York. Trabajé en la calle, hice mis horas. Ascendí a inspectora. Y aquí estamos.

Hopper levantó una ceja.

—¿Siempre quisiste trabajar en homicidios?

—Ya lo creo. Homicidios es tocar techo para cualquier inspector. Y aunque esté feo que lo diga yo, nunca me rendí. Bienvenido a los dicharacheros años setenta, inspector. Y ahora, pásame un archivo, a ver qué misterios del universo estáis intentando desentrañar, hatajo de payasos.

Hopper rio de nuevo, le pasó una pila de archivos de su escritorio y vio cómo su nueva compañera abría la primera carpeta y se ponía a leer. Estaba sentada con la cabeza gacha sobre la mesa y, al cabo de un momento, cogió un lápiz y empezó a seguir con él las líneas del archivo a medida que iba leyendo.

Hopper conocía a su nueva compañera desde hacía cinco minutos y la cabeza ya le daba vueltas. Era lista, y rápida, y rebosaba... bueno, rebosaba actitud.

Entonces los dos alzaron la mirada cuando el corpachón de LaVorgna proyectó una sombra en sus escritorios por segunda vez esta mañana.

—Estupendo. Ya estás instalada, formaréis un gran equipo, os apoyaréis mutuamente, sois como Sonny y Cher —dijo el capitán—. Maravilloso. Cómo me alegro por los dos.

Hopper enarcó una ceja y cruzó la mirada con Delgado, que sonreía.

—¿Podemos ayudarle en algo, capitán?

—Podéis resolverme un asesinato, eso podéis hacer —repuso él, soltando una carpeta nueva en la mesa de Delgado.

La inspectora arrastró el archivo hacia ella y lo abrió. Hopper se inclinó hacia delante para poder ver. Encima de todo había una gran fotografía de un escenario del crimen. Era en blanco y negro y le dio la impresión de ser una sucesión de formas abstractas antes de caer en la cuenta de que estaba mirando un cadáver.

—Joder —susurró—. ¿Se puede saber qué pasó?

—Lo de siempre, inspector —dijo LaVorgna—. Han matado a alguien y vuestro trabajo es encontrar al culpable.

Delgado siguió leyendo el informe mientras meneaba la cabeza a los lados.

—Esto es raro de cojones.

Hopper la miró a ella y luego al capitán, expectante, con los ojos muy abiertos.

—Raro sería la descripción correcta, sí —dijo LaVorgna—. El forense está en el escenario. Os espera a los dos allí hace como cinco minutos.

Hopper se levantó y cogió la chaqueta del respaldo de su silla. Delgado se puso en pie más despacio, reacia a apartar los ojos del archivo antes de cerrar la carpeta y entregársela a su compañero.

—¿Estás preparada? —preguntó Hopper.

—Siempre estoy preparada.

Hopper cogió la carpeta, asintió mirando a Delgado y los dos salieron para investigar su primer caso juntos.

26 de diciembre de 1984

Cabaña de Hopper
Hawkins, Indiana

Hopper veía venir una pregunta, así que dejó de hablar, se reclinó, envolvió la taza de café con las manos y se la apoyó en el pecho.

—Entonces... —empezó a decir Ce, y calló.

Hopper levantó una ceja.

—¿Entonces?

Ce ladeó la cabeza y arrugó la nariz.

—A los demás no les caía bien.

—¿Delgado?

—Todos se la quedaron mirando —dijo Ce— y no fueron simpáticos con ella. La hicieron enfadar.

«Ay, madre.»

—Bueno —dijo Hopper, y se detuvo. ¿Cómo iba a explicar aquello? Dio un sorbo de café ardiendo, soltó aire con fuerza y decidió lanzarse a la piscina—. Bueno, no les caía bien porque era mujer y, además, hispana.

—¿Hispana? —Ce repitió la palabra despacio, imitando a Hopper tan bien como pudo.

—Persona con antepasados españoles. En realidad, lo que pasaba es que les daba miedo.

Ce movió la cabeza a los lados.

—¿Miedo?

—Los asustaba de lo que pudiera ser capaz, que acabara haciendo el trabajo mejor que ellos, y eso no les gustaba nada. Se sentían amenazados. Intimidados. A ver, todo eso era nuevo en aquellos tiempos. Creían que ese mundo era su territorio, y de repente llegó una mujer que no se callaba, que estaba dispuesta a plantarles cara. Creían que ella estaba invadiendo su mundo, que su sitio era otro y que no debería haber salido de él. En la policía de Nueva York nunca había habido una inspectora de homicidios hasta ese día. Delgado había tenido que luchar solo por el simple derecho de entrar por aquella puerta como una más de nosotros. A algunos de los otros no les hizo ninguna gracia.

Ce frunció el ceño.

—Eso no está bien.

—No.

—Tenía permiso para estar allí.

—Sí.

—Era inspectora.

—Sí.

—Igual que tú.

—Sí, igual que yo.

—¿Tú la querías allí?

—¿Yo? Bueno, me sorprendió, claro. Pero quiero pensar que tenía la mente un poco más abierta. Y es lo que tú dices: Delgado era inspectora de homicidios, exactamente igual que yo. Necesitaba un compañero y me la asignaron, y nos pusimos a trabajar. Pero tienes que recordar que esto fue hace mucho tiempo y entonces las cosas eran diferentes.

—¿Ahora se ha arreglado?

—Eh... Bueno...

—¿Está arreglado?

Hopper negó con la cabeza. Ya empezaba a lamentar aquella conversación, por necesaria que fuese.

—No, no está... arreglado. Pero sí que está mejor. Más o menos.

Ce asintió.

—Yo también me habría enfadado.

Hopper sonrió.

—Me lo creo. Pero Delgado sabía manejarlo bien. No dejaba que la situación la cegara. —Entonces rio—. Era una poli bien dura, eso te lo aseguro. Y al final, resultó que sí que era mejor que los otros inspectores. Yo incluido.

Ce sonrió.

—El caso fue el principio.

La sonrisa de Hopper se marchitó. Se encorvó un poco y apoyó los brazos en la mesa.

—Sí, fue el principio. El capitán nos asignó ese caso el primer día de Delgado.

Ce asintió.

—Raro de narices —dijo, pronunciando las palabras despacio, como si fuesen importantes y oficiales.

La sonrisa de Hopper rebrotó. Por supuesto, esas no habían sido las palabras exactas de Delgado, pero no hacía ninguna falta que Ce lo supiera. En la historia iba a haber asesinatos, violencia y peligro, y Hopper ya estaba esforzándose por atemperar esos elementos tanto como podía. Él no tenía ningún problema con los tacos, pero al menos estaba intentando dar un poco de ejemplo a Ce.

Hopper dio un sorbo al café y retomó la historia en el «presente», en la festividad del Cuatro de Julio de 1977.

4

Un día cualquiera en la oficina

4 DE JULIO DE 1977
Brooklyn, Nueva York

Ya era casi medianoche cuando Hopper metió la llave en la cerradura de la puerta de su casa, la giró sin hacer ruido y entró en el piso, cuidando de no despertar a su esposa ni a su hija.

Por la primera, no tenía que haberse preocupado. Había luz en la sala de estar y, mientras Hopper cerraba la puerta después de entrar, oyó un trajín de papeles por encima del funk suave de *Undercover Angel* de Alan O'Day y también un leve y revelador golpecito, el sonido de Diane dejando una taza de café en un posavasos de cerámica con forma de vaca que se habían traído como recuerdo de un viaje al norte del estado, el año anterior.

Hopper dejó el llavero en la encimera de la cocina y, cuando entró en la salita, Diane levantó la mirada de su trabajo.

—Hola —saludó ella.

Hopper rodeó la mesa y dio un beso a Diane en la coronilla.

—Perdona —dijo—, intentaba no hacer ruido.

—Ah, tranquilo, ya casi he terminado.

Hopper miró la mesa, que estaba cubierta de fajos de papeles que rodeaban una enorme hoja de calendario ya cubierta de la limpia caligrafía de Diane. Junto al codo tenía un cuaderno grande. Hopper no entendía del todo a lo que Diane se había estado dedicando, pero sí distinguió a simple vista que tenía que ver con planificar sus clases.

—¿Cómo va todo?

Diane dejó el bolígrafo encima del cuaderno y se reclinó.

—Pues bastante bien, la verdad. —Señaló el calendario—. He remodelado los horarios para el curso que viene. Creo que ahora funcionará de maravilla. —Soltó una carcajada—. Eso sí, Derek va a cogerse un buen berrinche cuando lo vea.

Hopper sonrió. Derek Osterman, vicedirector del colegio y un dinosaurio al que no gustaban nunca las ideas de Diane porque no tenía la suficiente imaginación para pensarlas él, era un tema bastante habitual en las conversaciones de su esposa después del trabajo.

—Bueno, algún día ocuparás su puesto y tendrás que enfrentarte a tu propia forastera engreída.

Diane se echó a reír y se levantó de la mesa. Fue hacia el tocadiscos de la mesita, devolvió la aguja a su soporte y volvió para abrazar a su marido. Hopper se mantuvo así unos segundos y luego se apartó un poco.

—¿Has bebido?

—Solo una copa. Ha sido una noche dura —dijo, y preguntó—: ¿Sara está bien?

Diane sonrió.

—La piedra Molly la ha tenido entretenida casi toda la tarde, así que te libras —respondió—. Después he dejado que se quedara despierta para ver los fuegos artificiales conmigo en la tele, pero estaba cansada de la fiesta y de tanta tarta y se ha ido a la cama sin rechistar.

—¿Le has leído?

Diane asintió.

—Hasta el final del capítulo cinco, pero no sé de cuánto se ha enterado, porque ha caído redonda. No me he dado cuenta y he seguido adelante.

Hopper sonrió.

—Es un buen libro.

Entonces se le deshizo la sonrisa y suspiró. Se apartó con suavidad de los brazos de su esposa y se dirigió a la cocina. Abrió la nevera y miró lo que quedaba de las últimas seis cervezas que había en el estante de arriba, junto a la luz. Entonces cambió de opinión, cerró la nevera y empezó a abrir las alacenas superiores de la cocina, moviéndose por el angosto espacio.

Detrás de él, Diane cruzó los brazos y torció el gesto.

—Sí que ha sido dura la noche, ¿eh?

—Ya lo creo —respondió Hopper, sin dejar de buscar en las alacenas. Terminada la ronda por la cocina, frunció el ceño y meneó la cabeza—. Mañana también tengo que trabajar.

—Feliz día de la Independencia —dijo Diane mientras abría una portezuela de debajo con un golpecito de la zapatilla de estar por casa.

Hopper se quedó quieto un momento antes de agacharse y abrir la alacena para sacar de dentro una botella de whisky medio vacía.

Diane lo observó mientras él cogía un vaso y se servía una dosis copiosa.

—Parece que muchas noches son duras —dijo—. Y algunos días también.

Hopper se detuvo, la miró y entonces dio un buen sorbo al whisky. Lo mantuvo un momento en la boca, disfrutando del agradable ardor, antes de tragarlo y permitir que la sensación cálida se extendiera por todo su pecho.

Caray, qué bien le había sentado.

—Bueno, querida —dijo Hopper mientras volvía a servirse—, Nueva York es una ciudad dura, y ser poli en Nueva York es un trabajo duro.

Tapó la botella, apuró el vaso y se volvió para apoyarse en la encimera de cara a Diane. Ella apretó más los brazos cruzados y observó a su marido.

Los hombros de Hopper se hundieron.

—Lo siento —dijo—. De verdad que lo siento.

Dejó el vaso y se apartó de la encimera para acercarse a su esposa con una mano extendida. Al principio ella se resistió, pero luego levantó también la mano y dejó que su marido la cogiera.

Sacudió la cabeza y entonces se acercó a él, le envolvió los hombros con los brazos de nuevo y volvió la cabeza para apoyársela en el pecho. Hopper la rodeó con sus brazos.

—Está bien —dijo Diane—. Querías este trabajo y lo haces lo mejor que puedes y no tienes que disculparte nunca por eso.

Hopper apoyó la mejilla en la cabeza de Diane.

—Nadie dijo que iba a ser fácil.

Diane rio flojito.

—Queríamos un desafío. Por lo visto, lo conseguimos.

—Ya lo creo —dijo Hopper. Suspiró—. ¿Alguna vez te entran ganas de volver a Hawkins?

Diane se apartó y miró a su marido. Hizo una mueca.

—¿Estás de cachondeo, James Hopper?

Él sonrió.

—Ya sabes a qué me refiero —dijo—. ¿Hicimos bien en venir aquí, a Nueva York? O sea, joder, esta ciudad está derrumbándose a nuestro alrededor.

—Igual es que somos un poco masoquistas —repuso Diane—. Pero creo en ti.

—Eh, yo también creo en ti.

—No, escucha. Creo en ti, y eso significa que creo en lo que quieres hacer. —Diane meneó la cabeza—. No podíamos quedarnos en Hawkins. Lo sé yo y lo sabes tú. No después de que pasaras por tanto. Querías convertir eso en algo que ayudara a los demás y, por mucho que la policía de Hawkins te necesitara, tú necesitabas algo más grande. Es lo que dijiste. Te creí entonces y te creo ahora. Y el caso es que yo también necesitaba algo más grande. Esto es bueno para los dos. Hicimos lo correcto. Y estamos haciendo lo correcto.

Hopper abrazó a su esposa. Estaba en lo cierto: eso era exactamente lo que él había dicho. Qué cursi había sonado, ahora que lo pensaba. Y la verdad era que pensaba en ello mucho, quizá más a menudo de lo que le convenía.

Hopper atrajo más a su esposa para besarla, esa vez con más intensidad. Sintió la calidez de su cuerpo a través de la camisa a cuadros y notó que a Diane se le aceleraba el pulso cuando sus manos le recorrieron el cuello.

Sí, había sido un día muy largo, y aquello, justo aquello, era lo que necesitaba, más que la bebida, más que otra ronda de preguntarse si habían tomado la decisión correcta al mudarse allí. Qué coño, llevaban ya casi cinco años en la ciudad. Si el lugar de verdad era tan malo, si se habían equivocado al trasladarse, ¿por qué seguían viviendo allí?

Diane deshizo el abrazo, miró a Hopper a los ojos y sonrió. Él le devolvió la sonrisa, mirando al fondo de sus ojos.

—¿He mencionado últimamente que te quiero? —dijo Hopper.

Diane arrugó la frente.

—Hum, veamos. Sí que lo mencionas de vez en cuando, ahora que lo pienso. —Entonces sonrió—. Ven a la cama.

Diane se volvió y, cogidos de la mano, salieron de la cocina en dirección al dormitorio.

5

La invasión de los federales

5 DE JULIO DE 1977
Brooklyn, Nueva York

Hopper casi ni se había enterado de la llegada de Delgado, pero el golpetazo de su bolso contra la mesa lo devolvió a la oficina después de haber estado absorto en los detalles del caso desde ni se sabía cuánto tiempo. Miró a su compañera, que aún estaba de pie detrás de su escritorio, desabrochando los tres botones superiores de su blusa verde y empezando a abanicarse con una carpeta de papel manila. No eran ni las ocho y en la calle ya pasaba de los treinta grados. Allí dentro, daba la sensación de que el mercurio subía incluso cinco grados más.

—Veo que has llegado pronto —comentó Delgado.

—¿Tú puedes dormir con el calor que hace?

—Soy de Cuba. Para mí, esto no es nada.

—No, eres de Queens, y hasta para ser de Queens, esto sí que es algo.

Delgado se rio, dejó la carpeta y cogió su taza.

—¿Quieres café?

—Ahora sí que estás de cachondeo.

Delgado se apoyó una mano en la cadera.

—Primero: deberías conocerme lo suficiente para saber

67

que no intento bromear antes de haber comido. Segundo: tienes pinta de que lo necesitas inyectado en vena más que bebido. Y tercero, hace calor y...

—¿Y te gusta torturarte para demostrar tu valía y tu derecho a ser inspectora de homicidios?

Una ceja de Delgado salió disparada hacia arriba, al parecer tirando de una comisura de sus labios.

—Eres el rey de los gilipollas. Lo sabes, ¿verdad?

Hopper se reclinó.

—Me lo han mencionado alguna vez. —Sonrió y, al cabo de un momento, Delgado suspiró y negó con la cabeza.

Tras seis semanas como compañeros, habían desarrollado una rutina que Hopper tenía que reconocer que le encantaba. No se había dado cuenta del mucho tiempo que llevaba echándola de menos. Aunque Stafford había sido su compañero sobre el papel, nunca habían encajado bien. Quizá Stafford hubiera sido un buen poli en sus tiempos, pero Hopper sospechaba que eso debía de haber sido más o menos en la época en que Paul Revere había cabalgado para dar el aviso de que llegaban los británicos.

Rosario Delgado sí que era una compañera de verdad. Dedicada, capaz y una persona a la que Hopper podría confiar cualquier cosa, incluso su vida.

—¿Hace calor y...? —preguntó.

—Y beber algo caliente cuando hace calor te enfría —concluyó Delgado.

Hopper frunció el ceño.

—No estoy muy seguro de que sea verdad.

—Pues nada, hagamos caso a don Educación Pública de Indiana, aquí presente. Yo seré de Queens, pero sé un par de cosas sobre Cuba y el café.

Hopper se levantó. Delgado le hizo un gesto para que lo dejara estar.

—Siéntate. Puedo traer yo el dichoso café y, aun así, seguir siendo inspectora de homicidios. Además, estabas dedicándote en serio a pensar y sé lo mucho que cuesta calentar esas neuronas tuyas.

Hopper le dio su taza y Delgado se marchó a la sala de descanso sin decir nada más. La miró un momento y luego se sentó y devolvió su atención a los archivos que tenía extendidos en la mesa.

Eran una sucesión de imágenes de escenarios del crimen, tres fotografías de gran tamaño, todas en blanco y negro, situadas una a continuación de la otra a lo largo del centro de su escritorio. Alrededor de ellas había fotos más pequeñas, que mostraban las mismas escenas desde distintos ángulos. Debajo de todo, Hopper había colocado tres bolsitas transparentes de pruebas correspondientes a cada crimen.

Tres escenarios, tres bolsas.

Tres tarjetas blancas rectangulares, sin nada por una cara y con un símbolo distinto dibujado en negro por la otra.

Víctima uno: Jonathan Schnetzer. Blanco, varón, veintidós años. Circunferencia vacía.

Víctima dos: Sam Barrett. Blanco, varón, cincuenta años. Cruz.

Y el del día anterior, la víctima tres: Jacob Hoeler. Blanco, varón, treinta años. Tres líneas onduladas.

Hopper hizo rodar el cuello y se puso a ajustar la distribución de las tarjetas y las fotografías sobre la mesa, barajándolas un poco pero manteniéndolo todo alineado mientras dejaba que su cerebro trabajara en el problema.

Una cosa estaba clara: cuando el capitán LaVorgna les había asignado el caso a Delgado y a él, en el primer día de ella como inspectora de homicidios, nada menos, había tenido razón al afirmar que era raro. Un asesinato ritual había pasado a ser dos y luego tres.

No había ninguna relación entre las víctimas, al menos que Delgado hubiera podido descubrir. Todos parecían ciudadanos normales, significara lo que significase la palabra «normal» en Nueva York. Lo único que parecían tener en común era que ninguno tenía familia ni pareja, por lo menos que los inspectores supieran.

Eso y, por supuesto, la forma en la que habían muerto. Todos ellos apuñalados con una hoja de entre diez y quince centímetros, según las autopsias, y acuchillados cinco veces siguiendo una pauta concreta y deliberada. Cualquiera de las heridas habría bastado para provocar la muerte y, aunque cinco puñaladas desde luego era pasarse, en realidad se trataba de un acto relativamente contenido. En el tiempo que llevaba como policía en Nueva York, Hopper había visto víctimas acuchilladas treinta, cincuenta, cien veces, el agresor llevado al frenesí por las drogas, la desesperación, la enfermedad mental o una combinación de los tres factores.

En sus tres víctimas había un matiz de precisión, y no solo porque las heridas estuvieran situadas con meticulosidad para componer la característica forma de una estrella de cinco puntas invertida.

—Café —dijo Delgado, dejando la taza de Hopper en la esquina de su mesa—. No puedo prometerte nada sobre el sabor, pero sí que está caliente. —Dio la vuelta para llegar junto a su compañero y miró las fotos extendidas mientras daba un sorbo a su propia taza—. Esto sí que es la leche, ¿eh?

Hopper se frotó la barbilla y cogió su café.

—Ya lo creo.

—¿Aún no se ha filtrado?

Él negó con la cabeza.

—Bueno, pues ya es algo —dijo Delgado, y tenía razón.

El verano anterior, dos jóvenes del Bronx, Donna Lauria y Jody Valenti, habían recibido disparos mientras estaban en el coche de Jody. Jody sobrevivió, Donna no. Desde entonces, había habido otras cinco víctimas, la más reciente hacía menos de dos semanas, y el asesino no solo había escrito a un capitán de la policía, sino también, unas semanas atrás, al *Daily News*, firmando ambas cartas con un extravagante seudónimo.

Sin poder evitarlo, Hopper notó sus ojos atraídos por la

mesa de Harris. El inspector aún no había vuelto, y el cartel casero que había escrito estaba a la vista al lado de su vieja máquina de escribir Smith Corona. Era un recordatorio macabro, aunque quizá imprescindible, del mal que seguía acechando en la ciudad.

HAN PASADO 9 DÍAS DESDE QUE EL HIJO DE SAM ATACÓ POR ÚLTIMA VEZ

Desde los primeros asesinatos, Nueva York se había obsesionado con su propio asesino en serie, y el Hijo de Sam protagonizó las noticias durante semanas, durante meses, por lo menos cuando los medios no estaban bregando con los continuos problemas financieros de la ciudad o con la caótica batalla campal que era la campaña por la alcaldía. Las elecciones, quizá las más importantes para toda una generación de neoyorquinos, estaban a solo cuatro escasos meses de distancia.

Y en esos momentos, sin visos de que fueran a atrapar pronto al Hijo de Sam, parecía que tenían a otro asesino en serie haciendo de las suyas. Desde que apareció la primera víctima, Hopper y Delgado habían llegado a la misma conclusión de que el caso tenía que mantenerse oculto, al menos de momento. El capitán LaVorgna se había mostrado de acuerdo sin reparos. El Hijo de Sam era suficiente. No había forma de saber cómo reaccionaría la opinión pública si se añadía un segundo asesino en serie a las noticias de las seis de la tarde.

—Por lo menos, no parece que tengamos un imitador —dijo Hopper—. Nuestro culpable no está siguiendo en nada al Hijo de Sam. No ha intentado ponerse en contacto con las autoridades. —Se inclinó sobre las fotografías—. Y la naturaleza ritualista de estas muertes es diferente.

—Eso está claro —repuso Delgado, que se sentó a su mesa y dio un sorbo al café.

—No, me refiero a que no lo hace por darse bombo, ni

por llamar la atención. De hecho, ni siquiera estoy seguro de que lo haga por los asesinatos.

Delgado arrugó la frente.

—¿El café estaba demasiado caliente para tu cerebro, inspector? Si matas a alguien con un cuchillo, lo normal es que lo hagas por el asesinato. Desde luego, no está robando a las víctimas.

—Pero es que es justo eso —dijo Hopper—. Escúchame un momento. No son robos. Son homicidios, sí, pero tal vez no sea eso lo que lo motiva.

—No veo por dónde vas.

Hopper cogió una foto de escenario del crimen y se la pasó a su compañera.

—Mira las escenas. Son asesinatos rituales, en los que se mata a la víctima de una manera específica, y luego cada escenario se marca con un símbolo. El culpable no toca nada más. Eso, por sí mismo, ya significa algo. ¿Y si el asesino no lo está haciendo para llamar la atención? No es que haya leído sobre el Hijo de Sam y pretenda hacerlo mejor que él. Persigue otro propósito. Para él, la atención y la publicidad son irrelevantes.

Delgado dejó la fotografía en el escritorio y miró a Hopper mientras recostaba la espalda en la silla. Subió los pies a la esquina de su mesa, mostrando a Hopper las suelas de sus botas con tacón cuadrado.

—Entonces ¿dices que las tarjetas que va dejando no son para nosotros? ¿No intenta enviarnos un mensaje?

Hopper negó con la cabeza.

—No. La figura que forman las puñaladas, los cortes, las tarjetas... significan algo, pero no están pensadas para decirnos nada.

—¿Y qué? Es una teoría apañada, pero tampoco nos ayuda mucho. Vale, no intenta enviarnos ningún mensaje. Está loco de remate y punto. Dime algo que no sepa ya.

Hopper suspiró. Miró las tarjetas a través de las bolsas de

pruebas. Sus ojos se posaron en la que habían hallado el día anterior, la de las tres líneas onduladas.

—Estas cosas significan algo para el asesino. Si descubrimos el qué, quizá podamos deducir el porqué.

—Lo que nos llevaría al quién —dijo Delgado—. Pero de esas tarjetas no hemos sacado nada, Hopper. No hay huellas dactilares. Son tarjetas blancas que pueden comprarse en cualquier sitio. La tinta acrílica puede salir de una cantidad relativamente menor de sitios, si consideramos todas las tiendas de material artístico de la ciudad como una cantidad relativamente menor.

Fue entonces cuando el capitán LaVorgna salió de su despacho. Hopper lo vio por el rabillo del ojo, pero se volvió para mirar solo cuando se hizo evidente que ocurría algo. LaVorgna estaba de pie frente a la puerta de su despacho, con una mano en el pomo y los ojos moviéndose a izquierda y derecha mientras buscaba en la oficina.

—¿Qué le pasa al capitán? —preguntó Delgado—. ¿Le habrá dado un golpe de calor?

—¡Hopper! —LaVorgna proyectó un dedo carnoso en su dirección antes de volver deprisa a su despacho y sentarse al escritorio tras dejar la puerta abierta.

—¿Por qué esto me da tan mala espina? —preguntó Hopper.

Se levantó y anduvo hacia el despacho. Se detuvo en la puerta y el capitán lo hizo entrar de inmediato con un gesto.

—Cierra la puerta —dijo LaVorgna, juntando las manos y centrando la mirada en su almohadilla de escritorio en vez de en su inspector.

Hopper vaciló, precavido por el estado de ánimo del capitán, antes de cumplir la orden.

—Siéntate, inspector —dijo LaVorgna. De nuevo sin alzar la mirada.

Hopper avanzó hasta quedarse de pie detrás de una de las dos sillas que había delante de la mesa del capitán. Apoyó las manos en el velloso tejido azul, notando los dedos pegajosos por el sudor.

—¿Tengo que sentarme para oír lo que va a decirme?

LaVorgna por fin lo miró.

—No tengo tiempo para chorradas, inspector. Siéntate o quédate de pie; no me importa, no tengo tiempo para eso, ni ayer, ni mañana, ni mucho menos hoy.

Hopper se mordió el labio inferior, rodeó la silla y se sentó.

—¿Está relacionado con el caso? Delgado y yo estábamos...

LaVorgna cerró los ojos y, despacio, movió su inmensa cabeza a un lado y al otro. Hopper dejó de hablar.

—Hum, bueno, esto...

—Dices mucho «esto», Hopper.

—Bueno, esto... O sea...

El capitán levantó una mano.

—No hay caso, inspector. Ya no.

Hopper parpadeó. Inspiró una bocanada de aire, la contuvo y miró por todo el despacho. ¿Había pasado algo por alto? ¿Habría habido algún avance? ¿Nueva información? ¿Más pruebas? ¿Algo que hubieran encontrado en el tercer escenario del crimen? ¿Habían detenido a alguien? ¿Había confesado?

Esas y otro centenar de preguntas empezaron a circular por su mente. Hopper soltó el aire despacio y cambió de postura en la silla, repentinamente consciente de que tenía la camisa pegada a los riñones por el sudor.

Al final, se decidió por la pregunta más obvia que le llegó a la mente.

—¿Qué?

—Que no hay caso, inspector. A partir de este momento, los homicidios de las tarjetas están fuera de nuestro tablón.

Hopper volvió a cambiar de postura.

—¿Qué ha pasado? ¿Nos ha llegado alguna información que no teníamos? ¿Alguien ha encontrado algo?

LaVorgna no dijo nada. Se limitó a mirar a Hopper y, de nuevo, volvió la cabeza, de izquierda a derecha, de derecha a izquierda, sin apartar en ningún momento los ojos del inspector.

Hopper abrió la boca para decir algo más, pero entonces se abrió la puerta sin que nadie hubiera llamado a ella. Hopper se volvió en su asiento, esperando ver que Delgado se incorporaba a la reunión. Quizá fuese una inspectora novata, pero aquel también era su caso.

Lo que vio en lugar de su compañera fue a una agente uniformada sosteniendo la puerta para que entrara a toda prisa un hombre vestido con traje azul oscuro. La uniformada alzó una ceja mirando al capitán, que se limitó a suspirar e indicarle con un gesto que se retirara. La agente se marchó después de cerrar la puerta.

El hombre del traje azul dejó su maletín plano sobre la mesa del capitán y, haciendo caso omiso a la presencia de los dos policías, empezó a mover con los pulgares las ruedecitas de la combinación de los cerrojos.

Hopper lo observó boquiabierto. Miró al capitán, que le sostuvo la mirada y negó con la cabeza, de nuevo con exagerada lentitud.

Hopper vio cómo el hombre manipulaba el maletín. Era un tipo corriente en todos los aspectos, quizá tirando un poco a delgado, y tenía una de esas caras cuya edad es imposible de discernir, más allá de una estimación aproximada de entre cuarenta y cincuenta años. Iba afeitado y tenía el pelo muy corto y muy oscuro, pegado a la cabeza con loción acondicionadora y peinado con raya en medio, los surcos de un peine fino evidentes con una precisión casi matemática. Sus finos labios estaban apretados en una línea blanca de concentración mientras manejaba los candados de combinación. Su traje, ajustado, estaba lleno de ángulos, y los pantalones eran de corte recto, como si acabara de comprarse la ropa... pero en 1967, no en 1977.

Hopper identificó el estilo de inmediato. El hombre debía de ser abogado u ocupar algún otro puesto en la oficina del fiscal del distrito, quizá incluso en la del estado. Seguro que tendría su despacho tan ordenado que un visitante casual ni siquiera sabría si allí trabajaba alguien. Hopper podía imaginarse la hilera de portaminas y bolígrafos colocados en su mesa al lado del fluido corrector, porque el hombre del traje azul parecía la clase de autómata que dedicaría toda su energía a asegurarse de que sus informes fuesen precisos y libres de erratas y manchas. Un chupatintas, uno de carrera que se enorgullecía de serlo. Alguien cuyo único propósito en la vida era hacer la existencia de los policías de Nueva York mucho más complicada de lo que debía ser en realidad.

A Hopper le cayó mal, y eso que el hombre ni siquiera había abierto la boca.

—¿Necesita ayuda con eso? —preguntó, señalando el maletín con la barbilla—. ¿Ha probado ya con uno-uno-uno?

Al instante, los pestillos del maletín se abrieron de golpe con un sonido que resonó por el despacho como un disparo. Satisfecho en apariencia, el hombre del traje azul irguió la espalda y compuso una sonrisa tensa, aunque saltaba a la vista que estaba dirigida a su propio disfrute y no al de nadie más.

—Caballeros —dijo, con un asentimiento rápido para el capitán y otro para Hopper.

—Eh... Disculpe —dijo Hopper—, pero ¿quién narices es usted?

El hombre apuntó con su sonrisa tensa hacia el inspector. Tenía los ojos azules, a juego con el traje, y había un fino surco de sudor en su labio superior.

Vaya, así que era humano, a fin de cuentas.

LaVorgna carraspeó e hizo un gesto hacia el visitante.

—Este es el agente especial Gallup. Ha venido a supervisar el traslado de vuestro caso a su departamento.

Hopper frunció mucho el ceño y asintió con fingido aprecio.

76

—Ah, vale, claro, bien, bien. —Miró al recién llegado—. ¿Y qué departamento es ese, agente especial Gallup?

La sonrisa del hombre se crispó aún más, si es que era posible.

—Esa información está restringida, agente.

Hopper dedicó al hombre una sonrisa tensa.

—Inspector.

—Mis disculpas —dijo Gallup. Se volvió hacia LaVorgna—. Cuántos entresijos tiene el departamento de policía —añadió, y se encogió de hombros como si de verdad no le importara en absoluto.

Hopper notó que le subía la temperatura, y no solo por el bochorno que hacía en el despacho. Se levantó, apoyándose en los brazos de la silla, y dio un paso hacia Gallup. Sacaba casi una cabeza al agente.

—Escuche, amigo —dijo Hopper—. No sé quién es usted ni con qué derecho entra como Pedro por su casa en nuestra comisaría y en el despacho de mi capitán, pero está metiéndose en terreno pantanoso.

Gallup alzó la mirada hacia Hopper, aún con su leve sonrisa pegada en la cara. Hopper vio latir las sienes del hombre.

—Llevamos ya seis semanas trabajando en este caso —siguió diciendo el inspector—. Estamos haciendo avances. Podemos ocuparnos. Así que lo siento mucho, agente especial, pero no permitiré que llegue cualquier federal con un traje caro y nos lo quite.

Gallup se lamió los labios. Hopper siguió mirándolo desde arriba, pero su actitud de superioridad no estaba surtiendo el menor efecto. El agente especial no se dejaba intimidar. Su apariencia tranquila, casi mansa, seguía intacta.

Al cabo de un tiempo, asintió.

—Comprendo su preocupación, inspector, pero el caso ya no es suyo. —Miró a LaVorgna, sentado a su mesa, que no había movido ni un solo músculo—. Ni tampoco debería preocupar ya a nadie que trabaje en el departamento de policía de Nueva York. Vamos a hacernos cargo del caso. —Dejó de hablar un momento y miró de nuevo a Hopper—. Ya pueden borrarlo de esa pizarra que tienen. —Sus ojos pasaron a LaVorgna otra vez—. De hecho, la pizarra es una buena idea, con su lista de casos e inspectores. Quizá se la copie. Podría venirnos bien en nuestra oficina.

—¿Y qué oficina es esa? —preguntó Hopper.

—No estoy autorizado a revelarlo, señor Hopper.

—Inspector Hopper.

—Perdón, inspector Hopper. —Gallup miró de nuevo al capitán—. Disculpen, se me dan fatal los títulos, y su organización es muy... —Movió las manos en el aire—. Jerárquica.

Hopper suspiró y se volvió hacia el capitán. Se inclinó sobre la mesa, con los codos rectos.

—Capitán, ¿qué está pasando aquí? Esto es una gilipollez.

LaVorgna suspiró y se frotó la cara. Tras un momento de aparente pensamiento, se aflojó la corbata y se desabrochó el botón de arriba de la camisa de su uniforme. En esa ocasión, sin embargo, la acción hizo sonreír a Hopper. Retrocedió un paso y se cruzó de brazos.

«Allá vamos.»

—Agente especial Gallup —dijo el capitán—, entiendo por qué ha venido, y mis superiores me han ordenado ofrecerle nuestra plena colaboración, que le otorgo encantado. Pero quizá, si nos diera algo más de información, podríamos acelerar un poco el proceso.

Gallup asintió.

—Por supuesto.

Abrió el maletín. Hopper echó un vistazo rápido en su interior, pero solo llegó a ver una carpeta marrón de papel manila, que Gallup sacó y le tendió. Hopper la cogió y miró la cubierta, que estaba en blanco. Gallup se sentó y señaló la otra silla.

—Por favor.

Hopper suspiró otra vez y tomó asiento. Abrió la carpeta. Dentro había un fino fajo de papeles, grapados en la esquina. El primero era un formulario de algún tipo, que tenía arriba a la derecha una fotografía fotocopiada de un hombre con tan mala calidad que Hopper tardó unos segundos en identificarlo, antes de leer el nombre escrito debajo.

Era la tercera víctima, Jacob Hoeler, aunque en el documento figuraba también la inicial de su segundo nombre, una T. La dirección era la del escenario del crimen. El resto del folio parecía ser una especie de hoja de servicio oficial, pero la mitad del texto estaba censurada con gruesas líneas negras. Hopper pasó la página y vio más de lo mismo por detrás. Había unas pocas líneas de texto legible, pero, sin contexto, lo único a lo que encontró algún sentido fue otra dirección.

El agente especial Gallup juntó las manos en el regazo mientras cruzaba una pierna sobre la otra.

—Su tercera víctima se llamaba Jacob Hoeler —dijo.

—Lo sabemos —replicó Hopper.

—Lo que no saben, inspector, es que Jacob Hoeler era uno de los nuestros, el agente especial Jacob Hoeler. Estaba trabajando en un caso, y el hecho de que lo mataran estando de servicio preocupa mucho a mi departamento. En consecuencia, debemos asegurarnos de que se lleve a cabo una investigación exhaustiva. Para garantizar dicha exhaustividad, llevaremos el caso internamente.

Hopper negó con la cabeza.

—Esto no funciona así —objetó—. Si trabaja usted para un cuerpo de seguridad federal, puede presentar una solicitud formal. O puede pedirnos con amabilidad si cooperamos. Lo que no puede hacer es presentarse aquí y decirnos que nos quedemos quietos. Me da igual para quién trabaje. Esto no funciona así.

La sonrisa de Gallup regresó, varios grados más tensa. Miró a Hopper y luego se volvió hacia LaVorgna.

—¿Todos sus inspectores se toman el trabajo tan a la tremenda?

—Solo los buenos —respondió el capitán.

Gallup cambió de postura en la silla, recolocó la posición de las piernas cruzadas mientras se volvía a medias para encararse hacia Hopper.

—Lamento contradecirle, pero sí que dispongo de autoridad plena para presentarme aquí y quitarles un caso. Tengo poder legal para ordenar a la policía de Nueva York que me entregue toda la documentación y los archivos relativos al caso en cuestión, y es más, tengo potestad para prohibir a la policía de Nueva York que emprenda cualquier otra acción relacionada con dicho caso. Además de todo eso, tengo capacidad para formular las acusaciones que considere oportunas, entre las que puede figurar la obstrucción a la justicia. —Levantó una muñeca y se ajustó el gemelo cuadrado para que quedara exactamente paralelo al borde del puño de la camisa. Entonces miró de nuevo a Hopper—. ¿Queda claro, inspector Hopper?

Hopper se pasó los dedos por el pelo. Miró al capitán, pero LaVorgna se limitó a menear la cabeza otra vez.

—Tengo las manos atadas, Hopper. Esto es una orden del jefe de inspectores en persona. Cuando me han llamado, el agente especial Gallup y sus hombres ya venían de camino. —Se reclinó en la silla y extendió las manos—. No podemos hacer nada. Este caso ya no es nuestro.

Hopper arrugó la frente.

—¿Sus hombres?

La puerta se abrió de sopetón y Delgado irrumpió en el despacho. Miró a los tres hombres presentes antes de dirigirse al capitán.

—¿Qué narices pasa aquí, señor? Se lo están llevando todo.

Hopper se levantó de un salto y fue hacia las ventanas del despacho. En la oficina, vio a dos hombres con trajes negros atareados cargando papeles de su mesa y la contigua de Delgado en grandes cajas, mientras un tercer agente parecía mantener una conversación muy unilateral con el sargento McGuigan, ya que este estaba gritándole y el agente no abría la boca.

—Anda ya, hombre —dijo Hopper.

Salió del despacho, seguido de cerca por Delgado. Al llegar a su mesa, el agente que estaba recibiendo la bronca de McGuigan lo miró. El sargento se detuvo a medio discurso y dio la vuelta.

—Hopper, ¿qué está pasando? Estos tarados no dicen ni mu. ¿Y quién es ese que está con el capitán?

Hopper se volvió para ver que se acercaba LaVorgna, acompañado del agente especial Gallup. Detrás de ellos estaba Delgado, echando humo por las orejas, cruzada de brazos.

—Ya es suficiente, sargento —dijo el capitán.

Gallup sonrió y Hopper tuvo que contener un deseo repentino y urgente de borrar esa expresión de su rostro. El agente especial miró de soslayo a LaVorgna.

—¿Este es otro de los buenos, capitán?

LaVorgna no le hizo caso. Se situó entre el sargento McGuigan y el otro agente. En torno a ellos, los demás inspectores de la oficina observaban. El capitán rodeó a su sargento para dirigirse a todos ellos.

—Escuchad, no podemos hacer nada al respecto. Será mejor que dejemos que terminen y se vayan. Mientras tanto, seguimos teniendo trabajo, así que sugiero que lo hagamos.

Murmurando, los otros inspectores regresaron a sus escritorios, aunque Hopper constató que muy pocos de ellos volvían de verdad al trabajo. Delgado fue a zancadas hasta su mesa y cogió su taza antes de que el agente que estaba llevándoselo todo la metiera en la caja.

—Solo los archivos del caso, imbécil —gruñó.

LaVorgna dio un golpecito a Hopper en el brazo.

—Vete a por un café y vuelve en cinco minutos. Para entonces ya habrán terminado.

—Y entonces ¿qué? Nos habrán dejado limpios.

—¿Y qué quieres que haga, inspector? ¿Que llame a Beame al ayuntamiento y le pida un favor? Está muy ocupado, créeme. Como todos nosotros. ¿O es que has olvidado los otros casos que hay en el tablón con tu apellido al lado? —Dejó de hablar y suspiró—. Quizá esto sea para bien. A lo mejor, los homicidios de las tarjetas eran demasiado para esta comisaría. Puede que hubiera llamado a los federales de todos modos.

Dicho eso, el capitán se marchó de vuelta a su despacho. Cerró la puerta después de entrar.

Hopper se volvió para mirar a los agentes, que seguían metiendo material en cajas. Eran lentos, metódicos y, aparte de la taza de Delgado, parecían estar comprobando los archivos antes de meterlos en sus cajas, asegurándose de que se llevaban lo relativo a los homicidios de las tarjetas y nada más. Cerca de ellos, con el maletín balanceándose en una mano, Gallup conversaba con el tercer agente.

Hopper se retiró hacia la sala de descanso. Cuando pasó junto a Delgado, ella le dio un golpecito en el codo. Hopper la miró y ella señaló con la cabeza en la dirección hacia la que ya estaba encarado. Con su taza en la mano, Delgado lo adelantó.

Cuando llegaron a la sala de descanso, Hopper cerró la puerta mientras Delgado se acercaba a la ventana y miraba pasillo abajo hacia la oficina. En una esquina de la sala había un televisor en blanco y negro de catorce pulgadas, encendido pero con la voz bajada del todo. Hopper subió el volumen y Vicki Lawrence empezó a elogiar las virtudes de la leche instantánea Carnation. Cuando estuvo seguro de que nadie iba a oírlos, Hopper se volvió hacia su compañera.

—¿Estás bien, Delgado?

—Esto es una mierda.

Hopper asintió.

—Sí que lo es.

—Pero —dijo Delgado, girándose hacia su compañero— tengo una idea.

6

Plan de ataque

«¡Todas las noticias, a todas horas! ¡Esto es WINS! ¡Concédanos veintidós minutos y le entregaremos el mundo!»

Hopper se hundió tras el volante de un coche del parque móvil de comisaría y bajó el volumen de la radio mientras la melodía de xilófono del boletín de la emisora WINS llenaba el interior del vehículo. El coche era un enorme Pontiac Catalina blanco que tal vez fuese una maravilla recién salido del concesionario, pero había pasado a bambolearse sobre unos amortiguadores desgastados como una barca en mala mar, gracias al incremento del intervalo entre revisiones para ahorrar presupuesto.

Sin embargo, seguía siendo bastante cómodo, sobre todo para alguien tan alto como Hopper. Y después de esperar una hora en el aparcamiento subterráneo, encorvado en el asiento del conductor, Hopper agradecía el soporte lumbar que seguía ofreciendo el respaldo.

—¡Buenas tardes! Son las siete en punto, estamos a veinticuatro grados, yo soy Stan Z. Burns y esto es lo que está ocurriendo. El alcalde Beame urge a los sindicatos a reanudar

83

las conversaciones con el ayuntamiento, aunque afirma que estos tienen que ceder un poco en algunas de sus...

El aparcamiento subterráneo ocupaba dos niveles bajo la Comisaría 65, y el Pontiac estaba en el piso inferior, al fondo del recinto, su interior sumido en una sombra perpetua gracias a los desafortunados ángulos de la iluminación del garaje. Quizá Hopper estuviera exagerando, pero la dotación de vehículos se utilizaba con frecuencia en la comisaría y, cuantos menos agentes lo vieran, mejor. Si más adelante se complicaban las cosas, no quería que nadie se viera obligado a reconocer que los había visto a él y a Delgado en el aparcamiento la misma tarde en que el agente especial Gallup les había quitado el caso de los homicidios de las tarjetas.

O, mejor dicho, la tarde en que creía habérselo quitado.

Por lo menos, en el garaje hacía algo de fresco, al menos en comparación con las calles de la ciudad, a juzgar por lo que había afirmado la radio. Hopper tenía las ventanillas bajadas, no solo para mantener suave la temperatura, sino también para poder oír, además de ver, cualquier cosa que sucediera en el aparcamiento.

Deseó que Delgado apareciera pronto. No había llamado a Diane para avisar de que llegaría tarde; era un suceso lo bastante frecuente como para ser consciente de que no se preocuparía, pero a Hopper no le gustaba nada saber que, esa vez, su falta de comunicación había sido deliberada.

Delgado se presentó al cabo de unos minutos, bajando por la rampa principal que llevaba al nivel superior del aparcamiento. Se detuvo al llegar abajo y escrutó los coches. Hopper giró el contacto para activar la batería y encendió los faros un instante. La inspectora echó a andar hacia él y se sentó en el asiento del copiloto.

—Esto es una locura —dijo.

—Llamémoslo precaución.

—Llamémoslo paranoia. —Delgado se volvió hacia él, miró la radio y frunció el ceño antes de girar el dial y apagarla.

84

Hopper sonrió, divertido.

—¿No te gusta Stan Z. Burns?

—Prefiero Mellow 92. Pero escucha, cuando has dicho que hablaríamos más tarde, no me esperaba tanta intriga.

La sonrisa de Hopper desapareció mientras se inclinaba hacia su compañera.

—Mira, estoy de tu parte, pero creo que debemos tener cuidado. Si vamos en la dirección que parece, me da la impresión de que es un camino sin retorno. Ganaremos o perderemos, y perder sería muy malo. De modo que sí, estoy tomando precauciones.

Delgado lo miró. Tenía experiencia como agente de policía, pero seguía siendo una inspectora novata, aunque al parecer estuviera dispuesta a forzar las normas del trabajo si lo exigía un bien mayor.

Así que allí estaban, ocultos en un coche de la dotación, desobedeciendo una orden directa.

Porque no iban a renunciar al caso tan fácilmente.

En la sala de descanso, Hopper había escuchado a Delgado mientras esta le explicaba su plan. Al principio, había brotado en su mente una minúscula semilla de duda, pero, a medida que la inspectora seguía hablando, el compromiso que vio en sus rasgos y la decisión que distinguió en sus palabras acabaron enseguida con sus temores.

Porque Delgado tenía razón. Hopper la había escuchado decir que tenían un trabajo que hacer, una ciudad que proteger. Que aquel era su barrio y que había gente que dependía de ellos, y que no podían soltar el caso sin más. Tenían el deber de defender a las personas a las que habían jurado proteger, y Gallup no tenía ningún derecho a arrebatarles el caso, y...

Y Hopper estaba de acuerdo. La había escuchado y la había comprendido. Era una idea demencial, pero buena de todos modos, y Hopper había sabido al momento que debían ponerla en práctica.

A los pocos minutos, habían vuelto a la oficina y...

Bueno, y Hopper había empezado una pelea. Se había plantado delante de Gallup, lo había mirado a la cara y había empezado a gritarle.

El arrebato había tenido el efecto deseado. Los demás agentes e inspectores se habían congregado a su alrededor, y LaVorgna había salido de su despacho para intervenir. Detrás de todos ellos, Hopper había visto cómo Delgado se colaba en el despacho del capitán. Unos momentos más tarde, había vuelto a salir. Delgado le había hecho una seña y Hopper había fingido renunciar a seguir discutiendo.

Antes de volver al trabajo, el capitán LaVorgna había echado una buena bronca a Hopper, que se había disculpado, con sinceridad, por cierto. Y luego, la vida había seguido adelante en la 65. Hopper se había puesto a trabajar en otro caso y Delgado y él se habían pasado el resto del turno evitándose. Aquello también formaba parte del plan, ya que el arranque de Hopper era un mal ejemplo para su compañera más joven, por lo que era razonable suponer que los dos se sentirían avergonzados por ello y se dejarían espacio durante lo que quedaba de la jornada. Y eso habían hecho, salvo por un breve encuentro en el pasillo para que Hopper pudiera decir a su compañera la hora y el lugar de su reunión secreta.

—De todas formas, siento llegar tarde —dijo Delgado—. Tenía que terminar unas cosas. Pero misión cumplida. —Abrió el bolso y sacó el fino archivo correspondiente a Jacob Hoeler, el que en teoría debía estar dentro de la carpeta que había en la mesa del capitán LaVorgna—. Y antes de que lo digas, sí, yo también lo he visto.

Hopper cogió el archivo y pasó la primera página. En el reverso, nadando en un mar de líneas negras, estaba la segunda dirección.

—Calle Dikeman —dijo Hopper—. Número de portal y apartamento, pero sin calle perpendicular ni código postal.

Delgado asintió y abrió la guantera del coche. Sacó de

dentro un grasiento callejero encuadernado en espiral, lo abrió por el índice y torció el gesto mirando la página antes de alzar el brazo y encender la luz interior del automóvil. Ya capaz de ver, fue bajando un dedo por la densa lista de nombres de calles antes de encontrar la que les interesaba. Pasó páginas hasta encontrar la zona en cuestión.

—Solo hay una calle Dikeman, así que tiene que ser esta. —Dio un golpecito en la página. Hopper cogió el callejero y lo miró con los ojos entornados—. Bueno, ¿qué quieres hacer? —preguntó Delgado—. ¿Ir a comprobarlo?

Hopper asintió.

—Sí, creo que deberíamos hacerlo. —Entonces miró a su compañera—. ¿Seguro que esto te parece bien? Aún estamos a tiempo de retirarnos y negarlo todo.

Delgado negó con la cabeza.

—No habría propuesto una jugada como esta si no me pareciera bien. No me gusta que los agentes, especiales o no, se metan en mis asuntos y, desde luego, no luché por ser inspectora de homicidios para que me quiten mi primer caso de buenas a primeras.

—Sabes lo que podría pasarnos si nos pillan, ¿verdad? —preguntó Hopper. Aunque había aceptado el plan de acción de su compañera, seguía siendo el inspector con más experiencia y se sentía obligado a señalar la realidad de la situación en la que iban a meterse, quisiera oírla ella o no—. Como la jodamos, no serás inspectora de homicidios mucho más tiempo. Nos jugamos mucho con lo que pase a continuación, y...

Delgado levantó la mano.

—Créeme, lo entiendo. Pero tenemos un trabajo pendiente y vamos a hacerlo. —Cambió de postura en el asiento para quedar más hacia Hopper—. Así que te lo pregunto yo a ti: ¿te apuntas?

Hopper sonrió de oreja a oreja.

—Ya lo creo que me apunto, inspectora.

—Vale, bien —dijo Delgado—. Pues vamos a ver qué hay en la calle Dikeman.

—En realidad —dijo Hopper—, quiero que tú vuelvas al apartamento.

El ceño de Delgado se arrugó por la confusión.

—¿Al escenario del crimen?

—Sí. Quiero que entres y eches otro vistazo. Mira a ver si se nos ha escapado algo. Ahora sabemos más sobre la víctima que antes, así que a lo mejor hay alguna cosa que te llama la atención.

—Muy bien —aceptó Delgado—. ¿Nos vemos aquí después?

Hopper volvió a mirar la hora e hizo una mueca.

—Mejor que no. Tengo que volver a casa. —Miró a su compañera—. Y tú haz lo mismo. Mañana hablamos.

—Entendido. —Delgado abrió la puerta del coche—. Buena caza, inspector —dijo antes de salir, cerrar la puerta y desaparecer de nuevo por la rampa del aparcamiento.

Hopper esperó unos minutos más para darle tiempo de alejarse, y luego arrancó el coche y condujo hacia la calle Dikeman y el piso misterioso.

7

La casa de los secretos

5 DE JULIO DE 1977
Brooklyn, Nueva York

Hopper aparcó el coche de la policía a un par de manzanas de distancia de la calle Dikeman, cogió la linterna reglamentaria de detrás del asiento del copiloto e hizo el resto del camino a pie. No tenía ni idea de lo que encontraría en el piso, pero se obligó a mantener el optimismo. Había algo que olía mal en aquel caso, el caso en el que ni siquiera debería estar trabajando, y Hopper sintió un pequeño y familiar tirón de adrenalina en algún lugar del fondo del pecho mientras se decía una y otra vez que estaba haciendo lo correcto.

¿Verdad que sí?

La calle Dikeman estaba en un barrio de uso mixto, y el bloque residencial se codeaba con un buen número de negocios locales: bodegas y licorerías, tiendas de muebles y salones de belleza. No era la mejor zona de la ciudad, pero, dado el estado en que se encontraba Nueva York, Hopper estaba bastante cómodo recorriendo las calles iluminadas por la luz amarilla de las farolas de sodio. A pesar de la hora, las bodegas y licorerías tenían mucha clientela y Hopper no era ni por asomo la única persona que había en la calle.

El misterioso apartamento de Jacob Hoeler estaba en la

primera planta de un edificio sin ascensor con el portal abierto. Tras un corto tramo de escalera, Hopper se encontró en un ancho pasillo con suelo de linóleo y lámparas de latón en las paredes. La mitad de las bombillas estaban fundidas y el linóleo estaba desgastado y brillante bajo sus zapatos.

Hopper fue leyendo los números de las puertas a medida que recorría el pasillo y tardó poco en llegar al apartamento en cuestión, situado al final, junto a una gran ventana y el enrejado de hierro de una escalera de incendios.

Se quedó junto a la ventana y observó el pasillo, pero estaba solo. El cristal era fino y servía de poco a la hora de amortiguar el sonido del tráfico exterior, que se sumaba al indescifrable parloteo de varios televisores encendidos en los demás apartamentos, que resonaban altos y claros.

Casi indescifrable, en realidad. Mientras Hopper miraba hacia atrás pasillo abajo, alguien encendió un aparato cercano y la melodía de *M*A*S*H* atronó de repente.

Mientras Ojo de Halcón y el coronel Potter discutían sobre quién iría al infierno en la sala de estar del vecino, Hopper sacó un pañuelo a cuadros limpio del bolsillo interior de la chaqueta y envolvió con él el pomo de la puerta antes de girarlo. Su mano resbaló en el metal frío; el pomo se negaba a moverse.

Cerrado con llave, tal y como esperaba.

Tras mirar de nuevo hacia atrás, sacó una fina carterita de cuero de otro bolsillo y la abrió para sacar un juego de ganzúas. Sujetó la cartera con los dientes, se agachó y empezó a trabajar.

Treinta segundos más tarde, estaba dentro del apartamento. Cerró la puerta, preocupándose de que el pañuelo estuviera entre su mano y el pomo. Lo que estaba haciendo era del todo extraoficial, y lo último que quería era ir dejando sus huellas por todas partes.

Sacó la voluminosa linterna de donde la había guardado, embutida en la pretina de los pantalones a su espalda, encendió la luz y mantuvo el aparato enfocado hacia abajo, para no anunciar su presencia no autorizada a quienquiera que estuviese pasando por la calle.

Hopper tardó un momento en comprender lo que le mostraba el cono de luz. No estaba seguro de lo que había esperado encontrar, pero desde luego no era aquello.

El apartamento estaba vacío. O, por lo menos, la estancia a la que había entrado lo estaba. Era un lugar minúsculo, y la puerta de entrada daba directamente a la sala de estar. A la izquierda de Hopper había una pequeña cocina que parecía sacada de un barco. Moviendo la linterna, vio una puerta a la izquierda, una ventana justo enfrente y una pared sin accesos a la derecha, el muro exterior del bloque de apartamentos.

La sala de estar no estaba solo vacía, sino pelada. El suelo era de tablones sin barnizar. Las paredes estaban desiertas, con restos de papel colgando aquí y allá cuyos bordes rasgados revelaban capas acumuladas a lo largo de las décadas. En el centro del techo había una rosa de yeso, otra reliquia de la época en que aquella parte de la ciudad había sido un poco más deseable. De la rosa colgaba un grueso cable trenzado que terminaba en una bombilla desnuda. Tras confirmar que estaba solo y que la ventana de enfrente tenía las cortinas echadas, Hopper acabó encontrando el interruptor de la luz con la mano cubierta por el pañuelo. La bombilla protestó con un zumbido, pero se encendió de todos modos. Hopper apagó la linterna y volvió a guardarla contra sus riñones.

Se adentró en la habitación, despacio, consciente de que el suelo de madera actuaría como una caja de resonancia. Recorrió la habitación y descubrió exactamente nada. El lugar estaba vacío. Abandonado. Parecía que allí no había vivido nadie durante años.

¿O tal vez sí?

Hopper se detuvo. Un apartamento deshabitado tendría polvo, sobre todo en un edificio tan antiguo como aquel, con las paredes desnudas y un enyesado que se caía a cachos. Sin embargo, el lugar estaba limpio. No limpiado, pero tampoco sucio. El polvo que debía de haberse acumulado con los años se había visto perturbado por los movimientos de alguien que había usado el apartamento.

Y ese alguien era Jacob Hoeler.

Pero ¿para qué lo había usado? La sala de estar no iba a revelarle nada, a menos que hubiera algo bajo los tablones del suelo. Hopper lo recorrió unas cuantas veces, pero los tablones eran sólidos como el hierro, instalados tal vez cien años antes e intactos desde entonces. Pasó a la cocina y examinó las alacenas abriéndolas con la mano cubierta de tela. Estaban todas vacías. Había una nevera en el rincón que quizá hubiera atraído miradas a mediados de los años cincuenta, pero estaba apagada y vacía.

Al no encontrar nada interesante, Hopper pasó a la única otra puerta que veía. Se abrió sin problemas y le mostró un pasillo terminado en pared, con una puerta abierta a la izquierda que daba a un cuarto de baño y otra cerrada, que debía de ser el dormitorio, a la derecha. Hopper volvió a sacar la linterna e iluminó el cuarto de baño. Había una bañera sin ducha, un inodoro y un armario fijado a la pared encima de este, además de un espejo sujeto a la puerta. Hopper parpadeó cuando el espejo le devolvió la luz de la linterna y decidió mirar en el dormitorio.

Bingo.

En la habitación no había cama, ni ningún otro mueble, pero distaba mucho de estar vacía. Había una camilla de acampada en el centro de la estancia, con manta, sábanas y almohada colocadas de cualquier manera. Junto a la camilla vio una mesita plegable de madera, que sostenía un flexo más adecuado para una oficina que para un dormitorio. Al lado de la lámpara había una gruesa novela encuadernada en tapa dura: *El resplandor*, de Stephen King. Esa aún no lo había leído Hopper.

Dio la vuelta para iluminar el resto del dormitorio con la linterna.

Y entonces los vio.

Alineados a lo largo de la base de la pared donde estaba la puerta había varios archivadores, todos idénticos, hechos de grueso cartón negro y con etiquetas blancas en los lomos. En las etiquetas había largos números apuntados con buena letra usando un rotulador de punta gruesa. Debajo de cada número se veía una cinta grande impresa a máquina, que rezaba:

DEPARTAMENTO DE DEFENSA DE ESTADOS UNIDOS PROHIBIDA SU RETIRADA

Hopper retrocedió un paso y pasó la luz de la linterna por la hilera. Eran quince archivadores en total. Se quedó allí de pie, pensando.

Estaba pasando algo muy extraño. Hopper dio media vuelta e iluminó la camilla de acampada.

¿A qué narices se dedicaba allí el agente especial Hoeler? Era evidente que utilizaba aquel apartamento tan cutre como base de operaciones. Lo que no quedaba tan claro era por qué, o cómo, estaba en posesión de todos esos ficheros federales. ¿Gallup estaría al tanto de su presencia allí? Sabía de la existencia del apartamento, pero los archivadores seguían allí, estuviera prohibida o no su retirada.

Hopper negó con la cabeza y devolvió su atención a los ficheros. Tenía que averiguar qué contenían. Se acuclilló y extendió el brazo hacia el primer archivador.

Entonces lo oyó. Un crujido, tenue pero inconfundible, el mismo sonido que él mismo había hecho unos minutos antes, al cruzar el suelo de la sala principal.

Había entrado alguien más en el piso.

Hopper se quedó inmóvil. Tenía que ser algún agente de Gallup. Claro que tendrían el apartamento vigilado, y quizá habían dejado allí los archivos a propósito, como...

Cebo.

Hopper se había metido de cabeza en una trampa.

Se levantó, apagó la linterna y pegó la espalda a la pared de la puerta del dormitorio. No tenía planeado que lo detuviera un agente federal. Se afanó en escuchar. Estaba de suerte: sonaba a una sola persona.

Quizá, con mucha suerte, Hopper pudiera escapar.

Controló su respiración, se tranquilizó y se concentró en los sonidos que llegaban de la habitación contigua. Al cabo de un minuto, su paciencia dio resultado. Los pasos chirriantes del intruso se hicieron más fuertes cuando entró en el corto pasillo que llevaba al dormitorio. Al momento, el pomo de la puerta empezó a girar, muy despacio.

Hopper aprovechó la oportunidad que se le presentaba. Se apartó de la pared, se situó delante de la puerta y estiró el brazo hacia el pomo. Mientras este seguía girando, Hopper lo asió y abrió la puerta de un tirón.

El intruso siguió a la puerta y, perdido el equilibrio, topó contra Hopper, que estaba preparado y lo empujó a un lado para despejarse el camino de huida. Entrevió un pasamontañas negro y sus manos resbalaron en la chaqueta de cuero del hombre.

No era un agente.

Ese momento de vacilación fue todo lo que necesitaba el intruso. Recobró el equilibrio y empujó a Hopper con una fuerza sorprendente. Hopper tropezó y cayó el suelo, momento que el intruso aprovechó para huir.

—¡Será cabrón! —susurró Hopper mientras se levantaba y corría a la sala principal, justo a tiempo para ver cómo se cerraba la puerta del apartamento y oír unos pasos pesados que se alejaban a toda prisa por el pasillo exterior.

Hopper volvió a maldecir, salió a toda prisa por la puerta y echó a correr también por el pasillo tras el asaltante. No había rastros visibles de él, pero seguía oyéndose cómo bajaba la escalera a toda velocidad.

Hopper apretó el paso, giró hacia la escalera y bajó los peldaños de dos en dos. Estuvo a punto de perder el equilibrio del todo en el primer rellano, pero extendió las manos hacia delante mientras rebotaba contra la pared. Aprovechó el impulso, se empujó con las manos y siguió por el segundo tramo de escalones.

La puerta frontal del edificio todavía estaba cerrándose cuando Hopper llegó al vestíbulo. Siguió corriendo tras su presa y se detuvo una sola vez en la calle para determinar la dirección en la que había huido.

No fue difícil. La acera no estaba desierta y el intruso se había abierto paso a empujones entre el grupo de jóvenes que pasaban el rato fuera de la bodega de la esquina. Eran cuatro, todos con el pecho al descubierto, la camisa atada de cualquier manera en la cintura y la piel oscura empapada de sudor mientras movían sus latas de cerveza en el aire y vitoreaban al objetivo de Hopper, que cada vez estaba más lejos.

Hopper corrió en esa dirección y el cuarteto de jóvenes pasó a aplaudirle a él mientras pasaba como una exhalación por el centro del grupo. Delante de él, el intruso había cruzado la calle y aceleraba hacia la siguiente esquina. Hopper tenía que atraparlo, y pronto, o se perdería en el laberinto de calles entrecruzadas y desconocidas.

Con los mocasines de suela blanda resonando contra el asfalto, Hopper llegó a la otra acera, sintiendo que la linterna se le clavaba dolorosamente en su espalda. Al llegar a la esquina de la siguiente calle, ya notó que perdía fuelle a medida que empezaba a remitir la oleada inicial de adrenalina, reemplazada por una punzada en el costado. En el rellano de la escalera se había hecho daño en la rodilla derecha, que empezó a indicarle con dolores intensos e intermitentes que no podría aguantar mucho a ese ritmo.

Hopper recuperó el aliento y dobló el recodo. Su presa seguía corriendo, moviendo los brazos como un atleta olímpico mientras avanzaba a toda velocidad por el centro de la calle. Allí había menos viandantes, pero todos se detuvieron y se volvieron para mirar.

Hopper siguió tras él, pero con cada zancada se incrementaba la distancia que los separaba. Al final, Hopper se detuvo; era eso o ponerse a vomitar. Se quedó en el centro de la calle, doblado, con las manos en las rodillas, resollando. Oyó un fuerte claxon a su espalda, se volvió a medias y parpadeó ante la luz de unos faros de coche. El conductor invisible volvió a hacer sonar el claxon. Hopper levantó la mano en gesto de disculpa, se apartó de la calzada y subió a la acera. El coche pasó y su conductor explicó por la ventanilla abierta a Hopper lo que opinaba de él con colorido lenguaje. Mientras se alejaban las luces traseras, Hopper miró calle abajo.

El intruso había desaparecido hacía tiempo. Y no tenía sentido avisar por radio, claro. Hopper no tenía una descripción del sospechoso, aparte de que llevaba pasamontañas y chaqueta de cuero negros. Y, además, Hopper no debería haber estado en el apartamento y no tenía muchas ganas de ponerse a dar explicaciones a alguien como Gallup.

Pero tenía razón. El apartamento era importante.

Hopper volvió sobre sus pasos, despacio, sintiendo la punzada de dolor en el costado mientras regresaba a la calle Dikeman.

¿Quién sería el intruso? No era un agente. Hopper no estaba seguro de eso, por supuesto, pero había algo en su ropa y, desde luego, en su comportamiento, en la forma en que había salido huyendo.

¿Sería el asesino de Hoeler? ¿Hopper acababa de tener un encontronazo con el asesino en serie de Brooklyn en persona? ¿Y por qué había ido al piso? ¿Habría visto entrar a Hopper o era una simple coincidencia que los dos hubieran llegado al mismo tiempo? Pero, si el intruso no había ido allí por Hopper, debía de tener algún otro motivo.

¿Los archivos?

Hopper se puso al trote cuando tuvo a la vista el edificio. Los jóvenes de la bodega se habían marchado y la calle estaba vacía.

Entró en el edificio y remontó de nuevo la escalera. La puerta del piso seguía abierta. Hopper se quedó un momento escuchando fuera para asegurarse de que no hubiera nadie en el interior, pero el televisor del vecino estaba demasiado alto y en el pasillo resonaban unas risas enlatadas. Hopper cerró los ojos e intentó concentrarse, pero acabó rindiéndose. Lo único que era capaz de deducir era que *M*A*S*H* ya había terminado.

«Pero ¿cuánto tiempo he estado fuera?»

Entró en el apartamento. La bombilla seguía encendida, pero ahora además salía luz por la otra puerta. Hopper se acercó y descubrió que el flexo del dormitorio estaba encendido.

Dio media vuelta.

—¡Mierda!

Los ficheros habían desaparecido. Los quince archivadores.

Desaparecidos.

Hopper miró a su alrededor, sin terminar de creerse lo que estaba viendo. Recorrió toda la habitación, como si fuese a revelarle algo. Luego entró en el microscópico cuarto de baño y le costó tres segundos confirmar que allí dentro no había nada.

Volvió al dormitorio y se dejó caer sentado en la camilla de acampada. El colchón enrollable era muy fino, y la enclenque estructura metálica plegable chirrió en protesta.

Hopper se quedó mirando la pared contra la que habían estado los archivadores. ¿Cuánto tiempo había pasado fuera? Miró el reloj y se sorprendió al comprobar que eran casi las diez. Su persecución del intruso y su lento regreso al apartamento le habían costado más de media hora. Tiempo más que suficiente para que alguien, probablemente más de una persona, entrara y se llevara los ficheros.

Hopper hizo rodar el cuello y estiró la pierna derecha para apoyar el talón en el suelo. Empezó a masajearse la rodilla dolorida mientras repasaba en su mente los acontecimientos.

Y entonces lo vio. Volvió a flexionar la rodilla en ángulo recto, metió la mano bajo el colchón y sacó una libreta, cuyo borde se había hecho visible solo después de que el peso de Hopper desplazara la cama.

Estaba encuadernada en espiral y tenía casi todas las páginas arrancadas. Las pocas que quedaban estaban en blanco. Hopper las pasó todas antes de suspirar y arrojar la libreta abierta a la mesa. Se frotó la cara y resistió el impulso de gritar hasta desgañitarse.

Abrió los ojos y volvió a mirar la libreta.

La página de encima no estaba en blanco. Con el ángulo de la luz y la libreta un poco levantada contra la base del flexo, revelaba un secreto.

Hopper dio la vuelta al flexo, parpadeó por el súbito incremento del brillo y luego cogió la libreta y sostuvo la página bajo la bombilla, inclinándola a un lado y al otro hasta ponerla en el mejor ángulo.

Las marcas se veían claras, sombras fantasmales de lo que alguien —supuso que Hoeler— había escrito en la página anterior a esa. Hopper entornó los ojos, incapaz de acabar de comprender la escritura. La letra era pequeña, aunque la forma en que estaban dispuestas las palabras sugería que componían una lista.

Pero una palabra sí estaba clara, escrita en el reverso de la página con letras grandes y gruesas y rodeada varias veces con círculos.

Hopper frunció el ceño. Volvió a dar la vuelta al cuaderno y lo estudió por los dos lados, levantando todas las páginas contra la luz para ver si aparecía algo más. Pero no había nada. Solo había una página con marcas.

Se guardó la libreta en el bolsillo mientras esa única palabra reverberaba en su mente.

«Víboras.»

8

La lista

5 DE JULIO DE 1977
Brooklyn, Nueva York

Delgado estaba de pie con los brazos en jarras mientras miraba el otro apartamento de Jacob Hoeler, el piso en el que el agente especial había encontrado su desafortunado final. Al llegar, había encontrado el lugar todavía sellado con cinta policial y a un agente uniformado de servicio en el pasillo, leyendo un periódico plegado por la sección de deportes, con un transistor en el suelo a su lado en el que atronaba algo que Delgado creyó identificar como *Sir Duke* de Stevie Wonder. La inspectora regañó al agente por saltarse el protocolo, sabiendo que no sería capaz de citar las partes relevantes del reglamento si él se lo pedía, pero también bastante segura de que no iba a hacerlo, y luego propuso al aburrido agente que le abriera la puerta, se marchara a tomar un café y la dejara trabajar. El hombre se fue con un suspiro después de entregarle el periódico a Delgado, como si ella no tuviera nada mejor que hacer que mirar los resultados del béisbol. Delgado lo vio marcharse por el pasillo antes de arrodillarse para apagar la radio.

—Lo siento, Stevie —dijo.

Recogió la radio, pasó al interior y dejó el aparato y el periódico en la encimera de la cocina antes de ponerse a trabajar.

99

Delgado pasó lo que le parecieron horas registrando el piso, sin encontrar nada. Habían vaciado el dormitorio y hasta se habían llevado la cama al laboratorio de criminología para analizarla, junto con una gran porción cuadrada de alfombra que habían cortado con poca maña, dejando solo una raída capa inferior. Habían recogido toda la basura del apartamento, que, de nuevo, casi a ciencia cierta estaría esperando embolsada en el laboratorio a que alguien se ocupara de ella.

Delgado pensó que seguro que tendrían más suerte que ella.

En el dormitorio había un armario y una cómoda. Delgado lo registró todo, pero no encontró nada fuera de lo común, ni tampoco nada en los bolsillos de las chaquetas y pantalones, nada escondido en calcetines ni plegado dentro de la ropa interior.

La sala de estar también había sido una decepción. Con la basura retirada, el lugar revelaba su austeridad, con solo un sillón andrajoso y una mesita pegajosa. Delgado dio la vuelta a los cojines y los palpó, pero tampoco halló nada.

Tuvo más suerte en la cocina. Los policías, o quizá los agentes de Gallup, la habían puesto patas arriba, y las encimeras estaban atestadas de cazos, sartenes y vajilla, los cajones abiertos y vacíos. Delgado buscó por todas partes sin demasiadas esperanzas, y ya estaba a punto de marcharse cuando vio el borde de un tablero de corcho en la pared del fondo, cerca de la nevera, casi oculto del todo tras una pila de cazuelas.

¿Sería posible que lo hubieran pasado por alto?

Delgado apartó las cazuelas, una tras otra, hasta despejarse el acceso. El corcho estaba erizado de chinchetas que sostenían una docena de papelitos. Eran sobre todo recibos, pero uno más grande le llamó la atención.

Cogió la nota. Era una lista de direcciones, cinco en total, distribuidas a lo largo y ancho de Queens, Brooklyn y Manhattan. Le dio la vuelta, pero no había nada más escrito.

Dejó la nota a un lado y empezó a quitar los recibos del tablero, confiando en que le proporcionaran más pistas.

—Eh, ¿qué está pasando aquí?

Delgado se volvió mientras aparecía un hombre corpulento por la puerta de la cocina. Era de mediana edad y estaba quedándose calvo, con un anillo de pelo rizado y castaño que rodeaba un cuero cabelludo brillante de sudor. Llevaba unas gafas grandes y cuadradas y vestía con pantalón de chándal y camiseta sin mangas.

Delgado alzó el medallón que llevaba al cuello. El hombre se inclinó hacia delante para verlo y se separó un poco las gafas de la cara mientras se concentraba. Entonces asintió con la cabeza y dio un paso atrás.

—Ah, disculpe, agente, no sabía que tenían pensado volver. O sea, había un tipo plantado fuera pero se ha ido, así que, en fin, he pensado que a lo mejor por fin ya habían terminado. —Carraspeó y se oyó un golpe detrás de él.

Delgado enarcó una ceja y el hombre volvió a carraspear y, con cara cohibida, sacó el bate de béisbol que había tenido escondido detrás de la pierna. Se encogió de hombros.

—Oiga, no sabía que era usted poli, ¿vale? Pero ¿puede reprochármelo? ¿Eh? ¿Puede reprochármelo? En una ciudad como esta, hay que tomar precauciones, ¿verdad? —Asintió—. Precauciones... hum, señora —añadió en el último momento antes de mirar al suelo, a todas luces avergonzado de que lo hubieran pillado con el arma improvisada.

—Soy la inspectora Delgado. —Miró al hombre entornando los ojos y lo reconoció de su visita anterior—. Usted es el encargado del edificio, ¿verdad?

—Ah, sí, el mismo —respondió el hombre. Le tendió la mano—. Richardson. Tony Richardson.

Delgado miró la mano del hombre. Estaba empapada de sudor. Él se dio cuenta, la bajó y se secó la palma contra el pantalón de chándal.

—Disculpe —dijo, y soltó una risita nerviosa—. Menudo aspecto debo de tener, ¿verdad? Es por este dichoso calor. Se ha roto el aire acondicionado en todo el edificio y aún no he podido hacer la colada, así que esto es lo único que tengo.

Volvió a bajar la mirada al suelo. Delgado se echó a reír.

—A mí me lo cuenta —replicó—. Llevo dos semanas incumpliendo las normas de vestuario del departamento, pero ni de coña permitiré que nadie me diga lo que tengo que ponerme con el tiempo que hace.

Tony levantó los ojos y sonrió, claramente aliviado. Delgado supuso que sus encuentros con la policía de Nueva York eran, por lo general, algo menos amistosos.

—Pues la verdad —dijo él— es que esto es un poco... emocionante, ¿verdad?

Delgado frunció el ceño.

—¿Emocionante?

—Sí, ya sabe. Un piso de mi edificio es un escenario del crimen. Asesinato, ¿no? Así, en plan el Hijo de Sam. Si le soy sincero, por aquí nunca pasa gran cosa, así que esto es... ya sabe, excitante. Estoy excitado.

La frente de Delgado se arrugó más. Richardson la miró y sus ojos se ensancharon poco a poco. Carraspeó de nuevo.

—Me refiero a que estoy emocionado por ayudar, nada más —añadió, en buena medida dirigiéndose al suelo—. Ya sabe, mantener a salvo la ciudad, cumplir con mi deber cívico, esas cosas.

—Ajá —dijo Delgado. Volvió hacia el tablero de corcho y siguió desclavando recibos.

—Perdone que venga siempre a ver qué pasa —dijo el encargado, balanceando el bate con una mano—. Pero ya sabe, tiene que comprender mi posición. Todo esto... —Movió el bate para señalar el piso en general con la punta—. Todo esto está bajo mi responsabilidad. Tengo que cuidar del lugar y vigilar quién viene y quién va, con tanto poli pisoteándolo todo por todas partes, ¿verdad? Tengo que cuidar de esto.

Así que, en fin, tendré que enterarme de quién entra y quién sale, ¿me entiende?

—Le entiendo —respondió Delgado—. Pero hágame un favor y suelte el bate, ¿quiere?

—Ah, sí, perdone. Hum... señora —dijo Richardson. Alzó el bate, lo depositó con suavidad en la encimera de la cocina y cogió el periódico que había dejado ella—. Pero en fin, ¿qué le voy a hacer yo? —preguntó, abanicándose con el periódico en una mano mientras encendía la pequeña radio con la otra.

«Y así sonaba *Don't Leave Me This Way* de Thelma Houston, la canción que llegó al número uno de las listas de ventas en abril y que sigue animando las pistas de baile este verano.»

Richardson se agachó hacia la radio e hizo girar el dial antes de que Delgado lo devolviera a la posición de apagado.

—¿Le importa?

El encargado levantó las manos.

—Ah, disculpe, solo estaba viendo si encontraba algo de deportes. —Alzó el periódico para leerlo—. Pero, claro, pensaba que estaba usted con aquellos otros —añadió, volviendo a su hilo de pensamiento anterior—. Ya sabe, los que volvieron para seguir husmeando.

—¿Los policías?

El encargado dio un golpecito al periódico doblado con el dorso de la mano libre.

—¡Venga ya, hombre, sois unos paquetes! ¿Tres a uno? ¿Cuántas veces van a perder los Mets contra los Phillies? ¡Va, por favor! Es que es para morirse. —Richardson alzó la mirada—. Huy, o sea, sin ánimo de ofender, señora.

La inspectora levantó una ceja.

—¿Se refiere a que vinieron agentes de policía o eran otras personas?

—Ah, no, la policía, no. Los otros. Eran un poco raretes. No me gustaron nada las pintas que traían.

Delgado se quedó callada. El hombre debía de estar refiriéndose a los agentes de Gallup, aunque «raretes» era una palabra extraña para describirlos. Se volvió de nuevo hacia el encargado.

—¿Llevaban trajes?

Richardson se subió las enormes gafas por la nariz con el pulgar.

—¿Trajes?

—¿Los hombres que vinieron?

—Ah, claro —dijo el encargado—. O sea, no, no llevaban trajes. No, esos tíos eran... yo qué sé. Tíos. —Se encogió de hombros.

—Hábleme de ellos.

—Ah, bueno, a ver, a ver... —El encargado volvió a subirse las gafas y soltó el periódico en la encimera—. Eran tres. No los vi entrar, pero oí los golpes. Yo estaba abajo, porque el piso del encargado es el que está justo debajo de este... hum, señora. Bueno, debía de ser... a primera hora de la tarde. ¿O era media tarde ya? De noche aún no era seguro. Total, que oí unos golpetazos, ya sabe, pum, pum, pum, como si intentaran echar la puerta abajo. Estaban llamando a Jacob a gritos, pero, claro, él no respondía.

Delgado negó con la cabeza.

—Un momento, ¿eso cuándo fue?

—Hará como dos días. No, tres. La semana pasada. Antes de... bueno, antes de todo esto. El caso es que estaban llamándolo y llamando, pum, pum, pum, contra la puerta, así que subí a ver a qué venía tanto jaleo y a decirles que se largaran. Verá, es que a los vecinos no les gustan las molestias y, luego, ¿quién se lleva la bronca si las hay? Pues yo, claro. Se lo juro, en mi despacho se montan unas colas que ni en un *peep show* de Times Square. —El encargado se quitó las gafas, se frotó la nariz y se las volvió a poner—. Total, que subí a hablar con ellos y les dije que dejaran de aporrear la puerta y empezaran a aporrear la escalera. Ya sabe, que se largaran. —Dejó de hablar, como si esperara confirmación de que Delgado seguía despierta y escuchando.

Ella se limitó a arquear una ceja. El encargado se lo tomó como la señal que esperaba y siguió adelante.

—Total, que dejaron de dar golpes en la puerta y me miraron todos, y yo ya estaba a punto de ir a por el bate, solo por si acaso, ya sabe. Pero que me aspen si el tipo que estaba dando golpes no se quedó allí de pie, sonrió y me dijo que lo sentía. Los punks más majos que he visto en la vida.

—¿Punks?

—Ah, bueno, vale, a lo mejor no eran punks. Pero ya sabe, unos chavales. Bueno, a lo mejor no tan chavales. Mayores. Bueno, mayores que usted, pero más jóvenes que yo. Así como rudos, ¿sabe? ¿Y esas chaquetas? Le juro que yo me habría achicharrado si llevara una puesta.

—¿Cómo eran las chaquetas?

—Así como verdes. ¿Cómo se dice, caqui? Igual eran caquis. Ya sabe, chaquetas militares. No en plan uniforme, a no ser que ahora los vaqueros de campana sean ropa de uniforme. Que igual sí, yo qué sé.

Delgado entornó los ojos mientras intentaba entresacar las partes relevantes de la historia del encargado.

—¿Qué pasó luego?

—Ah, bueno, pues dijeron que estaban buscando a Jacob y yo les dije que no estaba en casa. Y claro, entonces fue cuando me fijé en aquello.

—¿Aquello?

—Ya lo creo, aquello. El olor. O sea, la vecina de al lado, la del número catorce, me lo había dicho el día anterior, pero es que esa mujer siempre está diciendo cosas. Ahora, al subir aquí sí que noté la peste, ¿sabe? Al principio creí que serían los tres tipos de las chaquetas militares, pero cuando se fueron el olor seguía estando. Así que llamé a la puerta. Tampoco sé muy bien por qué lo hice, porque Jacob no podía estar en casa, a no ser que hubiera entrado por la ventana del primer piso. Total, que lo dejé estar, pero luego, un par de días más tarde, la vecina del catorce bajó a mi despacho y se puso muy pesada con el olor, y se empeñó en que subiera a comprobarlo, así que cogí la llave maestra y eché un vistazo y... bueno, el resto ya lo sabe.

Delgado asintió. Había leído varias veces la declaración de Richardson, pero el relato empezaba con las quejas de la vecina. Todo lo demás que acababa de contarle era nuevo para ella.

—Se dejó mucha historia fuera de su declaración, Tony.

El administrador levantó las manos en actitud defensiva.

—Oiga, escuche, ¿qué quería que hiciera? Los polis no estaban muy interesados, ¿sabe? Ninguno me preguntó nada, solo cómo había encontrado el cadáver. Y mire... —Calló y recogió el bate de béisbol. Delgado se tensó, pero el administrador solo lo levantó y se lo tendió, como para presumir de él—. A veces, uno tiene que cuidar de sí mismo. Escuche, los polis se largaron. Dejaron a uno en la puerta, pero nada más. Yo pregunté qué pasaba y ¿cree que me dijeron algo? Los cojones. ¿Qué quería que hiciera yo? Soy el encargado, con mis responsabilidades y mis deberes, y ahora tengo que cuidar de este sitio.

Delgado asintió. Lo que decía Richardson tenía sentido. Los policías, al menos los uniformados, debieron de marcharse nada más pudieron, dejando toda la responsabilidad del escenario del crimen a homicidios. No habrían dicho nada al administrador porque no había nada que decir, ya que no era su departamento. Y con Hopper y ella fuera del caso, parecía que Gallup aún no había enviado a sus agentes para hacerse cargo. Richardson estaba desinformado del todo.

—Escuche —dijo Delgado—, hoy me ha ayudado mucho, de verdad.

El encargado sonrió de oreja a oreja y se subió las gafas.

—Aquí me tiene para lo que quiera. Estoy abajo mismo. Pásese cuando le apetezca, que yo estoy encantado de ayudar. Ojalá hubiera más polis como usted, ¿sabe a qué me refiero?

Por desgracia, Delgado sabía exactamente a qué se refería. Recogió los papeles del tablero de corcho y fue pasándolos para mirarlos. Cogió una tira estrecha de cartulina y la observó. Richardson apareció junto a ella, colocándose de nuevo las gafas, y leyó la tarjeta.

—¡Una entrada para Frank Sinatra!

Delgado torció el gesto y se apartó un poco, recuperando algo de espacio personal. El encargado dio un golpecito con el dedo en la tarjeta que tenía en la mano.

—Estadio de Forest Hills, 16 de julio —dijo él, y luego frunció los labios e hizo un soplido sin melodía que Delgado supuso que pretendería ser un silbido—. Madre mía, qué no daría yo por tener una entrada para Frank Sinatra. Menudo concierto va a ser ese, se lo digo yo. Ya lo creo que sí.

Miró a Delgado. Se ajustó las gafas. Ella le sostuvo la mirada y vio cómo parpadeaban los ojos agrandados del administrador tras las lentes cuadradas. Richardson se encogió de hombros y dio otro golpecito en la entrada.

—Porque él no va a ir, ¿verdad? El señor Hoeler. O sea, ¿cuándo se ha visto que un muerto vaya a un concierto?

Delgado notó cómo crecía la sonrisa en su propio rostro.

—Yo no lo he visto nunca —dijo, haciendo lo imposible por contener la risa.

Richardson asintió con la cabeza.

—¡Exacto, eso es!

Delgado tuvo que morderse el labio inferior.

—Bueno, supongo que podría dejar la entrada aquí, en la encimera. Si le pasara algo, no haría responsable a nadie.

El administrador entornó los ojos mientras buscaba sentido a las palabras de Delgado, y entonces sonrió y asintió. Delgado dejó la entrada en la encimera, seguida muy de cerca por la mirada de Richardson, y siguió revolviendo el resto de notas y papeles que había desenganchado del tablero. Cogió el papel más grande, la lista de direcciones, lo colocó del derecho y lo dejó encima del montón.

—Un momento, ¿es eso de Reid con Andrew?

—¿Qué?

El administrador cogió la lista del montón de papeles. La alisó, volvió a subirse las gafas y señaló una dirección de la lista.

—Esto. La calle Reid, intersección con Andrew. Calle Reid, 65. Es... Dixon. Boxeo Dixon.

Delgado le quitó el papel de las manos.

—¿Un club de boxeo?

—Sí —respondió Richardson—. Bueno, no es solo un club de boxeo. O sea, sí que lo es, pero también lo alquilan para otras cosas. Ya sabe, para reuniones y tal. Los amigos de Bill W.

Delgado miró al administrador y entendió el eufemismo.

—¿Alcohólicos Anónimos?

Richardson volvió a levantar las manos.

—Eh, eh, yo no. Es por mi primo. Llevo acompañándolo hasta allí... no sé, hará como seis meses.

—¿A Dixon?

—Sí, señora. Y le está viniendo de maravilla.

Delgado ofreció de nuevo la lista al administrador.

—¿Reconoce alguna otra dirección?

Richardson cogió el papel, se lo acercó a la nariz, se subió las gafas con la otra mano y movió la nota adelante y atrás para enfocarla mejor.

—No, ninguna más. —Le devolvió el papel—. Lo mismo son todas sitios donde hacen reuniones de Alcohólicos Anónimos, yo qué sé. —Se encogió de hombros—. No es obligatorio ir siempre a la misma. Hay gente que sí que lo hace porque les gusta, porque... bueno, se supone que la cosa es anónima, pero en realidad no lo es, cuando se empieza a conocer a la gente. Luego hay otros que sí que quieren que el asunto siga teniendo las dos aes y van cambiando de reunión. También está bien. Mientras se siga yendo, no hay problema.

—¿Con qué frecuencia va usted?

—¿Con mi primo? Una vez a la semana. Dixon está solo a dos paradas de metro. No cuesta nada, y a él le gusta visitar la gran isla, como él la llama. Manhattan, ya sabe.

—¿Alguna vez vio allí a Jacob Hoeler?

El administrador hizo el ademán de pasarse los dedos por el pelo, aunque en realidad solo los pasó por el aire.

—Nunca. Ni una sola vez. No lo he visto jamás. Ni tampoco sé que estuviera yendo. Qué narices, en realidad apenas hablaba con él. Solo llevaba unos meses viviendo aquí, ya sabe. Pero en fin, si Hoeler iba a Dixon, yo nunca lo vi.

—¿Allí hacen reuniones más días de la semana?

—¿De Alcohólicos Anónimos? Supongo que sí. Nosotros siempre vamos los martes. Me parece que hacen otra los viernes. A lo mejor, Jacob era más de ir los viernes. O puede que boxeara.

Richardson miró a Delgado con los ojos casi desorbitados, como si acabara de descubrir una pista importante. Ella le sonrió.

—Nunca se sabe —dijo—. Gracias por su ayuda. Disfrute del concierto.

El administrador le hizo un saludo militar exagerado.

—De verdad, gracias. Y ya sabe, ¿eh? Estoy abajo para lo que haga falta.

Delgado salió en primer lugar del apartamento. El agente uniformado aún no había vuelto, y Delgado se preguntó si llegaría a hacerlo.

—Ya cierro yo —dijo Richardson mientras Delgado empezaba a recorrer el pasillo. Volvió la cabeza hacia ella—. Oiga, ¿sabe cuándo van a despejar esto? Tengo que arreglar el apartamento y volverlo a poner en alquiler, ¿sabe lo que digo?

—Miraré a ver si puede llamarle alguien —respondió ella—. Seguro que ya no tardará mucho.

—¡Claro, segurísimo! —exclamó el administrador, pero Delgado ya se había marchado.

9

El informador

Delgado estaba sentada a su escritorio tomando café cuando Hopper llegó a la 65 la mañana siguiente. Cuando este la saludó con la cabeza, Delgado se levantó al instante y le indicó con un gesto que fuese al pasillo que llevaba a la sala de descanso. Pero su proyecto de intercambio clandestino de información se vio frustrado por el capitán LaVorgna, que llamó a Hopper a su despacho.

El inspector suspiró.

—Ahora, cuando salga.

Delgado asintió con la cabeza y volvió a su mesa mientras Hopper cruzaba la oficina hacia LaVorgna, que esperaba de pie en la puerta de su despacho, mirando cómo se acercaba el inspector. Le señaló una silla y cerró la puerta.

—Vuelve a hacer un calor del carajo —dijo Hopper.

LaVorgna gruñó mientras pasaba detrás de su mesa.

—Dicen que casi llegará a los cuarenta grados esta semana.

—¿Sabemos algo de si arreglarán el aire acondicionado?

—Es más probable que envíe un inspector a la luna que eso —respondió el capitán antes de empujarse hacia la mesa hasta tocarla con la barriga. Hopper sabía lo que significaba el gesto: que menos charla y al grano—. Tengo un caso nuevo para ti.

Hopper suspiró.

—Ni los asesinos descansan con este calor.

LaVorgna negó con la cabeza y se acarició el labio bajo el bigote con el índice mientras miraba a su inspector.

—No es un homicidio. Tenemos a un tipo abajo, en el calabozo. Dice que tiene información y pide protección a cambio de ella.

Hopper frunció el ceño.

—¿Protección frente a qué?

—Eso es lo que quiero que averigües, inspector.

Hopper meneó la cabeza.

—No lo veo claro, señor. Yo trabajo en homicidios, no en antivicio, y...

—Soy muy consciente del departamento que dirijo, inspector —lo interrumpió LaVorgna levantando la voz—. Y si digo que te asigno el caso, es que te asigno el caso, ¿entendido? A lo mejor no te has dado cuenta, pero no es solo este departamento el que tiene los recursos limitados. Vamos cortos de personal y dinero en toda la comisaría. Así que, a veces, te pediré que ayudes a otro departamento y tú me agradecerás la oportunidad de ensanchar horizontes.

Hopper suspiró y se pasó una mano por el pelo. Luego dejó que cayera y se dio una palmada en el muslo.

—Sí, señor. Lo siento, señor. —Volvió a frotarse la cara—. Veré qué descubro.

LaVorgna le dedicó una gran sonrisa. Hopper no estuvo seguro del todo de si le gustaba.

—¿Ves? Por eso me caes bien, Hopper.

Este frunció el ceño de nuevo.

—¿Señor?

—Porque haces lo que se te dice y no me das problemas.

Hopper notó que se le tensaban los músculos de la mandíbula.

«Ah, sí, capitán, ya que saca el tema...»

Levantó un pulgar por encima del hombro.

—¿Lo ha arreglado con Delgado?

—Ya me preocupo yo de sus tareas, inspector. Y ahora, sugiero que te pongas a trabajar. Están esperándote abajo.

—A la orden, señor —dijo Hopper.

Se levantó e hizo un ridículo saludo, pero la atención del capitán ya estaba centrada en el papeleo que tenía delante.

—¿De qué iba eso? —preguntó Delgado cuando Hopper regresó a su escritorio.

—Ah, ¿no te has enterado? Resulta que ya no trabajo en homicidios.

Delgado estuvo a punto de atragantarse con el café.

—¿Qué?

—Tranquila, es solo temporal. Parece que me envían a ayudar a antivicio. Ha llegado alguien pidiendo protección a cambio de hablar, no sé muy bien de qué va. Supongo que será algún pringado que va colocado hasta las cejas.

Delgado se pasó la lengua entre los dientes.

—¿Crees que el capitán está intentando separarnos?

Tenía cierto sentido.

—Puede —dijo Hopper. Miró hacia el despacho del capitán—. ¿Crees que sabe que seguimos investigando nuestro caso?

Delgado siguió la mirada de Hopper.

—No sé cómo podría saberlo. Pero escucha, tenemos que hablar.

Hopper asintió mientras se levantaba.

—Ya lo creo que sí. Acompáñame, necesito un café antes de ir abajo.

La sala de descanso se quedó vacía después de que el sargento McGuigan se marchara justo mientras ellos llegaban. Hopper y Delgado le dieron los buenos días y esperaron a que el sargento hubiera vuelto a su mesa y se sentara dando la espalda al pasillo. Entonces el inspector cerró la puerta y se acercó a la cafetera.

Delgado le tendió su taza y Hopper se la llenó.

—¿Qué averiguaste en la calle Dikeman? —preguntó la inspectora.

—Una cosa interesante —dijo Hopper mientras se llenaba su propia taza.

Dio un sorbo, hizo una mueca por lo caliente y amargo que estaba e informó a su compañera de su aventura de la noche anterior: el piso vacío, los archivadores propiedad del gobierno, su fallida persecución del intruso y la desaparición de los ficheros.

Delgado escuchó, asintiendo despacio a medida que iba absorbiendo la información, con los ojos pasando una y otra vez de Hopper a la puerta de la sala de descanso, vigilante.

—Lo sabía. Está pasando algo chungo.

Hopper asintió y dio otro sorbo al café.

—Algo chungo, exacto. Ten. —Metió la mano en el bolsillo del pecho de la camisa y sacó la primera página de la libreta que había encontrado en el apartamento de la calle Dikeman—. Mira a ver qué sacas en claro de esto mientras estoy abajo.

Delgado cogió la hoja y se la guardó bajo el polo.

—¿Algo en el escenario del crimen? —preguntó Hopper.

Delgado asintió y le habló de los tres hombres que habían ido a buscar a Hoeler y de la lista de direcciones que había encontrado. Hopper arrugó la frente mirando su café mientras escuchaba.

—¿Y llevaban chaquetas militares?

Delgado se encogió de hombros.

—Eso dice el administrador del edificio. Pero esas chaquetas pueden comprarse en cualquier tienda de excedentes militares, así que no sé si nos sirve de mucho. ¿Por qué?

—Yo tengo una chaqueta como esa —dijo Hopper—. Me la quedé cuando dejé el ejército.

Delgado enarcó una ceja.

—¿Estás diciendo que podrían ser veteranos?

—¿El administrador te dijo que hacían reuniones de Alcohólicos Anónimos en Dixon?

—Sí.

—Pues a lo mejor también lo usa más gente. Quizá un grupo de apoyo a veteranos.

—¿Esas cosas existen?

Hopper asintió.

—Existen. Mucha gente que volvió de Vietnam necesita ayuda, ¿sabes?

—Eh, que no lo dudo. Investigaré Dixon, comprobaré las otras direcciones y haré una lista de grupos. Más vale que vayas bajando.

Hopper miró el reloj y asintió. Se abrió la puerta de la sala de descanso y apareció Harris. Se detuvo en seco al verlos a los dos y sonrió.

—Vaya, nuestros dos tortolitos están teniendo un encuentro furtivo, ¿eh?

Con un suspiro, Hopper se marchó, dejando que Harris ardiera bajo la mirada asesina de su compañera.

Cuando Hopper llegó abajo, habían metido al hombre en una sala de interrogatorios. Entró y saludó con la cabeza al agente uniformado que encontró cruzado de brazos en una esquina de la sala. Este se apartó de la pared, negando con la cabeza.

—Que tengas suerte con este —dijo, y se tocó la visera de la gorra con un dedo antes de marcharse de la sala con los pulgares metidos en el cinturón.

Hopper cerró la puerta y notó crecer la desazón en su estómago. Aquello iba a ser una pérdida de tiempo. Dejó en la mesa el café y el archivo que le habían dado y contempló a la persona con la que debía hablar.

El entrevistado era un hombre joven, quizá incluso todavía adolescente, a juzgar por su aspecto. Llevaba un chaleco fino de cuero por encima de una camisa de béisbol con botones arremangada hasta los codos. Estaba sentado a la mesa, con los brazos cruzados delante y la cabeza acunada en ellos, la cara apartada de la puerta, como si durmiera. Llevaba el pelo bien cortado en redondo, a lo afro.

La actitud del informador —aunque Hopper se resistía a pensar en él como tal, ya que aún no había proporcionado ninguna clase de información— no era nada nuevo, por supuesto. La gente se comportaba de mil maneras distintas cuando estaba detenida, y Hopper las había visto todas. En ese caso, supuso que el informador debía de estar durmiendo la mona de algo, ya fuese alcohol o drogas. Mientras se sentaba enfrente de él, le llegó un olor dulzón, por lo que se decidió por la segunda opción.

Hopper dio un sorbo al café, miró el reloj y entonces suspiró y dio un golpe en la mesa con los nudillos. El informador saltó en su silla, se lamió los labios y parpadeó mirando al inspector.

—Perdona que te moleste —dijo Hopper, tenso—. Deberías haber pedido en recepción que te llamaran para despertarte cuando te registraste en el hotel.

El hombre siguió lamiéndose los labios y su frente se surcó de arrugas confusas mientras miraba a Hopper.

—¿Qué? —terminó preguntando.

Hopper dio un bufido y cogió su bolígrafo.

—Da igual. —Abrió la carpeta e hizo bajar la punta del boli por el formulario rellenado solo a medias—. Muy bien, te llamas Washington Leroy.

—No, no, no —dijo el hombre, pasando la mano por encima del documento. Hopper alzó la vista y el hombre se lo quedó mirando fijamente. Tenía los ojos inyectados en sangre, pero, sin una linterna, Hopper no podía comprobarle las pupilas. Imaginó que las tendría bastante dilatadas—. Leroy

Washington. Leroy. Tienes el nombre y el apellido al revés, colega. —Silbó y volvió a reclinarse en la silla—. Es Leroy Washington.

—Culpa mía —dijo Hopper mientras tachaba y corregía el formulario—. Leroy Washington.

—¿Y tú quién eres?

Hopper no levantó la mirada del documento. Metió una mano en el bolsillo de la camisa, sacó una tarjeta y la empujó hacia delante por la mesa. El joven la cogió y se la acercó a la cara.

—Inspector James Hopper. —Leroy alzó la mirada—. ¿De homicidios?

Hopper hizo caso omiso a la pregunta y miró hacia el otro lado de la mesa.

—Dices que tienes información.

Al oírlo, la expresión de Leroy se iluminó.

—¡Información, sí! Exacto, eso es. —Miró a Hopper, pero con los ojos desenfocados.

Hopper se encogió de hombros.

—Pues venga, suéltala.

Leroy asintió, volvió a lamerse los labios y puso las manos extendidas sobre la mesa. Hopper las miró un momento y vio que tenía las uñas raídas y sucias. Leroy llevaba una buena variedad de pulseras en las dos muñecas, una mezcla de lo que parecían gomas de colores para el pelo en la izquierda y, en la derecha, una ancha muñequera de cuero con una hebilla de plata más grande que la del cinturón de Hopper.

—Vale, tío, escucha —dijo Leroy, dando golpecitos en la mesa con una uña cascada—. Viene algo gordo, colega, y cuando digo gordo, es muy gordo. —Apoyó la espalda y esculpió el aire delante de él con las dos manos—. Enorme. Lleva pero que muchísimo tiempo planeándolo. Meses, tío, meses. Puede que años. —Leroy negó con la cabeza, volvió a inclinarse hacia delante con los codos apoyados en la mesa y, clavando la mirada en Hopper, se tocó la sien con un dedo—.

Tú no conoces al santo, colega, no lo conoces y punto. El tío lo tiene todo aquí arriba. Pero todo, todo.

Hopper hizo un mohín mientras miraba a Leroy.

—Vale, ¿dices que viene algo gordo? —preguntó.

Leroy asintió y se reclinó con pesadez.

Hopper lo miró un momento más y luego dio un bufido.

—Mira, vas a tener que darme algo más que eso —dijo—. Si quieres protección, si estás en peligro, necesitaremos algo tangible.

Leroy frunció el ceño.

—¿Tangible?

—Sí, tangible —repitió Hopper—. Nombres, lugares, fechas, horas. Necesitamos detalles completos. Si buscas protección, podemos organizarlo, pero tienes que darnos algo sobre lo que podamos actuar, algo que nos lleve directamente a evitar un delito o a detener a un delincuente. No nos dedicamos a conceder protección al primero que entra por la puerta.

Leroy negó con la cabeza y dio más golpecitos en la mesa.

—Sí, pero es que ya te lo he dicho, tronco, te lo he dicho. Te he dado un nombre: el santo. Él lo tiene todo planeado.

Hopper suspiró.

—¿Qué tiene planeado, Leroy?

Este no parecía estar escuchando. Había cerrado los ojos y levantado la cabeza hacia el techo.

El tipo tenía la cabeza ida por culpa de algo. Hopper suspiró una vez más y estuvo a punto de levantarse, pero entonces se quedó quieto cuando Leroy empezó a hablar de nuevo.

—Ya viene. La oscuridad, la noche, negra como sierpe. —Leroy no abrió los ojos, pero sí hizo una mueca—. Ya viene, aquí y ahora, aquí y ahora. El trono de llama está preparado y la Sierpe reclamará Su trono y lo gobernará todo con Su fuego y Su poder, y Su capa de sombras recubrirá la ciudad.

Sí. Iba ciego como una rata. Hopper lo veía sin prestar

atención siquiera. La policía de Nueva York ya tenía bastante trabajo sin necesidad de seguir la corriente a todos los colgados drogadictos con ganas de contarles que el mundo estaba a punto de terminar. Hopper abrió su carpeta, comprobó que había firmado donde debía y se dispuso a pedir a un uniformado que devolviera a Leroy a la calle cuando el joven se sacudió de repente en la silla. Abrió los ojos, parpadeó y empezó a palparse los bolsillos.

—Espera —dijo—. Si quieres algo, tío, yo tengo algo, tengo algo.

Sacó un objeto del bolsillo interior de su chaleco de cuero.

El corazón de Hopper se aceleró. Volvió a sentarse, con la mirada fija en lo que Leroy Washington estaba dejando en la mesa frente a él.

Era una tarjeta blanca, más grande que un naipe. Tenía un símbolo dibujado a mano con meticulosidad, en densa tinta acrílica: el contorno de una estrella de cinco puntas. Hopper no había visto antes ese símbolo concreto, pero resultaba evidente que la tarjeta formaba parte de un conjunto que él conocía muy bien.

Se quedó mirando la tarjeta durante lo que le parecieron mil años. Leroy estaba diciendo algo, pero Hopper no podía oírlo por el rugido que llenaba sus oídos.

Entonces Leroy empezó a hiperventilar, inhalando enormes bocanadas de aire, y su repentino cambio sacó a Hopper del trance.

—¿De dónde has sacado esa tarjeta?

Leroy no estaba escuchando. Había vuelto a cerrar los ojos y habló entre bocanada y bocanada.

—El día de la oscuridad llegará... y el día será noche y la noche será negra como sierpe y el trono estará preparado para Su llegada... Eso dice el santo... Eso dice el santo.

Leroy recuperó el control de su respiración y se hundió en la silla, y a continuación empezó a reír, su barbilla rebotando contra el pecho, con los ojos aún cerrados.

—Eh —dijo Hopper, pero Leroy no le hizo caso.

Hopper dio una fuerte palmada en la mesa.

—¡Eh!

Leroy dio un respingo y parpadeó como si acabase de despertar de un sueño profundo. Miró a Hopper.

—¿De dónde has sacado esa tarjeta? —Hopper gritó la pregunta y su vozarrón resonó en las paredes de la pequeña sala.

Leroy no pareció percibir el cambio en la actitud de Hopper. Se quedó allí sentado, hizo chasquear los labios y miró a su alrededor antes de posar los ojos de nuevo en Hopper.

—¿Tienes algo de fumar, tío? Me arde la garganta, colega. Necesito algo, lo que sea. —Se secó la boca con el dorso de la mano.

Hopper no pudo contenerse. Extendió el brazo y agarró a Leroy por la muñeca. Este dio un gañido de terror mientras Hopper tiraba de su brazo hacia él.

—Dices que tienes información y yo quiero oírla. ¿Tiene algo que ver con esta tarjeta? ¿Sabes de dónde ha salido? ¿Sabes quién la ha hecho? Si sabes algo sobre los asesinatos, tienes que contármelo, y tienes que contármelo ahora mismo.

Leroy se resistió al agarrón de Hopper, que cedió. Leroy cayó contra el respaldo de la silla.

—Es todo parte del plan. Eso es lo que dijo. Todo es parte del plan.

—¿Quién lo dijo? ¿Qué plan?

—El santo.

—¿Quién es el santo? Leroy, ¿quién es el santo?

—San Juan. Ha venido a salvarnos a todos, a colocar el trono en su sitio, a prepararse para la llegada de Él.

—¿Qué? ¿Su llegada? —Hopper se frotó la cara—. ¿La llegada de quién?

—No, tío, no puedo decir Su nombre, no puedo decir Su nombre.

Hopper ya estaba de pie. Se inclinó sobre la mesa, notando palpitar las sienes.

—¿De qué estás hablando, Leroy? ¿La llegada de quién?

Este levantó la mirada hacia él. Negó con la cabeza y se formaron lágrimas en sus ojos. Movió los labios como si intentara encontrar las palabras.

—Satanás, tío —dijo con un tenue susurro—. Satanás está de camino y Nueva York será Su trono.

10

La tarjeta

6 DE JULIO DE 1977
Brooklyn, Nueva York

En el compartimento del cuarto de baño, Hopper estaba sentado con los codos en las rodillas. Se frotó la cara. Llevaba veinte minutos allí dentro. No era que estuviese escondiéndose, pero quería estar completamente en privado con sus pensamientos, y el viejo cuarto de baño del rincón, al fondo de la comisaría, era la zona con menos tráfico del edificio que se le había ocurrido a Hopper.

Tenía la mirada fija en el blanco inmaculado de la puerta del compartimento, y notaba pesada como el plomo la tarjeta que tenía guardada en el bolsillo del pecho de su camisa.

Había dejado que Leroy le afectase y se lo reprochaba una y otra vez. De acuerdo, la aparición de la tarjeta lo había sorprendido, pero Hopper era poli, por el amor de Dios. Había vuelto a perder los estribos; era un defecto suyo del que era muy consciente.

Pero la tarjeta era una buena noticia.

Porque era una pista.

Leroy Washington sabía algo. Quizá incluso estuviera implicado, aunque lo más seguro era que no fuese el asesino, ya que se había presentado allí ofreciendo información a cambio de protección. En su estado de confusión, apenas le había proporcionado nada aparte de la tarjeta, pero sabía algo, y al parecer ese conocimiento lo había puesto en peligro.

Quizá lo había puesto en el punto de mira del asesino.

¿Y todo lo demás? ¿Satanás de camino a Nueva York, la ciudad envuelta en llamas y oscuridad? No era nada que no pudiera oírse de labios de la multitud de colgados que atestaban las esquinas de Times Square. «¡El final está cerca!» Pues claro que sí, hombre: esto es Nueva York. El mundo siempre está terminando para alguien.

La puerta del cuarto de baño se abrió de golpe. Hopper alzó la mirada, quebrada su ensoñación. Alguien entró en el compartimento contiguo al suyo y lo cerró de un portazo.

Hopper salió. Estuvo un tiempo mirándose con atención en el espejo que había encima de los grifos. Tenía una pinta de mierda, porque era así como se sentía, y punto. El poco sueño, el demasiado café y el hecho de que estaba actuando en contra de las órdenes de su capitán lo estresaban más de lo que había creído que lo harían.

Diciéndose a sí mismo que ya era hora de recobrar la compostura, Hopper salió del baño y regresó hacia arriba.

Cuando Hopper entró en la oficina de homicidios, vio a Delgado de pie en la puerta de una sala de archivos. La presencia de su compañera le hizo sentirse mejor al instante, despejó cualquier nubarrón que pudiera haber estado envolviéndolo de golpe y por completo.

Ver a Delgado le recordó que no estaba solo en aquello.

Mientras caminaba hacia su mesa, ella lo interceptó y se lo llevó a la sala de descanso.

—Sí que te ha costado —dijo—. Pero escucha, tengo algo.

La sala de descanso estaba desierta. Cuando hubieron entrado, Delgado cerró la puerta, subió el volumen del televisor y fue hasta la gran mesa que ocupaba el centro de la sala.

Dejó encima la página de libreta que Hopper le había dado antes.

—Podemos dar las gracias a nuestro difunto amigo Jacob Hoeler por apretar con fuerza al escribir —dijo. Señaló el papel, que había pasado a estar cubierto de cuadrados rayados con un lápiz de color gris claro—. Ha sido muy fácil. En el colegio hacíamos esto siempre.

La escritura se veía claramente, además de la palabra «Víboras» en letras grandes y gruesas, con un cuadrado dibujado a su alrededor. El otro texto era, en efecto, una lista. Hopper la leyó en voz alta.

—«Rajas Salvajes. Reyes Asesinos. Los 45 del Bronx. Legión del East Village. Furias de Fulton. Nación Piedad.» —Miró a Delgado—. Son todo bandas callejeras.

Delgado asintió.

—Sí, pero no unas cualesquiera. Lo he comprobado. Esta lista recorre los cinco distritos. Todas las bandas excepto los Víboras son bien conocidas para la policía de Nueva York y los federales, y todas tienen una cosa en común... menos los Víboras.

Hopper se frotó la barbilla, pensativo.

—¿Cuál es?

Delgado dio un golpecito en el papel.

—Todas han desaparecido. Se han esfumado. Ninguna de estas bandas existe ya, que nosotros sepamos. Aniquiladas, dispersadas o expulsadas de la ciudad, quién sabe.

—¿Excepto los Víboras?

—Excepto los Víboras —confirmó Delgado—. De esa no hemos oído hablar nunca, ni nosotros ni nadie. —Se encogió de hombros—. Eso, suponiendo que sean una banda, claro.

—El nombre encaja —dijo Hopper—. Podrían ser un grupo nuevo. Seguro que las pandillas se forman y se deshacen a todas horas.

—Pero escucha, Hopper, sabes lo que significa esto, ¿verdad?

Hopper levantó la mirada hacia su compañera mientras ella seguía hablando.

—Nuestra tercera víctima, Jacob Hoeler, era un agente federal que tenía un escondrijo secreto. Tenía una lista de bandas callejeras, incluida esta nueva. Lo mataron estando de servicio, y luego se presentó aquí el agente especial Gallup y nos quitó el caso de las manos. Tiene todo el sentido del mundo. Puede que no quieran decirnos lo que está pasando, pero tampoco hace falta ser una lumbrera para deducirlo.

—Jacob Hoeler formaba parte de un grupo operativo federal dedicado a las bandas.

—Exacto. Son del FBI, o de la ATF, o quizá de ambos. Explicaría muchas cosas. El agente especial Gallup será un estirado, pero está protegiendo mucho más que su propio empleo.

Hopper asintió con la cabeza.

—Si él dirige el grupo operativo, seguro que tiene a agentes ahí fuera, en la ciudad, probablemente infiltrados en esas pandillas, encubiertos. El grupo operativo puede llevar funcionando meses, incluso años. —Hopper señaló el papel—. Quizá sea eso lo que les pasó a esas bandas. Han estado trabajando para desarticularlas, desde dentro.

—Exacto —dijo Delgado—. Y entonces, cuando alguien mata a uno de esos hombres infiltrados, llega el departamento de policía de Nueva York y pone en peligro toda su operación. Por eso Gallup tuvo que plantarse aquí y quitárnoslo todo. Debe proteger a sus agentes a toda costa. Y por tanto, tiene que llevar todo esto dentro de su agencia. No le queda otra opción.

Hopper meneó la cabeza. Las piezas estaban empezando a encajar. Sacó del bolsillo de la camisa la tarjeta con el símbolo y se la enseñó a Delgado. Los ojos de su compañera se ensancharon al verla.

—¿De dónde hostias ha salido eso?

Hopper la soltó en la mesa.

—Del chaval al que tenía que interrogar, el que pedía protección. Me ha soltado un montón de chorradas sobre el fin del mundo y...

—¿Que ha hecho qué?

Hopper negó con la cabeza.

—El tío iba colocadísimo de algo. Pero tenía esta tarjeta, y me ha dicho que demuestra que tiene información que puede interesarnos.

—¿Y cuál era esa información?

—No me la ha dado. Tendremos más posibilidades cuando se le haya pasado el ciego, pero tiene que estar relacionado con los asesinatos de las tarjetas. —Hopper señaló la tarjeta—. Hay una conexión con las bandas callejeras. El chaval, Leroy Washington, no ha dicho que estuviera en una, pero casa bastante bien con el perfil. Podría ser de esos Víboras.

Delgado se frotó las sienes mientras pensaba.

—Los asesinatos rituales no encajan bien con el estilo pandillero —dijo, pero Hopper se encogió de hombros.

—Estoy de acuerdo. Pero es imposible que esto sea una coincidencia. Jacob Hoeler demuestra que no lo es. Igual que Leroy Washington.

—¿Dónde está ahora?

—Lo he enviado de vuelta a una celda. Tiene que bajar de dondequiera que esté antes de poder revelarnos su información. —Miró a su compañera—. Pero sabes lo que significa esto, ¿verdad?

Delgado suspiró.

—Que se acabó.

Hopper asintió. Delgado estaba en lo cierto: el caso se había acabado. Se habían metido en algo mucho, mucho más grave de lo que preveían, en una operación federal que podía hacer peligrar la vida de a saber cuántos otros agentes si alguien interfería en ella.

—Pero nuestro trabajo no ha sido en balde —dijo Hopper—. Se lo llevaremos todo al capitán y dejaremos que lo entregue a sus superiores hasta llegar a Gallup y los federales. Con un poco de suerte, harán la vista gorda sobre nuestra implicación.

Delgado no dijo nada, pero asintió mostrando su acuerdo. Los dos inspectores se sentaron a la mesa. El altavoz del televisor gorjeó, con el volumen tan alto que hacía temblar la barata carcasa de plástico del aparato, mientras un noticiario reproducía el último y apasionado discurso del aspirante a la alcaldía Ed Koch sobre el crimen. Delgado frunció el ceño mirando a su compañero.

—¿Qué pasa? —preguntó él.

—Tienes una pinta espantosa.

Hopper soltó una débil risita.

—Dime algo que no sepa.

Pero Delgado negó con la cabeza.

—Vete a casa, Hop. Tómate libre lo que queda de tarde. Pasa tiempo con Diane. Llévala al cine o algo. Yo te cubro con el capitán y mañana vamos y le contamos todo esto. De todas formas, no parece que tu informador vaya a estar en condiciones de hablar hasta mañana. Esto puede esperar hasta entonces.

Hopper miró a Delgado un rato largo y luego suspiró.

—Vale. Gracias.

—No hay de qué, inspector, no hay de qué.

26 de diciembre de 1984

Cabaña de Hopper
Hawkins, Indiana

El anochecer se acumulaba fuera junto con la nieve mientras Hopper se afanaba en la cocina. Llevaba mucho tiempo hablando, y tanto él como Ce necesitaban un descanso. Ella había protestado cuando Hopper interrumpió la historia, pero la mirada se le había iluminado al mencionar su dulce favorito. No, su comida favorita, en general.

Era la hora de los gofres.

—Negra como... sierpe.

Hopper miró hacia atrás. Ce había vuelto a la salita para estirar las piernas y se había sentado con las piernas cruzadas en el suelo, de cara a él.

—¿Qué significa?

Hopper puso los gofres preparados en un plato y, tras servirse otra taza de café, regresó a la mesa. Ce se levantó y fue hacia él.

—¿Quién está contando la historia? —preguntó él, mientras dejaba el gran plato de gofres en el centro de la mesa, antes de volver a la cocina para traer platos más pequeños. Cuando volvió, Ce ya había empezado a comerse uno. Hopper le puso el plato bajo las manos.

—Las preguntas son buenas —dijo Ce con la boca llena.

—Eh, esa educación, jovencita. —Hopper puso un gofre caliente en su propio plato—. Y sí, las preguntas son buenas, pero la paciencia también.

—Lo dijo Leroy. —Ce frunció el ceño—. Y Lisa.

Hopper cogió el tenedor, pero se quedó quieto mirando al otro lado de la mesa.

—¿En serio quieres hablar de eso ahora?

Ce lo miró sin decir nada. Se limitó a entornar un poco los ojos.

Hopper dejó el cubierto.

—De acuerdo, sí, los dos lo dijeron. Y la verdad es que me di cuenta cuando Leroy lo dijo en el interrogatorio, pero cuando dedujimos lo del grupo operativo, dejó de parecer tan importante. Le conté a Delgado lo de Lisa en la fiesta de cumpleaños, y lo que había dicho Leroy, y ella pensó que podría ser la letra de una canción, o algo de la tele. Es como cuando oyes una palabra nueva y crees que es la primera vez, pero de repente suena por todas partes.

Ce siguió mirándolo, moviendo la mandíbula al masticar.

Hopper suspiró. «Vale, mal ejemplo.»

—Bueno, a lo que iba —dijo Hopper, devolviendo su atención al gofre caliente que tenía enfrente—. Sí, me di cuenta, pero no llegamos a atar cabos hasta más tarde.

Ce dejó de masticar. Tragó y luego dejó que se le abriera la boca. Hopper frunció el ceño.

—¿Qué?

—¿Hasta más tarde?

—Bueno...

—¿Una sierpe es una serpiente?

Hopper asintió.

—Una víbora también es una serpiente.

—Correcto.

—Sierpe... víbora... ¡serpientes! —Ce movió las manos, con los ojos como platos.

Hopper se limitó a enarcar una ceja.

Ce suspiró, muy frustrada.

—Van todos juntos.

—¿Quienes?

—Leroy, Lisa, los Víboras... y el tercero.

—¿El tercero? ¿Te refieres al agente especial Jacob Hoeler?

Ce asintió, entusiasmada.

Hopper dio otro mordisco rápido y un sorbo de café. Estiró el brazo, cogió una servilleta de papel del paquete abierto que había a un lado de la mesa y se limpió las manos.

Ce parecía casi emocionada. ¿Estaría absorbiendo la historia? ¿Entendía lo que había ocurrido de verdad, hacía tantos años? Era una pregunta difícil y Hopper no estaba seguro de conocer la respuesta. Ce era lista, y seguro que se convertiría en una mujer muy capaz. De eso Hopper no tenía la menor duda.

Pero su crianza al cuidado, si es que podía llamarse así, del doctor Brenner había introducido algunos... bueno, algunos giros. En ciertos aspectos, Ce era mayor que los años que tenía. En otros, era menos madura que otras chicas de su edad.

Aunque tampoco era que Hopper tuviera mucha experiencia al respecto.

—Sí, Jacob Hoeler —repitió, poniendo énfasis en el nombre, sin estar seguro de si era importante que lo hiciera. Pero sabía que corría el peligro de trivializar la historia. Aquello no era un relato de fantasía, no era un cuento de hadas que leerle a los niños antes de dormir.

Era la verdad, por lo menos hasta donde él alcanzaba a saberla.

—Ten paciencia y lo averiguarás —dijo.

Ce puso cara de contrariedad y entornó los ojos, pero no perdió comba a la hora de empezar con su tercer gofre.

Los dos comieron en silencio durante unos minutos.

—Es extraño —dijo Ce.

—¿El qué?

—El capitán sabía... —Alzó la mirada—. Lo de la tarjeta.

Hopper sonrió. Señaló a Ce con el tenedor.

—Muy bien, enana. Prestas atención a los detalles. Sí, el capitán sabía lo de la tarjeta, porque Leroy se había dedicado a enseñársela a todo el mundo cuando entró en comisaría. El agente que llamó al capitán se lo mencionó, y por eso LaVorgna me eligió a mí. No me dijo por qué, ni siquiera en privado, porque sabía que no podía implicarse en el asunto. Que hubieran retirado al departamento del caso no le hacía más gracia que a nosotros, pero, desde su posición, no podía decir nada. Y recuerda que él no sabía nada sobre el grupo operativo, por lo menos antes de que Delgado y yo lo descubriéramos. Pero luego me contó lo que había pasado.

Ce asintió, aparentemente satisfecha, y siguió comiendo. Luego preguntó:

—¿Tu trabajo es peligroso?

Hopper frunció el ceño.

—Puede llegar a serlo, sí.

—Impides que la gente... asesine.

—Detener a alguien antes de que cometa un asesinato es difícil. El trabajo suele consistir en averiguar quién fue el asesino después de que ocurra. —Hopper se encogió de hombros—. Tampoco siempre. Los homicidios de las tarjetas fueron un caso especial. Es lo que pasa cuando tienes lo que se llama un asesino en serie, que puede ser que siga matando hasta que lo detienes. De modo que sí, en esos casos lo que haces es intentar impedir que vuelvan a matar. Pero son raros. La mayoría de los inspectores nunca tienen un caso como ese.

—Buscas a gente mala.

—Por supuesto.

—La gente mala te hace daño. —Ce lo miró como si esperara más.

Hopper no estaba seguro de tener nada más. La pregunta

de Ce era muy sencilla, pero la respuesta era... complicada. Suspiró.

—Sí —dijo—, ser policía significa ocuparte de gente mala y situaciones peligrosas. Forma parte del trabajo, pero no es solo eso. También ayudo a los demás. Ya lo sabes. Te ayudé a ti.

Dejó de hablar, cayendo en la cuenta de que... ¿Era la primera vez que Ce se había parado de verdad a pensar en su vida? ¿En su trabajo?

Y lo más importante: ¿en cómo la afectaban esas cosas a ella? No solo en el pasado, enfrentándose al Demogorgon y al Azotamentes, sino en el presente y hacia delante, en qué impacto tendrían el trabajo y la vida de Hopper en el futuro que iban a compartir.

«En el futuro que vamos a compartir.»

Hopper parpadeó para quitarse una lágrima del ojo mientras miraba a su hija adoptiva, cuya vida, hasta hacía muy poco, había estado gobernada por el miedo y el dolor.

Ce levantó el vaso vacío que tenía junto al plato y se lo tendió a Hopper. Él sonrió, cogió el vaso sin decir nada, se levantó y volvió a la cocina. Regresó a la mesa poco después con el vaso lleno de refresco Kool-Aid.

Ce dio un sorbo y dejó el vaso en la mesa.

—Trabajo peligroso...

Hopper alzó las cejas y observó a Ce mientras ella componía poco a poco la lógica de su siguiente pregunta. Era extraordinario verla deducir lo que deberían haber sido conceptos sencillos para una niña de su edad, pero sobre los que ella nunca había tenido que pensar. Hopper maldijo a Brenner, y no por primera vez, pero... la verdad era que Ce estaba mejorando. Hopper se lo notaba. Y aunque él hacía todo lo posible para educarla, sabía que esa mejoría sería incluso más profunda cuando se hubiera integrado como debía en el mundo real.

Pero eso era algo de lo que preocuparse en otro momento.

En ese instante, Ce hizo una mueca como de dolor mientras buscaba las palabras adecuadas. Negó con la cabeza.

—Querías ser policía... —dijo, intentando atacar el problema desde otro ángulo.

Entonces todo encajó para Hopper. Era como uno de esos juegos de palabras en los que había que unir dos afirmaciones para llegar a una tercera conclusión lógica. Sonrió y volvió a sentarse.

—A ver, si ser policía es peligroso —dijo—, y yo quería ser policía, ¿por qué iba a querer un trabajo que es peligroso?

Al oírlo, Ce sonrió y se relajó, su confusión y su frustración evaporadas al momento. Dio otro sorbo a la bebida, con una actitud calmada y comedida del todo, mientras esperaba la respuesta. Por supuesto, el peligro no era algo que la perturbara en absoluto. Hopper lo sabía, como sabía también que su reacción al peligro se debía en parte a su crianza y en parte a que era capaz de... bueno, de protegerse.

Pero quizá con la historia de Hopper estuviera empezando a comprender que otras personas a veces debían ponerse en peligro a propósito.

«Está aprendiendo, está aprendiendo.»

—Bueno, sí —dijo Hopper—, el trabajo puede ser peligroso, pero yo no elegí hacerme policía porque lo fuese. Me hice poli para poder ayudar a la gente. Protegerla. Y sí, ahí fuera hay gente mala, pero recuerda, también la hay buena. Y la gente buena puede hacer cosas buenas si lo quiere de verdad. Aunque signifique correr un poquito de peligro. Pero eso es por lo que supe que quería ser policía. Porque tenía la experiencia y las habilidades que me permitían enfrentarme a ese peligro mientras hacía tanto bien como pudiera.

Ce lo miró a los ojos y los segundos fueron pasando. Entonces asintió y se terminó la bebida.

—Y recuerda —dijo él—, la historia termina bien. Estoy aquí, ¿verdad? Así que no me pasó nada. ¿Y a ti te pasa algo? ¿Quieres que siga adelante?

Ce sonrió y asintió y, en esa ocasión, empujó hacia delante su plato vacío.

Hopper le dedicó una amplia sonrisa.

—Pues allá vamos.

11

Don Rebelde

6 DE JULIO DE 1977
Brooklyn, Nueva York

—Qué pasada cuando esa nave espacial enorme aparece desde arriba. ¡De verdad, te juro que las paredes del cine temblaban y todo!

Hopper alzó las manos, formó con ellas una ancha uve y entonces, empezando por encima de su cabeza, emuló el movimiento de la nave espacial en cuestión hacia su esposa, que estaba sentada enfrente de él a la alta mesa de una cafetería.

—¡Brrrrruuuuuuuummmm!

Diane estaba riéndose tan fuerte que empezaron a caerle lágrimas por las mejillas mientras su marido seguía interpretando él solo la película de la que acababan de salir hacía menos de media hora. Hopper, sentado en su taburete, encorvó la espalda e hizo bocina con las manos para que el eco añadiera dramatismo a la mejor respiración jadeante que fue capaz de imitar.

—¡Jim!

Casi sin aliento, Diane hizo un gesto a su marido y miró a su alrededor en la diminuta cafetería, pero nadie estaba prestándoles atención. Hopper bajó las manos y puso los dedos en forma de pistolas.

—¡Chu-chu, chu-chu!

—Disculpa —dijo Diane, por fin dueña de su propia respiración—. ¿Cuántos años se supone que tiene mi marido? ¿Treinta y cinco, ya casi trece?

Hopper dejó de actuar y se echó a reír. Entre ellos, en la mesa, había una sola copa de nata de huevo, servida en un enorme y anticuado recipiente que se parecía más a un jarrón que a un vaso. Mientras Hopper se acercaba y cogía la pajita con un lado de la boca, Diane hizo lo mismo y dio un sorbo rápido a la bebida de chocolate antes de soltar su pajita y dar un beso en la nariz a su marido.

—Bueno, me alegro de que te haya gustado —dijo, echándose hacia atrás—. Oye, ¿crees que Luke y Leia terminarán...? Ya sabes.

Hopper estuvo a punto de atragantarse con la nata de huevo.

—¿Terminarán haciendo qué, exactamente?

—Ya sabes —dijo Diane, mientras regresaba su risa—. Dándole al asunto.

Hopper sonrió.

—Con eso te has quedado de la mejor peli que has visto en la vida, ¿y me llamas adolescente a mí?

—¿La mejor peli que yo he visto en la vida?

—Venga, reconócelo. Ha estado muy bien, ¿a que sí?

Diane se secó las lágrimas de las mejillas.

—Vale, bien, lo reconozco: ha estado muy bien. —Cogió su pajita y removió la bebida—. Creo que a Sara le gustaría. A lo mejor podemos traerla la próxima vez.

Hopper apoyó los codos en la mesa.

—¿No crees que *Annie* le gustaría más?

—¿El musical ese nuevo que han estrenado en...? ¿Dónde era?

—En el Alvin, me parece. Calle 52, o algo parecido.

Diane se encogió de hombros.

—Puede ser, pero he visto en el periódico lo que cuestan las entradas.

Hopper hizo una mueca.

—¿Tanto?

—Dejémoslo en que otra noche de cine es una opción más responsable fiscalmente.

Hopper asintió.

—Eh, estamos en Nueva York. Soy el mayor defensor que existe de la responsabilidad fiscal. Y ahora que la peli tiene el sello de aprobación de mamá y papá, la cosa está clara. —Se reclinó y sonrió—. ¿Lo ves?

Diane negó con la cabeza.

—¿Que si veo qué?

—Te ha gustado tanto que quieres verla otra vez, y estás usando a nuestra querida hija como la excusa más barata que he oído en la vida.

Diane dio un respingo con fingida indignación.

—¡Protesto!

Hopper tomó un poco más de nata de huevo.

—Quizá no te hayas dado cuenta —dijo tras un sorbo—, pero soy poli, no abogado, así que ese truco no funciona conmigo.

—Pues que conste, inspector, que aun así se te da bastante bien evitar las preguntas difíciles e importantes.

Hopper usó su pajita para remover otra vez la bebida.

—¿Cuál era la pregunta?

—Luke y Leia. ¿Sí o no?

—Ah. No.

—¿No?

—A las chicas les gustan los tíos rebeldes, siempre.

—Anda, ¿tan seguro estás, don Rebelde?

—Mucho —dijo Hopper—. Será con Han, no hay ninguna duda.

Diane se encogió de hombros, le arrebató la bebida a Hopper y ladeó la copa para mezclar los ingredientes con su pajita. Tras un momento de concentración, alzó los ojos y se encontró con la mirada fija de Hopper.

—¿Qué pasa? —preguntó.

Hopper alzó una comisura de los labios.

—Te quiero, Diane Hopper.

Diane se apoyó en la mesa con los codos.

—Y yo te quiero a ti, don Rebelde. Pareces contento.

La sonrisa de Hopper se petrificó. Diane pudo leer la confusión en sus rasgos, extendió un brazo y le cogió la mano.

—¡Eh, tranquilo! Pareces contento, nada más. Hacía semanas que no te veía tan relajado. No puede ser solo por una película y una nata de huevo.

Hopper se lo planteó, y lo cierto era... que estaba relajado. Incluso feliz.

Su esposa tenía razón, como de costumbre.

Diane inclinó a un lado la cabeza.

—Y entonces ¿a qué se debe? ¿Ha pasado algo en el trabajo?

Hopper cruzó un poco los brazos encima de la mesa alta.

—La verdad es que sí que ha pasado algo. —Bajó la voz—. ¿Te acuerdas del caso ese del... de los homicidios múltiples?

Diane se echó hacia delante.

—¿Qué ha pasado? ¿Habéis hecho algún avance?

—No, para nada —respondió Hopper—. De hecho, ya ni siquiera es nuestro caso. Nos lo han quitado.

—¿Cómo? ¿Y te alegras por eso? —Diane se apoyó en el respaldo y frunció mucho el ceño.

—Ah, no, no me malinterpretes. Queríamos resolver ese caso. Pero han venido los federales y se lo han llevado. Resulta que está relacionado con las bandas, y ellos tienen un grupo operativo especial. Tienen que ocuparse ellos, sin que la policía de Nueva York se meta en medio, así que nos lo han quitado.

—Muy bien —dijo Diane, asintiendo—. ¿Y cómo te hace sentir eso?

Hopper hinchó los carrillos.

—Bueno, o sea... Sí, queríamos atrapar al culpable, pero esto es más importante que nosotros. Más importante que yo. Me parece bien dejárselo a los federales. Y además...

Hopper calló, pensativo.

Diane ladeó la cabeza.

—¿Y además...?

—Y además sí, vale, estoy más contento. Era un caso duro. Una parte de mí quería resolverlo, pero hay otra que se alegra de dejar de estar implicado. Hay muchísimos otros casos para que los resuelvan los inspectores Delgado y Hopper.

Sonrió.

—Y ahora, ¿qué? —preguntó Diane.

Hopper bajó del taburete.

—Ahora me apetecen muchísimo unas patatas fritas. Vuelvo en un momento.

Hopper fue a la barra y dejó a su esposa riendo mientras se terminaba la nata de huevo.

Esa tarde hacía calor. Hopper sostuvo abierta la puerta de la cafetería para que saliera Diane mientras empezaba a arrepentirse de haberse vuelto a poner la chaqueta. Mientras su esposa cerraba la cremallera del bolso y esperaba, Hopper se quitó la chaqueta y se la echó encima del hombro. Al hacerlo, una gran tarjeta, tan blanca que casi brillaba a la luz de las farolas, descendió flotando hasta la acera.

Diane se agachó para recogerla.

—¿Qué es esto?

—¡Anda! —exclamó Hopper—. No debería habérmela llevado. —Extendió la mano—. Tengo que devolverla a comisaría a primera hora de mañana.

Diane no se la entregó de inmediato. Después de levantarse, la alzó por delante de ella.

—Es una carta Zener.

Hopper parpadeó, aún con la mano extendida.

—¿Una carta qué?

Diane se la devolvió.

—Una carta Zener.

Hopper cogió la tarjeta y la miró, dándole vueltas con las manos como si no se hubiera pasado horas ya estudiando el condenado objeto.

—¿Tú sabes lo que es esto?

Diane se encogió de hombros.

—Bueno, tampoco mucho. Solo sé que se usan en experimentos psíquicos, o algo así. —Señaló la tarjeta—. Es un juego de varias parecidas a esa.

Hopper se lamió los labios y se acercó un paso a su esposa. Diane alzó la mirada hacia él, con los rasgos invadidos por la preocupación.

—Jim, ¿qué ocurre?

—Dejaron una como esta en cada uno de los tres homicidios rituales que estábamos investigando antes de que llegaran los federales —dijo en voz baja—. Están todas hechas a mano, y en cada una hay un símbolo distinto pintado con tinta acrílica. Está claro que tienen algún significado para el asesino, pero, si intenta enviarnos algún mensaje, te aseguro que no lo estamos recibiendo.

Diane tensó la mandíbula un momento.

—¿Dices que no sabéis lo que son las tarjetas?

Hopper negó con la cabeza.

—No. Llevábamos semanas atascados con ellas. —Hizo una pausa—. ¿Cómo es que tú sabes lo que son?

—¿Te acuerdas de Lisa Sargeson, en la fiesta de cumpleaños del domingo?

—La pitonisa. ¿Cómo iba a olvidarla?

Diane compuso una sonrisa divertida.

—Bueno, pues creo que ella las usa para algo en su actuación. No las sacó el domingo, pero nos dio una pequeña charla sobre su trabajo y las tenía junto al resto de material. —Calló un momento—. Creo que dijo que eran cartas Zener, pero igual lo oí mal.

Hopper frunció el ceño.

—¿Son una especie de cartas de tarot para la adivinación?

—No lo sé —respondió Diane, encogiéndose de hombros—. Mira, la verdad es que tampoco sé tanto sobre ellas. Lisa mencionó unos experimentos psíquicos, como dando a entender que su actuación combinaba verdadera ciencia con magia y no era solo teatro.

Hopper meneó la cabeza, incrédulo.

—¿Jim?

Él suspiró y volvió a guardarse la tarjeta en el bolsillo de la camisa. Cogió a Diane de la mano y siguieron caminando en dirección a la boca de metro.

—Anda que no hemos pasado tiempo intentando descubrir qué son estas tarjetas, y nos lo podría haber dicho una maga chiflada en el cumpleaños de unos críos.

Se detuvo y tiró de Diane para pararla también. Ella lo miró con una ceja enarcada.

—¿Podrías hacerme un favor? —preguntó Hopper.

—¿Qué? Pues claro.

—¿Crees que Lisa podría decirnos más cosas sobre las cartas Zener? ¿Sobre el significado que tienen?

—Eh... supongo que sí. Pero ¿no decías que ya no estás con ese caso?

Hopper asintió.

—Y así es, pero esta tarjeta la hemos sacado de un informador que entró en comisaría por su propio pie. Tiene pinta de pertenecer a alguna pandilla, por lo que íbamos a entregarlo mañana a los agentes federales. Si, de paso, podemos darles algo de información, seguro que les viene bien. ¿Tienes el número de Lisa? Dijiste que era madre de un niño.

—Sí que lo tengo. Puedo llamarla por la mañana, si quieres.

Hopper hizo una mueca.

—En realidad... ¿no podrías llamarla esta noche?

—Ya es bastante tarde, Jim.

—No te lo pediría si no fuera importante.

Diane suspiró.

—Vale, claro.

Cuando llegaron a casa, el piso estaba en silencio. Sara dormía profundamente y Rachel, la canguro, informó de que todo había ido bien mientras Hopper sacaba unos billetes de su cartera y se los entregaba. Los ojos de la adolescente se iluminaron cuando contó la cantidad.

—¡Gracias, señor Hopper!

Les deseó a los dos buenas noches y, en el instante en que salió por la puerta, Hopper se dirigió a la cocina. Se quedó junto al teléfono, esperando a su esposa.

—Un poquito de paciencia, inspector.

Él sonrió.

—Perdona.

Diane dejó su bolso en la encimera, lo abrió y sacó una agenda fina con cubiertas de cuero. Pasó varias páginas y luego fue al teléfono de la pared, junto a la nevera. Sostuvo el auricular entre el hombro y la mejilla mientras marcaba el número. Luego se volvió hacia Hopper. Los dos se quedaron de pie en silencio, aguardando.

Tras lo que a él le pareció una eternidad, Diane negó con la cabeza y se estaba girando para colgar cuando Hopper oyó el chasquido y el tenue sonido amortiguado de alguien descolgando.

Diane volvió a bajar la cabeza.

—Eh... ¿Lisa? Hola, soy Diane. Ah, sí, no, no pasa nada. Perdona que te llame a estas horas. Vale. —Diane se rio.

Hopper se relajó y se apoyó contra la encimera con los brazos cruzados, esperando.

Diane explicó a Lisa que su marido quería preguntarle unas cosas y, después de asegurarle que no tenían nada que ver con la fiesta de cumpleaños, entregó el teléfono a Hopper.

—Toda tuya, jefe —dijo Diane y, tras darle un beso en la mejilla, se marchó a la sala contigua.

Hopper se llevó el auricular a la encimera, desenrollando el cable enredado, y apoyó los codos.

—¿Señorita Sargeson? Hola. James. Escuche, esto... gracias por aceptar hablar conmigo. —Se frotó la frente—. Y, esto... escuche, de verdad que tengo que disculparme por lo del domingo. Pero, si le parece bien, me gustaría hacerle unas preguntas.

26 de diciembre de 1984

Cabaña de Hopper
Hawkins, Indiana

—Bueno, ¿qué? ¿La vas a probar o no?
       —¿Dónde está el huevo?
Hopper negó con la cabeza.
—No. No lleva huevo.
—¿Ni nata?
—Exacto.
La mirada de Ce volvió al vaso alto que reposaba en la encimera entre ambos. Hopper no había podido encontrar un recipiente adecuado, pero la nata de huevo que había preparado no tenía muy mal aspecto. Lucía un bonito tono marrón claro, y hasta se las había ingeniado para sacarle un poquito de espuma por encima.
   Ce cerró un ojo y escrutó el vaso con el otro, a todas luces desconfiada de Hopper y de su raro y anticuado brebaje.
   —Leche, sirope de chocolate...
   —Muchísimo sirope de chocolate —matizó Hopper.
   —¿Y agua carbonatada? —Ce arrugó la nariz mientras pronunciaba muy despacio la palabra desconocida.
   Hopper asintió.
   —Sí, es agua con burbujas. —Se inclinó sobre la repisa,

143

plegando los brazos y apoyando la barbilla en ellos para quedar más o menos a la altura de Ce—. Pero ¿vas a probarla? Tú has querido que la prepare.

Ce abrió el ojo que tenía cerrado e inclinó la cabeza a un lado y al otro.

—¿Por qué se llama «nata de huevo»?

—Ah, bueno, eso es una larga historia.

—Suena asqueroso.

Hopper se irguió.

—¿Estás de coña? Es deliciosa. Mira. —Cogió el vaso y una de las dos pajitas que había en la encimera junto a él. La hundió en el cremoso líquido y dio un buen sorbo—. ¡Mmm! —Sostuvo el vaso con el brazo estirado y lo miró como si estuviera paladeando las propiedades de un vino de buena añada—. Voy a decirte una cosa, enana. Esto está buenísimo. Es un clásico de Brooklyn, te va a encantar.

Volvió a dejar el vaso en la encimera. Ce se inclinó hacia él y miró desde arriba la espumosa bebida.

—Venga —dijo Hopper—, pruébala.

Ce no dijo nada. Hopper cogió la otra pajita y se la ofreció. Entonces ella bajó del taburete de un salto.

—No —dijo, y regresó a la mesa.

—Bueno, como quieras —respondió Hopper mientras cogía el vaso y la seguía—. Más para mí.

12

Pájaros y jaulas, gatos y bolsas

7 DE JULIO DE 1977
Brooklyn, Nueva York

Hopper cruzó la comisaría con paso pesado y un único pensamiento en la mente.

«Café.»

Había sido una noche larga. No había estado mucho tiempo al teléfono con Lisa Sargeson. De hecho, la conversación había sido muy breve: Lisa también acababa de volver a casa y tenía que madrugar, por lo que la solicitud de Hopper de hacerle unas preguntas había llevado a que quedaran en que él se pasaría a verla al día siguiente. Pero luego Hopper había pasado varias horas despierto en la cama mientras Diane dormía a su lado, felizmente ajena al insomnio de su marido, que no podía dejar de repasar los acontecimientos recientes una y otra y otra vez.

Sin embargo, se le había ocurrido un plan de acción, un plan del que estaba satisfecho, sencillo y libre de complicaciones. Hablaría otra vez con Leroy Washington, confiando en que fuera un poco más coherente después de haber dormido la mona de lo que fuese que se había metido el día anterior, obtendría la información que Lisa pudiera ofrecerle sobre la naturaleza de las cartas Zener y se lo entregaría todo al capitán LaVorgna. Lo más probable era que el capitán fingiese enfurecerse, aunque fuese solo para reforzar un poco la vieja y querida negación plausible, pero Hopper ya sospechaba que su superior sabía de antemano que Leroy estaba en posesión de una tarjeta. Era imposible que hubiera sido una coincidencia que lo asignara a hablar con Leroy.

Hopper dejó la chaqueta en el respaldo de la silla, se desabrochó los puños de la camisa y se arremangó mientras iba hacia la sala de descanso. Por una vez, no hacía mucho calor en la oficina a aquella hora tan temprana, y Hopper lo agradecía, igual que agradeció la cafetera llena que había dejado alguna alma bondadosa. A su lado había una caja de dónuts, y hasta quedaban un par dentro.

«Dios bendiga al turno de noche y a todos los que navegan en él.»

Hopper se sirvió una taza. El café estaba quemado y aceitoso, pero él sabía que necesitaba la cafeína. Cogió un dónut y le dio un mordisco, solo para quitarse el sabor del café de la boca. Mientras volvía a su escritorio, hizo el protocolario saludo con la cabeza al inspector Harris y al sargento McGuigan, y los ojos de los dos chispearon al ver lo que estaba comiendo.

Hopper se sentó a su mesa, contento de haber llegado unos minutos antes que sus compañeros y de evitar por ello la encarnizada batalla que estaba a punto de librarse entre Harris y McGuigan.

Miró la hora, se terminó el dónut, se limpió el azúcar de las manos en los pantalones y cogió el teléfono. El sargento de servicio en el piso de abajo descolgó al instante y Hopper casi se atragantó con un sorbo de café antes de poder hablar.

—¡Huy, perdone! Buenos días, sargento. Soy el inspector Jim Hopper, de la quinta planta. Sí, hola. Escuche, el sujeto al que estuve entrevistando ayer, Leroy Washington, ¿puede hacer que lo suban a una sala de interrogatorios?

Lo que respondió el sargento despertó más a Hopper que

todo el café que llevaba en el organismo. Incapaz de detenerse, se levantó, con el auricular del teléfono aferrado como en un tornillo de banco.

—¿Cómo que lo han dejado libre?

Hopper escuchó y luego apretó los párpados con fuerza mientras se daba un masaje en la frente con la mano libre. Cuando el sargento terminó de hablar, Hopper negó con la cabeza, con los ojos todavía cerrados.

—Ya, bueno, gracias, me ha sido de mucha ayuda.

Colgó el teléfono con un golpetazo. El inspector Harris llegó desde el pasillo que llevaba a la sala de descanso, dónut y café en mano, seguido de un taciturno sargento McGuigan, que solo llevaba una de las dos cosas en la suya.

Harris señaló a Hopper con el dónut.

—Eh, si empiezas a estampar el teléfono antes de las ocho de la mañana, te espera un día jodido. Esto funciona así.

Hopper casi se dejó caer a plomo en la silla.

—Sí, a mí me lo cuentas.

Harris dio un mordisco al dónut y un sorbo al café al mismo tiempo. Cuando habló, fue con la boca tan llena que Hopper puso cara de asco.

—Bueno, ¿qué pasa?

—¿Te acuerdas del chaval ese que se presentó aquí ayer? ¿El pandillero que ofrecía información?

—Sí —respondió Harris—. Quería protección, o algo por el estilo. ¿Al final cumplió?

Hopper negó con la cabeza, frustrado.

—Es lo que esperaba que hiciera hoy —dijo—. Pero algún capullo lo ha soltado esta mañana.

Harris soltó una palabrota.

—¿En serio?

Hopper señaló su mesa, como si la respuesta estuviera en ella.

—Ayer les dije que lo retuvieran en un calabozo, pero algún uniformado vio en qué estado se encontraba y lo metió en la celda de los borrachos con todos los vagabundos. Y claro, luego, a las cinco de la madrugada, despejan la celda.

—Vaya. Pues sí que es una forma rara de ofrecer protección a un chaval.

—Ya lo creo.

—¿Quieres que baje y me líe a gritos? Conozco al sargento de guardia. Me debe un par de favores.

Hopper negó con la cabeza.

—No, pero gracias —dijo, levantándose de la silla—. Tengo que contárselo al capitán.

LaVorgna no había servido de nada útil, pero se tomó bastante bien que Hopper irrumpiera furioso en su oficina sin pedir permiso para entrar, teniendo en cuenta que él mismo acababa de llegar al trabajo. La liberación de Leroy Washington fue tan sorprendente y decepcionante para él como para Hopper y, antes de que este pudiera salir siquiera del despacho, el capitán ya estaba gritando a alguien de abajo por teléfono.

Mientras Hopper volvía a su escritorio, su propio teléfono empezó a sonar. Delgado aún no había dado señales de vida, por lo que apretó el paso para cogerlo, pensando que sería su compañera.

—Hopper, homicidios.

El teléfono rugió contra su oreja como un océano lejano, y luego el sonido remitió, reemplazado por una respiración rápida y poco profunda. Entonces llegó de nuevo el rugido y desapareció, y Hopper cayó en la cuenta de que su interlocutor estaba frotando una mejilla con barba de pocos días contra el micrófono.

Hopper se sentó. Escuchó la respiración un momento más y ya estaba a punto de colgar (las bromas telefónicas a la policía eran un gaje del oficio) cuando quienquiera que estuviese llamando por fin habló.

—¿Inspector Hopper? Soy yo, tío, soy yo —dijo la voz, apenas un susurro.

Hopper parpadeó. Miró a su alrededor en la oficina, pero no estaba observándolo nadie. Hopper se dio la vuelta en la silla de todos modos, para encararse hacia la pared.

—¿Leroy?

El interlocutor soltó aire con fuerza, y el alivio se hizo evidente en su voz cuando habló de nuevo.

—¡Jo, colega, inspector! Me cago en la puta, menos mal que me lo has cogido, tío.

Hopper cerró los ojos.

—¿Dónde coño estás? El sargento de guardia dice que te soltaron anoche.

—¿Soltarme? ¡Tío, me dieron una patada en el culo y me echaron a la calle!

Hopper suspiró y se frotó la frente.

—Vale, bien, pero escucha...

—Inspector, tienes que ayudarme, tronco. Por favor, te estoy pidiendo ayuda, de verdad.

Volvió a llegar el sonido del roce. Hopper se imaginó a Leroy encorvado en una cabina telefónica, hablando con el aparato muy apretado contra la boca, moviendo la cabeza a izquierda y derecha, izquierda y derecha, vigilante, esperando a que llegara su hora. Por lo menos, sonaba mejor, mucho más lúcido, más con el dominio de sus facultades, hablando en voz baja pero clara.

—¿Dónde estás? —preguntó Hopper.

—¡Por favor, tío, por favor! —repitió Leroy, que al parecer no escuchaba lo que le decían.

Entonces Hopper oyó otra cosa en su voz.

Miedo.

—Escucha —dijo Leroy—, San Juan está planeando algo, tío, algo muy gordo, algo que va a caer sobre la ciudad como un maremoto. En serio te lo digo. San Juan es de los de verdad, ¿vale? Es peligroso, y tiene un montón de ideas sobre el demonio y el fin del mundo, colega. A lo mejor, tú esas cosas no te las crees, y puede que yo tampoco, pero él sí, tío, él se las cree de verdad. Así que tengo que pirarme, y para eso necesito que me ayudes. No puedo hacerlo yo solo. Es como... Es como que no puedes acercarte a él, o te domina, como... como...

Hopper entornó los ojos mientras se concentraba en la voz de Leroy.

—¿Como qué? ¿Leroy?

Este suspiró al otro lado de la línea.

—Mira, no lo sé. Es raro. Es como si tuviera alguna clase de poder. O sea, poder de verdad. Como si pudiera leerte la puta mente, saber lo que vas a hacer antes incluso que tú. Ya te digo que es peligroso. Tienes que creerme. Y tienes que ayudarme, tío. Necesito irme de aquí, y deprisa, tío.

—Sí, vale, puedo ayudarte —replicó Hopper—. Dime dónde estás y voy a buscarte.

—Y a mi hermana también.

—¿Tu hermana?

—Sí, a mi hermana. Está metida también, y San Juan le ha clavado las garras bien hondo, colega. Tienes que ayudarme a sacarla a ella también. Antes de que nos llueva mierda a todos, tío, a toda la ciudad.

—Vale, escucha, Leroy...

—¿Oyes lo que te digo, inspector? ¿Estás escuchándome? Esto es grave, tío, muy grave.

—¡Leroy!

Hopper alzó la mirada. McGuigan y Marnie, que estaban cerca hablando entre ellos, lo miraron un momento, pero Hopper no les hizo caso. Se acercó el auricular a la cara. Por teléfono, oyó la respiración entrecortada de un hombre aterrorizado.

—Dime dónde estás e iré a buscarte ahora mismo. Podemos hablar, y me cuentas lo de San Juan y tu hermana, ¿vale? Y entonces pensaremos un plan, ¿te parece bien?

El único sonido que llegó por teléfono a Hopper fue una

respiración temblorosa, asustada, y el roce de la barbilla sin afeitar de Leroy contra el auricular mientras volvía a comprobar si la calle estaba despejada.

—Leroy, ¿me estás escuchando?

—Sí, te oigo. Ven a recogerme, por favor. Nada más puedas, tío, nada más puedas.

Leroy por fin le dio una dirección y, a continuación, el teléfono quedó en silencio. Hopper rodó en su silla, colgó y apuntó la dirección en su cuaderno. Arrancó la página y escribió en la siguiente, en esa ocasión una nota para Delgado. Se levantó, se inclinó sobre la mesa y le dejó la nota bajo su taza de café antes de arrancar la chaqueta de la silla y correr hacia la puerta.

13
La caída

7 DE JULIO DE 1977
Brooklyn, Nueva York

La dirección que Leroy había dado a Hopper estaba en la zona de Sunset Park, un barrio de astilleros y almacenes con una tasa de criminalidad en la que Hopper no quería pararse a pensar demasiado. Cuando salió de comisaría, se aseguró de que llevaba su pistola, y comprobó la funda sobaquera cuatro o cinco veces mientras bajaba al aparcamiento y se llevaba un Catalina que ni por asomo sería tan discreto como le habría gustado para el lugar al que se dirigía. Ya próximo al punto de encuentro, aparcó cerca de un almacén de embalaje, atestado de trabajadores que —esperaba— quizá incluso intervinieran si veían a alguien intentando robarle el coche. Hopper hizo a pie el resto del camino, sin apartarse de las calles principales.

La dirección que le había dado Leroy era en realidad una intersección. A medida que Hopper se aproximaba, vio que la zona estaba definida por un inmenso patio de maniobras ferroviario, hundido por debajo del nivel de la calle como una gigantesca excavación arqueológica. La dilatada amplitud del espacio era sorprendente, pero no inoportuna. Si iba a haber problemas, por lo menos podría verlos venir.

El patio de maniobras era un hervidero de actividad. Había vagones, plataformas de carga y locomotoras moviéndose, casi siempre muy despacio, rechinando y golpeando sobre empalmes de vías mientras los operarios, en chaquetas azules y marrones, monos y cascos sucios y cubiertos de grasa, trabajaban en y entre ellos. Hopper estudió la zona desde el nivel de la calle y vio que todas las superficies disponibles estaban cubiertas de grafitis, incluidos los laterales y los techos de todos los vagones, locomotoras, contenedores y plataformas, ya estuvieran moviéndose o estáticos en el patio de maniobras. A su derecha y a su izquierda, la infinidad de vías se perdía por ambos lados en túneles mal iluminados por el brillo amarillento de las luces de servicio.

Hopper pensó que aquel patio era el lugar perfecto para esconderse, porque, a pesar de la multitud de trabajadores, había mucha maquinaria y equipo enorme y bastante estático que proporcionaban cobertura para dar y tomar. Vio movimiento en una entrada de túnel a su izquierda. Mientras una locomotora salía poco a poco al espacio abierto, un grupo de tres personas tan sucias como los operarios entraron a toda prisa en el túnel, dos de ellas arrastrando un saco lleno. Serían vagabundos, seguramente. Aquel era un lugar peligroso para vivir, pero Hopper no tenía la menor duda de que habría más gente escondida en la oscuridad de los túneles.

De Leroy Washington, hasta el momento no había ni rastro.

Hopper miró calle arriba. En la siguiente esquina había una tienda que vendía tabaco y revistas para adultos, y a su lado un puesto de comida que, probablemente, existía solo para atender a los trabajadores del patio de maniobras. Ambos establecimientos eran poco más que cabinas, sin acceso para los clientes: meros mostradores tras los que estaban los propietarios, casi a ciencia cierta con un par de armas a su alcance. En la esquina de la tienda se veía la carcasa de una cabina telefónica. El resto de la manzana tenía un aspecto industrial, de edificios altos, planos y anodinos, cubiertos por completo de grafitis que debieron de ser un espectáculo multicolor cuando estaban recién pintados, pero que ahora se habían convertido en un mar de grises y marrones apagados e insípidos.

Hopper esperó un poco más. Leroy no apareció. Hopper echó un vistazo a su alrededor para orientarse y decidió recorrer el patio de maniobras dando una vuelta.

La órbita completa le llevó quince minutos. La hizo despacio, con los ojos bien abiertos y deteniéndose de vez en cuando, mirando hacia el patio desde distintos ángulos para comprobar si Leroy estaba escondido allí abajo. El hormigón que rodeaba a Hopper ya estaba horneándose bajo el sol matutino, y eso que no eran ni las doce. Al regresar a su punto de partida, Hopper miró la tienda y el puesto de comida. En los dos había clientes, pero ninguno de ellos era Leroy; a esas alturas podía considerarse que le había dado plantón.

Hopper metió la mano en el bolsillo y comprobó que le quedaba solo un cigarrillo. Con un suspiro, miró de nuevo a su alrededor antes de volverse y cruzar la calle hacia la tienda. Hopper compró un paquete al hombre del mostrador y, mientras esperaba a que le devolviera el cambio, echó un vistazo a los expositores de revistas. Al lado de la imagen de una modelo en biquini abrazando un globo gigante con forma de cabeza de conejo, Hopper se sorprendió de ver un ejemplar de la revista *Time*, cuya cubierta anunciaba orgullosa que LLEGA EL VERANO con enormes letras mayúsculas.

—Quién iba a decirlo, ¿eh? —comentó Hopper, señalando la revista mientras el propietario le entregaba unos grasientos billetes de dólar.

Pero al parecer el hombre no tenía ganas de hablar y selló la transacción con un fruncimiento de ceño.

Hopper le dio las gracias de todos modos y, de vuelta en el bordillo, se guardó el paquete nuevo y sacó el último cigarrillo del viejo. Fue hacia la cabina telefónica con el Zippo preparado. Se había levantado un aire que arrastraba consigo más calor veraniego, por lo que Hopper se resguardó tras la cabina y cubrió el cigarrillo con la mano para encenderlo. Después enderezó la espalda e inhaló una profunda bocanada de humo.

Ya había esperado suficiente. Él estaba en el lugar acordado. Leroy no. Quizá le hubiera entrado miedo y hubiera huido. O quizá lo hubieran capturado los Víboras, la misma banda de la que intentaba escapar.

O quizá todo fuese solo una especie de... ¿de qué, de broma? ¿Una pandilla callejera de adoradores del diablo? ¿Un hombre llamado San Juan que intentaba invocar al mismísimo Satanás en la ciudad? Aparte de la carta Zener, toda la historia de Leroy era ridícula, ¿verdad?

Hopper disfrutó del cigarrillo mientras se planteaba su siguiente jugada. Incluso sin la información de Leroy, tenían bastante para entregárselo al capitán, sobre todo cuando Delgado, suponiendo que hubiera leído su nota, regresara de hablar con Lisa Sargeson sobre las cartas Zener.

La comisaría quedaba muy lejos, por lo que Hopper decidió llamar por teléfono para averiguar si Delgado había vuelto ya y tenía algo de lo que informar. También se le ocurrió que Leroy podría haber llamado de nuevo, quizá con un nuevo lugar y hora para recogerlo. Tratándose de un hombre a la fuga, entraba perfectamente dentro de lo posible.

Se oyó el rugido de un motor calle abajo. Hopper alzó la mirada y vio el sol relucir en los lados plateados de una camioneta de reparto cuadrada que cruzaba la intersección a toda pastilla. Pertenecía al Servicio Postal de Estados Unidos, y Hopper no pudo reprocharles que hicieran la ronda con prisas en aquel barrio.

Rodeó la cabina para hacer su llamada y descubrió que algunos gamberros habían arrancado el teléfono, dejando solo una estructura saturada de grafitis y llena de colillas y periódicos viejos. Hopper dio otra calada. A su espalda, el sonido de la camioneta se intensificó. El vehículo rascó la marcha y entonces llegó el sonido de neumáticos chirriando y un olor a gases de escape diésel y goma quemada que Hopper percibió incluso por encima del de su cigarrillo.

Se volvió justo a tiempo de ver que la camioneta subía a la acera en ángulo, justo fuera de la tienda. Era un vehículo grande, todo ángulos rectos y plata, con la habitual águila azul y las barras rojas del logotipo del Servicio Postal pintado en los lados. Con el motor aún en marcha, de la camioneta saltaron cinco hombres. Hopper asimiló todo esto de golpe y entonces el cigarrillo cayó de su boca y el paquete vacío se resbaló de su mano mientras retrocedía a trompicones.

Hopper no era un canijo, pero los cinco hombres que se acercaban a él tenían la complexión de jugadores de fútbol americano. Llevaban puesta una extraña variedad de ropa de deporte: pantalones de chándal grises, chaquetas azules y rojas y camisetas amarillas ceñidas sobre músculos bien desarrollados. Pero lo que clavó una daga de miedo en el corazón de Hopper fueron los pasamontañas. Negros, lisos, sin marcas de ninguna clase ni agujeros para la boca o la nariz, solo cinco pares de ojos brillantes que lo miraban a través de claraboyas circulares.

Dio media vuelta, sintiendo que de pronto el aire era demasiado denso, la acera demasiado resbaladiza. Notó unas manos en sus hombros. Perfecto, ya que, agachándose un poco y girando los brazos, dejó que el atacante le quitara la chaqueta y le facilitara la huida. Pero el ángulo en el que echó a correr no era el adecuado y Hopper tropezó. Sacó los brazos hacia el suelo y aprovechó su excesivo impulso hacia delante para impulsarse como un atleta en la línea de salida.

Pero ya había perdido demasiado tiempo. Dio un latigazo hacia atrás con el brazo izquierdo para equilibrarse, pero lo agarraron por debajo del codo para tirar de él, y el repentino cambio de dirección estuvo a punto de dislocarle el hombro. Hopper apretó los dientes y rodó en torno al brazo asido mientras cerraba el otro puño y lo enviaba volando hacia su agresor. Dio al hombre en la parte derecha del pecho, pero fue como dar un puñetazo a un árbol. Hopper sintió crujir los nudillos y un dolor lacerante en la muñeca cuando se dobló hacia donde no debía. Probó a enderezarse del todo, pero al hacerlo solo logró exponer su tripa a un golpe de otro asaltante que fue como un martillazo, un puño que parecía del tamaño de una pata de cerdo y le sacó de sopetón todo el aire de los pulmones. Notó que se le llenaba la garganta de bilis y soltó un escupitajo cálido y ácido mientras el dolor explotaba en su abdomen e irradiaba como si le hubieran aplicado uno de los cables eléctricos del patio de abajo.

Hopper trastabilló hacia delante, sin fuerzas. Soltó una patada, dos, tres, pero no sirvió para otra cosa que para levantar las piernas y que sus atacantes pudieran agarrarlas. Otro golpe, este en la nuca, le llenó la visión de estrellas negras, y lo último que vio mientras los hombres lo arrastraban hacia la furgoneta plateada fue al hombre tras el mostrador de la tienda de la esquina, con el rostro serio y los brazos cruzados, satisfecho de quedarse mirando sin mover un solo dedo.

14

La historia secreta de Lisa Sargeson

7 DE JULIO DE 1977
Brooklyn, Nueva York

Delgado estaba en el centro de la sala de estar, contemplando la decoración mientras Lisa Sargeson le decía que se sintiera como en su casa.

—Gracias —respondió Delgado, acercándose a una de las librerías que recubrían casi todo el espacio disponible en las paredes del pequeño apartamento—. Lamento molestarla, pero espero que esto no nos lleve mucho tiempo.

Ladeó la cabeza para leer los títulos de los tomos casi idénticos, encuadernados en cuero, que ocupaban aquella estantería concreta. El *Boletín de la Academia Estadounidense de Psiquiatría y Derecho*, volúmenes uno a cuatro, de 1973 a 1976, ocupaba casi un metro entero de estante.

Menuda lectura ligera para antes de dormir.

Llegaron risas resonando de alguna otra estancia del piso.

—No, por favor, soy yo la que tiene que disculparse —alzó la voz Lisa para hacerse oír—. Acabo de llegar a casa. Se me ha alargado el último trabajo y tengo que prepararme para llegar a tiempo a mi siguiente cita.

Delgado irguió la espalda y miró el estante de encima. Sobre él, en lugar de una hilera de lomos uniformes, había una abarrotada colección de lo que parecían libros de texto: *Psiquiatría moderna, quinta edición, Principios de psicología clínica, Evaluaciones prácticas para análisis de casos, segunda parte, Dentro de la mente humana...* Delgado pasó un dedo por la estantería y contó otra docena de volúmenes. Fue mirando por el resto de la sala y encontró más de lo mismo en las librerías: más colecciones de revistas encuadernadas y más textos académicos. Con una colección tan pesada y seria en exposición, para Delgado fue casi un alivio encontrar un estante de novelas de Arthur C. Clarke y Ursula K. Le Guin semiocultas más cerca del sofá rodeado por una ventana en saliente que había en el extremo opuesto de la sala. En esa misma estantería, delante de los libros, había unas esposas y un fular multicolor enrollado. Debían de formar parte del utillaje mágico de Lisa, pensó Delgado.

La inspectora se acercó a la ventana para disfrutar del sol que entraba.

—Bueno, como le decía, espero que esto no nos lleve mucho...

—¡Encantada de ayudar!

Lisa reapareció por la puerta, después de haberse quitado las medias y el sombrero de copa con que había recibido a Delgado y ponerse un vestido rojo y amarillo de flores y unas botas altas de cuero marrón. Mientras se ponía en un dedo lo que parecía un gran anillo de los que cambian de color, reparó en que Delgado la estaba mirando de arriba abajo y volvió a reír.

—Es toda una transformación, lo sé —dijo—. Pero sería raro presentarme con medias de rejilla. —Cruzó la sala y se remetió el vestido bajo las piernas para sentarse en la butaca que había a la izquierda de la ventana—. Tome asiento.

Delgado sonrió y aceptó la invitación. Mientras se sentaba, volvió a mirar las librerías.

—Tengo que reconocer que esto no es lo que esperaba —confesó.

Lisa rio.

—No sé muy bien qué le habrá dicho su compañero, pero en estos tiempos la adivinación y el ilusionismo no dan mucho dinero.

Delgado ladeó la cabeza.

—Y entonces ¿a qué se dedica, exactamente? Cuando no está sacando conejos de sombreros, quiero decir. —Señaló los estantes—. Tiene usted más libros aquí que la biblioteca pública de mi barrio.

—Bueno, lo crea o no, inspectora, en realidad soy psicóloga clínica, cualificada y registrada legalmente.

Mientras lo decía, se retorció en su butaca y arqueó la espalda para alcanzar la estantería que tenía detrás. Sacó de ella otro volumen encuadernado en cuero, que tendió a la inspectora.

Delgado lo cogió, sin saber muy bien qué estaba mirando. El cuero era negro y duro, y las letras de la portada y el lomo estaban grabadas en metal plateado.

—«*Desafíos sociológicos en la psicología de reajuste: patrones de reintegración social. Metaanálisis histórico y metodología práctica* —leyó Delgado de la portada—. Tesis doctoral de Lisa Sargeson, departamento de psicología, Universidad de Miskatonic, Massachusetts.» —Miró a Lisa—. ¿Es doctora en psicología?

—Soy doctora en filosofía y psicología clínica y criminalista. Por la Universidad de Miskatonic en 1974.

Delgado asintió y hojeó el libro. A pesar del espaciado doble, el texto parecía denso, y había páginas de tablas y gráficos.

—¿Sabe? A mí me dieron un diploma de natación en el noveno curso —dijo Delgado, cerrando la tesis y devolviéndosela a Lisa—. Parece que hay un buen salto entre la psicología criminalista y la magia callejera —añadió, señalando el sombrero de copa, que estaba en la mesita, donde lo había dejado Lisa.

Esta se encogió de hombros.

—Supongo que son cosas que pasan —replicó—. Una

cree que sabe a qué quiere dedicarse y pasa mucho tiempo trabajando para ello, pero...

Delgado enarcó una ceja.

—¿Pero?

—Pero una vez lo consigue, resulta que no es del todo lo que esperaba.

—¿No le gustaba la vida académica?

—No está hecha para mí, me temo. Llevaba ya tanto tiempo allí que para cuando terminé de escribir esto... —Levantó la tesis—. Me moría de ganas de marcharme.

—¿Qué la trajo a Nueva York?

—Un trabajo —respondió Lisa—. Había un lugar llamado Instituto Rookwood. Era un centro de reinserción para presos federales a los que iban a liberar pronto. No me refiero a delincuentes en cárceles de máxima seguridad, sino a los que ya habían cumplido condena e iban a volver pronto a la calle. ¿Se lo puede creer? Alguien de la Agencia Federal de Prisiones terminó dándose cuenta de que quizá a esa gente no deberían soltarla sin más, sino que a lo mejor había que rehabilitarlos de verdad. Ya sabe, ayudarlos a reintegrarse en la sociedad. Porque si los liberan y punto, sin darles ningún tipo de apoyo, ¿qué cree que harán? Pues volver a lo mismo por lo que dieron con sus huesos en la cárcel. Pero si se les ayuda, se les enseña a llevar vidas normales, a convivir con otra gente, la tasa de reincidencia cae tal que así. —Lisa chasqueó los dedos.

Delgado asintió.

—Tiene todo el sentido del mundo.

—¿Verdad que sí? Y a mí me encajaba de maravilla. ¡Vamos, que mi tesis doctoral trataba justo de eso! La agencia hizo sus investigaciones cuando estaba montando el instituto, y basaron parte de ese trabajo en mi tesis, por lo que terminaron ofreciéndome trabajo.

—¡Hala! —exclamó Delgado. Entonces calló y frunció el ceño—. Pero ahora no trabaja ahí, ¿verdad?

Lisa negó con la cabeza.

—Qué va. Rookwood lleva cerrado ya un año. Y... puede que por culpa mía, aunque creo que se veía venir el final.

—¿Qué pasó? ¿Por qué lo cerraron?

Lisa soltó una carcajada.

—Estando en Nueva York, ¿por qué cree usted? ¡Por dinero! Pero en fin, de todos modos la cosa no iba bien. Al contratarme, me dijeron que iba a unirme a un programa que ya estaba en funcionamiento. Pero cuando me presenté, no había nada. De verdad, nada de nada. Esperaban que yo lo organizara todo y lo pusiera en marcha.

—Está de broma, ¿no?

Lisa negó con la cabeza.

—A ver, no me malinterprete, yo estaba más que dispuesta a hacer el trabajo, y en el instituto había un buen equipo, pero tardó poco en quedar claro que lo que más necesitaba era precisamente lo que no tenía: recursos financieros. Montar algo como el Rookwood y hacer que funcione de verdad requiere tiempo y dinero. —Lisa se encogió de hombros—. No sé qué era lo que esperaban. Me las apañé para poner en marcha un programa piloto, pero enseguida se hizo evidente que no podría cumplir aquello para lo que me habían contratado. Así que lo dejé.

—¿Lo... dejó?

Lisa movió una mano.

—Me largué por la puerta. En fin, para entonces ya me había hecho una idea de lo que pasaba, lo que sigue pasando, en esta ciudad. El Rookwood era una idea genial, pero era imposible que cumpliera con su propósito. Yo estaba perdiendo el tiempo, y podía aprovecharlo mejor ahí fuera, haciendo cosas reales que ayudaran a la gente de la ciudad.

Delgado se permitió una sonrisilla.

—¿Convirtiéndose en maga?

Lisa se echó a reír.

—¡Maga callejera y consejera de reinserción, si no le importa! —Extendió el brazo, cogió el sombrero de copa y lo hizo saltar de la mano al codo con teatral aplomo antes de volver a dejarlo con la copa hacia abajo—. El negocio secundario es este. Cuando estaba en la universidad, conseguí un empleo a tiempo parcial como aprendiz de un mago. No, de verdad, fue una pasada. Me servía para pagar las facturas y era más divertido que asar hamburguesas. Resulta que a la gente le gustan los buenos trucos de magia. Mire.

Lisa bajó la mano al suelo junto al sofá y cogió una revista, doblada por una página interior, que hasta ese momento había quedado fuera del ángulo de visión de Delgado. Le dio la vuelta antes de pasársela a la inspectora.

—Columna del centro, a media altura.

Delgado cogió la revista y miró la densa tipografía de los anuncios clasificados.

—Magia —leyó en voz alta—. Maga... para todas las ocasiones... tarifas razonables. Lisa.

Después había un número de teléfono. Delgado desdobló la revista y descubrió que tenía en las manos un ejemplar de *New York*, cuya portada era la fotografía de un hombre de mediana edad vestido con traje vertiendo champán en las cabezas de otros tres hombres de mediana edad con trajes, todos ellos en apariencia encantados con la situación, ya que dos de los hombres tenían los puños alzados y el del centro tenía agarrado un gran trofeo de madera coronado un coche dorado en miniatura.

Delgado se limitó a menear la cabeza mientras le devolvía la revista.

—Total —prosiguió Lisa—, que cuando el Rookwood se hundió, me lo monté para poder seguir haciendo un buen trabajo de verdad.

—¿Y cuál es?

Lisa enrolló la revista y la dejó dentro del sombrero de copa.

—El que le decía: consejera de reinserción, que más o menos viene a ser lo que quería hacer en el Rookwood. Cuando me marché, planeaba establecerme por mi cuenta, pero entonces encontré una organización benéfica que tenía más o menos los mismos objetivos, así que les ofrecí mis servicios. Su forma de organizarse encaja conmigo de maravilla, pero la pega es que pagan poco. ¡De modo que aún puedo ponerme el sombrero de copa o pasar la mano sobre una bola de cristal, según quien me contrate!

—Pero ¿el problema del Rookwood no era la falta de dinero?

—Sí que lo era —dijo Lisa—, pero el Rookwood era distinto, solo un engranaje más en la gigantesca maquinaria federal. Claro que tenía potencial, pero necesitaba una financiación desproporcionada para obtener los resultados más nimios. Parece que es así como funciona siempre el gobierno central. Esta organización es diferente: tiene menos gente y menos recursos, pero su alcance se extiende a toda la ciudad. Sí, su ámbito es menor, como también sus objetivos, pero... no sé, da la sensación de que de verdad podemos lograr algo, hacer cosas que ayuden a esa gente. —Se reclinó en la butaca—. Y oiga, de momento, va bien. Hemos tenido buenos resultados y parece que estamos cambiando las cosas. Será algo más pequeño, pero es más efectivo. Con un propósito más claro, no sé si me entiende.

Delgado se descubrió asintiendo, de acuerdo con ella.

Lisa se echó hacia atrás para mirar el reloj de la pared.

—Vale, perdone, pero ahora sí que se me empieza a hacer tarde.

Delgado asintió y abrió su bolso para sacar una carpeta de papel manila. La dejó en su regazo, la abrió y sacó de ella una serie de fotografías grandes. Eran en blanco y negro, brillantes, y cada una mostraba alguna de las extrañas tarjetas que habían encontrado en los tres escenarios del crimen que ella y su compañero estaban investigando hasta hacía muy poco.

En todas las imágenes había también una regla a lo largo de un borde, para marcar la escala.

—Esperábamos que pudiera decirnos algo sobre estas tarjetas. Creo que se llaman cartas Zener, ¿verdad?

Delgado puso en la mesa las fotografías: la circunferencia, la cruz, las tres líneas onduladas.

Lisa asintió y cogió la foto de la circunferencia.

—Exacto. —Miró las otras dos imágenes por encima de la foto que sostenía—. Bueno, tiene tres de ellas. El conjunto son cinco en total.

Delgado asintió de nuevo y sacó su cuaderno.

—Tenemos otra, una estrella de cinco puntas.

Lisa prestó más atención a la fotografía que tenía sujeta.

—¿Están hechas a mano?

—Creemos que sí —respondió Delgado—. Son todas artesanales, al parecer hechas por la misma persona, que no dejó huellas dactilares en ninguna. Suponemos que las dejó por un motivo concreto, pero querríamos saber más sobre ellas. Esperábamos que usted pudiera ayudarnos.

Lisa arqueó una ceja.

—¿Está diciéndome que dejaron estas cartas en escenarios de crímenes? ¿Qué clase de crímenes?

—Me temo que eso no puedo revelarlo. —Delgado señaló las fotografías antes de sacar su cuaderno de notas del bolso—. Pero si puede ayudarnos con las tarjetas, nos vendría muy bien.

Lisa se reclinó.

—Claro, claro. Las cartas Zener se usan, o más bien se usaban, en experimentos sobre clarividencia.

El bolígrafo de Delgado se detuvo en la página.

—¿Clarividencia?

Lisa asintió.

—¿Como en plan... telepatía? ¿Lectura mental?

—Bueno, en círculos científicos suele llamarse «percepción extrasensorial».

Delgado dejó el boli.

—¿En círculos científicos? ¿Me lo dice en serio?

—Del todo —respondió Lisa—. Tenga en cuenta que hablamos de hace mucho tiempo, cuarenta años como mínimo. Las creó un psicólogo, Karl Zener, allá por los años treinta. La idea era coger una baraja de veinticinco cartas, cinco iguales con cada símbolo, barajarlas y e ir enseñando los dorsos a un sujeto, que tenía que decir qué símbolo había en la carta.

Delgado se puso a tomar notas de nuevo.

—¿Y ya está?

Lisa se encogió de hombros.

—En teoría, era sencillo. El problema estaba en que era demasiado sencillo. Zener publicó algunas obras que afirmaban demostrar la existencia de efectos extrasensoriales, pero nadie pudo reproducir jamás sus experimentos. Y había muchos factores confusos, como que barajar mal las cartas las hiciera fáciles de adivinar, o incluso que el sujeto pudiera ver el reflejo del símbolo en los ojos del examinador. Cuando se tenían en cuenta cosas como esas, el efecto desaparecía.

Delgado miró un momento las tarjetas.

—Pero ¿las cartas todavía existen? Quiero decir, ¿la gente sigue usándolas?

—Ya lo creo —respondió Lisa—. En parapsicología.

—¿Para... psicología? —Delgado levantó la vista de sus notas.

Lisa asintió.

—Parapsicología. Psicología, pero más allá del ámbito normal de la ciencia.

—¿Telepatía, por ejemplo?

—Por ejemplo. Pero el caso es que, existan esas cosas o no, algunos psicólogos opinan que el comportamiento y las reacciones de la gente respecto a ellas es un objeto de estudio igual de importante que el fenómeno en sí mismo. —Lisa dio la vuelta a la fotografía que sostenía para que Delgado pudiera verla—. Y de ahí que aún estemos con las cartas Zener. Hay quienes todavía las utilizan.

—¿Usted las usó alguna vez? ¿Por ejemplo, en la universidad?

Lisa negó con la cabeza.

—No, no. La psicología criminalista es el estudio de lo anormal, no de lo paranormal. Pero en el departamento había unos que llevaban un pequeño club de parapsicología con unos pocos estudiantes de posgrado, solo por las risas. Al fin y al cabo, tenían allí todo el material que necesitaban. Yo les echaba una mano de vez en cuando. Hicimos algunos experimentos con cartas Zener, pero nunca muy en serio.

—De acuerdo —dijo Delgado, terminando de tomar notas. Volvió a señalar las fotos con el boli—. Entonces ¿las cartas no tienen ningún otro significado, aparte del experimento de Zener? ¿Los símbolos no indican nada en particular?

—No, es para lo único que son. Los símbolos se diseñaron para ser a la vez lo bastante sencillos y lo bastante distintos entre sí para identificarse fácilmente. Supongo que es un factor clave cuando se intenta leer la mente de alguien.

Delgado asintió.

—¿Y dice que son cinco símbolos?

—Exacto. Estos tres, la estrella que ha mencionado, y el quinto será un cuadrado. Espere un minuto.

Lisa se estiró para levantarse de la butaca y fue hasta la estantería que había enfrente de Delgado. Del estante inferior sacó un archivador etiquetado con el emblema de la Universidad de Miskatonic y lo puso en la mesita. Tras abrirlo, fue apartando papeles hasta desvelar una pequeña baraja de cartas, sujetas con dos gomas elásticas. Lisa las quitó y barajó las cartas.

—Sabía que me las había guardado. Círculo, estrella, cruz, líneas y... aquí está. —Cogió una y se la tendió a la inspectora—. Cuadrado.

Delgado cogió la carta. Era más grande que un naipe normal y estaba hecha de papel rígido brillante con las esquinas redondeadas. En el anverso estaba el contorno negro de un cuadrado. Delgado le dio la vuelta y vio el nombre del fabricante y la ciudad, Cincinnati, Ohio, impresos con letras minúsculas en la parte de abajo.

Delgado sostuvo la carta en alto.

—¿Se fabrican para venderlas?

Lisa se levantó, cerró el archivador y lo devolvió a su estante.

—Ah, claro. Como le decía, las cartas Zener aún se utilizan. Podría comprar una baraja como esa en varias tiendas de Nueva York. Pero las que tiene usted se hicieron a mano.

—Sí. Y la lista de comercios neoyorquinos que venden el mismo tipo de tarjeta y el mismo tipo de tinta acrílica es bastante más extensa.

Lisa miró su reloj de pulsera.

—Vale, lo siento, pero...

Delgado asintió y se guardó el cuaderno y el bolígrafo en el bolso. Levantó la carta de Lisa.

—¿Puedo quedármela?

—¡Por favor! Llevaba tres años en ese archivador. No creo que vaya a ponerme ahora a hacer experimentos de Zener.

—Gracias —dijo Delgado, levantándose—. Y le agradezco mucho la información.

—¿Cree que servirá para algo?

Delgado frunció el ceño.

—Eso no lo sé. Pero en fin, ahora tengo más información que al llegar, así que para mí es una victoria. —Calló un momento—. ¿Dónde tiene que ir? Puedo llevarla, si quiere. Ya le he robado bastante tiempo.

—Pues no voy a decirle que no.

Lisa abrió el camino hacia la puerta. Mientras cerraba con llave el piso después de que salieran, dijo la dirección a Delgado y luego empezó a recorrer el pasillo.

Delgado no se movió de la puerta. Estaba demasiado ocupada pensando en la dirección que acababa de darle Lisa.

Pasillo abajo, Lisa se detuvo y dio media vuelta.

—¿Le parece bien ir hasta allí?

—Ah, sí, por supuesto —repuso Delgado—. No hay problema.

Lisa sonrió y se volvió de nuevo. Delgado fue tras ella, con la mente funcionando a toda velocidad mientras se repetía la dirección una y otra vez.

Calle Dupuis, 18. Una antigua iglesia metodista. Utilizada para todo tipo de grupos comunitarios y pequeñas reuniones, entre ellas, al parecer, las sesiones que dirigía Lisa como consejera.

Y también la segunda en la lista de direcciones que había escrito el difunto agente especial Jacob Hoeler.

26 de diciembre de 1984

Cabaña de Hopper
Hawkins, Indiana

—¿**D**elgado tenía una tarjeta?

Hopper se detuvo en plena historia.

—Ah, bueno, no era una de las tarjetas de verdad, pero Lisa le dio la carta Zener con el símbolo que nos faltaba, sí.

Ce se agarró el pelo rizado con las dos manos.

—Es la siguiente.

—¡Eh, eh, no! —Hopper movió las manos hacia Ce para tranquilizarla—. No le dieron una tarjeta del mismo tipo. No saques conclusiones precipitadas como esa. Aún no he terminado de contarte la historia.

La respiración de Ce se calmó y sus manos soltaron el pelo y cayeron sobre la mesa.

—¿Delgado está bien?

Hopper rio.

—¿Cómo? ¿De pronto te preocupa que a Delgado le dieran una carta, pero no que a mí me secuestraran a plena luz del día?

—Tú estás aquí —replicó Ce—. Estás bien. ¿Delgado está bien?

—Estaba de maravilla. Créeme.

—¿Está bien ahora?

—Ya lo creo que sí —dijo Hopper, frotándose la barbilla y notando extenderse una sonrisa en su rostro—. De hecho, está vivita y coleando en Washington D.C.

—¿Washington?

—Sí. Era una poli tremenda, pero luego fue incluso mejor agente. Más o menos un año después de todo esto, Gallup le ofreció trabajo en su agencia. Y créeme, le faltaron piernas para salir corriendo de la comisaría. Y sigue allí. Los dos siguen allí, me parece. Hace tiempo que no sé nada de ellos, pero antes me enviaban felicitaciones de Navidad.

Ce negó con la cabeza y entornó los ojos mirando a Hopper. Sus labios compusieron el principio de una pregunta, pero vaciló, como si no supiera qué quería saber primero.

Hopper se echó a reír de nuevo.

—¿Sabes? De algún modo muy extraño, me recuerdas a ella.

Ce dejó escapar aire... y luego sonrió, solo un poco.

—Bueno, y hablando del agente especial Gallup —dijo Hopper—, será mejor que te cuente lo que pasó después.

15

La oferta

7 DE JULIO DE 1977
Brooklyn, Nueva York

El trayecto que recorrió Hopper fue corto, pero nada agradable. Después de meterlo en la parte trasera de la camioneta, lo maniataron y le pusieron en la cabeza un pesado saco de lona de color beis claro que picaba como el demonio. Con las manos bien atadas tras la espalda, era incapaz de apoyarse, y aquellos hombres, que iban con él en la parte de atrás del vehículo, parecían bastante satisfechos de dejarlo rebotar por todas partes mientras la camioneta iba ganando velocidad. Cada giro enviaba a Hopper contra un lateral, cada frenazo lo lanzaba hacia delante, cada acelerón lo proyectaba contra las puertas traseras.

Era una técnica antigua pero efectiva. Hopper había visto a bastantes policías ponerla en práctica. Cómo dar una paliza a un prisionero sin tocarlo en un sencillo paso.

Pero eso había sido... ¿hacía cuánto, una hora? ¿Quizá más? Hopper estaba sentado en un frío suelo de cemento, su mundo todavía reducido a una nada de lona mohosa. Había renunciado a gritar. Estaba solo en aquella sala, y lo único que iba a conseguir era destrozarse la garganta.

De modo que decidió ahorrar fuerzas. Se había sentado

para meditar sobre su situación, moviendo las piernas de vez en cuando para impedir que se le durmieran. En algún momento acudirían a hablar con él. Hopper tenía paciencia.

Podía esperar.

En el preciso instante en que pensó esto, alguien entró en la estancia. Se oyó el pesado ruido metálico de una puerta abriéndose y luego el sonido de pasos. Hopper afinó el oído. Estaba en alguna zona industrial, tal vez en un almacén, quizá incluso cerca del patio de maniobras ferroviarias.

Llegaron sonidos de refriega y alguien empezó a decir algo, pero la frase terminó antes de empezar siquiera cuando Hopper oyó el inconfundible sonido de un puño aplicado contra un cuerpo. Quienquiera que estuviese en el lado malo soltó el aire de golpe y, un momento después, Hopper sintió que otro cuerpo chocaba contra el suyo y lo derribaba de lado contra el suelo. Habían arrojado a otro prisionero en la sala.

Hopper rodó mientras la pesada puerta se cerraba con fuerza. A su lado, notó que la otra persona daba patadas y se retorcía para levantarse, dando un golpe a Hopper en el proceso.

—¡Eh!

El otro prisionero dejó de moverse un segundo, y a continuación Hopper lo oyó rodar por el suelo y levantarse. Hopper logró incorporarse, con una mueca de dolor al liberar las manos que tenía atrapadas bajo el cuerpo.

Y entonces le arrancaron el saco de la cabeza.

Hopper parpadeó y tosió por el polvo de arpillera que había quedado flotando alrededor de su cara.

—Vaya, también te han pillado a ti, colega.

Sobre él se alzaba Leroy Washington. Estaba desatado y sonriente, con sangre roja, brillante y reciente en el labio inferior. Hopper se lo quedó mirando.

—¿Leroy? ¿Qué cojones está pasando? —Giró sobre su trasero y movió las muñecas atadas para que las viera Leroy—. Desátame y larguémonos de aquí.

—Tío, no tengo ni idea de lo que pasa —dijo Leroy, arrodillándose. Empezó a manipular las ataduras de Hopper—. No sé dónde estamos. No sé quiénes son ellos. Yo solo sé que estaba esperándote, como habíamos quedado, y hasta te he visto, tío. Estaba vigilando, ya sabes, para comprobar que todo estuviera despejado. Y creía que sí, pero entonces te han pillado. No he podido hacer nada. Y luego...

Un tirón y las manos de Hopper quedaron libres. Leroy dio un paso atrás, con una cuerda amarilla en las manos. Hopper se frotó las muñecas y se levantó. Miró a Leroy.

—Y luego ¿qué?

La sonrisa de Leroy perdió fuerza y se apagó. Jugueteó un momento con la cuerda antes de tirarla a un lado.

—Supongo que estaban vigilándome, igual que a ti. Me di la vuelta y ¡pum! Allí estaban. Y aquí estamos.

Hopper asintió. Era posible que Leroy estuviera mintiendo, que todo aquello fuese una especie de encerrona, pero tenía un pálpito, la sensación visceral de que el joven pandillero decía la verdad. Recordó cómo había sonado por teléfono. El miedo en su voz, primario, eléctrico.

Sin dejar de frotarse las muñecas, Hopper empezó a recorrer la estancia, buscando cualquier pista que pudiera indicarle dónde estaban.

No hizo falta un gran poder de deducción. La sala era cuadrada y bastante pequeña, de unos seis por seis metros. La puerta era verde y pesada, con un mecanismo de cierre industrial consistente en barras horizontales y verticales que parecía más complicado de lo que seguramente necesitaba ser. Del techo colgaban tubos de neón.

Pero lo revelador eran los sacos. Había largos sacos de arpillera, casi del tamaño de los de boxeo, apilados contra la pared del fondo. La mayoría de ellos estaban llenos y cerrados por arriba con más cuerda amarilla, enhebrada a través de grandes aros metálicos. Hopper dio media vuelta y vio montones de sacos vacíos y plegados en una tolva metálica que había junto a la puerta. Todos eran idénticos, con el mismo logotipo del águila azul y las barras rojas que había visto en el lateral de la camioneta que lo había llevado hasta allí.

Fue entonces cuando el mecanismo de cierre de la puerta empezó a moverse. Hopper y Leroy retrocedieron mientras entraban dos hombres fornidos con trajes ajustados. Ya no llevaban los pasamontañas ni la ropa de deporte, pero a Hopper le pareció reconocerlos del altercado fuera de la tienda de la esquina.

Con la espalda contra las sacas de correo, Hopper notó que Leroy se crispaba a su lado. Miró hacia él un instante y vio que el joven estaba temblando, nervioso.

Los dos hombretones se apartaron a un lado y se quedaron impasibles con las manos juntas por delante. Al momento, entró un tercer hombre. Llevaba un traje azul y parecía un enano en comparación con la corpulencia de sus dos subordinados.

Hopper notó que se le tensaban casi todos los músculos del cuerpo cuando el agente especial Gallup dedicó su sonrisa reglamentaria a sus dos prisioneros.

—Inspector Hopper, señor Washington, me alegro de que hayan podido venir.

—¡Hijo de...!

Hopper no pudo evitarlo. Cerró los puños y se lanzó hacia el federal, con saliva saltando de entre sus labios mientras la ira, solo por un instante, se apoderaba de él. Era un gesto inútil y lo sabía, pero, cuando un matón trajeado lo cogió por las axilas y lo arrastró hacia atrás, siguió retorciéndose con todas sus fuerzas. Era como tratar de luchar contra un roble. Entonces el matón arrojó a Hopper contra una pila de sacas de correo y se quedó de pie ante él, preparado para intervenir otra vez si el prisionero aún no había entendido el mensaje.

Hopper recuperó el aliento y se secó la boca con el dorso de una mano, después de haber medido a conciencia la fuerza de su enemigo.

—¿Sabe? Cuando dijo que trabajaba para un departamento federal, no esperaba que fuese el servicio de correos. No me extraña que no quisiera revelarlo.

La sonrisa de Gallup se ensanchó, pero solo un instante. Luego se encogió de hombros.

—El departamento para el que trabajo sigue siendo información restringida —respondió—, pero no deja de ser impresionante la cantidad de instalaciones que el Servicio Postal pone a disposición de las personas con la autoridad adecuada, si les persuaden de ello.

Hopper se puso en pie y miró de reojo a Leroy.

—Vaya, pues resulta que no es cartero.

Leroy lo miró con los ojos desorbitados de miedo. Hopper frunció el ceño, pero la reacción del pandillero confirmó lo que le había dicho su instinto: que Leroy era tan prisionero como él y que su historia era verídica. Que lo hubieran secuestrado instantes después que a Hopper significaba que los federales sabían de antemano que iban a reunirse, lo que a su vez sugería que su teléfono en comisaría estaba pinchado. El de Delgado también, con toda probabilidad. Eso explicaba que los agentes hubieran tardado tanto en recoger los archivos del caso.

Hopper se volvió de nuevo hacia Gallup.

—Muy bien, escuche, agente especial —dijo, escupiendo el cargo del hombre como un insulto—, soy inspector del departamento de policía de Nueva York, Comisaría 65. Y usted está metido en un marrón de cojones. Acaba de secuestrar a un agente de policía. —Señaló a Leroy con el pulgar por encima del hombro—. Y a un testigo que está bajo nuestra protección. Y mire, no sé qué clase de autoridad cree que tiene, pero voy a darle a elegir. Puede soltarnos ahora mismo y dejarnos en paz de una puta vez o puede responder ante el comisario general de la policía y el jefe de inspectores. ¿Ha quedado claro?

El silencio reinó en el almacén de correos. Los dos agentes de Gallup tenían los ojos fijos en Hopper, pero no se movieron ni hicieron ningún ruido. Hopper oía a sus espaldas a Leroy removerse cerca de las sacas de correo. Y delante, el agente especial Gallup miraba hacia abajo para ajustarse los puños de la camisa. Luego se colocó las solapas de la chaqueta y miró por todo el techo.

—Caray, qué calor hace aquí, ¿verdad? Supongo que al correo no le hace falta aire acondicionado.

Hopper se arriesgó a dar un paso hacia Gallup. Al verlo, el matón que le había puesto la mano encima volvió a hacerlo y colocó una palma carnosa contra su pecho. Hopper empujó contra la mano, pero el hombre tenía una fuerza inmensa.

—Le he preguntado si queda claro.

Gallup volvió a componer aquella sonrisa tan irritante y miró a Hopper. Pasaron los segundos. Hopper notó que le ardía la cara, sintió el sudor goteándole nuca abajo.

Entonces Gallup movió la cabeza de sopetón, como si le hubieran dado una descarga eléctrica.

—Ah, disculpe. ¿Ha terminado ya o aún le quedan más bravuconadas de poli duro?

Hopper notó que volvía a encenderse y no pudo resistirse a empujar un poco más contra la mano que tenía en el pecho. Esa vez le dio la impresión de que quizá el brazo del agente se movía, pero solo un poco.

—Por supuesto, tiene razón —dijo Gallup.

Hopper sacudió la cabeza.

—¿En qué?

—En que no sabe la clase de autoridad que tengo. —Gallup miró a Hopper y después a Leroy—. Bien. Y ahora, caballeros, dado que eso ya está resuelto, sugiero que vayamos al asunto que nos ocupa. Todo apunta, inspector, a que tenemos un pequeño malentendido que aclarar, porque recuerdo perfectamente haberles hecho una visita a usted y a su capitán el... ¿Cuándo fue, este mismo lunes? —Miró a sus matones trajeados—. De verdad que ha sido una semana muy larga. En todo caso, también recuerdo darle la instrucción explícita de que debían dejar de trabajar en los homicidios de las tarjetas e informarle de que ese caso pasaba a la jurisdicción de las autoridades federales, bajo mi control directo.

Hopper no se amilanó bajo la mirada implacable de Gallup, que dio un paso adelante y se cruzó de brazos.

—Bien —siguió diciendo—, sé que a los policías de Nueva York como usted les gusta pensar que son una especie de raza aparte. Y, en realidad, quizá lo sean. Hacen falta muchas agallas y mucha determinación para patearse estas calles tan malas. Eso lo admiro. Agallas y determinación. Son cosas buenas. Y entonces aparece un asesino en serie en su propio barrio. En fin, corríjame si me equivoco, inspector, pero supongo que ese es el peor tipo de caso de homicidio que existe, ¿verdad? No hablamos de una venta de drogas que sale mal, ni de una lucha de bandas por el territorio, ni de una agresión violenta o un robo a mano armada que se cobra víctimas. Esto es un demente que anda suelto. Y ustedes se dedican a investigar el caso y, mientras tanto, a apartarlo de la mirada pública, porque la ciudad ya está bastante ocupada obsesionándose con ese al que llaman el Hijo de Sam. —Gallup dio un suave silbido—. Dos asesinos en serie a la vez. —Entonces se encogió de hombros—. Yo soy de Vermont. Allí hay más árboles que personas, que es como a mí me gusta.

—Me alegro por usted —dijo Hopper.

—En realidad, creo que también le gustaría. Mi pueblo se parece un poco a Hawkins, Indiana. —Gallup se dio un golpecito con el dedo en los labios—. Ah, no, espere, a lo mejor no le gustaría, precisamente porque se parece un poco a Hawkins, Indiana. Porque la vida en un pueblo pequeño no está hecha para usted, ¿a qué no? Sentía que le faltaba algo... después de Vietnam, ¿verdad? ¿Cuántos períodos de servicio hizo? Eran dos, ¿verdad? Y se presentó voluntario. Era demasiado mayor para que lo llamaran a filas, claro, pero aun así quería aportar su granito de arena. —Gallup ladeó la cabeza—. Qué curioso, no lo tenía por una persona demasiado... patriótica. Orgulloso de su país, sí, pero ¿las Barras y Estrellas? —Hizo chasquear la lengua—. No, no me encaja.

—Ha hecho los deberes —dijo Hopper en voz baja.

Gallup hizo un leve asentimiento de confirmación.

—Me gusta considerarme una persona concienzuda. En todo caso, por mucho que me gustaría seguir charlando sobre los viejos tiempos, propongo que vayamos al grano.

Hopper suspiró y dio un paso atrás, apartándose del subordinado de Gallup, y el enorme agente bajó la mano y retomó su postura neutra.

Por supuesto, Hopper no estaba actuando bien, y lo sabía. Había seguido investigando los homicidios de las tarjetas junto a Delgado; ella había robado el archivo de Hoeler y Hopper había ido al segundo apartamento. La implicación de Leroy podía o no haber sido coincidencia, pero, de todos modos, al final Delgado y él habían acordado renunciar y entregar todo lo que tenían a los federales. Había sido la decisión correcta, pero tal vez la hubieran tomado demasiado tarde.

—Vale, escuche —dijo Hopper—. Sí, creíamos que podíamos continuar con el caso. Vamos, usted mismo lo ha dicho. Este es nuestro barrio. Es nuestra gente a la que intentamos proteger. Nos pasamos de la raya y no deberíamos haberlo hecho, pero íbamos a llevárselo todo a ustedes. Hemos descubierto algo más de información que creemos que puede servirle a su grupo operativo.

Hopper contuvo el aliento. Gallup lo estaba observando, con su irritante y tranquila sonrisa en su sitio. Hopper se aventuró a adelantarse de nuevo. En esa ocasión, el fornido agente no se movió, pero sí volvió la cabeza para mirar al inspector desde arriba.

—Pero mire, podemos ayudarnos unos a otros. Antes de que mataran al agente Hoeler, mi compañera y yo llevábamos semanas trabajando en el caso. Sí, sé que Hoeler era de los suyos, y sé que ahora todo esto está enredado con su grupo operativo sobre bandas y que eso lo cambia todo. Lo comprendo. Pero puedo ayudar. Quizá no tenga usted muy buen concepto de la policía de Nueva York, pero se me da bien mi trabajo, y a mi compañera también. Así que déjenos ayudarles.

Hopper se lamió los labios y miró a Gallup con las cejas alzadas. Si lograba que el agente lo escuchara, quizá, solo quizá...

—Sí —dijo Gallup.

Hopper parpadeó.

—¿Qué?

—¿Por qué cree que le he traído aquí? Sí, va a ayudarme, inspector Hopper. Y el señor Washington también. Los dos me ayudarán. —Gallup calló un momento—. Y es más, no tienen la menor elección al respecto.

Hopper miró a Leroy, que seguía la conversación maravillado, con los ojos como platos.

Entonces Hopper se volvió otra vez hacia Gallup.

—¿De qué está hablando?

La sonrisa de Gallup desapareció al instante. A Hopper no le había gustado verla, pero la nueva expresión endurecida del agente le agradó todavía menos.

—Permítame expresarme con absoluta claridad —dijo—. Va a ayudarme. O no volverá a ver a Diane y a Sara, ni a ninguna otra persona, ya puestos, nunca jamás.

16

La tarde perdida

7 DE JULIO DE 1977
Brooklyn, Nueva York

La inspectora Delgado colgó el teléfono y giró la muñeca para mirar el reloj. Hasta el momento, ese día no había tenido ninguna suerte en localizar a Hopper, y sabía que intentar encontrarlo empezaba a suponerle una distracción de su trabajo real. Porque, por mucho que quisiera intercambiar ideas con su compañero, era inspectora por derecho propio y más que capaz de llevar ella sola su parte de la investigación.

Ella sola... y sin despertar las sospechas del capitán LaVorgna. Por suerte para ella, este había pasado casi todo el día fuera, en alguna reunión de mandos, por lo que Delgado había podido dedicarse bastante bien a seguir las nuevas pistas mientras mantenía sus otros casos asignados flotando por el escritorio.

Pistas nuevas como Lisa Sargeson, que, cosas de la vida, dirigía sus talleres benéficos de reinserción en una dirección que figuraba en la lista del difunto agente especial Jacob Hoeler.

A primera vista, no había nada sospechoso en ello. Delgado había entrado con Lisa en el edificio, una antigua iglesia metodista, y había leído el abarrotado tablón de anuncios que había en el vestíbulo. El grupo de Lisa era solo uno entre muchos. En realidad, parecía que el salón de actos siempre estaba en uso por una u otra organización, y no digamos ya la iglesia en sí.

Después de eso, Delgado había estado observando un minuto a Lisa a través de los cristales de la puerta que daba al salón. Esta se había quedado de pie enfrente, con una docena aproximada de hombres sentados en sillas delante de ella. Tenía aspecto de ser una clase, y Delgado supuso que, en realidad, se trataba de eso.

Conduciendo de vuelta a comisaría, Delgado se había permitido abstraerse, dejar que su cerebro trabajara en el asunto por su cuenta. Aquello formaba parte de su proceso: arremolinar en su cabeza distintas teorías e ideas, sin distinguir entre las prosaicas y las estrafalarias, para que su subconsciente se esforzara en resolver el problema. Delgado había descubierto que, si se centraba demasiado en algo, entonces ese pensamiento concreto, ese hilo de investigación, crecía y se volvía dominante, creando una idea preconcebida en la que su cerebro intentaría encajar cualquier teoría y prueba, fuera cual fuese.

Una costumbre peligrosa para una inspectora.

De modo que, al menos para ella, la clave estaba en dejarlo todo libre, al menos durante un rato. Con un poco de suerte, algún elemento un poco más racional caería del árbol mientras Delgado seguía con sus otras investigaciones.

De vuelta en comisaría, había descubierto que continuaba teniendo a Lisa Sargeson en primera línea de su mente. Allí había algo, estaba segura. «Algo.»

Pero saberlo le servía de bien poco. ¿«Algo»? ¡Caramba, estupendo! ¿Por ejemplo, una casualidad de mucho cuidado? Y luego había pasado el resto de la tarde mirando la lista del apartamento de Hoeler y preguntándose dónde coño estaría Hopper.

Fue entonces cuando el capitán LaVorgna regresó a comisaría: la puerta del fondo de la oficina golpeó violenta contra el marco después de que el capitán la cruzara en dirección a su despacho, en el que dio otro portazo tras entrar. Por las ventanas, Delgado vio que el capitán se quitaba la chaqueta y se arrancaba la corbata. Se quedó de pie en el centro del despacho y meneó la cabeza antes de echar un vistazo hacia la oficina mientras se hurgaba en los bolsillos, seguro que buscando un cigarrillo.

Delgado se quedó paralizada, con la sensación (ridícula, ya que era imposible que LaVorgna alcanzara a ver lo que había sobre su escritorio) de que la habían pillado con las manos en la masa, trabajando en el caso que no debía. Pero el capitán se limitó a poner cara de pocos amigos y cerrar la cortina de laminillas.

«Ay, madre.»

Delgado metió la lista de Hoeler bajo una carpeta y dedicó su atención a otro caso. Pero aun así, no dejó de tener un solo nombre dándole vueltas en la cabeza.

Lisa Sargeson.

17

La operación

7 DE JULIO DE 1977
Brooklyn, Nueva York

Hopper se detuvo un momento en el extremo de la mesa e
inició la que debía de ser su quinta vuelta por aquella
sala de reuniones enterrada en algún lugar de las profundidades laberínticas de las oficinas del Servicio Postal de Estados
Unidos. A la mesa estaban sentados el agente especial Gallup
y Leroy Washington, acompañados de una jarra plateada de
café, ya medio vacía, al lado de otra vacía del todo que se habían terminado entre los tres, daba la sensación
de que horas atrás.

Gallup miró caminar a Hopper.

—¿Ha terminado ya, inspector?

Este dejó de andar para pasarse las manos por el pelo. Se
volvió hacia el agente.

—¿Que si he terminado? ¿Me pregunta si he terminado?

—Eso es, sí. Porque, cuanto antes comprenda la gravedad
de la situación en la que se ha metido, antes podremos ponernos a trabajar.

Hopper negó con la cabeza.

—Esto es una locura.

—No lo es —dijo Gallup—. Y lo sabe. Puedo repetírselo todo, si quiere. Quizá esta vez le interese tomar apuntes, porque parece costarle comprender lo que puedo hacerles a usted, a sus amigos y a su familia si no coopera.

—Esto es de locos. —Hopper siguió andando.

—Porque arruinaré sus vidas, y la de usted, si no colabora. Y no será culpa mía, sino suya. Porque la elección es exclusivamente suya.

Hopper se detuvo en el centro de la sala. Cerró los ojos. Tras los párpados danzaban sombras rojas.

—O se infiltra bajo mis órdenes —siguió diciendo Gallup desde algún lugar a un millón de kilómetros de distancia— o desaparecerá. Diane perderá su empleo. Hacienda irá a por ellas. Perderá el piso. Lo mismo le sucederá a la inspectora Delgado. Y eso será solo el principio, créame.

—No puede hacer eso —replicó Hopper. Abrió los ojos—. No puede hacer nada de eso. Ni usted ni nadie.

Gallup miró a Leroy.

—¿Qué estoy haciendo mal, Leroy? —Señaló a Hopper—. ¿Es que su amigo el inspector ya no habla nuestro idioma? ¿Mis agentes le han pegado demasiado fuerte en la cabeza? —Se volvió de nuevo hacia Hopper—. Probaré una vez más. Usted se pudrirá en el agujero donde yo decida meterlo, y todos sus conocidos desearán estar allí con usted. ¿Eso lo comprende, inspector?

Hopper apoyó las manos en la mesa y se inclinó hacia el agente.

—¡Y usted no puede hacer nada de eso!

Gallup negó con la cabeza.

—Tengo el poder de hacer exactamente lo que se me antoje. La elección es suya y de nadie más.

Hopper y el agente trabaron la mirada. El inspector la sostuvo unos segundos y después suspiró y retomó su recorrido por la sala. Los ojos de Leroy siguieron a Hopper mientras andaba de un extremo al otro y volvía.

—Hopper, venga, hazle caso. Si así podemos sacar a mi hermana y detener a San Juan, a lo mejor es el único plan posible. ¿Quieres sentarte y escuchar al colega?

Hopper suspiró y cerró los ojos, obligándose a tranquilizarse. Cuando volvió a abrirlos, regresó a su silla y se dejó caer con pesadez. Miró a Gallup.

—¿Y si dijera que sí?

Gallup entrelazó los dedos sobre la mesa.

—¿Va a colaborar?

—No, le estoy haciendo una pregunta. ¿Y San Juan? ¿Cómo lo detenemos? Ni siquiera sabemos lo que planea, ¿verdad? Aparte de invocar al demonio, quiero decir.

—Bueno —respondió Gallup—, suponemos que esa adoración satánica de la que habla el señor Washington en realidad es una tapadera para algo mucho más real y mucho más serio. Algo que espero que usted sea capaz de descubrir. Justo por ese motivo estoy proponiendo que procedamos de este modo.

Hopper se recostó contra el respaldo y movió la cabeza, incrédulo. Gallup separó las manos y desvió la atención a los puños de su camisa para ajustarlos hasta que quedaron justo como le gustaban.

—Nuestro grupo operativo lleva ya un tiempo vigilando a los Víboras, inspector. Son una pandilla nueva. Nueva York está repleta de bandas, por supuesto, pero de momento nuestra información sugiere que los Víboras son algo distinto. Creemos que su líder, el hombre que se hace llamar San Juan, no solo está reuniendo nuevos reclutas, sino también equipamiento militar. Creemos que estos miembros proceden de otras bandas. De alguna manera, San Juan ha conseguido lo que muy pocos líderes de bandas han logrado hacer: unificar a distintas facciones y pandillas, organizarlas juntas bajo su propio paraguas, por así decirlo. Combinar bandas también tiene el efecto de unir sus recursos, y sabemos que San Juan ha acumulado mucho dinero y armas. Pero parece que también está reclutando en algún otro lugar. Está formando una especie de círculo íntimo, buscando a gente con experiencia en algún campo particular. No sabemos cuál es. Tampoco sabemos para qué los quiere. Pero creemos que planea algo grande, algo que supondrá una amenaza grave y significativa para esta ciudad y sus habitantes.

Al oír eso, Leroy asintió y apoyó de nuevo las patas traseras de su silla en el suelo.

—Algo gordo, tío. Ya te lo dije, y te lo repito ahora. Las cosas van a ponerse muy feas. El día de la Sierpe, tío, ahí es cuando pasará.

Hopper miró al pandillero y luego de nuevo a Gallup.

—Solo que no tenemos ni idea de cuándo será eso. Y todo eso que dicen de adorar al demonio e invocar a Satanás, ¿cree que es solo una fachada?

Gallup hizo un mohín.

—Sabe igual que yo que las bandas de Nueva York pueden ser... pintorescas, por decirlo de algún modo. Cada una se crea su propio nicho y su propia identidad. San Juan, sea quien sea, parece haber estado labrándose algo parecido a un culto a la personalidad. Sospechamos que así es como ha logrado que otras bandas estén tan predispuestas a unirse a él. Un líder carismático, que habla sobre el fin del mundo y afirma que su banda no solo va a invocar al diablo, sino también a servirlo en el apocalipsis que se avecina, y que refuerza sus palabras ordenando una serie de asesinatos rituales... Es pura fantasía, pero, en una ciudad como esta, puede atraer a la gente, seguro que con más facilidad de la que usted pensaría, crean de verdad en ello o no.

Hopper se frotó la cara y dejó caer las manos a la mesa.

—Parece que ya tiene mucha información.

—El señor Washington, aquí presente, ha sido de mucha ayuda —dijo Gallup—. Y además, como sospechaba usted con razón, tenemos a otras fuentes que han podido proporcionarnos información. El agente Hoeler era una de ellas.

—Una de esas fuentes que se dejó descubrir y matar —matizó Hopper.

Gallup asintió, pero no dijo nada.

Hopper volvió a negar con la cabeza.

—Entonces ¿se puede saber para qué me necesita a mí? ¿Por qué no me mete en la cárcel por entorpecer su investigación y punto? Ya tiene confidentes, ya tiene información, así que ¿por qué no entrar y acabar con San Juan y su banda?

Pero Gallup ya estaba moviendo la cabeza a los lados.

—No podemos correr el riesgo de precipitarnos. Si vamos a empezar algo, tenemos que estar seguros de que podemos terminarlo. Tenemos que saber lo que planea San Juan. Necesitamos detalles, planes, horas, fechas, personas. Todo. Si entramos ahora, podríamos hacer daño a los Víboras, pero también activar el plan de San Juan, o algún plan alternativo de emergencia que pueda tener. Es demasiado riesgo. Necesitamos algo concreto sobre lo que podamos actuar, y cuanto antes, mejor. Por eso lo necesitamos a usted.

—Pero ¿por qué a mí?

—Porque no es usted un inspector de homicidios cualquiera. Es un veterano condecorado. Tiene la experiencia y tiene la capacidad. Puede desenvolverse en las circunstancias más extremas; su hoja de servicio habla por sí sola. Y además...

Gallup sonrió. A Hopper no le gustó nada aquella expresión.

—¿Y además?

—Y además —repitió Gallup—, usted quiere ayudar.

Hopper lo miró. Sabía que estaba metido hasta el fondo, mucho más de lo que quería, mucho más de lo que tenía ningún derecho a estar.

Pero...

Gallup tenía razón. Era cierto que Hopper quería ayudar. Quería detener al asesino de las tarjetas. Quería atraparlo y llevarlo ante la justicia.

Y más que eso, quería proteger su barrio. Proteger su ciudad.

Proteger a su familia.

El agente especial Gallup podía leerlo como un libro abierto. Hopper lo odiaba por ello. Pero también sabía que no sería capaz de resistirse. No sabía si las amenazas de Gallup tenían alguna base, pero el hombre parecía ostentar un cargo de mucho poder, por misterioso que fuese. No era un riesgo que Hopper quisiera correr. No le gustaba nada, y tampoco le gustaba nada la gente como el agente especial Gallup.

Pero incluso sin las amenazas... debía hacer aquello.

Debía.

Miró a Leroy, sentado a su lado. El joven estaba tamborileando con los dedos en la mesa y moviendo las rodillas por debajo.

—Tengo que sacar a mi hermana, tío. San Juan es mala gente. Tengo que sacarla. Tengo que sacarme yo.

Hopper miró a Leroy durante mucho tiempo y después otra vez a Gallup. El agente especial volvió a sonreír y, por primera vez, pareció que su expresión era genuina.

—Todos trabajamos con el mismo objetivo, inspector Hopper.

Este no dijo nada.

—Así que estas son sus opciones —dijo Gallup—. Puede decir que no y, en fin, sin problemas: usted desaparecerá y la vida de su familia se convertirá en un infierno. —Movió una mano en el aire como si aquello no fuera nada, solo un inconveniente nimio en la visión de conjunto que tenía—. Y quizá podamos resolver esto sin usted y todo saldrá bien. —Se inclinó hacia delante sobre la mesa.

»O quizá no será así. Quizá San Juan y los Víboras ganarán. Quizá de verdad Belcebú erigirá su trono encima del Empire State y gobernará un mundo en llamas. O quizá ocurrirá algo mucho más real y mucho peor.

Hopper miró a Gallup. Luego a Leroy. Las fosas nasales del pandillero se ensancharon mientras inhalaba grandes y lentas bocanadas de aire.

—Por tanto —continuó Gallup—, la verdadera cuestión es si piensa usted ayudarme a salvar la ciudad o no.

Hopper se clavó la lengua en un carrillo. Notaba el corazón aporreándole en el pecho.

Entonces asintió. Solo una vez.

—Excelente —dijo Gallup—. Pues ahora el primer paso, inspector, es hacerlo desaparecer.

18

La desaparición del inspector James Hopper

8 DE JULIO DE 1977
Brooklyn, Nueva York

Hopper estaba en un coche del parque móvil aparcado en la esquina, con las ventanillas bajadas, disfrutando del poco aire que soplaba. No era necesaria la discreción, no hacía falta agacharse tras el salpicadero mientras observaba la hilera de edificios de arenisca.

Su piso estaba en el centro de la manzana. Desde el coche tenía una línea de visión clara de la escalera de entrada y de cualquiera que entrase o saliese del edificio.

Que, en esos momentos, era nadie. El edificio estaba dividido en tres apartamentos. La señora Schaefer, que ocupaba el primero, en la planta baja, estaba trabajando. Los Van Sabben, del apartamento tres, habían salido de la ciudad y estarían fuera unos días. Y el apartamento dos, el de los Hopper, también estaba vacío.

Miró el reloj de pulsera. Ya pasaba de las nueve, por lo que Diane y Sara estarían en el colegio. La reunión con Gallup y Leroy, si es que podía llamarse así, había durado toda la noche, con el agente especial exponiendo los detalles de su plan y respondiendo a la andanada de preguntas de Hopper con su implacable y enervante tranquilidad. Al parecer, Gallup incluso había urdido una excusa para Hopper y había ordenado a algún agente llamar a Diane haciéndose pasar por alguien de comisaría para explicarle que su marido estaba haciendo algo importante y no podría volver a casa. Pasar la noche fuera no era algo que Hopper hiciese a menudo, pero tampoco era nada inaudito en un inspector de homicidios. Aun así, Hopper se molestó con Gallup por sacarse de la manga una treta como esa y usarla con su familia.

Hopper respiró hondo. Solo pensar en su mujer y su hija ya le desbocaba las emociones.

Sabía que lo que estaba haciendo era lo correcto, que, tras las amenazas, el secretismo y todo el exagerado numerito de los hombres de negro, lo único que pretendía el agente especial Gallup era hacer también su trabajo, empleando todo recurso que tuviera a su disposición. Y tenían la oportunidad de acabar con los Víboras de un plumazo e impedir lo que fuera que su líder, San Juan, estuviese planeando.

Resolver los homicidios de las tarjetas. Que se hiciera justicia en la ciudad.

Que se hiciera justicia a Sam Barrett. A Jonathan Schnetzer. A Jacob Hoeler.

Pero de algún modo, de repente, Hopper tuvo la sensación de que eso no bastaba. No si suponía hacer daño a su esposa y su hija. Porque era cierto que el agente especial Gallup le había dado a elegir, pero las dos opciones provocarían dolor, miedo e incertidumbre. En una, permanente; en la otra, por suerte, solo durante una temporadita.

Porque el inspector James Hopper estaba a punto de desaparecer. Durante cuánto tiempo, eso no lo sabía. Iba a salir de su vida normal y adentrarse en el peligro. Regresar con su esposa y su hija era solo uno de varios posibles resultados.

Dio un golpecito en el volante con la base del pulgar y se obligó a dejar de darle vueltas a todo aquello de una puta vez. Podía hacer el trabajo. Era capaz de manejarlo. Por eso Gallup había querido que fuera él.

Hopper se preguntó, no por primera vez, cuánto de su hoja de servicio habría logrado ver Gallup. Parte de ella era confidencial. Había cosas en ella que no sabía ni siquiera Diane. Pero el hecho de que Gallup contara en tanta medida con las capacidades y la experiencia de Hopper hacía que dudara.

¿Sabría Gallup lo que él había hecho en Vietnam?

Hopper intentó aclararse la mente. Tenía que concentrarse.

No funcionó. Volvió a pensar en su familia. Una parte de su cerebro empezó a racionalizar sus actos. Diane se disgustaría y preocuparía, eso seguro. Pero cuando todo terminara, lo comprendería. Sara percibiría la ansiedad de su madre y también se alteraría. Pero, por suerte, era demasiado pequeña para entenderlo, y era más que probable que más tarde ni siquiera recordara lo que había pasado. El asunto se convertiría en una historia familiar, un gran relato que contar en los años venideros sobre cómo su padre, James Hopper, inspector de homicidios en Nueva York, se había esfumado para reaparecer unos días más tarde, después de haber desmantelado unas de las bandas callejeras más peligrosas que existían, de haber salvado la ciudad de una catástrofe y, ya puestos, de haber resuelto el caso de un asesino en serie.

Sí que sería una buena historia que contar.

Eso, si funcionaba el plan. El plan consistía en lo siguiente:

Leroy Washington seguía siendo miembro de los Víboras y, aunque había dicho que no formaba parte del círculo íntimo de San Juan, sí que solía estar bastante cerca de la acción. Era reclutador, y la misión que le había encomendado el misterioso jefe de la banda era apuntalar sus filas, escoger a los candidatos potenciales con cuidado y meticulosidad.

Candidatos como Hopper. Fuera lo que fuese que buscaba San Juan, Hopper encajaba en el perfil, por lo menos según Leroy. Era un veterano condecorado, alguien con un historial demostrable de violencia. Era una forma rara de verlo, pero Hopper sabía que era la verdad. El hecho de que también hubiese sido policía era un añadido interesante que Leroy creía que gustaría a San Juan.

Porque Hopper iba a convertirse en expolicía. No solo iba a desaparecer.

Iba a ser un fugitivo.

En el almacén de correos, Hopper había entregado su arma reglamentaria, un viejo y fiable revólver Smith & Wesson Modelo 10 que había cogido un enorme subordinado de Gallup, en esa ocasión con guantes blancos de algodón como el conservador de un museo, para llevárselo de la sala. La pistola era la actriz estrella en su desaparición, ya que la colocarían en un falso escenario del crimen para implicar al propio Hopper como culpable. Entonces este desaparecería y su apellido terminaría escrito en el tablón de su propia comisaría, con un número de caso para él solito.

Oficialmente a la fuga, Hopper acudiría con Leroy a los Víboras, y el policía caído en desgracia, corrupto y violento ofrecería sus habilidades a San Juan. Cuando lo hubieran reclutado, el trabajo era sencillo: descubrir en qué consistía aquel grandioso plan y averiguar la forma de impedirlo. Dentro de la banda, Hopper y Leroy estarían solos. Si necesitaban que los extrajeran, podían contactar con el grupo operativo de Gallup, pero eso haría saltar la operación por los aires y obligaría a los federales a actuar. Gallup había insistido una y otra vez en que, si se daba ese caso, más valía que Hopper y Leroy hubieran reunido la suficiente información antes de pulsar el botón de cyección.

Leroy y Hopper se habían separado después de que Gallup los liberara, Leroy para ponerse en contacto con los Víboras y organizar la entrada de su nuevo recluta y Hopper para ocuparse de algunos asuntos personales. Gallup le había aconsejado que no lo hiciera, afirmando que Hopper debía cortar por lo sano con su trabajo, sus amigos y su familia, pero tampoco había insistido mucho. Hopper le había soltado un discurso sobre la confianza y el agente especial había cedido.

Hopper y Leroy volverían a reunirse esa noche y la operación comenzaría.

Mientras tanto, había un par de cosas que Hopper quería hacer.

Con todo despejado a su alrededor, Hopper salió del coche del parque móvil y anduvo hacia su edificio. Llegó deprisa a la escalera de acceso, la subió al trote y entró en el edificio sin detenerse, sintiendo de repente que el vecindario entero estaba vigilándolo, a pesar de que la calle estaba desierta.

Ya en el piso, Hopper fue derecho al dormitorio de matrimonio. Antes que nada, tenía que darse una ducha y dormir un poco. Luego tenía que cambiarse de ropa; quizá fuese un poco tonto por su parte, pero se veía demasiado llamativo con su camisa a cuadros y sus pantalones de vestir. Si iba a ser un buen policía que se había vuelto malo, quería que su aspecto estuviera a la altura, si no por la banda, al menos por sí mismo. Hopper era muy consciente de que debía interpretar el papel y hacerlo bien, y toda ayuda en eso era poca.

Se tumbó encima de la colcha, puso el despertador y se quedó dormido.

4 de junio de 1972

—¿Cómo que verde manzana?

Hopper retrocedió un paso y, con el rodillo sujeto en ángulo para que no goteara, ladeó un poco la cabeza para contemplar el resultado de su última hora de trabajo en la pared del dormitorio. Lo había hecho bien y lo sabía; pintar paredes no era ni por asomo el desafío más difícil al que se había enfrentado en la vida, pero quería que quedaran perfectas y, sobre todo, Diane y él habían acordado reformar ellos mismos su nuevo apartamento en vez de contratar a profesionales. La mudanza desde Hawkins había sido fácil de planear, pero más difícil de ejecutar, y la mayor parte del daño la había absorbido su cuenta bancaria. Hopper solo llevaba trabajando un mes, después de haber empezado el día siguiente al de su llegada a principios del mes anterior, y la pareja necesitaba su primera nómina como agua de mayo, casi literalmente.

Pero en ese momento, mientras miraba cómo se secaba la pared, se preguntó si quizá deberían haber comprado una pintura un poco más cara.

—Eh, ¿cómo va todo aquí dentro?

Hopper miró atrás mientras Diane entraba en el dormitorio con su hija de catorce meses apoyada en el hombro, muy dormida. Diane rodeó con cuidado las lonas impermeables que había en el suelo junto a la puerta y se unió a su marido en el centro de la habitación. Hopper dio a Sara un beso suave en la mejilla y a su esposa otro más directo en la boca antes de señalar hacia la pared con el rodillo.

—En la lata ponía: «Verde manzana».

Diane asintió. Hopper la miró de reojo.

—¿Ese gesto tan serio es porque aprecias en silencio mis dotes como pintor artesano? —preguntó—. ¿O porque estás pensando dónde narices existen manzanas que sean de ese color?

Diane se echó a reír y se acercó a su marido, pero cuando estaba pasándole un brazo por detrás de la cintura, Hopper alzó el rodillo y ella se detuvo.

—Espera —dijo él.

Se agachó sobre la cubeta de pintura que había contra la pared, dejó en ella el rodillo y se volvió, dispuesto a regresar con su esposa y su hija, cuando Diane levantó una mano. Hopper se quedó inmóvil.

—¡Ay, Jim!

—¿Qué?

Diane meneó la cabeza y señaló hacia él. Hopper bajó la mirada a su pecho, a la camiseta amarilla de Jim Croce que había comprado en un concierto el año anterior. La cara sonriente del cantante de folk estaba manchada de pintura verde.

—Mierda.

Diane dobló el brazo para llevarse la mano a la boca. En su hombro, Sara empezó a moverse y Diane, por instinto, se meció un poco de lado a lado para que su hija estuviera cómoda.

Hopper levantó la mirada, con los ojos entornados.

—¿Te estás riendo?

Diane dejó caer la mano mientras su boca se abría en una gran sonrisa.

—Ay, Jim, esa camiseta te encantaba.

Él suspiró.

—Sí que me encantaba, sí. —Miró cómo se sacudían los hombros de su esposa mientras esta intentaba contener la risa—. Me alegro de que a uno de los dos le haga gracia.

Pero no pudo evitarlo. Al momento siguiente, su propia risa escapó burbujeante del pecho. Mientras se acercaba a Diane, el ruido despertó a Sara, que volvió a moverse contra el hombro de su madre.

Hopper llegó al lado de Diane y entre los dos compusieron un medio abrazo que acunó a Sara entre ellos. Mientras su hija bostezaba y miraba alrededor, los dos adultos contemplaron de nuevo la obra de Hopper.

—Bueno, dijiste que querías un cambio —dijo Diane—. Una nueva ciudad, un nuevo principio... Es lo que decías, ¿verdad?

—Desde luego que sí —respondió Hopper—. Una nueva ciudad, un nuevo principio, una nueva lección sobre no comprar jamás pintura fabricada por... ¿Quién fabricó esta pintura, por cierto? —Volvió la cabeza para intentar leer la marca en la lata vacía.

Diane sonrió y se volvió para dar otro beso a Hopper.

—Pues a mí me parece que está muy bien —dijo—. ¿No queríamos verde? Pues toma verde.

Hopper sonrió.

—Ya lo creo. —Miró a Sara, que bostezó de nuevo pero había regresado del todo al mundo de los vivos—. Eh, cielo, ¿tú qué opinas? ¿Te gusta el color? ¿A que tu papi ha hecho un trabajo de primera?

Cogió a Sara del hombro de Diane y, con la niña apoyada en la cadera, la acercó a la pared. Apretó con suavidad la manita de Sara, la zarandeó suavemente y señaló la pared con el mentón.

—Mira, por lo visto este es el color que tienen las manzanas en Nueva York.

Desde el centro del dormitorio, Diane rio. Hopper giró para encararse hacia su esposa y, al colocarse mejor a Sara, sintió sus manitas en la cara cuando la niña intentó equilibrarse.

Sus manitas... mojadas.

—Oh, oh —dijo, mirando hacia abajo. Sara había encontrado las manchas de la camiseta y estaba muy entretenida transfiriendo la pintura del pecho a la cara de Hopper, y también a la propia.

—¡Zanas! —exclamó ella, con una risita.

Negando con la cabeza, Diane se acercó a ellos y, con cuidado, extrajo a Sara de la custodia de Hopper.

—Vale, ¿qué tal si dejamos tranquilo a papi? Le queda mucho trabajo que hacer. —Miró a su marido—. Y todos sabemos que no debe molestarse a un maestro cuando trabaja.

Hopper soltó una risotada y se despidió de ellas con la mano. Mientras Diane y Sara salían por la puerta del dormitorio, Hopper volvió a mirarse el pecho, tirando de la camiseta, para comprobar si era posible salvarla.

Parecía improbable.

Con un suspiro, Hopper recogió el rodillo y volvió al trabajo.

19

Café y meditación

Dos horas más tarde, sonó el despertador. Hopper se incorporó, sintiéndose peor que antes de acostarse, desconcertado por la claridad del recuerdo soñado del que el pitido acababa de arrancarlo. Estaba reformulando el piso... ¿hacía cuántos años? No se acordaba. Las paredes del dormitorio seguían siendo verdes, aunque por suerte el tono se había aclarado un poco al secarse la pintura.

Hopper apagó la alarma y se dio una ducha.

Al cabo de media hora, Hopper se miró de arriba abajo en el espejo. Ya no llevaba los pantalones adecuados, ni la camisa, ni la corbata. Se había puesto unos vaqueros que había conservado para trabajar en el jardín que no tenían y la camiseta de Jim Croce manchada de pintura que había desenterrado, con una sensación muy extraña de *déjà vu*, del fondo de un cajón. Sobre ella llevaba una cazadora de cuero. Había reemplazado los zapatos por sus antiguas botas del ejército, otra reliquia que había guardado por si acaso ese jardín se materializaba algún día. Se había planteado sacar también su chaqueta caqui del ejército, pero tampoco quería pasarse. Luego dedicó un par de minutos a buscar entre los misteriosos productos capilares de Diane hasta que encontró algo lo bastante pringoso para engominarse el pelo hacia atrás.

Satisfecho a grandes rasgos con su aspecto, Hopper volvió al armario y se agachó para acceder al panel oculto que había al fondo. Del interior del pequeño espacio que quedaba tras él sacó un objeto pesado envuelto en plástico. Lo sostuvo en la palma de una mano y usó la otra para desenrollar el plástico, lo que reveló una pistola semiautomática, la Colt M1911 que lo había acompañado durante sus dos períodos de servicio en Vietnam. Comprobó el cargador y después levantó el arma para ver su reflejo en el espejo. Quedaba bien. Se metió la pistola en la parte de atrás de los pantalones y tiró del bajo de la cazadora para asegurarse de que ocultaba bien el arma, como así era.

Hasta el momento, todo bien.

Hopper volvió a colocar el panel, deslizó a su sitio el zapatero que lo cubría, colgó los pantalones y la camisa que había llevado puestos y reordenó el resto de ropa del armario para que nada pareciera fuera de lugar. Luego miró a su alrededor en el dormitorio. Todo estaba igual que cuando había entrado.

Incluido el marco para fotografías que reposaba en el tocador de Diane. Hopper se quedó quieto un momento, extendió el brazo hacia él, se detuvo y por fin se rindió y lo cogió. Era un marco doble, con bisagra en el centro. En un lado había una foto de Hopper y Diane, él con traje oscuro, ella con vestido azul zafiro, los dos sentados en unas rocas de un jardín botánico, solo un par de horas después de casarse.

Hopper miró la fotografía un rato y luego pasó a la de la derecha. Aquella era un retrato familiar de tres personas: madre, padre, hija. Tres pares de ojos brillantes que lo miraban, todos sentados tan rectos que Hopper casi alcanzaba a sentir el dolor de espalda que le había provocado la hora que pasaron en el estudio fotográfico para hacerse el retrato.

Hopper sonrió y dejó el marco en el tocador. Lo ajustó

para que quedara como antes y dio un paso atrás sin quitarle los ojos de encima, hasta que se golpeó contra la cama con la parte de atrás de las rodillas.

Entonces se apartó, se pasó una mano por el pelo engominado y salió del dormitorio.

Le quedaba una última cosa que hacer.

En la cocina, cogió el teléfono del lado de la nevera y marcó un número. Respondieron a la llamada casi al instante.

—Delgado, homicidios.

—Soy yo —dijo Hopper en voz baja, levantando una mano junto al teléfono como si su compañera pudiera ver el gesto—. No digas nada más, solo escucha, ¿vale?

Hopper oyó la respiración de Delgado al otro lado de la línea. Esperó.

—¿Vale?

—Acabas de decirme que no diga nada —le recordó Delgado, también en voz baja.

Hopper no pudo contener una sonrisa.

—Vale. Escucha, tenemos que vernos. —Giró la muñeca y miró el reloj—. Dentro de una hora en Tom's Diner, esquina de Washington con Sterling...

—Sé dónde es —dijo Delgado—. No me pilla cerca, Hop.

Hopper asintió.

—Pues mejor que vayas saliendo —dijo, y colgó.

Llamarla era arriesgado, pero Hopper no tenía elección.

Porque mientras él estuviera fugitivo, tenía un trabajo que necesitaba que hiciera ella.

El restaurante Tom's Diner había sido un punto de encuentro en Prospect Heights desde los años treinta y, en opinión de Hopper, lo más seguro era que no hubiera cambiado mucho desde entones. Por fuera, ocupaba la planta baja de un edificio bajo y cuadrado, sin el menor rasgo característico. Por dentro, apestaba a grasa rancia y cigarrillos, pero el café era sorprendentemente bueno y las tazas en que se servía parecían bastante limpias. Hopper rodeaba la suya con las manos, sentado en la esquina del fondo del local, vigilando la calle a través de las ventanas mugrosas mientras la charla de los clientes en la barra y la música de la radio que había detrás se combinaban a su alrededor formando una agradable muralla de sonido.

Delgado llegó unos veinte minutos después que Hopper, mientras las trompetas de *Gonna Fly Now* de Bill Conti empezaban a atronar por todo el local. Tras entrar, Hopper la vio estirar el cuello para buscar en los reservados y las mesas. Hopper alzó la cabeza y le hizo un gesto, y ella fue derecha hacia él, se metió en el reservado y dejó el bolso a su lado.

—Esa peli no me gustó nada —dijo Delgado, frunciendo el ceño en dirección a la música. Llamó la atención de una camarera en la barra antes de volver de nuevo la cabeza e inclinarse hacia la mesa—. ¿Qué narices pasa, Hop? —preguntó, pero se enderezó y sonrió al ver que llegaba la camarera, con un uniforme tan amarillo como su pelo.

—¿Le traigo una carta? —preguntó la camarera antes de seguir mascando chicle, abriendo tanto la boca que Hopper olió la hierbabuena incluso teniendo su café tan cerca.

—Solo quiero café —dijo Delgado.

La camarera asintió y volvió a la barra.

La inspectora lanzó a Hopper una de sus miradas, pero él se limitó a levantar un poco el dedo, siguiendo con los ojos a la camarera mientras volvía con la jarra de café y una taza limpia, que dejó enfrente de Delgado. Le sirvió café y luego rellenó la taza de Hopper.

—Gracias —dijo él sonriendo.

Ella no le devolvió el gesto, pero se marchó sin entretenerse.

—Vale —dijo Delgado—, ¿dónde estaba? Ah, sí. ¿Qué narices pasa, Hop? ¿Quieres explicarme a qué viene tanta intriga? ¿Y dónde te has metido desde ayer? He puesto un par de excusas al capitán, pero tu ausencia no está poniéndolo de muy buen humor que digamos.

—Te lo explicaré todo —prometió Hopper, dejando la taza en la mesa. Volvió a rodearla con las manos. Había sido otro día cálido en la ciudad, aunque, por algún motivo, tenía frío—. Pero quiero que escuches y me dejes terminar. Si tienes alguna pregunta, te la guardas para el final, ¿de acuerdo?

Delgado se encogió de hombros.

—Me lo tomo como un sí —dijo Hopper—. Pero tienes que confiar en mí, ¿vale?

Delgado se limitó a menear la cabeza.

—Déjate de hostias, Hop. Ya sabes que confío en ti. Y que no tendrías ni que decirlo.

—Cierto.

—Así que venga, ¿por qué estás tan agobiado? ¿Y qué es esa ropa?

Hopper se miró el pecho. La imagen manchada de pintura de Jim Croe miraba al otro lado de la mesa del reservado.

—Ahora trabajo para el agente especial Gallup.

Delgado dio un sorbo de café y enarcó una ceja. Hopper la observó.

—¿No tienes nada que comentar?

Delgado negó con la cabeza.

—Muchas cosas. Pero me has dicho que espere hasta el final.

Hopper dio un bufido.

—Vale, ¿te acuerdas del chaval ese que llegó pidiendo protección?

—Leroy Washington, sí. Pero lo soltaron y ha desaparecido en la noche.

Hopper negó con la cabeza.

—Gallup lo tiene a él también. De hecho, trabajamos juntos en esto. Vamos a estar desaparecidos un tiempo, y no tardarás en empezar a oír algunas... cosas sobre mí. —Hopper extendió la mano hacia su compañera, como para intentar calmarla de forma preventiva—. Pero, oigas lo que oigas, no es real, sino solo una tapadera. Gallup tiene algo preparado que nos permitirá a Leroy y a mí seguir con el trabajo. Así que, digan lo que digan en comisaría, digan lo que digan por ahí sobre mí, es fácil que te caiga encima a ti por ser mi compañera. Creerán que sabes algo sobre lo que pasa y sobre mi paradero, pero necesito que aguantes un tiempo. Tendrás que unirte a ellos. Yo seré el enemigo. La gente de comisaría va a mosquearse muchísimo, créeme, pero, para que esto funcione, tú tienes que formar parte de ello.

Hopper hizo una pausa y los dos bebieron café en silencio, con las miradas trabadas. La boca de Delgado, entre sorbo y sorbo, se retorcía en una mueca de disgusto.

—Lo arreglaré cuando vuelva —prosiguió Hopper—. Tú recuerda que es todo trola, una tapadera, y que no tienes nada de qué preocuparte. Cuando acabe el trabajo, volveré y podremos explicárselo a todos los demás.

Delgado se terminó el café de un trago. Hopper esperó.

—Muy bien, preguntas.

Delgado asintió.

—¿Por qué el café de este sitio sabe a asfalto y por qué quiero que me rellenen la taza?

Levantó la taza y, alzándose a medias del banco del reservado, llamó la atención de la camarera que mascaba chicle. Un momento más tarde, tenía la taza llena. Delgado dio un sorbo ardiente. Hopper vio cómo daba un respingo y salía vapor de su boca.

—Vale —dijo Delgado—. ¿Por qué Leroy? ¿Por qué no yo?

—Leroy es mi vía de entrada —replicó Hopper—. Y tengo otro trabajito para ti mientras no estoy.

Delgado ladeó la cabeza.

—¿Vía de entrada? Vas a meterte en los Víboras, ¿verdad?

Hopper bebió café y no dijo nada.

Delgado volvió la cabeza para mirar por la ventana.

—Mierda, Hop. ¿Cuánto tiempo estarás desaparecido?

—No lo sé. Solo unos días, espero. Pero será el tiempo

que haga falta. Cuando nos metamos, estaremos dentro, y no podremos salir hasta que se acabe.

Delgado siguió mirando por la ventana.

—¿Y cuál es ese trabajo que quieres encargarme, aparte de ser una inspectora de homicidios que busca compañero nuevo?

Hopper arrugó los labios. Como no respondió de inmediato, Delgado se volvió para mirarlo. Sus ojos recorrieron la cara de su compañero y entonces asintió.

—Diane.

Hopper lo confirmó.

—Y Sara.

—Y Sara. Les tendré un ojo echado a las dos.

Hopper suspiró y bajó la mirada a su taza de café.

—Lo que viene ahora va a ser duro para ellas. Sara tiene suerte, porque es demasiado pequeña para entenderlo o incluso recordarlo. Pero Diane no. —Hopper calló. Notaba un escozor en los ojos, una presión en el pecho, el corazón latiéndole a un millón de kilómetros por hora.

—¿Hop?

Hopper hizo rodar el cuello. Cerró los ojos, pero lo único que veía era la foto familiar del tocador, el retrato de los tres, sonriendo hasta que les dolieron las caras. Abrió los ojos.

—Diane va a oír las mismas cosas sobre mí que tú. Necesito que las apoyes. Necesito que cuides de ellas. ¿Me ayudarás?

Delgado asintió.

—No te preocupes, compañero. Puedes contar conmigo. Las apoyaré.

Hopper suspiró. Era raro, pero de verdad sentía como si le hubieran quitado un peso de encima.

—Gracias, Rosario.

—Eh, eh, ahora sé que la cosa es grave —dijo su compañera, componiendo una sonrisa—. Cuando empiezas a llamarme Rosario, es que estamos en apuros de verdad.

Hopper sonrió y bebió café.

—Pero antes de que te pongas a saco en plan agente secreto —dijo Delgado—, debería contarte mis aventuras en Locolandia.

Hopper separó las manos.

—Cualquier cosa me viene bien.

—¿Te acuerdas de la lista de direcciones que encontré en el piso de Jacob Hoeler?

—Claro —dijo Hopper—. Una de ellas era de una reunión de Alcohólicos Anónimos.

—Exacto. Y otra es de un grupo de reinserción, una especie de servicio comunitario que ofrece una organización benéfica. Tienen a una consejera que va dos veces por semana y trabaja con presos liberados hace poco, para intentar ayudar a reintegrarlos en la vida civil. Es un grupo de apoyo, no muy numeroso, en realidad como Alcohólicos Anónimos. Se ayudan todos entre ellos, guiados por la consejera.

Hopper frunció el ceño.

—Vale, ¿y...?

—Y la consejera en cuestión es Lisa Sargeson.

Hopper se quedó quieto con el café a medio camino de su boca. Volvió a dejarlo en la mesa y escuchó mientras Delgado le contaba su visita al apartamento de Lisa, donde averiguó lo que eran las cartas Zener y conoció detalles de los empleos de Lisa, el anterior y el actual.

Hopper se acarició la barba de unos días mientras escuchaba.

—¿Y las otras direcciones?

Delgado fue contando con los dedos.

—Dos iglesias, un gimnasio de boxeo y un centro comunitario. Todos ellos se usan para distintos grupos y asociaciones: Alcohólicos Anónimos, grupos de apoyo a veteranos de Vietnam, otros de enfermedades crónicas, clases nocturnas para desempleados... de todo. Son un montón de organizaciones. El grupo de Lisa es solo uno entre muchos. Pero...

—Pero si añadimos las cartas Zener...

Delgado asintió.

—Hay alguna relación, Hop. En algún sitio.

Hopper sorbió aire entre los dientes.

—Vale, creo que deberíamos... —Se detuvo y se corrigió—. Creo que deberías ir a hablar con Lisa otra vez. Averigua más sobre lo que hace en su grupo de ayuda, descubre si conoce a alguna de las víctimas o a alguien de los otros grupos.

Su compañera levantó una ceja.

—Entonces ¿seguimos trabajando en el caso?

Hopper se encogió de hombros.

—La situación ha cambiado por completo. Yo estoy ayudando a Gallup. Y tú a mí.

Delgado se terminó el café.

—Yo me encargo.

—Gracias —dijo Hopper. Se le estaba enfriando la taza. Miró el reloj—. Vale, se acabó el tiempo. Vete tú primero. Te dejaré tiempo para que te alejes.

Delgado se levantó.

—Buena suerte, Hop. Ten cuidado.

Hopper sonrió y la vio salir del restaurante. Luego contempló, a través de la ventana, cómo cruzaba la calle y se perdía de vista.

Esperó unos minutos. La camarera de amarillo volvió, enarbolando su jarra de café.

—¿Quieres más, cielo?

Hopper negó con la cabeza.

—No —dijo. La camarera se volvió y entonces Hopper cambió de opinión—. En realidad, espere. Sí que quiero. ¿Y tiene tarta de manzana?

—Tenemos.

—Estupendo. Más café y tarta de manzana. En realidad, que sean dos porciones.

—¿La quiere calentita?

—Sí, por favor.

208

—¿Y con nata?

—Ya lo creo.

La camarera arqueó una ceja y regresó a la barra para preparar el pedido de Hopper. Era una nadería, algo muy sencillo, pero él planeaba disfrutarlo.

Solo esperaba que no fuese a ser su última cena.

20

Martha

Hopper estaba sentado en el asiento corrido delantero de la vetusta ranchera que Leroy conducía con rumbo norte, cruzando las calles numeradas de Manhattan en dirección al nido de los Víboras, situado en algún lugar del sur del Bronx. Llevaban las ventanillas bajadas, cosa que Hopper agradecía porque el viento refrescaba el bochornoso interior del vehículo y se llevaba la mayor parte del olor a hierba que parecía impregnar hasta la misma estructura de la ranchera. Era una tartana enorme, quizá incluso más coche fúnebre que ranchera, y si estuviera en buenas condiciones seguro que habría tenido valor para algún coleccionista avispado.

Pero el problema eran esas «condiciones», porque el vehículo estaba hecho polvo. Por dentro, el asiento corrido estaba resquebrajado, el cuero tan duro que dolía, y de las grietas salían pegotes de espuma amarillenta. Habían quitado el revestimiento del techo y Hopper no estaba seguro del todo de que los indicadores del salpicadero funcionaran como debían. Por fuera, en algún momento habían retirado toda la pintura dejando al descubierto el metal de base, y luego habían cubierto el vehículo de capa sobre capa de grafitis hechos con espray. Las firmas desdibujadas se confundían con enormes islas de óxido, hasta tal punto que llegaba a parecerse al típico vagón de metro neoyorquino. Que la ranchera se moviera en absoluto constituía un milagro de pleno derecho, dados el humo que eructaba a intervalos regulares por el tubo de escape y el estertor moribundo que salía del motor cada vez que Leroy pisaba el acelerador con el pie derecho.

Hopper no había preguntado de dónde había salido el vehículo. Tenía cosas más importantes de las que preocuparse en ese preciso momento. Había esperado en la esquina acordada y había subido al trasto en el instante en que Leroy lo detuvo junto a él, sin hacer preguntas.

Leroy conducía con el brazo izquierdo colgando al viento, la axila apoyada en el marco de la ventanilla bajada. El cambio de marchas estaba en la columna de dirección, y a Leroy parecía gustarle la forma en que la ranchera se desviaba a la izquierda cuando soltaba el volante para cambiar de marcha, porque su otro brazo seguía aleteando feliz fuera del vehículo.

Hopper no dijo nada. No había cinturones de seguridad, y había aprendido rápido a aferrarse al agarradero que había sobre su puerta para no resbalar hasta el regazo de Leroy casi cada vez que tomaban una curva.

Habían empezado en Brooklyn, seguido al norte hasta Queens, luego al oeste para pasar a Manhattan y luego otra vez al norte. Al principio habían pillado mucho tráfico, pero había ido despejándose a medida que se aproximaban al Bronx, y la densidad de coches no había sido el único cambio. El Midtown de Manhattan, con su monolítica colección de rascacielos y sus calles atascadas permanentemente de taxis amarillos, estaba como siempre y como, según sospechaba Hopper, seguiría hasta el fin de los tiempos. Ajetreado, incluso a medida que avanzaba la tarde. Muchísima gente. Muchísimos turistas. Muchísimos trabajadores.

Los carteles publicitarios ocupaban las fachadas de los edificios y las intersecciones de calles. La mayoría anunciaban tabaco Winston o Salem, o bien media docena de marcas de whisky. El único caso aparte era el anuncio de una nueva película de James Bond, *La espía que me amó*.

La risotada de Hopper al leerlo le valió una mirada perpleja de Leroy, pero el inspector le quitó importancia con un gesto y siguió viendo pasar la ciudad.

El Midtown era el Midtown, y ninguna recesión económica o crisis financiera, o como fuese que lo llamaran las noticias aquella semana, iba a suponer mucha diferencia.

Pero las cosas cambiaron después de la calle 42. De sopetón. Hopper sabía que Times Square era un pozo de depravación, pero lo sorprendió cuán al sur se había extendido la decadencia, como un cáncer. Parecía que uno de cada dos portales a ambos lados prometía las delicias de chicas sin ropa, en directo sobre el escenario, en película, en las brillantes y resbaladizas páginas de revistas. También había mujeres en la calle, de pie en portales, en aceras, todas ellas con minifalda y botas hasta las rodillas y boas de plumas al cuello, mientras los hombres vestidos con ajustado poliéster acechaban en zonas bastante menos expuestas. La ranchera cruzó llevándose viejos periódicos bajo las ruedas delanteras, llevándose las noticias y las cifras de crímenes del día anterior unas pocas manzanas más arriba.

Más allá de Times Square, la altura de los edificios empezaba a decaer y la isla de Manhattan se ondulaba como un océano congelado, que la ranchera surcó como un yate que seguía su rumbo entre las olas de cemento. El tráfico también remitió, pero lo compensó un incremento de peatones que se congregaban junto con los periódicos en las esquinas, en los peldaños de las casas. Era una multitud que sudaba, maldecía, hablaba. Unos niños bailaban bajo una boca de incendios que proyectaba al aire una curva de agua teñida de arcoíris mientras sus padres charlaban entre ellos fuera de una tienda de muebles sin muebles ni cristal en el escaparate. Los coches dormían pegados a los bordillos y Hopper vio a gente durmiendo con ellos, la gente de la ciudad tan cascada y exhausta como los edificios, como las calles, como la ranchera que circulaba isla arriba.

Leroy giró a la izquierda, hacia el río Hudson, y luego volvió a dirigirse al norte. Hopper miró por la ventanilla del conductor, en dirección al río, hacia la gigantesca superestructura de la Autopista Elevada del West Side. Era un monumento oxidado a los fracasos de una ciudad demasiado pobre para desmantelarlo, demasiado pobre para reabrirlo al tráfico, demasiado pobre para hacer nada excepto dejarlo allí descolorido, como un colosal monstruo mitológico que ocupaba casi toda la ribera occidental de Manhattan. En verano de 1973, una sección de la carretera en declive se había derrumbado sobre la calle 14, recordó Hopper, bajo el peso de un volquete que transportaba asfalto para el propio mantenimiento de la autopista. Ese desplome la había cerrado del todo. Que no hubieran caído más partes de la carretera desde entonces había sorprendido a todo el mundo; que la autopista vacía siguiera allí cuatro años más tarde no había sorprendido a nadie.

La ranchera giró de nuevo al este y luego al norte, mientras Leroy seguía una ruta que solo existía en el interior de su cráneo. Hopper se recostó y contempló cómo la ciudad iba hundiéndose en la ruina a su alrededor.

Había un incendio en algún lugar al este, y el humo negro se alzaba como una columna casi recta en la quietud del aire estival. Mirando en las calles laterales, Hopper vio coches abandonados, gente abandonada, vidas abandonadas. Oyó a personas reír, a personas gritar. Los chavales jugaban al pase inglés en la acera y los fajos de billetes verdes cambiaban de manos con la tranquilidad que da saber que allí no había policías que pudieran impedirlo. Los ancianos y las ancianas empujaban carritos de supermercado llenos de basura mientras los jóvenes y las jóvenes empujaban otro tipo de basura a sus venas en las esquinas, sin molestarse en llevar sus asuntos turbios a las calles oscuras y los edificios muertos.

Cuando pararon frente a un semáforo en rojo, en algún lugar de Harlem, un coche patrulla se detuvo junto a ellos, por el lado de Hopper, que reprimió el impulso de mirar. Se quedó sentado donde estaba, con los ojos al frente, mirando el semáforo, sintiendo en todo momento las miradas de los policías en él. Entonces el semáforo cambió y el coche patrulla se quedó donde estaba. Leroy pisó el acelerador y la ranchera se puso en marcha con una sacudida. Hopper esperó unos segundos antes de mirar por el retrovisor y vio que el coche patrulla por fin se movía y giraba a la derecha.

Hopper se sentó más recto e hizo rodar el cuello. A su lado, Leroy chasqueó la lengua antes de hablar.

—¿Estás preparado para todo esto, tío?

Hopper se volvió hacia Leroy. El joven tenía la mirada fija en la carretera y hacía círculos en el aire con la mano libre, fuera de la ventanilla, mientras conducía. Otro cambio de marchas, volante suelto, la ranchera desviándose a la izquierda.

Hopper volvió a concentrarse en la carretera. «Sí, estoy bien», se dijo, y luego se lo repitió antes de pronunciar las palabras en voz alta.

Leroy no dijo nada pero siseó entre dientes. Hopper lo miró y vio que meneaba un poco la cabeza y su peinado a lo afro se mecía suavemente de lado a lado.

—¿Tú estás bien, Leroy?

Leroy frunció el entrecejo pero no respondió.

—Tienes que decírmelo —insistió Hopper—. Porque yo estoy bien y necesito que tú estés bien. Sabes dónde vamos a meternos. Yo no. Así que necesito que estés bien, o esto va a ponerse muy difícil muy deprisa.

El ceño de Leroy se arrugó más.

—¿Leroy?

La ranchera empezó a perder velocidad. Leroy señaló hacia delante con la cabeza y su frente crispada se convirtió en un lametón de labios mientras se le ensanchaban las fosas nasales.

—Tenemos compañía —dijo.

Hopper miró adelante. Estaba anocheciendo y las farolas empezaban a encenderse. Se encontraban en algún lugar del norte de Manhattan; Hopper se había desorientado, pero seguro que ya no podía faltarles mucho. No había demasiado tráfico. De hecho, su vehículo era el único de la carretera.

El camino delante de ellos estaba bloqueado.

Eran solo cuatro personas, pero sobraban todas para el gusto de Hopper. Estaban plantados a lo largo del carril. Dos hombres negros, un hombre blanco, una mujer negra. La mujer estaba un poco adelantada, con las manos al fondo de los bolsillos de una chaqueta blanca de béisbol que le venía un poco grande y que llevaba encima de la parte de arriba de un biquini rojo, con vaqueros blancos ceñidos en las caderas y abombados por abajo. Detrás de ella, los hombres mantenían posturas relajadas, con los hombros caídos, como si estuvieran posando para fotos de una revista con el pecho desnudo bajo chalecos de cuero y con bandanas en las cabezas.

La mujer sonreía. Sus acompañantes no.

Leroy detuvo la ranchera delante del grupo. La mujer caminó hacia ellos hasta que pudo dar un golpecito con los nudillos en el capó y luego fue hacia la ventanilla del conductor. Leroy metió el brazo en el vehículo por primera vez desde que había empezado a conducir. La mujer apoyó un codo en la puerta.

—Hola, hola, hola —dijo Leroy—. ¿Qué hay, Martha W.?

A su lado, Hopper cambió un poco de postura y observó a Leroy. La actitud del joven se había transformado. No era que estuviese nervioso, no exactamente, pero sí parecía que encontrarse con aquellos otros le hubiera conferido una energía nueva y distinta.

Martha sonrió a Leroy mientras masticaba chicle. Era más joven que Hopper pero mayor que Leroy, tendría casi treinta, y en su postura había algo que Hopper identificó al instante.

Autoridad.

Martha dedicó a Hopper una mirada perezosa antes de volver otra vez sus ojos hacia Leroy.

—¿Dónde te habías metido, hermanito? Ya empezaba a preocuparme —dijo, sin una pizca de inquietud en la voz.

«Hermanito.»

Hopper notó que se tensaba. No sabía muy bien qué había esperado, pero desde luego no imaginaba que la hermana de Leroy se pareciese a aquella mujer. Por la forma en que había hablado Leroy, por su anhelo de sacarla de la banda, había visualizado a su hermana, a Martha, como una persona igual de asustada que él.

La mujer plantada junto al coche estaba todo menos asustada.

Leroy dio una palmada en el volante con ambas manos.

—Eh, ya sabes, estaba por ahí, por ahí —dijo, con una sonrisa en el rostro un poco demasiado forzada en opinión de Hopper.

Pero si Martha se dio cuenta, no lo demostró. Lo que hizo fue asentir y dirigir su sonrisa mascachicle hacia Hopper.

—¿Todo bien por aquí, Leroy?

Este se apresuró a asentir y dio otra palmada en el volante.

—Ya lo creo, Martha W., ya lo creo. Ni lo dudes, chica, ni lo dudes. Mira, este es el tío del que había hablado al santo. Hopper. Hopper, esta es mi hermana, Martha.

Ella dejó de mascar chicle, pero solo un momento.

—Vale. Muy bien.

Entonces irguió la espalda e hizo una seña a los demás. Los tres hombres —chicos, en realidad, porque tendrían todos la edad de Leroy— dejaron de imitar a estatuas y se metieron en la parte de atrás del coche. Martha, mientras tanto, dio la vuelta por delante y subió al asiento delantero. Empujó a Hopper con la cadera y reventó un globo de chicle que resonó en sus oídos y se movió hacia Leroy. Martha sonrió a Hopper de oreja a oreja antes de inclinarse hacia delante y hacer un gesto a Leroy con la cabeza.

—Cuando me he enterado de que volvías, se me ha ocurrido encontrarme contigo y, ya sabes, que nos lleves.

Leroy puso la ranchera en marcha y cogió bien el volante.

—207 Oeste con Decker —dijo su hermana.

Leroy se quedó callado un momento.

—¿Qué?

Martha se recostó contra el asiento y puso una mano en el hombro de Hopper. Se apoyó en su costado, como si estuvieran en el instituto y ella fuese animadora y él, un atleta.

—Tenemos un trabajito que hacer antes de volver a casa —dijo—. Y molaría comprobar de qué madera está hecho nuestro nuevo amigo, aquí presente. No te importa que hagamos un pequeño desvío, ¿verdad, novato?

Hopper volvió la cabeza hacia Martha, tan cerca que sus narices estuvieron a punto de tocarse.

—No me importa —dijo—. Y me llamo Hopper.

Martha sonrió y los tres que estaban sentados atrás se rieron. Uno de ellos dio una palmada encima del asiento delantero, junto a la cabeza de Hopper.

—¡Venga, a saco, a saco! —exclamó, y los tres vitorearon mientras Martha reía.

Hopper miró a Leroy.

Este asintió.

—Ah, estoy bien, hermano, estoy bien.

Cambió de marcha y condujo hacia el desvío.

21

Delitos y faltas

8 DE JULIO DE 1977
Alto Manhattan, Nueva York

Siguiendo las instrucciones de Martha, Leroy aparcó la ranchera fuera de una tienda que tenía un gran escaparate de cristal protegido por una rejilla de gruesos barrotes metálicos. Los tres que iban detrás se quedaron callados mientras se acercaban, detalle que Hopper agradeció. Se habían pasado todo el trayecto aullando, gritando y riendo como tres adolescentes saltándose las clases, y a Hopper ya le pitaban los oídos. Leroy había permanecido en silencio, concentrado en conducir mientras su hermana se concentraba en apretujarse contra el costado de Hopper. Él iba sentado en el centro, preguntándose qué debía esperar de aquel «desvío», a qué prueba iban a someterlo, y sopesando sus opciones, que venían a ser ninguna en absoluto.

Martha había intercambiado algunas frases con los chicos de detrás, pero no se los había presentado a Hopper. Pocos minutos después de recogerlos, había habido un fogonazo naranja reflejado en el parabrisas y el olor dulce y enfermizo de una marihuana muy fuerte había llenado el vehículo. Los chicos se pasaron el porro entre ellos y luego a Martha, que le dio una profunda calada antes de ofrecérselo a Hopper.

Hopper había fumado. Tenía que hacer todo lo posible por encajar y, siendo sinceros, era improbable que un poco de hierba fuera a entorpecerlo demasiado. Se preocupó de guardarse el áspero humo en la boca todo el tiempo que pudo, para dar la sensación de haberlo inhalado cuando devolvió el porro a Martha.

Ella lo cogió.

—¿A mi hermanito no le hace falta calmarse un poco?

Hopper la miró, cayendo en la cuenta de que no había pasado el canuto hacia el otro lado, a Leroy. Pero este habló y encubrió su despiste.

—No, estoy guay, Martha W., estoy guay.

Ahora estaban los cinco sentados en la ranchera fuera de la tienda. Era tarde y ya estaba cerrada, pero desde dentro emanaba el tenue brillo de una luz encendida al fondo. Los trabajadores seguirían dentro, terminando de cerrar el negocio.

Hopper estiró el cuello para ver mejor por el parabrisas. Era una tienda de electrónica, y bastante grande. Tras la hectárea de cristal y barrotes de metal había toda una exposición de equipo de gama alta. Pilas de enormes altavoces negros, sus partes delanteras rematadas por pesadas rejillas o bocinas oscuras, lisas y brillantes. Había mesas de sonido, grandes y pequeñas, algunas casi del tamaño de mesas de comedor, cubiertas de botones, reguladores deslizantes, diales e indicadores. Había otros aparatos que a Hopper le resultaban más familiares: grabadoras de carrete, pletinas que parecían aceptar cartuchos de ocho pistas y una serie de tocadiscos en enormes pedestales plateados.

Era equipamiento audiovisual, pero no del tipo que podría encontrarse en la sala de estar de cualquiera. Aquello era material industrial, profesional, de estudio. Ningún objeto del escaparate tenía etiqueta con el precio porque, si alguien necesitaba saber cuánto costaba, lo más seguro era que no fuese para él.

Un chico del asiento trasero dio una palmada.

—Venga, al lío, al lío, al lío.

Salieron los tres de la ranchera. Leroy bajó por su lado. Hopper notó la mirada de Martha fija en él mientras agarraba el volante para ayudarse a salir tras Leroy, pero notó que una mano le asía el bíceps. Se detuvo y se giró hacia la otra pasajera.

—Ten, para no quedarte sin fuerzas —dijo Martha, y sacó una bolsita de plástico azul del bolsillo de su chaqueta de béisbol. La enrolló por los lados y dejó a la vista una colección multicolor de pastillas, de entre las que escogió una tableta blanca y circular con sus uñas largas y pintadas de rojo.

Hopper la observó. Martha sonrió y le entregó la pastilla. Hopper la cogió sin vacilar, se la metió en la boca y la sostuvo bajo la lengua. Sabía que no podía mostrar ningún titubeo, ninguna duda, no en ese momento.

Las comisuras de los labios de Martha se elevaron en una sonrisa maliciosa mientras salía del vehículo. Hopper se volvió para salir por el otro lado y, con un gesto rápido, se sacó la pastilla de la boca. Se desintegró entre sus dedos mientras Hopper tanteaba con la lengua y notaba un residuo calcáreo. Confió en que la droga no fuera efectiva con la minúscula dosis que no había podido evitar ingerir.

Fuera de la tienda, los tres chicos estaban inquietos, rebotando sobre sus talones, hablando deprisa y en voz baja entre ellos. Leroy estaba a un lado, cruzado de brazos y apoyado contra el escaparate de la tienda.

Uno de los chicos soltó un aullido y empezó a boxear haciendo sombra. Los otros dos aplaudieron y rieron.

La luz del interior de la tienda se apagó. El grupo se quedó quieto y todos se volvieron a la vez. Quienquiera que estuviese dentro había reparado en su presencia.

Entonces Martha salió desde detrás de la ranchera balanceando una pequeña maza en su delgado brazo. Un chico silbó, apreciativo, mientras ella se acercaba a la puerta del establecimiento y, sin detenerse siquiera, la golpeó.

El mecanismo de cerradura y pomo se retorció bajo el impacto y se incrustó más en la madera. Tras unos pocos golpes más de Martha, el ensamblaje completo se separó del cuerpo de la puerta. El cerrojo se quedó en su sitio, hecho añicos contra el marco, pero los tres chicos pudieron abrir la puerta empujándola sin demasiados problemas y entrar corriendo en la tienda.

Leroy siguió a Martha. Hopper siguió a Leroy.

La tienda era enorme, pero estaba bien surtida de más equipo profesional expuesto en plataformas entre altas pilas de amplificadores y altavoces para sistemas de megafonía. Mientras los chicos corrían hacia el fondo de la tienda, empujaron las torres de altavoces y mesas de mezclas, derribándolas y haciéndolas caer de sus expositores. Las luces se encendieron tras unos parpadeos y permitieron a Hopper observar cómo abrían un camino de destrucción sin sentido hacia la parte trasera del establecimiento.

Hopper se quedó quieto y notó que su visión caía hacia un lado. Durante un instante, vio a seis chicos corriendo, luego a ninguno y, cuando volvió a abrir los ojos, había un hombre blanco mayor con una escopeta en la mano y gritando algo.

El disparo de escopeta devolvió a Hopper a la realidad y su visión al equilibrio mientras caía yeso que flotaba a su alrededor desde el impacto del tiro de advertencia en el techo. Había tardado demasiado en escupir la pastilla, que, combinada con la hierba que no había podido evitar inhalar, empezaba a hacerle efecto. Se sentía mareado, como si hubiera tomado unas cervezas de más, pero sin la neblina de la borrachera.

El chillido lo devolvió de nuevo al presente. Parpadeó y miró al anciano. La escopeta estaba en el suelo, acompañada de buena cantidad de la sangre del hombre. El puño de Hopper estaba cubierto de la misma sustancia. El mismo puño que se cerraba sobre el cuello del propietario, ahogándolo contra la pared del fondo de la tienda, quien se sostenía de puntillas.

Hopper parpadeó y sacudió la cabeza. No recordaba haber hecho soltar la escopeta al anciano. No recordaba haberle dado un puñetazo. No recordaba haberlo empujado contra la pared. El mundo empezó a caer de nuevo hacia un lado. El anciano gimoteó y Hopper lo empujó con más fuerza contra la pared y se mordió el interior de la mejilla.

El dolor fue leve pero eléctrico y le aclaró la mente. Hopper volvió la cabeza para mirar la conmoción que había a su espalda.

Leroy y los tres chicos estaban amontonando equipo para poder sacarlo a pulso de la tienda: amplificadores, platos, cajones de cables y de discos y una caja de bafles del tamaño de una nevera pequeña.

Llegó un sonido desde otro lugar. Hopper se volvió hacia él y vio una puerta abierta que daba a un pequeño despacho. En su interior, Martha estaba apartando montones de papeles mientras registraba todos los cajones del enorme escritorio que ocupaba casi toda la estancia. Por fin encontró lo que buscaba: una gran caja de caudales de acero. La levantó y la agitó, y de dentro salió el inconfundible sonido de los billetes y las monedas. Hopper la vio trastear con la cerradura un momento antes de rendirse, coger la caja por el asa y salir corriendo del despacho. Se agachó tras el mostrador para recoger la escopeta que había soltado el propietario antes de salir de la tienda.

El anciano hizo un sonido gorgoteante bajo la presa de Hopper, que volvió a mirar al hombre. Tenía los ojos anegados de lágrimas y por la nariz seguía saliéndole una sangre de color rojo brillante, el mismo tono que danzaba en la visión de Hopper.

Se miraron unos segundos. Entonces alguien llamó a Hopper.

—Lo siento —susurró al hombre.

Soltó su presa y dio un paso atrás. El propietario se derrumbó doblándose y cayó a la alfombra manchada de sangre. Intentó arrastrarse hacia el despacho, pero renunció al cabo de unos centímetros y se quedó allí tendido, su cuerpo sacudido por los sollozos mientras intentaba recobrar el aliento.

—Lo siento —volvió a decir Hopper.

Se limpió la mano en la camiseta y salió corriendo de la tienda.

26 de diciembre de 1984

Cabaña de Hopper
Hawkins, Indiana

Hopper se levantó y, fingiendo que quería estirar las piernas, se apartó de la mesa y dio una vuelta por la sala de estar. En realidad, aunque le apetecía hacer un descanso, recordar el robo en que los Víboras lo habían obligado a participar no era agradable y, aunque había dejado algunos detalles fuera de la narración por el bien de Ce, existían varios hechos ineludibles y sucios sobre los que sabía que ella tendría preguntas, y que Hopper iba a tener que afrontar. Se quedó junto a la tele y entrelazó los dedos en la nuca, de espaldas a la mesa roja y la chica que seguía sentada a ella.

—Está bien —dijo Ce.

Hopper dejó caer los brazos y dio media vuelta.

—¿Qué?

Ce cambió de postura en la silla.

—No fue culpa tuya.

Hopper frunció el ceño y sacudió la cabeza, pero Ce siguió hablando.

—Te obligaron —dijo, con las manos en el asiento mientras se retorcía para mirar a Hopper—. Papá me obligaba a mí. A veces...

Hopper volvió a la mesa y se sentó. Ce se enderezó de nuevo en la silla, pero no apartó la mirada de la mesa.

—¿A veces qué, enana?

—Sentía como... que no era yo. Que yo estaba... mirando. —Alzó la cabeza—. Como los hombres.

—¿Qué hombres?

—Detrás del espejo.

El corazón de Hopper le dio un vuelco en el pecho y, mientras estiraba el brazo y revolvía el pelo de Ce, notó que unas lágrimas calientes y húmedas afloraban bajo sus ojos.

—¿Qué pasó después? —preguntó Ce.

Hopper se quedó quieto y la observó, un poco dubitativo. Ella lo miró expectante, sin inmutarse en absoluto por los oscuros recuerdos que Hopper acababa de compartir.

—Bueno —dijo Hopper, frotándose la cara—, después conocí a los Víboras y a su líder.

Ce puso los ojos como platos al oírlo.

—¿Conociste a San Juan?

—Así es.

—Vale —dijo Ce, y volvió a ponerse cómoda—. Cuando quieras.

22

Nido de Víboras

8 DE JULIO DE 1977
Sur del Bronx, Nueva York

Si acaso, el resto del trayecto hacia el norte fue hasta más ruidoso que la parte anterior. Hasta arriba de adrenalina, los chicos de la parte trasera de la ranchera se pusieron a hablar deprisa y a comentar lo que acababan de hacer. A Hopper le costaba seguirlos, porque conversaban en una mezcla de jergas callejeras que le era al mismo tiempo ajena y demasiado rápida para empezar a comprenderla siquiera. Sentía náuseas y frío y, cuando movía la cabeza, el mundo parecía desplazarse a una velocidad distinta a la de su propio cuerpo.

Hopper cerró los ojos. Sentía el cuero agrietado por debajo, la cadera de Martha contra la suya, la pierna de Leroy moviéndose al accionar el acelerador de la ranchera, que ahora iba completamente cargada. Hopper no sabía cómo habían logrado meterlo todo, pero el vehículo había pasado a sonar tan enfermo y cansado como él se sentía, el estertor del motor reemplazado por un gruñido profundo y hueco que sin duda presagiaba el final del camino para aquel ejemplar concreto de la ingeniería de General Motors.

—Eh, eh, atento, atento —dijo Leroy.

Hopper abrió los ojos de golpe y miró al conductor.

Mientras el coche frenaba, Leroy levantó un dedo del volante y señaló por el parabrisas.

Habían entrado en el Bronx hacía solo unos minutos, según la estimación de Hopper. Acababan de meterse en una especie de callejón. Por tres lados los rodeaban paredes altas y lisas, y delante de ellos había una construcción grande y anodina con un portón doble. Mientras las luces de la ranchera escalaban por los portones, se abrió un portillo más pequeño de tamaño normal a un lado, por el que salieron dos hombres. El de delante hizo un gesto al vehículo y ambos fueron hacia los portones. Accionaron las aparatosas palancas del mecanismo de apertura y empujaron las puertas hacia dentro. Cuando hubo espacio suficiente para pasar, Leroy metió la ranchera.

Era un almacén, cavernoso y ni por asomo vacío. La ranchera pasó entre contenedores, varios de ellos apilados en dos alturas, alrededor de los cuales había montones más pequeños de cajas, algunas a la vista y otras tapadas con gruesas lonas. Más al fondo, Hopper vio una hilera de motocicletas de cross, picudas y casi esqueléticas, aparcadas contra una pared. Allí dentro también había más coches y, al lado de ellos, un enorme camión de plataforma, cubierto con más lona que ocultaba algo grande y anguloso.

Leroy detuvo el coche al final de la hilera. Por delante de ellos, en la esquina del almacén, se había establecido una especie de zona social, que bullía de actividad. Brotaban llamas de cuatro barriles de petróleo, alrededor de los cuales se extendía una colección de muebles: sofás y butacas, algunos todavía envueltos en plástico. También había mesas, pufs, sillas plegables y otras más elegantes que podrían haber salido de la mansión del gobernador.

En el momento en que el vehículo estuvo parado, se vieron rodeados de gente que abrió las puertas y el maletero para empezar a descargar. Los tres chicos del asiento de atrás bajaron de un salto y los demás los recibieron con palmadas en la espalda y aullidos.

En el asiento delantero, Martha, Hopper y Leroy esperaron. Leroy apagó el motor.

—Bienvenidos a casa, bienvenidos a casa —dijo.

Miró a Martha. Hopper se quedó sentado entre ellos, ob-
servándolos a los dos, y entonces Martha bajó de la ranchera.

Leroy dejó escapar el aire muy despacio.

—¿Estás bien, tío? —preguntó en voz baja.

—Después te lo digo —respondió Hopper, y salió del
vehículo.

Al instante, todos los presentes en el almacén se quedaron
petrificados. Hopper sintió todos los ojos posados en él y no
oyó más que el chisporroteo de las llamas. Observó su alrededor, esforzándose por emular las miradas frías que le dirigían todos. Quizá fuese la pastilla de Martha, y en parte la
hierba, pero de pronto se sintió muy visible, como si hubiera
entrado en la guarida de los Víboras vestido con su viejo uniforme de poli de calle y llevando orgulloso la brillante placa
en el pecho.

Leroy se puso a su lado y rodeó el cuello de Hopper con
un brazo.

—¡Venga, voy a presentarte a gente, hermano! —exclamó,
levantando mucho la voz y riendo mientras hablaba.

Al oírlo, todo el mundo pareció relajarse, pero solo un
poco. Siguieron descargando el material robado de la ranchera, pero la gente cruzaba miradas mientras trabajaba. Hopper
vio a Martha sacar la caja de caudales de la parte de atrás y
marcharse con ella bajo el brazo hacia el otro extremo del
almacén, donde sobresalían hileras de despachos elevados a
los que se accedía por una escalera externa de metal que había
a un lado. Los despachos estaban iluminados. La mirada de
Hopper recorrió la escalera hacia arriba... y entonces lo vio.

El hombre estaba de pie tras la ventana del despacho superior, en la cuarta planta. Las luces encendidas refulgían y re-
ducían al hombre a poco más que una silueta negra.

¿Sería San Juan en persona?

Hopper notó que lo inundaba una oleada de vértigo. Cerró los ojos y bajó la cara hacia el suelo.

—Eh, hermano, ¿sigues conmigo?

Hopper parpadeó y levantó la mirada. Había varios miembros de pandillas rondando a su alrededor, todos observando a Hopper. Hombres y mujeres, negros, blancos, hispanos, asiáticos. Los había muy, muy jóvenes, apenas adolescentes, en opinión de Hopper, y los dos más mayores eran un par de hombres blancos, entrecanos, ambos con largas barbas que les daban aspecto de gemelos salidos de algún cuento de hadas ya olvidado. Todos los rostros eran duros, sus expresiones marcadas.

Y, como había esperado Hopper, todos llevaban los mismos chalecos de cuero que los tres acompañantes de Martha. Hopper miró alrededor y reparó por primera vez en el símbolo de la serpiente roja que adornaba la espalda de los hombres que estaban descargando el material audiovisual robado. Pero, aparte del añadido de las chaquetas, parecía que los demás seguían sintiendo la necesidad de mantener los distintivos de sus antiguas bandas.

—Vale, estos son Smoker, Cookie, Betty, Liz y Jackie O. —dijo Leroy, señalando, uno a uno, a cada miembro de la banda.

Hopper los saludó con un gesto de cabeza, que solo le devolvió el tal Smoker, un joven bien afeitado con el pelo castaño largo al estilo Farrah Fawcett, vestido por debajo de la chaqueta de los Víboras con un mono ligero de color azul claro, con cremallera, que parecía más apropiado para una noche en Studio 54 que para aquel mugriento almacén del Bronx.

A su lado, las tres mujeres negras miraron a Hopper de arriba abajo mientras mascaban chicle casi al unísono. Las tres llevaban monos vaqueros idénticos sobre camisetas blancas, con las perneras cortadas para lucir la altura de sus pesadas botas militares. Se apoyaban en los hombros de las otras, y la única diferencia en sus atuendos era el color de las cintas elásticas que sostenían en alto sus coletas: roja para Betty, azul para Liz y blanca para Jackie O.

Hopper frunció los labios y Jackie O. explotó un globo de chicle mirándolo a los ojos. De pie a su lado, Cookie era el que menos parecía encajar, vestido con vaqueros negros ajustados y camiseta del mismo color. Llevaba el pelo teñido de negro, en marcado contraste con la palidez de su piel, y cortado por encima de los hombros, con un flequillo que le caía exactamente al nivel de los ojos. Hopper ni siquiera estaba seguro de que el hombre lo estuviera mirando.

Leroy llevó a Hopper hacia el siguiente grupo.

—Estos de aquí son Bravo, City y Reuben.

Bravo era una mujer de cabellera larga y rubia, vestida con una camiseta ajustada en la que se veía el curvilíneo logotipo de *Apartamento para tres*. La camiseta iba por dentro de unos vaqueros cortos, y Bravo tenía los pulgares metidos por detrás de una enorme hebilla de cinturón con forma de estrella de sheriff, a juego con sus botas de vaquera, de ante y con borlas.

City era un adolescente descamisado y flaco como un palo, de costillas dolorosamente evidentes y cabello tan largo y ondulado como el de Bravo. Hizo una especie de chasquido con la garganta, que Hopper cayó en que era una risotada, y dio un codazo a Reuben, que le sacaba más de treinta centímetros y estaba cruzado de brazos, con una expresión impasible que ocultaba casi por completo una densa barba negra que apenas era más oscura que su piel.

El vestuario de Reuben, vaqueros y camiseta de los Mets con rayas en las mangas y el número cuarenta y dos, por lo menos se acercaba más a lo normal, pensó Hopper.

«Sea lo que sea lo normal en los tiempos que corren.»

—Y Leroy Washington vuelve a olvidarse de los suyos.

Leroy se volvió al oír la voz. Hopper vio que se acercaba un hombre negro fornido, frotándose las manos con un trapo grasiento. Llevaba la misma chaqueta de los demás sobre un pecho desnudo y empapado de sudor, y tenía echado al hombro un par de gruesos guantes de trabajo. La cara del hombre estaba manchada de hollín y aceite, como si hubiera estado trabajando en algún aparato mecánico.

—Colega, colega, colega —dijo Leroy—. ¡Joder!

Los dos cogieron la mano del otro y tiraron para darse un abrazo entrechocando los pechos, y el hombretón dio a Leroy, mucho más enjuto, una palmada en la espalda con la mano que sostenía el trapo.

—Llevabas demasiado tiempo fuera, Leroy. Demasiado. La gente estaba preocupada. Empezaban a hablar.

Leroy se apartó y negó con la cabeza.

—No, tío, todo bien, todo bien.

El hombretón dejó de sonreír.

—No, Leroy, la gente empezaba a hablar. ¿Me captas? Empezaba a hablar.

Leroy se humedeció los labios y se encogió de hombros.

—Bueno, en fin, ¿qué quieres que te diga? Necesitaba un poco de tiempo y espacio, nada más. Joder, esto no es un parvulario, ¿sabes lo que te digo? Todo el mundo tiene que respirar aire fresco de vez en cuando, ¿o no?

El hombre miró a Leroy un momento y compuso una gran sonrisa.

—Te pillo, tronco, te pillo —dijo—. Y he oído que has hecho buena caza. —Se volvió hacia Hopper—. ¿Este es el nuevo?

—Sí, sí —respondió Leroy, rodeando de nuevo el cuello de Hopper con el brazo—. Este es mi colega Hopper. Es legal, tío, es legal. —Miró a Hopper—. Eres legal, ¿verdad?

—Ya lo creo, muy legal —dijo Hopper.

El hombretón miró a Hopper de arriba abajo, masticó algo y lo escupió en el suelo de cemento. Leroy dio un golpecito a Hopper en el pecho.

—Este es mi buen colega Lincoln.

Hopper saludó con la cabeza. Lincoln le tendió la mano. Hopper se la estrechó, solo para ver que Lincoln le agarraba el antebrazo con la fuerza de unos alicates casi en torno al codo. Lincoln tiró de Hopper hacia él. Hopper se tensó, pero enseguida reparó en que el hombre le estaba dando la misma palmada de bienvenida en la espalda que a Leroy.

Mientras Lincoln pasaba la barbilla por encima del hombro de Hopper, este notó su cálido aliento en la oreja.

—Más vale que seas auténtico, tío —susurró Lincoln.

Hopper se apartó del hombre, que se lo quedó mirando fijamente.

—Oye, ¿a esto lo llamas fiesta de bienvenida? —preguntó Leroy, con una palmada al brazo de Lincoln—. Me decepcionáis, de verdad que sí. ¡Venga, tenemos que celebrarlo!

Lincoln arqueó una ceja, luego se rio y meneó la cabeza a los lados. Dio media vuelta y se dirigió hacia los sofás que trazaban una órbita baja en torno a los barriles de petróleo ardientes, seguido de cerca por Leroy.

Hopper se quedó donde estaba y miró a su alrededor. Casi todos los otros habían vuelto a lo que fuese que estuvieran haciendo antes. La mercancía de la ranchera ya estaba apilada a un lado del espacio, junto con los demás cajones y cajas.

Hopper miró otra vez hacia la zona de despachos. No había ni rastro de Martha y, alzando la mirada hacia el nivel superior, vio que el hombre de la ventana había desaparecido.

—Eh, ¿quieres tomar algo o qué?

Hopper se volvió y vio la silueta de Lincoln ante los fuegos, sosteniendo en alto un botellín de algo.

Tomó aliento y fue hacia él.

Hopper toleraba bien el alcohol, lo sabía, pero aun así, aquello empezaba a ser exagerado. Había tres botellines de cerveza vacíos junto al sucio sillón reclinable en el que estaba sentado, y llevaba ni sabía cuánto tiempo sosteniendo el cuarto, medio lleno, en el regazo. La cerveza estaba caliente, pero había más que de sobra, cajas y cajas amontonadas contra la pared del fondo. El calor de las hogueras en los barriles de petróleo no era tan intenso como había esperado: el vasto espacio del almacén lo absorbía muy por encima de sus cabezas. Hopper levantó la vista y distinguió los oxidados puntales y vigas que sostenían el techo, algunos de los cuales se habían soltado de sus herrajes y pendían un poco hacia abajo, como ramas de árbol partidas.

Los demás congregados en torno a la heterogénea colección de muebles hacía tiempo que habían dejado atrás la cerveza. Compartían botellas de whisky, vodka y otros licores que Hopper no identificaba. Se habían encendido varios porros que circulaban por el grupo, y Hopper se las había ingeniado para pasarlos sin fumar.

Para su sorpresa, los miembros de la banda tampoco parecían tan interesados en él. Se quedó sentado, escuchando y observando, asintiendo y riendo cuando lo hacían los demás, aunque no alcanzara a seguir buena parte de lo que se decía. Como recién llegado, como extraño que había caído en el mismo centro de la banda, Hopper sabía que debía mantener la cabeza fría. Era el huésped invitado, y sabía que la hospitalidad de los Víboras podía esfumarse sin previo aviso como decidieran que no les caía bien, o que aquel no era su sitio, o que estaba allí por cualquier otro motivo distinto del que les había contado Leroy.

También se sabía observado. Tenía a Lincoln sentado enfrente, y notaba su mirada con mucha frecuencia. Sin duda, después informaría sobre el nuevo recluta a San Juan.

Entonces regresó Martha, recibida a voces por varios de los presentes. La mujer sonrió, soltó una risotada y fue derecha hacia Hopper. Para su sorpresa, se sentó en el brazo de su sillón, provocando una serie de silbidos y más risas.

Martha miró a los demás y luego a Hopper. Le cogió la cerveza de la mano, dio un largo sorbo del botellín y se levantó. Le ofreció la mano.

—Ven conmigo —dijo.

Hopper lanzó una mirada a los otros antes de cogerle la mano y dejarse levantar. Hubo más silbidos. Hopper miró hacia atrás y cruzó la mirada con Leroy, que hizo una leve negación de cabeza, sin cambiar de expresión, antes de dar un trago a una botella que parecía de tequila. Lincoln siguió mirando a Hopper en silencio.

Hopper dejó que Martha se lo llevara de la mano fuera del círculo y hacia la zona de oficinas.

—Esto... ¿Dónde vamos?

—El santo quiere verte.

Hopper se quedó plantado en el sitio. Martha le soltó la mano pero siguió andando, y volvió la cabeza una vez para mirarlo antes de seguir hacia la escalera.

Hopper echó un vistazo a su espalda. El resto del grupo había regresado a su velada.

Entonces alzó la cabeza hacia delante. Allí, tras la ventana del nivel superior, volvía a verse la silueta de un hombre.

De San Juan. Del cabecilla de los Víboras.

De repente sobrio, despejado y asustado, Hopper siguió a Martha.

23

Hermanos de armas

8 DE JULIO DE 1977
Sur del Bronx, Nueva York

La zona administrativa del antiguo almacén era un laberinto de pasillos y oficinas mucho más grande de lo que Hopper habría esperado. No había nada que sugiriera qué clase de industria había utilizado antes aquel edificio, y la mayoría de los despachos por los que pasaron estaban vaciados de su contenido original y se utilizaban sobre todo como espacio de almacenamiento. Siguiendo a Martha, Hopper miró por todas las puertas abiertas y vio cajones y más cajones, todos idénticos, todos sin marcar.

—Entonces ¿eres poli?

Hopper devolvió su atención a Martha, que seguía caminando por delante pero había vuelto la cabeza para mirarlo.

—Era.

Los ojos de Martha recorrieron la forma de Hopper y luego volvió a girar el cuello hacia delante.

—¿Y ya está? —preguntó Hopper—. ¿No quieres saber nada más?

—¿Por qué? ¿Es que hay algo más que saber?

Hopper no respondió. Aún no comprendía del todo a Martha, y era la primera víbora a la que había conocido que cuestionaba directamente su pasado. Pero no podía ser la única que había pensado en él.

Incluido su líder, San Juan en persona.

Martha lo llevó al nivel superior del bloque y lo hizo pasar a un despacho. Era un lugar amplio, con ventanales en dos paredes que permitían al ejecutivo que ocupase el despacho contemplar todo el almacén. En el centro de la sala había una larga mesa de reuniones, que Hopper no tenía ni idea de cómo habrían metido allí, y en su otro lado, encarado hacia las ventanas, había un escritorio gigantesco a juego con la mesa. Tras este se veían dos puertas, ambas cerradas. En la otra pared había unos archivadores estrechos al lado de unas cajoneras más anchas que Hopper sabía que estaban pensadas para guardar documentos grandes: mapas, planos, diseños arquitectónicos y similares.

Pero la atención de Hopper se vio engullida por el hombre que estaba de pie ante la ventana. De espaldas a la sala, vigilaba sus dominios. Llevaba una túnica de color púrpura atada a la cintura que terminaba a medio muslo, como si fuese algún tipo de instructor de artes marciales.

—Bienvenido a los Víboras —dijo. Entonces se dio la vuelta.

El hombre era mayor que Hopper. Llevaba el pelo rapado a lo militar y barba cortina. En algún momento se había roto la nariz, que sostenía unas gafas de espejo de aviador. Cuando el hombre se acercó, Hopper vio su propio reflejo ampliado en las lentes plateadas. Por debajo de la túnica llevaba una camisa de seda negra, desabotonada hasta casi la mitad y con el cuello vuelto hacia arriba. De una cadena de plata colgaban dos medallones pequeños y rectangulares, apoyados contra el pecho desnudo.

Eran placas militares. Hopper tenía unas iguales, guardadas en un cajón junto a la cama, en casa.

Antes de que San Juan pudiera seguir hablando, Hopper probó suerte. Señaló las placas con la barbilla.

—¿Qué unidad?

San Juan se detuvo. Hopper oyó que, a su espalda, Martha cambiaba de posición.

—Yo estuve en la Primera de Infantería —dijo Hopper—. Hice dos períodos. —Sacudió la cabeza—. Vi pasar un montón de mierdas horribles, hice mi trabajo, me dieron una medalla con forma de estrella y me enviaron de vuelta a los viejos EE.UU.

San Juan sonrió, mostrando una fila de dientes grandes, blancos y brillantes. Extendió la mano y Hopper se la estrechó. El hombre apretó con fuerza. Hopper lo imitó.

—101.ª Aerotransportada.

Hopper sonrió.

—Las Águilas Aulladoras.

—Fue la mejor época de mi vida. —San Juan ladeó la cabeza—. ¿Te condecoraron?

—Estrella de Bronce.

San Juan asintió con silencioso aprecio.

—Cómo te envidio, soldado. A mí me transfirieron para tareas especiales. Me tuvieron allí fuera más que a casi nadie, pero lo que hacía no era cualificación para ningún tipo de medalla, con forma de estrella o no.

—Yo no pedí la mía. Solo cumplí mi deber.

La sonrisa de San Juan se tensó.

—Ah, pero todos cumplíamos solo nuestro deber, ¿verdad?

Los dos trabaron la mirada unos segundos, aunque Hopper solo veía sus propios ojos reflejados en las gafas del cabecilla. Luego San Juan se volvió y fue hacia la gran mesa. Hopper miró a Martha, que estaba de pie junto a la puerta mascando chicle con cara de aburrimiento, y se reunió con el líder de la banda en la mesa, cuya superficie estaba cubierta por un enorme mapa de Nueva York y lo que parecían planos de algo. Pero antes de que pudiera verlos bien, San Juan cogió todos los documentos, los dobló por la mitad y luego volvió a plegarlos.

—Me cuenta Leroy que has tenido algunos percances con los tuyos, el departamento de policía de Nueva York —dijo San Juan. Miró un momento a Hopper mientras alineaba los bordes de los papeles.

Este se encogió de hombros.

—Nada que no pueda manejar.

—Bien. Porque todo eso es asunto tuyo, no mío. Si traes aquí tus problemas, descubrirás que no somos tan hospitalarios como pensabas. —Terminó de organizar los papeles y alzó la cabeza de golpe, enfocando de lleno a Hopper con los cristales de espejo—. Porque los Víboras han sido hospitalarios, ¿verdad que sí?

—Sí, son buena gente, todo bien.

La sonrisa de San Juan vaciló solo un segundo. Luego se volvió hacia la ancha cajonera, sacó un llavero de debajo de su túnica, abrió la cerradura de un cajón, lo sacó y guardó dentro los papeles. Tras cerrar el cajón y dar la vuelta a la llave, se la volvió a guardar en el bolsillo.

—Los Víboras no son una pandilla cualquiera de matones y chorizos —dijo San Juan, de espaldas a la sala, con las manos apoyadas en la cajonera—. De hecho, esa palabra no me gusta nada. —Se volvió y Hopper se enfrentó de nuevo a su propio reflejo—. Somos una organización. Hasta podría llamársenos «congregación». Una congregación a la que he dedicado toda mi alma. ¿Comprende usted eso, señor Hopper? ¿Es capaz siquiera de comprenderlo?

Hopper se lamió los labios.

—Escucha, estoy aquí porque busco un lugar en el que encaje. Volví de aquel infierno y se esperaba de mí que siguiese como si no hubiera pasado nada allí. De acuerdo, fue hace mucho tiempo. Y sí, solo estaba cumpliendo mi deber, pero hice mi trabajo y lo hice bien, y entonces me dijeron: «Pues nada, gracias y aquí tienes una medalla para guardarla al fondo de un cajón y olvidarte de ella».

Hopper avanzó un paso en dirección a San Juan. Se miró

a sí mismo reflejado en las gafas de espejo y vio la barba de varios días, las ojeras y la sangre en su camisa por lo que había hecho en la tienda de electrónica.

Sintió que la adrenalina le recorría las venas y la utilizó para enfocar sus palabras, para afilar la mente.

—De modo que sí, hice mi trabajo, igual que todos los que estuvimos allí. Pero ¿cómo se supone que tienes que volver de eso? Fuimos a la guerra por motivos que creía entender, pero ahora no estoy tan seguro, y de todas formas, ¿volver a qué? ¿A esto? Cambié una zona de guerra por otra, una selva por otra. Solo que esta vez no había un trabajo que hacer, ni órdenes que obedecer, ni un país por el que luchar. No lo encontré en la policía de Nueva York. Así que quizá lo halle aquí. —Hopper hizo una pausa. Bajó la mirada hacia las placas identificativas que San Juan llevaba al cuello y vio que el pecho del hombre se movía. Estaba respirando con fuerza—. Y creo que por eso estás aquí tú también, ¿me equivoco?

Hopper miró las gafas de espejo. San Juan no habló. Martha siguió mascando chicle.

Entonces San Juan puso una mano en el hombro de Hopper.

—No te preocupes, hermano, has venido al lugar correcto. Has venido no solo a tu propia salvación, sino a la salvación de todos nosotros, de toda esta ciudad, de este infierno en la tierra.

Asintió y regresó a la mesa. Se apoyó en ella con los codos rectos. La mesa estaba vacía, desierta de planos, pero Hopper se descubrió siguiendo la mirada espejada del líder de los Víboras, como si el misterioso plan que urdía la organización fuese a materializarse de algún modo ante sus ojos.

—Ya llega el momento, Hopper. Nuestro momento.

—¿El día de la Sierpe?

San Juan agachó la cabeza y soltó una risita.

—Creo que Leroy ha hablado cuando no debía.

Hopper negó con la cabeza.

—Estoy aquí, ¿verdad?

San Juan alzó la mirada hacia Hopper. Inclinó la cabeza a un lado y al otro.

—Todavía queda mucho por hacer —dijo—. Esta ciudad aún tiene mucho que entregarme antes de que le conceda su dulce liberación.

Hopper mantuvo la mirada fija en su doble reflejo. «¿Dulce liberación?» No entendía de qué estaba hablando San Juan, pero una cosa sí quedaba clara. Aquel hombre estaba loco.

«No, tacha eso.» Era injusto y Hopper lo sabía. Había tenido que hurgar en sus propias profundidades para dragar aquellos sentimientos sobre Vietnam enterrados tiempo atrás, pero había funcionado. Y hacerlo le había permitido intuir deprisa cuál era el estado mental de San Juan.

No, no estaba loco.

San Juan estaba dañado. Hopper lo había visto demasiadas veces. La guerra hacía eso a la gente, a él incluido. La única diferencia entre él y San Juan era que Hopper, pese a lo que acababa de decir, había vuelto a hallar un propósito. Había regresado y había querido cambiar las cosas, y había encontrado una senda que le permitiría hacer ese trabajo.

San Juan había optado por un camino distinto. Hopper se preguntó en qué punto habrían divergido sus vidas, si podía tratarse de algo tan sencillo como una sola decisión que los llevó de una historia común a dos lugares tan diferentes.

San Juan se apartó de la mesa empujándose. Hizo un gesto con la cabeza a Martha.

—Llévalo abajo. Que se incorpore al grupo de Leroy y Lincoln. —Miró a Hopper—. Creo que encontraremos mucho trabajo para esas manos ociosas.

Y dicho eso, cruzó la sala de vuelta hacia los ventanales. Se quedó en el mismo sitio donde había estado antes, con las manos cogidas a la espalda, contemplando el almacén de abajo.

Hopper lanzó una mirada a Martha. La mujer había deja-

do de mascar su chicle y, por primera vez desde que la conocía, tenía un aspecto... distinto, de algún modo. No estaba
asustada ni nerviosa, pero parte de su anterior autoridad, de
su arrogancia, había desaparecido. Parecía más pequeña, más
joven.

Igual que Leroy en comisaría.

—Sírveme, Hopper, y sirve a los Víboras, y tendrás un
lugar reservado junto al trono ardiente.

Hopper miró la espalda del líder de la banda y entonces se
dio cuenta de que, reflejada en los ventanales, San Juan podía
ver toda la sala que tenía detrás.

Hopper no dijo nada. Entonces oyó que Martha se desplazaba hacia la puerta.

—Vamos —dijo ella—. Me vendrá bien una copa.

24

Reunión de emergencia

9 DE JULIO DE 1977
Brooklyn, Nueva York

Era eso, tenía que serlo.

Delgado estaba sentada en su sitio de costumbre, cerca del centro de la sala de reuniones principal de la Comisaría 65 mientras, a su alrededor, sus compañeros inspectores iban entrando y ocupando sus asientos. Era sábado y, aunque Delgado tenía de todas formas turno, a los pocos minutos se hizo evidente que el capitán LaVorgna había cancelado los fines de semana de todo el mundo. Los inspectores fueron llenando los asientos disponibles, pero seguían llegando más. Delgado reconoció a miembros del turno de noche del sargento Connelly, que se vieron obligados a quedarse de pie al fondo y contra las paredes de la sala.

Era eso.

Delgado hizo de tripas corazón para oír de qué iban a acusar a su compañero. Se giró, cruzó la mirada con Harris y gesticuló como si no supiera por qué estaba tan llena la sala.

—Igual es que por fin han atrapado a Sam —dijo Harris antes de hundir la nariz en su taza de café.

La llegada del capitán LaVorgna interrumpió el murmullo de las conversaciones. La sala de reuniones tenía un atril en la

242

cabecera, que el capitán muy rara vez utilizaba para hablar, ya que tendía a dejar las reuniones más centradas en los detalles al sargento McGuigan. Pero esa mañana era distinta. El capitán fue a zancadas hasta el atril, dejó en él una carpeta y aferró los lados del mueble de madera con las manos. Miró a los agentes reunidos y luego bajó los ojos hacia sus documentos.

—A las dos cero-cero de esta madrugada, agentes de esta comisaría han acudido a un homicidio por disparo en el South Slope. Han hallado dos víctimas en el escenario, ambos confidentes de los que sabemos que trabajaban con inspectores de esta comisaría. En el registro del escenario, se ha encontrado un arma abandonada, identificada como perteneciente a la policía. De inmediato, se ha realizado el análisis balístico en el laboratorio central de criminología, que ha confirmado que el arma es la que se utilizó para matar a las dos víctimas.

Delgado notó que se sonrojaba. Se quedó sentada en su sitio, muy quieta, con la mirada fija en el capitán mientras este seguía dando detalles sobre el escenario del crimen. Tenía la sensación de que cualquier reacción por su parte, la que fuera, de alguna manera revelaría la tapadera.

Pero, caray, aquello era horrible.

El capitán dejó de informar a sus subordinados y paseó la mirada por la sala. Delgado aventuró un ligero movimiento, el de girarse un poco en dirección a Harris. Estaba sentado a dos sillas de distancia, negando con la cabeza. Delgado vio a otros agentes mirándose entre ellos.

LaVorgna carraspeó para recuperar la atención de la sala.

—El arma está registrada a nombre del inspector James Hopper.

Un respingo colectivo llenó la sala. El capitán volvió a alzar la vista mientras los agentes empezaban a hacer preguntas. Levantó la mano y la sala quedó en silencio.

—El inspector Hopper no se ha presentado al servicio en

más de veinticuatro horas, a pesar de tener turno, y creemos que se ha dado a la fuga. En consecuencia, James Hopper es, ahora mismo, nuestro principal sospechoso para el doble homicidio. Todos los permisos quedan anulados hasta nuevo aviso. Los sargentos McGuigan y Connelly proporcionarán más detalles a sus respectivos turnos.

El capitán abrió la boca de nuevo y entonces la cerró. Luego suspiró y se frotó el caballete de la nariz.

—Escuchad —dijo—, sé que la cosa pinta mal, y creedme, está mal. Pero aún no sabemos lo que ha pasado. Así que recomiendo que sigamos haciendo nuestro trabajo y resolvamos este caso, nos lleve donde nos lleve. Tenemos un deber con esta ciudad y espero que todos y cada uno de nosotros lo cumplamos. ¿Ha quedado claro?

Hubo murmullos de asentimiento. Delgado no se unió a ellos y, cuando volvió a mirar a Harris, reparó en que varios otros inspectores estaban observándola.

—Eso es todo —dijo el capitán—. Sargento McGuigan, por favor.

Este se despegó de la pared en la que había estado apoyado y el capitán le puso una mano en el hombro cuando se cruzaron. Delgado vio al capitán salir de la sala de reuniones mientras el sargento iniciaba su propio discurso.

—Vale, escuchadme todos y escuchadme bien, porque nadie va a irse a ningún sitio hasta que todo esto se aclare.

Mientras los inspectores y los uniformados se acomodaban para el resto de la reunión de emergencia, Delgado abrió su cuaderno y empezó a anotar con meticulosidad los puntos clave que fue enumerando el sargento, manteniendo la cabeza gacha, los ojos en el papel e intentando con todas sus fuerzas desear que su compañero supiera de verdad lo que estaba haciendo.

25

Mensajes secretos

9 DE JULIO DE 1977
Brooklyn, Nueva York

Delgado estudió a Diane a través del espejo unidireccional mientras repasaba mentalmente las distintas opciones que tenía disponibles. En la sala contigua, Diane estaba sentada en la mesa de interrogatorios con los brazos cruzados, una expresión firme en el rostro y la mirada fija en el espejo. Delgado sabía que Diane no podía verla, pero no por ello se sentía más cómoda.

Llevar a Diane a comisaría para preguntarle por la ausencia de su marido —Delgado se negaba a considerarla una «desaparición», dado lo que sabía— era el procedimiento habitual.

Meterla en la sala de interrogatorios, en cambio, no lo era.

Porque Diane no era sospechosa, ni siquiera una testigo. Habían enviado un coche a recogerla en casa y, después de que Diane dejara a Sara con los Van Sabben en el piso de arriba, la habían llevado a la Comisaría 65, directa al despacho de LaVorgna, donde el capitán la había informado de la situación relativa a su marido.

Delgado había estado mirando desde su mesa, al menos hasta que el capitán había vuelto a cerrar la cortina de laminillas de su despacho. Mientras se desarrollaba esa conversación en privado, Delgado había ido a hablar con el sargento McGuigan para pedirle que fuera ella quien tomara declaración a Diane. McGuigan había aceptado sin poner ninguna pega. En el mismo instante en que había concluido la reunión informativa de emergencia, Delgado se había encontrado siendo el centro de un remolino de atención. Casi todo su turno y el turno de noche le habían dado sus condolencias, como si acabaran de decirles que los padres de Delgado habían muerto. Ella las había aceptado según iban llegando, consciente de que la única persona que estaba escrutando sus reacciones era ella misma. Por lo que respectaba a los demás, Hopper había pasado a ser un poli corrupto, implicado en algo que superaba con mucho lo que podía manejar un granjero de Indiana, con violentos resultados.

Delgado no estaba segura de si se sorprendía por la rapidez con que la comisaría entera se había vuelto en contra de Hopper. Parecía que él estaba en lo cierto cuando decía que muchos veteranos del departamento seguían considerándolo un forastero.

Trató de no pensar demasiado en cómo habrían reaccionado si fuese ella a quien el agente especial Gallup hubiera enviado como infiltrada.

En el mismo instante en que Diane salió del despacho del capitán, Delgado se la había llevado. Saltaba a la vista que Diane se alegraba de verla y, aunque era evidente que estaba alterada, parecía haberse tomado las noticias que le había dado el capitán con cierta entereza.

Ahora, sentada en la sala de interrogatorios, Diane parecía más irritada que otra cosa.

«Bien por ella», pensó Delgado. Por supuesto que no creía que su marido estuviera implicado en un doble homicidio, y mucho menos que fuese él quien había apretado el gatillo. Delgado no estaba segura de hasta dónde llegaba la tapadera: ¿de verdad habría dos cadáveres enfriándose en un depósito?

¿Gallup habría llegado tan lejos? ¿O todo se reducía a un engaño muy elaborado, pensado para aguantar solo el tiempo que necesitara Hopper para entrar y salir de los Víboras?

Delgado no tenía esas respuestas. Lo que sí tenía era a la esposa de Hopper, escondida en la sala de interrogatorios. En una situación normal, su entrevista habría tenido lugar en una sala de reuniones, si no en el mismo escritorio de Delgado. La sala de interrogatorios era oscura y olía mal, con las baldosas del techo caídas en una esquina por las humedades del edificio.

El lugar perfecto para asustar a un sospechoso.

El lugar perfecto para mantener una conversación privada.

Delgado respiró hondo y salió de la sala de observación. Cuando entró en la de interrogatorios, Diane alzó la mirada y se limitó a menear la cabeza.

—Rosario, ¿qué cojones está pasando? De verdad espero que puedas darme una explicación.

Delgado se sentó enfrente de ella. Miró el reloj de la pared. Aunque no había ningún motivo concreto para no utilizar la sala de interrogatorios para la declaración de Diane, Delgado sabía que, tarde o temprano, alguien llegaría buscándolas a las dos. Quizá estuviera pasándose de cauta, pero mejor eso que quedarse corta.

—No tenemos mucho tiempo, así que... —empezó a decir Delgado, antes de que Diane negara con la cabeza y alzara las manos del regazo a la mesa.

—¿A qué te refieres? —Diane inclinó la cabeza a un lado—. Escucha, Rosario, es imposible que Jim esté implicado en... lo que sea esto, joder. Lo que me ha dicho el capitán no tenía ningún sentido.

La cara de Diane había enrojecido. Apoyó la espalda en la silla y se frotó la frente. Delgado se fijó en que, a pesar de su actitud valiente, le temblaba la mano.

—Escucha, Diane, tengo que decirte una cosa muy importante. Préstame mucha atención, ¿vale? No debería decir nada, pero le hice una promesa a Hopper y...

Diane se inclinó hacia delante.

—¿Una promesa? ¿Has hablado con él?

Entonces fue cuando Delgado lo oyó. Un sonido muy tenue, procedente de detrás de ella. No giró el cuello, pero sostuvo la mirada a Diane y le hizo una negación con la cabeza casi imperceptible. La frente de Diane se arrugó de confusión, pero al menos Delgado supo que había recibido el mensaje.

Había alguien en la sala de observación. Delgado reconoció el sonido de la puerta al cerrarse. Un sospechoso no se habría dado cuenta, y de todos modos no importaría si se enterase. Pero una cosa estaba clara.

Aquella conversación había dejado de ser privada.

Delgado apretó los dientes, metió la mano en el interior de su chaqueta y sacó una tarjeta de visita y un bolígrafo. A toda prisa, dio la vuelta a la tarjeta, apuntó una dirección y la deslizó hacia Diane, ocultándola tanto como pudo bajo su muñeca. Diane reaccionó deprisa y le siguió el juego, cubriendo la tarjeta con la mano y haciéndola desaparecer bajo la mesa.

Justo a tiempo.

Se abrió la puerta de la sala de interrogatorios y entró el capitán LaVorgna.

—Inspectora Delgado, ¿podemos hablar en mi despacho, por favor?

Delgado se volvió en su silla.

—Sí, señor, solo estaba tomando declaración a Diane para...

—Ahora, por favor, inspectora.

El capitán se quedó de pie con una mano en el pomo de la puerta e hizo un gesto a Delgado con la otra para que saliese de la sala.

Delgado miró a los ojos a Diane, se levantó y salió. A su espalda, oyó que el capitán decía:

—Lamento todo esto, señora Hopper. Enviaré un coche a devolverla a casa. Gracias por su paciencia.

Delgado estaba en posición de firmes, con los brazos en las caderas, delante de la mesa del capitán LaVorgna. La postura era una costumbre que había cogido, y la mayor parte del tiempo ni siquiera era consciente de adoptarla.

Sin embargo, en esa ocasión sí.

La puerta estaba cerrada, igual que la cortina. El capitán movió algunos objetos de su escritorio antes de mirar a su subordinada.

—Puedes descansar, inspectora.

—Estoy bien así, señor. ¿Me dice de qué quiere que hablemos? Tengo bastante trabajo ahora mismo.

El capitán asintió.

—Comprendo tu deseo de ayudar.

Delgado frunció el ceño.

—¿Deseo de ayudar? Señor, solo estoy haciendo mi trabajo. Tenemos a todos los inspectores dedicados a este caso, y querría volver ahí fuera y cumplir con mi parte.

—Eso no será necesario.

—Señor, no estoy segura de...

—La relación entre dos inspectores compañeros es muy especial, Delgado. Y también íntima. Conlleva muchas cosas, tanto en lo personal como en lo profesional.

—No hace falta que me lo diga, señor.

—En realidad, inspectora, puede que sí haga falta, porque no creo que me estés entendiendo. —LaVorgna se reclinó y tiró un bolígrafo encima de la mesa—. Esta investigación te afecta demasiado de cerca. Y no es solo eso: aún eres una inspectora novata, y esto es demasiado para que puedas asumirlo.

Delgado entornó los ojos, pero el capitán se limitó a suspirar.

—Vete a casa, inspectora. Cógete una baja administrativa de una semana, con sueldo completo. Ni siquiera la anotaré en los registros.

Delgado negó con la cabeza.

—De verdad creo que puedo ayudar aquí, señor.

—Y yo de verdad creo que no, inspectora. Necesito saber que mis inspectores pueden llevar este caso sin distracciones ni desafíos por parte de otros que puedan considerar que su implicación es inadecuada.

—¿Desafíos? Señor, yo...

—Vete. A. Casa. Es una orden. Nos veremos dentro de siete días y, con un poco de suerte, para entonces ya tendremos esto resuelto. Por supuesto, te llamaré si hay novedades. ¿De acuerdo?

Delgado respiró hondo y asintió.

—Señor.

El capitán miró a Delgado, que no se había movido.

—Puedes cerrar la puerta al salir, inspectora.

Delgado hizo un mohín y se fue sin decir nada más. Mientras cerraba la puerta a su espalda, miró el reloj de la pared del fondo de la oficina.

Luego cogió el bolso de su mesa y salió de comisaría, haciendo caso omiso a las expresiones desconcertadas de los demás inspectores.

Su destino: Tom's Diner, donde se sentaría a esperar todo el día si era necesario.

Solo esperaba que Diane hubiera entendido el mensaje.

26

Día dos

9 DE JULIO DE 1977
Sur del Bronx, Nueva York

La noche de Hopper en el almacén no fue nada cómoda, pero las había pasado peores. Después de volver a la zona social, Martha y Hopper habían tomado más cerveza, compartiendo un sofá andrajoso con los muelles oxidados. Ese mismo sofá había terminado siendo la cama de Hopper, después de que los demás por fin dieran por terminada la sesión de borrachera y se marcharan. Hopper supuso que habría espacios para dormir en el almacén, porque al despertar encontró desierta la planta principal. Se le habían agarrotado los músculos de la zona lumbar.

—¿Tienes hambre?

Hopper se incorporó de golpe y miró hacia arriba. Martha estaba al lado del sofá, con una caja de pizza en la mano. La soltó en la mesa y se dejó caer en el sofá al lado de Hopper. Abrió la caja y cogió una de las dos porciones de pizza fría. Se echó hacia atrás y se la comió con la boca abierta de par en par.

Pizza fría para desayunar. Hopper suspiró y cogió la otra porción. Lo que de verdad le hacía falta era café, y a litros.

Mientras se comía la pizza seca, miró a su alrededor, pero

Martha y él seguían siendo los dos únicos ocupantes de la planta del almacén.

—¿Dónde está todo el mundo?

—Trabajando —dijo Martha—. Que es lo que deberíamos estar haciendo también. Duermes mucho, amigo mío. La primera noche, vale. La segunda, ni hablar. Si quieres ser de los Víboras, tienes que cumplir las normas.

—¿Esas normas incluyen desayunar pizza fría?

Martha soltó una risotada.

—Es lo mejor que he encontrado. Se te ha pasado la hora de la cantina.

Hopper masticó mientras pensaba en ello. Se volvió hacia Martha, sentada a su lado.

—¿Tenéis cantina?

Martha se encogió de hombros.

—Claro. Al santo le gusta llevar las cosas de cierta manera. Él lo llama «cantina». Yo no lo veo tan claro. Es solo una habitación con mesas y sillas. Nos sentamos allí y comemos de latas. Raciones militares o algo parecido. En serio te digo que los restos de pizza son un manjar comparados con esa mierda.

Hopper asintió.

—Entonces ¿dónde dormimos?

—Eso me recuerda que tenemos que instalarte —dijo Martha—. Estás en el grupo de Leroy y Lincoln, así que tienes un sitio con ellos. —Señaló con el borde duro de la pizza hacia una pila de cajones cercana—. Ve a por una colchoneta.

—¿Colchoneta?

—Claro.

Hopper se levantó y fue hacia los cajones que había señalado Martha, estirando los brazos y las piernas mientras caminaba para desentumecerlos tras una noche en el sofá. La pila de cajones estaba cubierta en parte por lonas. Hopper las retiró y descubrió que el cajón superior no tenía tapa. Dentro había grandes fardos de tejido enrollados con cintas de lona. Hopper metió la mano y sacó uno.

Era una colchoneta enrollable, militar, exactamente igual a aquellas en las que había pasado muchas noches en Vietnam. Dio la vuelta al fardo y comprobó que era una auténtica colchoneta del ejército. Estaba mohosa pero intacta. Los Víboras debían de haber asaltado alguna tienda de excedentes militares.

—Vamos —dijo Martha. Se levantó del sofá y echó a andar hacia la sección de oficinas del almacén—. Te buscaremos un sitio y te pondremos a trabajar.

Se marchó. Hopper la miró.

Los Víboras tenían cantina. Comían raciones militares. Dormían en colchonetas.

Cada vez daban menos sensación de ser una banda callejera y más de ser un ejército privado.

Hopper cargó con su colchoneta y siguió a Martha hacia las profundidades del complejo.

27

Explicaciones

9 DE JULIO DE 1977
Brooklyn, Nueva York

El café de Tom's Diner era tan malo que Delgado se preguntó si no estaría bebiendo de la misma cafetera del día anterior, pero eso no le impidió tomarse tres —no, cuatro— tazas de aquel brebaje antes de que llegara Diane. Llevaba a Sara pegada a la cadera, y Delgado no pudo evitar sonreír al ver cómo a la niña se le iban los ojos detrás de la pila de tortitas con sirope que una de las hoscas camareras estaba sirviendo en una mesa vecina. Mientras se acercaban a su reservado, que casualmente era el mismo que Delgado había compartido con Hopper el día anterior, Diane estaba proponiendo a Sara el trato de que podía tomarse una si se portaba bien mientras mamá hablaba con su amiga. Sara asintió con rápido entusiasmo y, al cabo de un momento, llegaron a la mesa una tortita solitaria y una jarrita de metal, además de café para Diane.

«Buena idea», pensó Delgado. La tortita mantendría ocupada a Sara mientras su madre oía la verdad sobre su marido. Pero fue Diane quien habló primero.

—Escucha, Rosario, más vale que tengas algo bueno que contarme, porque necesito saber lo que pasa y necesito saber en qué anda metido Jim. Sé que no fue un doble homicidio y, nada más verte en la comisaría, comprendí que tú sabes lo que sucede. O sea que déjate de...

Diane hizo una pausa y miró de reojo a Sara, que estaba ocupada en partir su tortita en cuadraditos con el canto de un tenedor. Diane se inclinó hacia Delgado.

—O sea que déjate de gilipolleces —prosiguió casi en un susurro— y dime que Jim está bien.

Delgado contuvo la respiración. En realidad tampoco conocía tan bien a Diane, con la que se había visto quizá dos veces en las seis semanas que llevaba como compañera de Hopper, pero sabía que era tan decidida y fuerte como su marido. Con franqueza, no esperaba nada menos.

Y eso era bueno, porque facilitaría mucho las cosas.

Aunque claro...

Delgado contempló la superficie de la mesa. Delante de ella, Diane pareció captar el cambio en el estado de ánimo y adelantó el torso un poquito más.

—¿Qué pasa?

Delgado alzó la vista.

—No puedo responder a esa pregunta, porque no conozco la respuesta.

Diane suspiró y se recostó en el asiento.

—¿No sabes si mi marido está bien? Creía que tú sabías lo que pasaba.

—Espera, espera. —Delgado alzó una mano—. Sí que sé lo que pasa; no todo, pero sí lo suficiente. Y como dije, le prometí a tu marido que cuidaría de ti. Y tranquilizarte forma parte de esa promesa. O intentarlo, por lo menos.

Diane sacudió la cabeza. Sara levantó la mirada, con la barbilla cubierta de sirope, y sonrió a su madre, que le retiró el pelo de la frente. La sonrisa que esbozó mientras lo hacía no era ni mucho menos tan sincera como la de su hija.

—Entonces, si sabes lo que está pasando —preguntó Diane—, ¿por qué no puedes decirme que Jim está bien?

—Porque no lo sé; esa es la verdad. Ni siquiera sé dónde está.

Diane suspiró. Delgado vio cómo la abandonaban parte de sus energías, de las ganas de pelea, a la vez que se hundía un poco en el asiento de vinilo.

La mujer lo intentaba, se esforzaba, pero decir que aquello era mucho para asimilarlo todo de golpe... en fin, Delgado sabía que era quedarse corta, como mínimo.

—Escucha, Diane, no puedo contarte esto y, si alguien se entera, las dos estaremos metidas en un problema muy serio. Tu marido no está fugado y, aunque quizá yo no sepa dónde está, no ha desaparecido. El doble homicidio es una tapadera. Está trabajando para un grupo operativo federal que intenta desarticular una gran banda criminal relacionada con los asesinatos en serie de las cartas Zener.

Delgado hizo una pausa. Diane la estaba mirando. Sonrió y, entonces, brotaron las lágrimas.

Sara hizo un alto en su demolición de la tortita y miró hacia arriba.

—¿Qué pasa, mamá?

Diane volvió a acariciarle el pelo.

—Nada que deba preocuparte, cariño —dijo, antes de volverse hacia Delgado y secarse las lágrimas—. Cuéntame todo lo que sabes —continuó.

Delgado asintió, dio un sorbo a su café y empezó su explicación.

28

Investigaciones por toda la ciudad

Atardecía el domingo para cuando Delgado llegó a la última dirección de la lista de Jacob Hoeler, un centro comunitario del Bajo Manhattan situado en un edificio achaparrado y moderno entre antiguos bloques de pisos que habían sido divididos en pequeñas unidades industriales.

Era la tercera dirección que Delgado visitaba ese día y, durante ese tiempo, había estado en dos reuniones de Alcohólicos Anónimos y dos grupos de apoyo a veteranos del ejército. No había estado muy segura de lo bien que se toleraría su presencia, pero a la hora de la verdad la recibieron con los brazos abiertos en todos los casos. Por supuesto, no tardó en comprender que ahí todo el mundo era bienvenido y que no se juzgaba a nadie. Para eso estaban los grupos. No solo eso, sino que la participación era tan voluntaria como la asistencia, de manera que Delgado había podido observarlo todo en silencio sin levantar sospechas.

Lo que no tenía tan claro era si aquel era el enfoque más adecuado para la investigación. De las cuatro reuniones a las que había asistido, solo en uno de los grupos de apoyo, uno creado específicamente para veteranos de Vietnam, había encontrado una conexión con los homicidios de las tarjetas.

Y esa conexión ni siquiera era directa. Hablando con varios de los asistentes durante una pausa para el café, Delgado se había enterado de que el grupo al que se había unido era relativamente nuevo, formado a partir de los restos de un grupo de apoyo anterior, que se había disuelto de improviso al desaparecer su moderador.

Ese moderador era Jonathan Schnetzer.

La primera víctima.

Y cuando Delgado les enseñó la fotografía de Jacob Hoeler que había cogido prestada del archivo, dos de los miembros del grupo lo reconocieron, a pesar de la mala calidad de imagen. Sí, había asistido a un par de las antiguas reuniones.

Por fin, progresos; pero aunque Delgado sabía que estaba en el buen camino, la tarea que tenía por delante seguía antojándosele enorme. Había encontrado una pista, pero solo en una reunión de las cuatro a las que había acudido por el momento, y ya iban a ser las cuatro de la tarde. Lo que de verdad necesitaba era hacer averiguaciones en varias reuniones a la vez, pero eso era imposible.

Estaba sola, investigando un caso que ni siquiera le correspondía.

Mientras Delgado miraba por las ventanas de la fachada del centro comunitario, vio el cartel pegado con cinta adhesiva al cristal, casi perdido entre otros avisos parecidos colocados de cara a la calle.

Estaba en el lugar correcto, pero ¿llegaba demasiado tarde?

El cartel rezaba: «Cancelado el taller del grupo de veteranos de las 4 de la tarde».

¿«Grupo de veteranos»? Ese debía de ser.

Delgado respiró hondo, entró en el centro comunitario y se dirigió al mostrador de recepción. La mujer que había tras él se subió las gafas hasta enterrarlas en su cabellera rizada y miró a Delgado de arriba abajo.

—¿Busca algo?

Había llegado el momento de probar un enfoque diferente. Delgado sacó del bolso su placa de inspectora y la sostuvo en alto. La mujer la escudriñó, tras calarse otra vez las gafas. Después miró a Delgado por encima de las lentes.

—¿Ha sucedido algo?

—Soy la inspectora Delgado.

—Ajá.

Delgado se guardó la placa y luego señaló a la ventana delantera, donde estaba pegado el batiburrillo de carteles.

—¿El grupo de veteranos tenía que reunirse a las cuatro?

—Ah, eso —dijo la mujer. Se levantó de la silla y se dirigió a la ventana, acercándose al cristal para asegurarse de que cogía el folio adecuado antes de despegarlo—. Eso ya no tendría que estar ahí. Ese grupo ya no se reúne aquí.

—¿Cuándo fue la última vez que lo hizo?

La mujer volvió a su silla.

—Bueno, déjeme ver.

Junto al codo tenía un voluminoso libro de contabilidad, ya abierto. Se lo acercó y lo hojeó, resiguiendo la primera línea de cada página con el dedo antes de pasarla.

—Vale, aquí está. Fíjese que ya ha pasado un mes entero. Reservaban una sala dos veces por semana, los miércoles por la noche y los domingos por la tarde. —La mujer arrugó la frente y comprobó la página siguiente—. Eso es todo. Tenían pagado el mes entero, pero las últimas ocho sesiones no se hicieron. Lo siento, tendríamos que haber quitado ese cartel hace tiempo. —Hizo una pausa y alzó a vista—. Ah, sí, es verdad.

—¿Ha recordado algo?

La mujer volvió a examinar el mamotreto y golpeó una línea con el dedo, antes de volver a levantar la mirada y subirse las gafas a la cabeza.

—El primer miércoles que se saltaron. El grupo apareció, pero su organizador, no. Preguntaron dónde estaba. Linda, que es mi compañera, hoy no está aquí, intentó llamarle, pero no le cogió el teléfono. El domingo pasó lo mismo. Solo aparecieron un par de personas, pero volvimos a llamar. No contestó.

Delgado tenía la sensación de que sabía cuál iba a ser la respuesta a su próxima pregunta.

—¿Puede decirme cómo se llamaba el organizador?

—Bueno, Linda no está. Podría buscar el número. Aunque ¿no necesita una orden judicial o algo así para eso?

Delgado negó con la cabeza.

—Solo me interesa el nombre.

La mujer sorbió por la nariz y volvió a abrir el libro. Siguió las líneas una vez más con el dedo y luego dio unos golpecitos en la página.

—Sam Barrett.

Alzó el libro y lo giró para que Delgado pudiera leerlo.

Había dado en el clavo. El grupo de veteranos lo dirigía Sam Barrett.

La segunda víctima.

Delgado solo tenía una pregunta más. Sacó la fotografía de Jacob Hoeler y se la pasó.

—¿Ha visto alguna vez a este hombre por aquí?

Las gafas bajaron de nuevo. La mujer se acercó el retrato a la cara y luego lo alejó. Frunció el entrecejo.

—A lo mejor. No lo sé. Cuesta saberlo. Es una mala foto.

Delgado asintió.

—Si pudiera hacer un esfuerzo...

La mujer suspiró, como si Delgado de verdad estuviera desbaratándole el día. Volvió a examinar la fotografía y luego se la devolvió.

—El miércoles. Estuvo aquí el miércoles, cuando todos los miembros del grupo preguntaban dónde estaba su organizador. ¿A qué viene todo esto, por cierto? Aquí no queremos problemas.

Delgado guardó de nuevo la fotografía en su bolso.

—No, no hay ningún problema. Me ha sido de gran ayuda, gracias.

Dio media vuelta y salió del local. Al atravesar la puerta oyó que la mujer del mostrador exhalaba otro pesado suspiro.

Fuera, en la calle, Delgado hizo un alto y recapacitó sobre lo que había descubierto acerca de Jonathan Schnetzer, Sam Barrett y Jacob Hoeler.

Entonces giró sobre sus talones y se dirigió hacia la parte alta de la ciudad.

Había una reunión más a la que quería asistir. Una persona más con la que deseaba hablar.

La doctora Lisa Sargeson.

Delgado consultó el reloj. Si se daba prisa, llegaría justita a la reunión.

29

El rezagado

Delgado llegó al taller de Lisa con unos minutos de antelación, entró abriéndose paso entre un grupo de participantes que se preparaban para sentarse y, mientras se dirigía al fondo de la sala, llamó la atención de la coordinadora del grupo.

—¡Hola, inspectora! No esperaba verla aquí. —Entonces Lisa frunció el entrecejo—. ¿Pasa algo?

—La verdad es que me gustaría hacerle unas preguntas, si es posible.

Lisa arrugó la nariz.

—¿Es importante? Estoy a punto de empezar el taller.

Delgado abrió la bolsa.

—No creo que vayamos a tardar mucho. —Sacó la fotografía de Jacob Hoeler—. ¿Reconoce a esta persona?

Pero Lisa ya estaba negando con la cabeza.

—No, lo siento. ¿Quién es?

Valía la pena intentarlo.

—Se llama Jacob Hoeler —dijo Delgado—. Tenemos motivos para creer que participó en varios grupos de apoyo de toda la ciudad en las últimas semanas.

Lisa apretó los labios.

—Bueno, esto no es un grupo de apoyo, y los participantes son elegidos por una comisión. No lo he visto ni he oído su nombre nunca.

—Vale. ¿Conoce a Jonathan Schnetzer o Sam Barrett?

Lisa negó con la cabeza.

—Tampoco. Nunca había oído esos nombres.

Delgado respiró hondo.

—Bueno, gracias. —Bajó los hombros, decaída, pero, al ver la expresión de desconcierto de Lisa, no pudo contener una carcajada exhausta—. No pasa nada, tranquila —dijo—. Solo intentaba seguir unas pistas.

—Bueno, si puedo hacer algo para ayudarle, no dude en llamarme a cualquier hora. —Lisa abrió mucho los ojos—. No tendrá que ver con las cartas, ¿verdad?

—Me temo que no puedo entrar en detalles —respondió Delgado. Aunque eso no dejaba de ser cierto, lo hacía más que nada por cubrirse el trasero. Si salía a la luz que había estado investigando el caso durante la baja que le había impuesto el capitán, se le caería el pelo—. Pero gracias por su tiempo. —Delgado se volvió y vio que todas las sillas de la sala estaban ocupadas y que los participantes hablaban entre ellos mientras esperaban a que empezase el taller—. Le dejo, que la esperan. Si hay alguna novedad, se lo haré saber.

Delgado recorrió el pasillo que separaba las sillas y empujó las puertas dobles del fondo de la sala. Al salir al vestíbulo, se cruzó con un hombre alto con el pelo muy corto, al estilo militar, gafas plateadas de aviador y una barba cortina que contornaba su marcado mentón. Uno de los participantes, tal vez, un rezagado.

Delgado no le prestó especial atención.

30

Operación Sierpe

10 DE JULIO DE 1977
Brooklyn, Nueva York

—Ha sido una reunión excelente. La felicito por la técnica. Lisa siguió llenando su bolsa. La sesión del grupo de reinserción acababa de concluir, y uno o dos de los participantes seguían remoloneando junto a la puerta, charlando mientras su consejera cerraba la sala.

El hombre avanzaba por el pasillo que había entre los dos bloques de viejas sillas raídas que estaban colocadas de cara a la parte delantera de la sala de reuniones de la vieja iglesia metodista. Cuando Lisa alzó la vista, el hombre señaló las sillas con un gesto y, aunque sus ojos quedaban ocultos tras las gafas de espejo de aviador, ella captó el mensaje.

—Ah, gracias —dijo, agitando un fajo de papeles—. Y, esto... Gracias, me vendría bien una ayudita. Antes hacía que el grupo me ayudase a recoger al final de la sesión, pero luego pensé que así se parecía demasiado al colegio.

El hombre se echó a reír mientras empezaba a apilar sillas y trasladarlas a un lateral de la sala, donde las depositó junto a un vetusto piano vertical. Lisa lo observó con una mano en la cadera. Cuando lo vio dar media vuelta para acarrear el siguiente conjunto de sillas, frunció el ceño.

—Lo siento, pero creo que no nos conocemos. ¿Forma parte del grupo?

El hombre hizo una pausa y luego siguió recogiendo. Era alto, con un bronceado natural, el pelo muy corto y una barba cortina. Además de las gafas de aviador, llevaba una camisa violeta bajo una chaqueta de cuero negro y una cadena al cuello de la que colgaban dos placas rectangulares.

Lisa se tensó, súbitamente recelosa del desconocido. Aunque cualquier participante en el grupo de reinserción debía pasar por un proceso de selección e invitación coordinado con los directivos de la organización benéfica que ofrecía el programa, el salón de actos de la iglesia metodista era un espacio público cuyas puertas estaban siempre abiertas. La organización tenía una reserva fija, pero tampoco era que Lisa cerrase con llave las puertas al principio de cada sesión. Podía entrar cualquiera.

Incluido aquel hombre. Siendo sincera, se parecía a los demás miembros de su grupo; a diferencia de su temporada en el Instituto Rookwood, la organización benéfica no tenía acceso a presos y se veía obligada a trabajar de otra manera, ayudando a reinsertar a quienes ya habían sido puestos en libertad e intentaban crearse una vida nueva y normal fuera de la cárcel. Intentaban identificar a personas en situación de riesgo que acabaran de ser liberadas —cuanto antes se pusieran a trabajar, mejores resultados se obtenían—, de manera que los miembros del grupo, por lo menos algunos de ellos, tendían a ser casos difíciles, por mucho que estuvieran allí de forma voluntaria tras reconocer que debían cambiar algo en su vida o se arriesgaban a terminar otra vez entre rejas.

Los hombres —porque eran todos hombres— que se sumaban al grupo de Lisa también estaban en situación de alto riesgo respecto de otros peligros. Su vulnerabilidad, las incertidumbres de la vida como ciudadanos de a pie, los volvían blancos fáciles de los reclutadores de las pandillas, organizaciones de las que Nueva York no andaba escasa.

Organizaciones como aquella a la que pertenecía aquel desconocido. Porque mientras apilaba su tercera columna de sillas bajo el pretexto de ayudarla a recoger, Lisa vio el parche que llevaba en la espalda de su chaqueta de cuero: una serpiente roja, enroscada, que mostraba su lengua bífida. Por debajo, una palabra: VÍBORAS.

Lisa cogió aire y se acercó el hombre. Ya se las había visto con otros de su calaña. Hacía falta algo más que el parche de una banda para meterle miedo.

—Disculpe —dijo, entrando en el espacio personal del desconocido a la vez que este daba media vuelta—. Tiene que marcharse ahora mismo, o llamaré a la policía.

El hombre alzó las manos y asintió. Lisa dio un paso atrás instintivo, para mantenerse fuera de su alcance. A lo mejor podía dar un grito; aún debían de andar cerca algunos miembros del grupo, porque un puñado de ellos siempre se quedaban un rato al acabar. Eso estaba bien, formaba parte del proceso, les enseñaba a ser amigos, a forjar lazos y a formar su propio grupo de apoyo.

El bolso de Lisa estaba en la parte delantera de la sala. Dentro llevaba un frasco de espray de pimienta y una porra telescópica. Una mujer que vivía en Nueva York debía tomar precauciones.

Podía defenderse sola. Podía con él.

—Perdón —dijo el hombre—. No pretendía colarme. Pero puedo asegurarle que no quiero hacerle ningún daño y que no deseo ocasionar ningún problema.

Lisa dio otro paso atrás. La actitud del desconocido era extraña y su manera de hablar, impropia de un pandillero típico. Era culto, inteligente: distinto. Él mantuvo las manos donde ella pudiera verlas.

—Lo decía en serio. Lo de que hace un trabajo excelente aquí. Un trabajo extraordinario. Un trabajo necesario para ayudar a esta ciudad y sus habitantes. Tengo que felicitarla. A decir verdad, por eso he venido, precisamente.

Lisa ladeó la cabeza.

—¿Ha venido a felicitarme?

El hombre se rio.

—Sí, pero también para ofrecerle un trabajo.

Lisa parpadeó.

—Lo siento, no lo he entendido bien. ¿Ha dicho lo que creo?

El hombre asintió.

—Represento a una organización...

—Una banda, quiere decir —matizó Lisa, señalándolo—. Los Víboras. ¿Ha olvidado que lo lleva anunciado en la espalda de la chupa?

El hombre rio de nuevo.

—Sí, los Víboras. Pero, como he dicho, no somos una banda, sino una organización. Es cierto que tomé prestados algunos elementos de otras fuentes, pero la mía no es una empresa criminal. Es verdad que tampoco somos una organización benéfica como la suya, pero nuestros objetivos son parecidos: ayudar a quienes lo necesitan. Igual que su grupo. Y quiero que se una a nosotros.

Lisa negó con la cabeza y, convencida de que no iba a agredirla, se desplazó hasta la parte delantera. Se cruzó el bolso por encima de la cabeza con un movimiento rápido, recogió el resto de sus materiales y los metió dentro de cualquier manera.

—Lo siento, pero sea lo que sea lo que vende, no estoy interesada. Buena suerte con su grupo, pero yo aquí estoy contenta, gracias.

—¿Está satisfecha con lo que gana?

Lisa hizo una pausa.

—¿Qué quiere decir?

El hombre paseó una mirada por la sala con los brazos extendidos.

—Si la meten en un tugurio como este, le pagarán una miseria, y luego, ¿qué? Se deja los cuernos para intentar salvar una docena de almas cada vez. Venga a trabajar para mí y podrá salvarlas a cientos, además de pagar el alquiler a tiempo.

Lisa negó de nuevo con la cabeza.

—De verdad que es hora de irnos.

El hombre cruzó la sala hacia ella.

—¿No quiere cambiar las cosas? ¿No quiere hacer algo? ¿Algo importante? Usted ayuda a la gente. A eso se dedica. Nació para eso. Venga a trabajar para mí, y juntos podremos ayudar a la ciudad entera.

Lisa suspiró frustrada. Ya le había seguido la corriente a aquel tipo bastante rato, pero había algo que seguía mosqueándola.

—Pero ¿cómo sabe usted quién soy y lo que hago? No forma parte del grupo. ¿Conoce a algún miembro? ¿Ha hablado de él con alguien?

—Ay, doctora Sargeson, sé quién es. Conozco su trabajo. Su tesis sobre metodología de reintegración sociológica es una obra de arte, si no le sabe mal que lo diga. He estudiado su trabajo. La suya es una mente fascinante.

Genial, o sea que era una especie de acosador, aunque estuviera claro que dedicaba el tiempo a investigar en el sistema de bibliotecas públicas en vez de a espiar por las ventanas.

Lisa cogió aire para pronunciar otra negativa, pero el hombre levantó una mano.

—¿Tiene un bolígrafo?

Lisa cerró la mandíbula y luego habló de nuevo.

—Eh... ¿Un bolígrafo?

El hombre asintió y sacó de un bolsillo interior un librillo rojo de fósforos. Lo miró por un lado y el otro, como si estuviera comprobando que no lo necesitaba, y luego le tendió una mano vacía a Lisa, que arrugó la frente pero se descubrió buscando un bolígrafo en el bolso y entregándoselo.

El hombre fue hasta el piano y se apoyó encima para escribir en la tapa abierta del librillo de cerillas.

—Esta es nuestra dirección. Piénselo. Tengo la sensación de que cambiará de idea. Cuando esté preparada, venga a verme. La estaré esperando.

Arrancó la tapa y se la dio a Lisa. En el lado blanco había anotado una dirección del Bronx.

Lisa alzó la vista para mirarle.

—¿Qué es...?

—Su bolígrafo —dijo él, mientras se lo devolvía.

Lisa lo cogió.

Luego el desconocido dio media vuelta y se dirigió a la salida. A medio camino, paró y dijo algo por encima del hombro.

—Ha sido un placer volver a hablar con usted, doctora Sargeson. Espero que tome la decisión correcta.

Salió del salón de actos y Lisa se quedó sola.

Se levantó, temblando, y echó un vistazo al trozo de cartón que tenía en las manos.

Suspiró, lo guardó en el bolso y luego se detuvo, al darse cuenta de que la mitad de las sillas seguían sin recoger.

Tiró el bolso al suelo y se puso manos a la obra para apilarlas, sin poder quitarse de la cabeza la imagen del desconocido.

26 de diciembre de 1984

Cabaña de Hopper
Hawkins, Indiana

Al ver la expresión confusa de Ce, Hopper paró. Consultó su reloj. Se estaba haciendo tarde, aunque sospechaba que, en realidad, él se estaba cansando más deprisa que ella.

Ce formó una O con la boca.

Hopper alzó una ceja.

—¿Tenemos una pregunta en las filas de atrás?

Ce cruzó los brazos.

—¿Cómo... lo sabes?

—¿Cómo sé qué?

—Delgado. Lisa —respondió Ce—. No estabas ahí.

—Buena pregunta —dijo Hopper—. Lo que pasa es que nosotros, Delgado y yo, quiero decir, lo pusimos todo en común después. Tuvimos que tomar declaración a mucha gente y después lo incluimos todo en un gran informe oficial. En realidad, tardamos mucho más en escribir aquel tocho que en la investigación en sí. Hasta nos llevaron en avión a Washington para que lo presentáramos ante un panda de trajeados anónimos en un edificio federal. Y no veas qué tercer grado nos hicieron, aunque no llegué a saber nunca quiénes eran. —Sonrió—. Eso viene a resumirlo todo, bien pensado.

Ce asintió poco a poco, pero su expresión le dejó claro a Hopper que no estaba convencida.

—A ver, soy el primero en reconocer que parte de la información era algo vaga, ¿sabes? Después hicimos lo que pudimos, pero nunca tendremos el cuadro completo de lo que sucedió y de lo que pensaba la gente. —Hopper se inclinó hacia delante sobre la mesa—. Eso también forma parte de lo que significa ser inspector. —Deslizó las dos manos, con las palmas hacia abajo, sobre la mesa, como si ordenase unos naipes invisibles—. Hay que coger un montón de datos diferentes, declaraciones en comisaría, tu propia información, y deducir cómo encaja todo. No es fácil, porque a veces mucha de esa información no tiene ningún sentido, y lo que dice alguien no es lo que sucedió en realidad, aunque esa persona crea que cuenta la verdad. Vamos, que te estoy contando esta gran historia, pero si puedo hacerlo es porque lleva años arrinconada en mi cabeza. A veces hace falta que pase el tiempo para poder volver la vista atrás y entender lo que ocurrió realmente.

Se recostó con las manos en el regazo y se encogió de hombros.

—Pero sí, a veces hay lagunas y cada uno las llena lo mejor que puede, aunque no esté seguro de acertar. Pero, como te decía, son gajes del oficio. Un inspector debe reunir lo que sabe y construir un caso, con la esperanza de que, si ha hecho bien su trabajo y ha sido concienzudo, el resultado se sostenga.

Ce contemplaba la mesa. Hopper no sabía interpretar su expresión, pero no estaba seguro de necesitarlo. La historia era grande, complicada y muy, muy larga, mucho más de lo que había pretendido en un principio.

Pero también resultaba bastante siniestra. No había caído en la cuenta al empezar pero, por mucho que estuviera censurándola pensando en Ce, se preguntó si no se habría quedado corto. Por otro lado, tenía que contar la verdad sobre lo que ocurrió; tanto por él como por ella. Eran unos recuerdos que no había tenido que procesar en mucho tiempo, y Ce necesitaba —y quería— conocer el pasado de Hopper.

Pero... en fin, a lo mejor una historia sobre un culto satánico y un asesino en serie no era la clase de aventura guay que tenía intención de relatarle a su joven ahijada. Intentó recordar cómo era él a la edad de Ce y cómo podría haber reaccionado a esa misma historia.

No estaba seguro de que eso le ofreciera ninguna respuesta.

Volvió a inclinarse hacia delante.

—Mira, enana, es tarde. A lo mejor deberíamos seguir con esto mañana...

Ce levantó la cabeza.

—¡No!

—Hum, vale. —Hopper ladeó la cabeza—. Esto no dará, ya sabes, ¿no te da demasiado miedo?

Ce hizo una pausa, como si estuviera sopesando la pregunta con mucho detenimiento.

—Creo que no —dijo, y luego sonrió—. Solo... regular de miedo. —La sonrisa desapareció—. Lo que pasa...

—¿Qué es lo que pasa?

—¿De verdad que no te pasó nada? —Entornó los ojos, como si estuviera extrayendo las conclusiones lógicas—. Estás aquí, así que no te pasó nada.

Hopper sonrió y, luego, su sonrisa dio paso a una carcajada. Las facciones de Ce se iluminaron y pareció relajarse, y no poco.

—Sí, Ce, salí bien parado de aquello. Vivito y coleando.

La chica asintió, aparentemente satisfecha.

—¿O sea que quieres seguir?

La chica sonrió.

—De acuerdo. ¿Por dónde iba?

Mientras retomaba el hilo de la narración, Hopper pensó en la pregunta de Ce, en su preocupación.

Sí, había salido bien parado.

Por los pelos.

31

Delgado se descuelga

12 DE JULIO DE 1977
Brooklyn, Nueva York

Delgado levantó el auricular del teléfono, luego lo colgó y repitió la maniobra tres veces antes de gruñirse a sí misma y ponerse a caminar trazando un estrecho círculo en mitad de su minúsculo apartamento.

Antes de llevar a cabo lo que se disponía a hacer, tenía que asegurarse de que era lo correcto. La cuestión era que había pasado el día anterior dándole vueltas al tema, porque para cada argumento que se le venía a la cabeza encontraba un contraargumento. Porque si hacía la llamada, la suerte estaba echada; no había vuelta atrás. Tendría que apostarlo todo y apechugar con las consecuencias.

De manera que sí, tenía que asegurarse de que hacía lo correcto. Y si no lo llevaba a cabo ese mismo día, ya sería demasiado tarde.

Su deambular, con cuidado de no resbalar con alguna de las docenas de hojas de papel que había desparramadas por el suelo, la llevó de vuelta al salón. En el sofá estaba su cuaderno, en el que había destilado sus pensamientos y teorías durante varias horas de la noche anterior hasta darles una forma que esperaba que resultase coherente.

273

Recogió la libreta y releyó la última página de anotaciones. En la parte de arriba había dos nombres, rodeados con un círculo, dos burbujas unidas por una raya.

Jonathan Schnetzer. Sam Barrett. Los dos, líderes de grupos de apoyo a veteranos de Vietnam. Grupos concurridos, además... por lo menos hasta que sus organizadores habían desaparecido de repente y se habían visto obligados a disolverse.

La tercera víctima, Jacob Hoeler, era la nota discordante, pero su asesinato encajaba en la teoría de Delgado. A lo mejor estaba todo cogido un poco con pinzas y había sacado una conclusión precipitada, pero... encajaba. Estaba segura.

Porque Jacob Hoeler, agente especial, investigador infiltrado del grupo operativo federal de Gallup, había visitado cada una de las direcciones de su lista; en concreto, los grupos dirigidos por Schnetzer y Barrett.

Y después de cada visita, su líder había sido asesinado y el grupo se había disuelto. Al cabo de poco, el propio Hoeler había tenido el mismo final: muerto a manos del asesino de las tarjetas, como ellos mismos habían visto. Porque el homicida había buscado sus víctimas en los grupos, entre sus líderes —por motivos que todavía eran un misterio para Delgado— y Hoeler estaba tras su pista.

De modo que había que eliminarlo. Se convirtió en la tercera víctima.

Delgado hizo una pausa y negó con la cabeza. ¿Funcionaba la teoría? ¿O solo quería que lo hiciera? Eran dos cosas muy distintas.

¿Y dónde encajaba Lisa, si es que lo hacía siquiera? Cierto, ella sabía lo que eran las cartas Zener y dirigía un grupo en una de las direcciones que figuraban en la lista de Hoeler pero, como Delgado había visto con sus propios ojos, había docenas de organizaciones que usaban como sede el salón de actos de la iglesia metodista.

¿Y qué estaba haciendo Hoeler? Investigaba a los Víboras, pero ¿también perseguía de alguna manera al asesino en serie? ¿O acaso la intersección de su investigación de las pandillas y los homicidios de las tarjetas era pura coincidencia? Y en ese caso, ¿lo habían matado por error, porque el asesino se creía que Hoeler lo estaba siguiendo, cuando en realidad estaba trabajando en algo que no tenía nada que ver?

Delgado contempló las notas hasta que su letra empezó a volverse borrosa ante sus ojos. Tiró el cuaderno al sofá, hizo otro recorrido del apartamento y luego tomó una decisión.

Porque existía la posibilidad de que hubiera descubierto algo importante. Algo útil. Algo que a lo mejor podría incluso ayudar a su compañero, dondequiera que estuviese.

Volvió al teléfono, descolgó el auricular y llamó a la oficina local del FBI. La atendieron después de unos pocos tonos.

—Soy la inspectora Rosario Delgado. Trabajo en la Comisaría 65. Necesito hablar con el agente especial Gallup, ahora mismo.

32

Una decisión

—Escucha, Jerry, no lo entiendo. ¿Qué me estás contando?

Lisa caminaba por su apartamento, arrastrando de un lado a otro el largo cable del teléfono mientras trazaba órbitas en el salón, observando el suelo mientras trataba de entender qué demonios le estaba explicando su «jefe», en la medida en que pudiera considerarse como tal al presidente de la junta directiva de la organización benéfica que financiaba su programa de reinserción.

No tenía ningún sentido, pero ninguno.

—Lo siento, doctora Sargeson —repitió Jerry por el auricular. Lisa lo imaginaba sentado en un despacho pequeño y caluroso en algún punto del Bajo Manhattan—. Pero no sé de qué otra manera quiere que se lo explique. Vamos a interrumpir su programa, con efectos inmediatos. La junta ha aprobado abonarle su estipendio hasta final de mes, pero me temo que a partir de ese momento no habrá más dinero.

Lisa paró en mitad del pasillo.

—No lo entiendo.

La voz de Jerry suspiró por el teléfono.

—Lo siento, de verdad que sí. Pero tenemos muchos gastos y no podemos seguir con su programa piloto, eso es todo.

Lisa apretó con fuerza el auricular. ¿Acababa de decir...?

—¿Programa piloto? ¿Estás de broma, Jerry? Esto no era un programa piloto. Os comprometisteis a financiar el grupo durante un año y, en la revisión que hicimos a los seis meses, dijisteis que los resultados eran excelentes. Es más, dijisteis que eran mejores de lo que podíais esperar. Hasta el condenado departamento de policía de Nueva York, nada menos, escribió una carta de recomendación. ¿Quieres que la saque y te la lea por teléfono, Jerry?

—Doctora Sargeson... Lisa... lo entiendo.

—Pues yo no.

Jerry volvió a suspirar.

—Mira, seré sincero. Es el dinero. No nos queda, ya no.

—¿Qué quiere decir eso de «ya no»?

—Asómate a la ventana, Lisa —dijo Jerry, con un deje exasperado en la voz—. Nueva York ya no es lo que era. Hay gente que ha tirado la toalla con ella, que cree que no tiene arreglo. Y lamento decir que entre ellos se cuentan algunos de nuestros benefactores. De modo que lo siento, pero no podemos permitirnos continuar.

Lisa volvió a su salón hecha una furia y se dejó caer en el sofá del mirador. Negó con la cabeza.

—No podemos abandonarlos sin más, Jerry. La gente del grupo estaba haciendo progresos. Tenemos que seguir. No podemos cancelar las reuniones como si tal cosa. Ya sabes lo que será de ellos.

—No creo que esté siendo justa consigo misma, doctora Sargeson. O con nosotros.

—¿Perdona?

—La junta ha aprobado que ayudará a colocar en otros grupos a los participantes en el programa. Es posible que el suyo fuera el mejor de la ciudad, pero no es la única que intenta ayudar a esas personas. Y su trabajo ha sido excelente.

Es verdad que les ha ayudado. De acuerdo, las alteraciones no son buenas, pero intentaremos minimizar los efectos. Saldrán adelante, y será mérito de usted.

La conversación se prolongó, o por lo menos lo hizo la mitad que corría a cargo de Jerry. Lisa dejó que su mente divagara mientras la voz monótona del presidente de la junta sonaba por el auricular.

No se lo podía creer. Tanto trabajo, tanto tiempo, tanto esfuerzo. Desvanecido. De la noche a la mañana.

No era el primer revés que sufría, desde luego, pero al menos, en el caso del Instituto Rookwood, había sabido ver que el barco se hundía y había escapado. Aquella organización benéfica, en cambio... lo estaba haciendo tan bien, y con tan poco.

No podía renunciar a aquello. No podía... y no quería.

Pero en aquel momento no parecía que tuviera elección. Puso fin a la llamada, mientras Jerry le ofrecía más disculpas, muestras de comprensión y garantías de que en realidad ella era buenísima en su trabajo, ejemplar incluso.

No era ella, eran ellos.

Lisa colgó el auricular y se recostó en el sofá, levantó la cabeza y aulló al techo. Cerró los ojos y permaneció así durante unos minutos.

Entonces se incorporó. No iba a dejar que aquello la detuviera. Sí, era buena en su trabajo. Sí, ayudaba a la gente.

Y a lo mejor podría seguir haciéndolo.

Se levantó y casi se lanzó de cabeza hacia su bolso, que estaba en el suelo junto a la otra silla. Lo abrió de golpe y revolvió el contenido hasta encontrar lo que buscaba, la tarjeta que el hombre de los Víboras le había dado el día anterior. Le dio la vuelta. En el anverso llevaba impreso el nombre del establecimiento del que procedían las cerillas, un local del Bronx llamado Louie's Restaurant, y, en el reverso, en tinta oscura algo difícil de leer sobre el fondo rojo, la dirección que había escrito el desconocido.

¿Era aquello lo correcto? Porque era una locura, ¿no? No tenía ni idea de quién era aquel hombre. Era inteligente y culto, pero tenía aspecto de pandillero y llevaba un parche en la chaqueta, aunque llamara «organización» a ese grupo.

«Ya, claro.»

Pero... ¿y si decía la verdad? Porque era una historia bastante extraña para habérsela inventado. Si formaba parte de una banda, ¿para qué iba a querer contratar sus servicios? Estas no eran famosas por su benevolencia, su preocupación por el bienestar de sus conciudadanos o su deseo de ayudar a los necesitados. Todo lo contrario, en realidad.

De manera que a lo mejor decía la verdad.

O a lo mejor no.

Pero ¿acaso no valía la pena averiguarlo? No podía decirse que tuviera ningún otro compromiso insoslayable.

Ni tampoco otro empleo, dicho fuera de paso, aparte de maga de alquiler. Si aquel hombre decía la verdad al asegurar que podía financiar su propio programa, uno parecido al que ella había intentado organizar en el Rookwood y el que dirigía para la entidad benéfica, pero con los fondos adecuados que le permitieran dedicarle todo su tiempo...

Tomó una decisión. Iría a echar un vistazo. En el peor de los casos, sería un largo viaje en vano a la parte alta de la ciudad.

Pero en el mejor de los casos...

Lisa se guardó la tarjeta en el bolso, comprobó que llevaba el espray de pimienta y la porra, y puso rumbo hacia el Bronx.

33

Visita a domicilio

13 DE JULIO DE 1977
Brooklyn, Nueva York

Delgado seguía escudriñando la lista de nombres situados junto a los botones del portero automático cuando se abrió la entrada del edificio de arenisca. Delgado alzó la vista y se encontró a la persona a la que había ido a visitar plantada en el umbral.

—¡Inspectora! —exclamó Diane, con su hija al costado, agarrada a la mano de su madre—. ¿Tienes alguna noticia?

—Oh, no, lo siento —respondió Delgado, mientras enderezaba la espalda—. Ah... no era mi intención sorprenderte en tu casa.

Diane negó con la cabeza.

—No pasa nada. Llevo todo el día sentada delante de la ventana. He sacado a Sara de la escuela, solo por unos días, hasta que se solucione todo esto. Pero cuando he visto que te acercabas por la calle, he... Bueno, he pensado que había pasado algo. No pretendía tenderte una emboscada.

—Bueno, han pasado un par de cosas... No, no he tenido noticias de Hopper... pero me ha parecido mejor venir a contártelas en persona. Al margen de todo, he pensado que a lo mejor te apetecía tener algo de compañía, y le prometí a tu marido que cuidaría de ti. Y eso es lo que intento. Y bien, ¿vas a invitarme a subir y tomar un té y unas galletas o no?

Diane sonrió y abrió la puerta un poco más.

—Claro, eres más que bienvenida. Me estoy volviendo loca aquí encerrada. Entra, por favor.

Delgado entró en el edificio y Diane abrió la marcha por las escaleras.

—Por aquí.

Delgado la siguió.

34

San Juan del sur del Bronx

13 DE JULIO DE 1977
Sur del Bronx, Nueva York

«Vale, de acuerdo. Esto ha sido un error.»
Lisa era lo bastante madura para reconocerlo. Y, siendo sincera consigo misma, le habían entrado las dudas nada más salir del apartamento. Pero estaba furiosa, y frustrada, y como mínimo necesitaba tiempo para pensar. El trayecto hasta la dirección escrita en el dorso del pedazo de librillo de fósforos había sido una bienvenida distracción.

Mientras avanzaba por la calzada llena de baches de un polígono industrial y contemplaba la combinación de solares enormes cubiertos de malas hierbas y vallados por altas alambradas y almacenes anónimos del tamaño de hangares de aeropuerto que la rodeaban, supo que aquel no era un lugar donde conviniese pasar mucho tiempo. Hacía calor y el cielo estaba azul y despejado, pero aquel no era el mejor barrio para darse un paseo. Hasta el taxi que había cogido para cubrir la última parte del trayecto se había negado a acompañarla hasta la dirección exacta y había optado por dejarla tirada a un par de manzanas de distancia. El conductor se había limitado a expresar una muy desganada preocupación por la seguridad de su pasajera cuando esta había cuestionado su decisión.

282

Lisa llegó al final de la calle, que se había ido estrechando hasta reducirse casi a un callejón encajonado entre dos altos almacenes. Delante se alzaba un tercero; quizá formaran todos parte de un solo complejo interconectado. Ante ella tenía unas puertas dobles lo bastante grandes para dejar pasar un tráiler, pero no había otro camino para seguir adelante.

Lisa se volvió para orientarse. Aquello era una estupidez. Probablemente no estuviese ni siquiera en la dirección correcta, ya que era casi imposible situarse en el polígono industrial si una no sabía de antemano dónde estaba y adónde se dirigía. Había recorrido más o menos un kilómetro y medio desde que el taxista la había obligado a apearse, pero, si estaba en lo cierto, la calle principal en realidad avanzaba en paralelo a la calzada en la que ella se encontraba. Si lograba atajar por alguno de los solares vacíos, llegaría a la civilización —y a otro taxi— mucho antes.

Se retorció las manos y luego levantó la izquierda con los dedos extendidos. Su anillo del humor se había puesto negro, lo que indicaba tensión, nerviosismo o...

O que el anillo estaba roto.

—Trasto inútil —masculló, interrumpiendo el hilo de sus pensamientos mientras bajaba los brazos. El anillo era viejo y había perdido hacía tiempo la capacidad de cambiar de color, pero... ¿había estado así de oscuro por la mañana?

Se dijo que eran imaginaciones suyas y se puso en marcha. El eco del golpe seco de sus botas en la calzada resonaba contra las paredes laterales de los almacenes que la rodeaban. El lugar estaba desierto; Lisa no había visto una sola persona, un coche, un camión o nada en general. Pero eso no la consolaba en absoluto. Era... bueno, «escalofriante» probablemente fuera la palabra que mejor lo describía. Había sido un error ir allí, una decisión precipitada fruto de la cólera y la frustración, pero no pasaba nada, nada de nada, no había problema, podía volver sobre sus pasos, regresar a casa y ahogar sus penas en aquel bareto italiano que había en la calle de su apartamento, un poco más abajo.

A lo mejor tendría que haber ido allí directamente después de su conversación telefónica con Jerry.

Cuando llegó al final de la manzana del almacén y se dispuso a girar a la izquierda para atajar por el solar vacío que había dejado atrás en el camino de ida, un hombre dobló la esquina del edificio.

Lisa lanzó un grito ahogado de sorpresa, se detuvo y luego retrocedió. El hombre le sonrió, mascando chicle y con los dos pulgares metidos por detrás del cinturón de sus grasientos vaqueros. Llevaba una camiseta blanca bajo un chaleco de cuero marrón y, atado a la cabeza, un pañuelo verde retorcido hasta formar un grueso cable.

—¿Te vas tan pronto, señorita? —Avanzó poco a poco hacia ella—. Oh, no, no, señorita, no podemos consentirlo, no, señora. No puedes venir a visitarnos y luego no pasar a saludar. Eso es de mala educación, ya lo creo.

Lisa siguió retrocediendo. Se colocó el bolso delante y abrió la cremallera. Cuando metió la mano dentro, el hombre dejó de mascar chicle y negó con la cabeza.

—Huy, ¿qué llevas ahí dentro, señorita? Quieres jugar, ¿eh?

Lisa sacó del bolso la porra plegable y, con un golpe de muñeca, la extendió. El hombre sonrió y dio tres palmadas.

—Oh, muy bonito, señorita. Muy bonito. Oye, ¿tú qué piensas, Jookie?

Lisa oyó un roce de gravilla a sus espaldas. Dio media vuelta y vio que otro hombre, vestido casi del mismo modo, se separaba de la esquina del almacén de atrás. Volvió a patear la grava para chutar un guijarro grande que resonó contra la pared metálica del almacén y se llevó un cigarrillo encendido a la boca.

—Pienso que con esta vamos a pasárnoslo bien —dijo el recién llegado, Jookie, antes de tirar al suelo el pitillo y lanzar un gargajo detrás de la colilla aún encendida.

Lisa siguió retrocediendo y se obligó a tranquilizarse. Si

quería salir bien parada de aquello, tenía que controlar sus sentimientos y concentrarse. Dos hombres. Vale. Aventajada en número, pero no en armamento, porque ellos no llevaban armas a la vista y la porra era un instrumento temible en las manos correctas.

Manos como las suyas.

Dio otro paso atrás. Los dos hombres se acercaron entre sí por el callejón y chocaron las manos, a modo de saludo, antes de devolver su atención a ella, que retrocedió al mismo ritmo al que avanzaban, para mantener la distancia.

Entonces miró hacia arriba y vio alzarse los almacenes a ambos lados. Había retrocedido demasiado y se había metido en el callejón sin salida.

Fue entonces cuando aparecieron los demás, en lo alto de las azoteas de los almacenes. Cuatro en un lado, cinco en el otro. Demasiado arriba para suponer un peligro, aunque demostraban lo equivocada que había estado Lisa. No estaba sola, ni lo había estado en ningún momento. Se había metido de lleno en la trampa.

Jookie y su amigote se rieron y, desde las alturas, alguno de los otros aplaudió y lanzó un aullido.

Lisa agarró la porra con fuerza. Los demás no importaban. Si lograba zafarse de aquellos dos, podría escapar.

Se oyó un golpe seco y metálico. Los hombres de los tejados volvieron a desaparecer y, delante de ella, Jookie y su amigo se pararon, dieron un salto casi de terror y retrocedieron un paso.

Lisa se arriesgó a echar un vistazo por encima del hombro. Detrás de ella se había abierto una puerta más pequeña, en la que no había reparado antes, dentro de las otras más grandes del hangar. Por ella salió un hombre, cuyas gafas de espejo reflejaban los brillantes rayos del sol.

Pasó por delante de Lisa para encararse con los otros dos.

—No son maneras de recibir a mi invitada —dijo, con voz grave y amenazante.

Los dos hombres se miraron de reojo y luego observaron al recién llegado.

—Ya me ocuparé luego de vosotros —dijo este, y se volvió para sonreír a Lisa—. Qué bien que haya venido. —Luego señaló su porra—. Y me impresiona su preparación, aunque me alegro de que no haya tenido que usarla. Mis hermanos a veces se despistan.

Lisa sacudió la cabeza.

—¿Qué coño es esto? —preguntó—. ¿Por qué me pidió que viniera aquí? ¿Y quién demonios es usted, si puede saberse?

—Ya se lo dije, doctora Sargeson, le pedí que viniera porque quiero su ayuda. Me llamo San Juan, y estos son mis dominios.

»Bienvenida.

35
Novato

Tras dos días de mover cajas y descargar camiones, parecía que los Víboras por fin aceptaban a Hopper lo bastante para confiarle un trabajo de verdad. Leroy y Lincoln habían ido a hablar con el jefe y habían vuelto para llevar a Hopper a la ranchera. Se habían subido los tres y habían salido a la calle en aquel atardecer de principios de verano.

El gimnasio era viejo pero parecía bien equipado. Había potros amontonados contra una pared, y del techo colgaban cuerdas y anillas, cuyos extremos estaban bien atados en los muros. El espacio presentaba un tono marrón uniforme y olía a sudor rancio y café reciente, porque había dos cafeteras humeantes sobre una mesa de caballetes que acababan de montar delante de los potros apilados, sobre la fina estera que habían tendido para proteger el suelo de madera noble de debajo mientras se empleaba el gimnasio con otros fines.

Los tres hombres se quedaron cerca de la entrada. Leroy y Lincoln llevaban ahora camisetas blancas ceñidas, porque habían dejado los colores de la banda en el almacén, mientras que Hopper se había dejado puesta la cazadora de cuero y se había subido la cremallera hasta el cuello para esconder la sangre de su camiseta de Jim Croce. Hacía calor, pero por una vez el aire vespertino era fresco y dentro del gimnasio lo parecía más aún.

O tal fueran imaginaciones suyas.

Porque aquello le daba mala espina, muy mala espina.

En el centro del gimnasio habían colocado un círculo de sillas, algunas de las cuales ya estaban ocupadas, pero el resto de asistentes estaban haciendo tiempo, como Hopper y los dos pandilleros, hablando con otras personas que habían acudido allí con un propósito muy concreto.

Era una reunión de apoyo, eso saltaba a la vista. Pero aquello no era Alcohólicos Anónimos o cualquier otro grupo dedicado a una adicción. No se dedicaba al dolor o al desempleo crónicos o la violencia doméstica. Todos los ocupantes de la sala eran varones y de una edad parecida. Por lo menos un tercio de ellos llevaban viejas chaquetas militares en diversos estados de conservación, y uno sostenía con despreocupación un par de placas identificativas, y contaba con los dedos los eslabones de la cadena como si fueran cuentas de rosario. Casi todos fumaban.

Hopper había leído el cartel de la puerta al entrar y... sí, era entonces cuando había empezado a sentir un escalofrío.

Aquel era un grupo de apoyo para veteranos de la guerra de Vietnam.

Hopper sabía que existían esos grupos y sabía de sobra que eran necesarios. Que él hubiera salido de la guerra indemne y en su sano juicio era una bendición. Vale, Vietnam lo había cambiado, y no iba a fingir que no había sido difícil a ratos, pero lo que esa guerra había hecho a algunas personas... Él nunca había sentido la necesidad de asistir a una reunión como aquella, pero se alegraba de que existieran para quienes sí les hacía falta.

En cuanto a por qué estaba allí en aquel momento, con Leroy y Lincoln, no lo conocía, pero tenía que descubrirlo. El mero hecho de estar en la misma sala que otros veteranos le revolvía el estómago. La presencia de los Víboras —entre cuyas filas se contaba ahora él— era una violación, una invasión de aquel espacio seguro en el que los veteranos habían llegado a confiar.

Hopper se tragó la bilis que amenazaba con subírsele a la garganta y se acercó al círculo de sillas. No quería estar allí ni hacer aquello, pero también sabía que lo movía un motivo justo. Porque había logrado granjearse la confianza de San Juan y, si conseguía continuar por aquel camino, estaría a un paso de descubrir lo que tramaba y por qué sus Víboras tomaban como objetivo los grupos de apoyo como aquel.

Cuanto más averiguara, antes podría poner fin a aquello. A todo aquello.

En cuestión de unos minutos, los hombres que faltaban se habían repartido y habían ocupado sus puestos en el círculo. Leroy y Lincoln estaban sentados uno frente al otro, en las posiciones correspondientes a las tres y las nueve en punto, si se consideraba que Hopper estaba a las seis. Justo enfrente de este último se sentaba un hombre que se parecía a los demás, salvo por sus ojos, que irradiaban una luz que estaba ausente en las expresiones angustiadas de la mayoría de los restantes veteranos. Llevaba una chaqueta de pana que parecía demasiado gruesa para el tiempo que hacía, y en la mano tenía un cuaderno y un bolígrafo.

—Quiero daros a todos la bienvenida y las gracias por venir —dijo. Cruzó las piernas y los bajos de sus pantalones de campaña ondearon como banderas de señales. Luego apoyó el cuaderno y el bolígrafo en la rodilla de encima—. Me llamo George y me alegro de ver que esta noche han venido tantos miembros habituales de nuestro grupo. —Paseó una mirada por los asistentes antes de dejarla en Hopper—. Y también me alegro de ver algunas caras nuevas. —El hombre sonrió y se recolocó el cuaderno sobre la rodilla—. Muy bien, ¿quién quiere empezar hoy?

Hopper oyó un fragor en sus oídos. En los bordes de su

campo visual parecieron centellear unas luces blancas y, antes de que acertara a comprender siquiera lo que pasaba, había carraspeado.

—Ah, hola. Me llamo Jim.

—Hola, Jim —saludaron todos al unísono.

Hopper alzó la vista y les dedicó una sonrisa tensa, sin tener claro del todo lo que estaba haciendo; sin tener claro del todo si era realmente su voz la que oía resonar en el gimnasio.

Vio que Leroy y Lincoln cruzaban una mirada de lado a lado del círculo.

—Ah, hola —repitió Hopper—. Ah, bueno, como he dicho, me llamo Jim y combatí en Vietnam.

Se inclinó hacia delante, apoyó los codos en las rodillas y empezó a hablar.

El café era aceptable como mucho, pero Hopper apenas reparó en el sabor al beberse de un trago el líquido tibio. Después de hablar durante tanto rato, necesitaba algo que le aliviara la garganta. Se sirvió otro y se quedó plantado junto a la mesa, con la taza en la mano, haciendo rodar el cuello con los ojos cerrados. No tenía ni idea de qué mosca le había picado ni de que llevara todo aquello metido dentro, pero...

—Sienta bien, ¿eh?

Hopper abrió los ojos. Uno de los otros asistentes se estaba sirviendo de una cafetera nueva que había llegado a la mesa en algún momento.

Hopper dio otro sorbo a su taza y se encogió de hombros.

—Los he probado peores.

El hombre se echó leche en polvo y azúcar y se acercó a Hopper.

—No, me refería a la reunión —dijo, señalando con la mano del café hacia el círculo de sillas.

—Ah —replicó Hopper con una carcajada—. Ah... sí, en realidad... ¿sabes qué? Es verdad que me ha sentado bien. Me siento... En realidad, no estoy seguro de cómo me siento ahora mismo.

—Te entiendo —dijo el otro—. Me llamo Bob, por cierto. —Le tendió la mano—. Cabo Devlin, Robert Douglas, US096231777. —Miró a Hopper a los ojos—. Te guardo las espaldas, Jim —añadió, repitiendo lo que en apariencia constituía el mantra del grupo de apoyo, como había descubierto Hopper al final de su intervención.

Hopper le estrechó la mano.

—Esto... Sí, te guardo las espaldas, Bob. Un placer.

Tomaron café los dos, apoyados en la mesa mientras veían pulular a los demás. No había ni rastro de Leroy y Lincoln.

Hopper se pasó la lengua por los labios.

—¿Y qué, eres uno de los habituales?

—Sí y no —respondió Bob—. Voy mucho, sí, pero no a este grupo en concreto.

Hopper asintió.

—Ya, había oído que los hay por toda la ciudad. Podemos ir a cualquiera de ellos, ¿no es así?

Bob soltó una risilla.

—Creo que estás pensando en AA. Pero sí, hay grupos en todas partes y, claro, puedes apuntarte al que sea. Pero prefieren que la gente se quede en uno. Con lo que cuesta de por sí volver a la vida normal, dicen que necesitamos estabilidad. Ya sabes, un ancla en la tormenta y tal.

Hopper sonrió por encima de su café.

—A ver si lo adivino: es una de las sabias máximas de George.

Bob se rio.

—Ya veo por dónde vas —dijo—, pero no, eso lo saqué de otro grupo. Uno que era muy bueno, por cierto. Fui miembro habitual durante, no sé, un par de años, puede que más. Buen grupo. Y buen orientador, dicho sea de paso. La verdad es que me gustaba un poco más que George... Bueno, sin ánimo de ofender a George, por supuesto. —Tomó otro trago de

café—. Pero hay unos que parecen tener más que otros ese...
¿qué será? Un don. ¿O es una habilidad? No lo sé. O a lo
mejor solo es cosa del cambio. Ya sabes, nuevo grupo, gente
nueva, cuesta un poco acostumbrarse. Pero eso es culpa mía.

—¿Te has mudado o algo así?

—¿Qué? Ah, no, aquel grupo se disolvió. —Bob se encogió de hombros—. Son cosas que pasan.

—Ah, claro.

—Solo que... bueno, no lo sé. Fue una auténtica pena,
pero además pasó muy de repente, ¿sabes?

Hopper echó un vistazo al gimnasio, pero seguía sin ver a
Leroy o Lincoln. Se volvió de cara a Bob, al que escuchaba
solo a medias.

—¿De repente?

—Bueno, sí —dijo Bob. Estiró el brazo hacia atrás y cogió
otro sobrecito de leche en polvo. Arrancó una esquina con
los dientes y se echó el polvillo blanco en el café—. Nuestro
orientador dejó de venir. Así como suena, se desvaneció sin
más. Ni dejó un mensaje ni buscó sustituto. Sencillamente,
no apareció más. Nadie ha vuelto a saber nada de él. —Bob
hizo una pausa y sacudió la cabeza—. Fue una pena. Sam era
un buen orientador. Diría que uno de los mejores, incluso.

Hopper se quedó paralizado, con la taza a medio camino
de la boca.

—¿Sam?

—Ah, sí, Sam Barrett. ¿Lo conoces?

Hopper dio un gran sorbo a su café.

Sam Barrett. Orientador de un grupo de apoyo.

La segunda víctima.

No dijo nada.

—Bueno, solo espero que se encuentre bien, dondequiera
que esté. —Bob sacudió la cabeza mientras se acababa el
café—. Era uno de los nuestros y sufrió igual que nosotros,
¿sabes lo que digo? Bueno, si me disculpas, he tomado demasiado café esta noche y tengo que ir al servicio.

Hopper se despidió de Bob con un gesto de la cabeza y observó cómo el veterano deslizaba su taza de café y su platito hacia el interior de la mesa y se dirigía al baño.

«Sam Barrett.»

Por supuesto. Hopper sabía que había una conexión entre los Víboras, San Juan y los homicidios de las tarjetas, pero oír pronunciar aquel nombre a otra persona, alguien sin relación con el caso o la banda, hizo que Hopper sintiera más frío todavía.

Fue entonces cuando Leroy apareció al lado mismo de Hopper, que dejó su taza y su platito en la mesa con un gesto brusco. Cerró los ojos y trató de obligarse a calmarse, pero la furia no hizo sino aumentar más y más en algún punto de su interior.

«Ya basta.»

Empujó a Leroy, arrinconándolo contra la pila de potros.

—¿Qué coño pasa aquí, Leroy? —susurró con la mandíbula apretada—. ¿Qué coño se trae San Juan entre manos? ¿Recluta a gente en sitios como este? Por favor, dime que me equivoco, porque si estoy en lo cierto, y se está aprovechando de gente vulnerable, de personas como él, otros veteranos, te juro que lo...

Leroy puso una mueca y se quitó a Hopper de encima.

—¡Oye, tío, cálmate un poco!

—No, no pienso calmarme —replicó Hopper—. ¿Qué planean los Víboras, Leroy? Tú acudiste a nosotros con información, diciendo que querías protección, pero en cuanto se te pasó el subidón de lo que fuera que te habías metido, la información pareció esfumarse.

Leroy se ajustó la camiseta y echó un vistazo a la sala. Ninguno de los veteranos, que empezaban a reagruparse en las sillas, les estaba prestando la menor atención.

—Hopper, tranquilízate, ¿vale, tío? Tienes que ir con cuidado con lo que dices, ¿entendido? Trabajamos juntos en esto, ¿entendido?

Hopper entornó los ojos. Leroy lo miró y luego apartó la vista.

Hopper lo veía venir a un kilómetro de distancia. En sus años de policía había visto todas las señales imaginables.

—¿Qué es lo que no me estás contando, Leroy?

—¿Todo bien por aquí?

Hopper se volvió para ver acercarse a Lincoln. Leroy lo apartó de un empujón.

—Todo bien —dijo.

Lincoln los miró a los dos y luego señaló con el pulgar por encima de su hombro.

—Ha llegado la llamada. El santo nos quiere de vuelta en la parte alta.

—¿Qué? —preguntó Leroy—. ¿Por qué?

—El santo no me dice los porqués, Leroy, y sabe que no voy a preguntarle por ellos. Si quiere que nos movamos, nos movemos.

Dio media vuelta y echó a caminar. Hopper giró sobre sus talones para encararse con Leroy, pero este se escurrió por su lado para seguir a su compañero.

Hopper salió del gimnasio y se cruzó con George, el orientador, que salía del baño. El moderador se paró en mitad del pasillo.

—Oye, Jim, ¿te encuentras bien? Estamos a punto de volver a empezar. Si quieres entrar y...

—Lo siento, George, tengo que irme —dijo Hopper, dando media vuelta para seguir caminando de espaldas hacia la entrada principal—. Pero gracias. Ha sido una gran ayuda, de verdad.

Fuera, el coche lo estaba esperando. Leroy metía ruido revolucionando el motor. Hopper vio que Lincoln se había sentado delante en esa ocasión. Subió al asiento de atrás, cerró de un portazo y se hundió en el respaldo cuando Leroy arrancó a toda velocidad.

26 de diciembre de 1984

Hopper se levantó de la mesa roja y estiró las piernas. Se frotó la cara, se pasó una mano por el pelo y luego se quedó quieto de espaldas a Ce.

Escondiéndole su expresión. Volvió a frotarse la cara y miró de reojo la ventana de la cocina. Entrevió su reflejo, con Ce detrás.

El grupo de apoyo de Vietnam... lo había olvidado. No, eso no era cierto del todo. No podía olvidarlo pero, con el paso de los años, había aprendido a compartimentar, a guardar esa clase de recuerdos en un rincón especial de su cabeza. Un lugar en el que permanecían no olvidados, sino durmientes.

Hasta ese momento. Hasta esa noche, cuando la narración de Hopper había tocado su visita al grupo de apoyo con Leroy y Lincoln.

Además, estaba sorprendido. Lo sorprendían sus sentimientos acerca de aquel recuerdo o, más bien, la profundidad de esos sentimientos. Había visto venir, quizá demasiado tarde, que se acercaba aquella parte de la narración, pero no le había atribuido importancia hasta que había empezado a contársela a Ce.

No había entrado en detalles acerca de lo que había contado en la reunión, por supuesto. Sabía que Ce habría sentido curiosidad al enterarse de lo que estaba pasando, pero él había parado en seco. No pensaba hablar de Vietnam; ya lo habían acordado antes. Aquella historia trataba de Nueva York.

El hecho de que las dos historias, los dos lugares, se entrecruzaran hasta ese punto era algo inesperado, y Hopper se sentía como un tonto. Pues claro que se entrecruzaban.

—¿Estás bien?

Hopper respiró hondo y se dio media vuelta apoyado en la encimera para mirar a Ce, que seguía sentada a la mesa.

—Sí, estoy bien. ¿Tú qué tal? Es una historia muy larga, lo siento. Recuerda que podemos parar cuando quieras.

Ce negó con la cabeza y luego arrugó la frente.

—Tienes cara de cansado.

Hopper se rio y volvió a pasarse la mano por el rostro.

—Bah, nada que no pueda arreglarse con un poco más de café.

Dicho eso, golpeó la encimera con la palma de ambas manos y se volvió para empezar a preparar una nueva cafetera. A su espalda, Ce guardó silencio durante unos instantes, hasta que volvió a hablar.

—Te guardo las espaldas —dijo.

Hopper se quedó paralizado. Ladeó la cabeza y miró hacia atrás.

—¿Qué?

—¿Qué significa?

—Ah. —Hopper sintió relajarse su cuerpo—. Bueno, es una vieja expresión del ejército. Porque, a veces, cuando estás marchando, no ves a tu espalda. O sea que a veces necesitas a un compañero que te ayude y te mantenga a salvo. Y eso es lo que significa, ellos «te guardan las espaldas». A veces la gente lo dice para dar a entender que puedes confiar en ellos, que te ayudarán cuando lo necesites. —Hizo una pausa y volvió a mirar por encima del hombro—. ¿Le ves el sentido?

Ce asintió. Se levantó de la mesa y caminó por la cabaña para estirar un poco las piernas también ella. Hopper la observó durante un momento y luego volvió a ocuparse del café.

Ce apareció junto a la encimera de la cocina.

—Te guardo las espaldas —dijo.

Hopper la miró sin decir nada mientras escudriñaba su cara. Ce la miraba con la barbilla levantada y la expresión firme y seria.

—Puedes... confiar en mí —añadió, repitiendo sus palabras—. Te guardo las espaldas.

La carcajada de Hopper casi explotó desde su garganta. Ce se encogió y dio un paso atrás, con cara de confusión.

—¿Lo he dicho mal?

Hopper negó con la cabeza, se acercó a ella y la estrechó entre sus brazos. Ce unió las manos en torno a su cintura.

—No, enana, lo has dicho perfecto.

Notó que Ce asentía con la cabeza.

—Te guardo las espaldas.

Hopper la despeinó con la mano.

—Y yo a ti, enana. Y yo a ti.

Ce se apartó y olisqueó el aire.

—Café. Puaj —dijo, con la nariz arrugada. Después, como si no hubiera pasado nada, volvió a la mesa roja—. Sigue —añadió.

Hopper soltó una risita y se sirvió un café.

—Sí, señora —dijo.

Volvió a la mesa y se puso cómodo. Delante de él, Ce juntó las manos sobre la mesa y lo miró.

Hopper se rascó la barbilla.

—Vale, ¿por dónde íbamos?

36

Si molestas a la serpiente, te llevas el mordisco

13 DE JULIO DE 1977
Sur del Bronx, Nueva York

Hopper se había calmado para cuando llegaron al almacén y Leroy aparcó la ranchera en el sitio libre que había junto al camión. Ahora, con la cabeza clara, entendía que la reunión del grupo de apoyo le había afectado, pero no podía permitir que aquello lo echara todo por tierra. Tenía que apechugar y seguir adelante con el trabajo que le había encomendado Gallup.

Los Víboras estaban ocupados, porque en el almacén había fácilmente el doble o el triple de las personas que Hopper había visto antes. Al parecer estaban moviendo las cajas de material y había cuadrillas cargando equipo en los vehículos. Habían separado un poco de la pared el camión de plataforma y había un grupo trabajando en el trasto que había en el remolque. Al salir de la ranchera, Hopper vio que era una gran bobina de cable suspendida en un armazón mecánico, por lo que el camión parecía «adquirido» de una compañía eléctrica como Con Edison.

Lincoln desapareció en el interior del almacén. Leroy rodeó el coche desde el lado del conductor para colocarse junto a Hopper, que seguía observando a la cuadrilla del camión.

—Tienes que calmarte un poco, tío —susurró.

Hopper asintió. Leroy tenía razón, y lo sabía, y no había nada que replicar, de modo que, en lugar de defenderse, señaló el camión.

—¿Para qué es todo esto? ¿Qué se trae San Juan entre manos?

Leroy se encogió de hombros, pero su expresión era tensa.

—Ya te lo he dicho, no lo sé.

—Ellos sí —dijo Hopper, señalando a la cuadrilla con la cabeza—. Habrá alguien que les dé órdenes, instrucciones. Lo único que pasa es que tú nunca estás delante cuando San Juan se las da, ¿verdad?

—Mira, tío —siseó Leroy, echando un vistazo a su alrededor para asegurarse de que nadie los escuchaba—, no estoy en tu departamento. San Juan es muy fan de la organización y las reglas. Cada uno de los Víboras tiene su sitio, su trabajo particular, ¿vale? O sea que no, no sé lo que están haciendo, y por eso estamos aquí plantados, ¿no? ¿Qué quieres que hagamos? ¿Acercarnos al santo como si tal cosa y preguntarle qué trama y cuándo va a pasarse el diablo por aquí a tomarse unos cócteles en el balcón?

—No —respondió Hopper—, pero ya va siendo hora de que obtengamos algunas respuestas.

Hopper se irguió, se apartó del coche y caminó hacia una pila de las cajas de embalaje que poco a poco estaban trasladando al remolque de una de las camionetas restantes aparcadas en batería junto a la hilera de motos. Eran unas cajas largas y relativamente bajas.

Hopper tuvo la sensación, muy inquietante, de saber lo que contenían.

Mientras el resto de la cuadrilla andaba ocupado, Hopper aprovechó la ocasión. Había una palanca en el suelo. La recogió y estaba a punto de hacer saltar la tapa de la caja de encima cuando una pesada mano aterrizó en su hombro.

—¿Buscas algo, hermano?

La mano le hizo volverse. Era Lincoln, y no parecía muy contento. Su mirada bajó a la palanca que Hopper tenía en la mano.

—¿Qué coño haces?

Lincoln le dio un empujón. Hopper aterrizó contra la esquina de la caja que había pretendido abrir, y la afilada punta se le clavó en la parte baja de la espalda. Lanzó un grito de dolor, dio un traspié y cayó a cuatro patas a la vez que la palanca se le escapaba de las manos. Se disponía a levantarse cuando sintió un tirón brusco en la parte de atrás de su cinturón.

—Pero ¿qué coño?

Hopper se levantó, solo para encontrarse a Lincoln plantado ante él, con su propia pistola en la mano.

Lincoln miró el arma y luego a Hopper. A este no le hizo ninguna gracia su expresión.

—¿Quién cojones eres, tío? Leroy dice que eres un poli fugado, ¿y resulta que llevas escondida encima tu propia pipa? Joder, tío, me pregunto si de verdad eres un fugitivo o si no habrás venido aquí con ganas de ser un héroe.

El encontronazo había llamado la atención del resto de los Víboras, que dejaron lo que se traían entre manos y se fueron acercando, casi de uno en uno, para formar un círculo alrededor de Hopper y Lincoln.

Hopper echó un vistazo al cerco de caras. Todos los pandilleros lo miraban fijamente, igual que Lincoln. No veía a Leroy por ninguna parte.

Lincoln escupió en el suelo de cemento, hizo crujir el cuello moviéndolo de lado a lado y luego sopesó la pistola en la palma de la mano. Hopper dio un paso adelante y luego se paró cuando Lincoln levantó el arma y le apuntó a la cabeza con ella.

—Lo que tienen los héroes —dijo Lincoln— es que no existen. Los héroes son cosa de los tebeos. Cualquiera que viva en una ciudad como esta lo sabe perfectamente. En Nueva York nadie lleva capa y en los Víboras nadie lleva placa.

—¿Va todo bien?

Lincoln volvió la cabeza de golpe al oír la voz. Hopper apretó los dientes mientras observaba cómo los pandilleros se separaban para dejar pasar a la recién llegada.

Martha atravesó el círculo hasta colocarse junto a Lincoln, caminando como una modelo en la pasarela, con un pie delante del otro.

—Martha W., tengo esto controlado —dijo Lincoln.

Movió la mano para sujetar mejor la pistola, pero algo había cambiado. El equilibrio, el peso de la situación, se había desplazado. Lincoln ya no estaba al mando.

Ahora era Martha la que tenía el control.

Esta rodeó a Lincoln, sin prestar atención a la pistola, y se acercó a Hopper, que se quedó quieto mientras ella se agachaba y recogía la palanca. Después volvió hacia Lincoln con la herramienta colgando de una mano de tal modo que el extremo ahorquillado iba dando golpecitos en el suelo del almacén.

—A alguien le ha picado la curiosidad, ¿eh? —dijo. Se detuvo junto a Lincoln y lo miró a la cara—. El jefe quiere verte.

Lincoln hizo rodar el cuello. La pistola subió y bajó un poco, pero siguió apuntando a Hopper.

—Te he dicho que tengo esto controlado.

—Y yo te he dicho que el santo quiere verte, y no le gusta que le hagan esperar.

Lincoln ladeó la cabeza y luego, con un suspiro, bajó el brazo de la pistola. Lanzó una miradita a Martha y después le entregó el arma y se marchó con cara de pocos amigos, sin mediar palabra.

Hopper observó aquella sucesión de acontecimientos procurando no moverse para no alterar el delicado equilibrio de la situación. Martha, con la palanca en una mano y la pistola en la otra, alzó la barbilla hacia él.

—Tienes algo que no me gusta, novato —dijo—. Es como un olor. Ya me apestó algo la primera vez que te vi, solo que entonces no sabía lo que era. Pero sabía que no me gustaba.

—Estoy aquí porque quiero —replicó Hopper—. Estoy aquí para trabajar para San Juan. Pregúntale a él.

—Ya, ya, San Juan me habló de ti —dijo Martha—. Pero mira, novato, creo que esto lo haremos a mi manera, para variar, y no a la suya.

Después de decir eso, tiró la pistola al suelo, fuera de su alcance y del de Hopper. Levantó la palanca y luego trazó un arco con ella que arrancó chispas del suelo con la punta. A su alrededor, los pandilleros volvieron a cerrar el círculo. Alguien aplaudió, otro lanzó un grito de ánimo y, en un visto y no visto, Hopper se descubrió en el centro de un ruedo, enfrentado a Martha, que empezó a dar pasos empuñando la palanca en una mano como una espada.

Hopper se armó de valor. Iba desarmado y, aunque Martha era más menuda que él, era fuerte; la había visto manejar el mazo para entrar en la tienda la otra noche y luego cargar con el botín como todos los demás. En una vida como la suya, los que no se volvían duros se quedaban por el camino.

Pura selección natural, de toda la vida.

La supervivencia del más apto.

El ganador se lo lleva todo.

—Si quieres formar parte de esto —dijo Martha—, vas a tener que demostrarlo.

Se lanzó hacia delante blandiendo la palanca.

37

El secreto del almacén

13 DE JULIO DE 1977
Sur del Bronx, Nueva York

El complejo de almacenes era inmenso. Tal como Lisa había supuesto, no se trataba de una serie de edificios separados y aislados, sino de una sola instalación interconectada. Dedujo que San Juan debía de tener a su disposición importantes recursos para haber adquirido una sede como aquella.

Y eso no era lo único que San Juan tenía a su mando. Mientras recorría el complejo con él, Lisa vio que los Víboras estaban muy atareados. La llevó a través de naves enormes llenas de personas que trabajaban ante mesas largas, montando, limpiando y reparando equipo. Unos soldaban componentes electrónicos, otros atornillaban complicados mecanismos y algunos embalaban unos artefactos más pequeños en cajas.

Lisa no tenía ni idea de lo que estaban haciendo, y su guía no se lo explicó. Pero algo en lo que sí se fijó fue en el silencio. No el del trabajo en sí, porque los ecos de todo aquel trajín resonaban en los grandes espacios del almacén, sino el de los trabajadores, que se mantenían enfrascados en su labor sin hablar.

—¿Por qué me enseña todo esto? —preguntó Lisa mientras pasaban por delante de otra hilera de trabajadores.

San Juan se detuvo junto a la mesa y se volvió.

—Porque quiero que lo entienda.

Lisa frunció el entrecejo.

—¿Que entienda el qué? —Señaló a los obreros que tenían cerca—. Ni siquiera sé lo que hacen.

—Quiero que entienda que aquí estamos trabajando. Le dije que no éramos una banda. Y no lo somos. Somos una organización, dedicada a hacer de Nueva York un lugar mejor. Para conseguir nuestros objetivos, debemos unirnos con un fin común. Debemos seguir un camino, uno del que no nos desviemos nunca, uno que sepamos correcto. Lograr eso requiere obediencia y voluntad de poder.

Lisa se limitó a negar con la cabeza.

San Juan sonrió e hizo chasquear los dedos. De inmediato, el trabajador que tenían más cerca dejó lo que estaba haciendo, que era fijar los paneles laterales de alguna clase de aparato con un largo destornillador.

—Henry-O —dijo San Juan—, tú trabajas para mí, ¿verdad?

—Sí. —Ni el rostro ni la voz del hombre expresaban sentimiento alguno.

—Harías lo que fuera por mí, ¿verdad?

—Sí.

Lisa palideció. No entendía lo que estaba pasando, pero no le gustaba ni un pelo. A su alrededor los otros seguían trabajando, como si fueran del todo ajenos a su presencia.

—Gracias, Henry-O —dijo San Juan—. Me has servido bien. Ya sabes qué hacer.

Al oír eso, el trabajador levantó el destornillador que tenía en la mano y se lo llevó a la garganta. La punta se le clavó con fuerza en la piel.

Lisa se lanzó a por el destornillador, llevada por el puro instinto.

—¡Para! Pero ¿qué haces?

Tiró del brazo del hombre y le obligó a bajar el destornillador. Por el cuello le descendía un hilillo de sangre.

A su lado, San Juan se rio. Volvió a chasquear los dedos y el brazo de Henry-O se quedó fláccido, lo que hizo que las manos de Lisa cayeran de golpe a la mesa al desaparecer la resistencia.

Lisa dio media vuelta para encararse con San Juan.

—Esto es enfermizo. Es usted un enfermo.

—No, esto no es una enfermedad —dijo él—. Es poder.

—Deme un buen motivo por el que no deba salir por la puerta ahora mismo y denunciarle a la policía.

—Oh, doctora Sargeson, espero poder darle más de uno. Usted quiere cambiar el mundo, ¿no es así? Y juntos eso es exactamente lo que podemos hacer.

Le indicó por señas que siguiera caminando. Lisa apretó los puños, temblando de rabia, miedo y cien emociones más. En la mesa, Henry-O había vuelto al trabajo como si no hubiese pasado nada.

Entonces, sin acabar de creer lo que estaba haciendo, Lisa salió de la sala detrás de San Juan.

La oficina era grande, y su posición en lo más alto de un bloque de otras cuatro ofrecía una vista espléndida de una nave inmensa a través de dos paredes de ventanales. San Juan entró delante en la habitación y luego la cruzó hacia una puerta más pequeña situada detrás de un gran escritorio. La abrió y le indicó a Lisa por señas que pasara.

—¿Por favor? Tenemos mucho que hablar.

Lisa atravesó la puerta y se descubrió dentro de una habitación pequeña, un archivo con las paredes cubiertas de estantes metálicos cargados de libros y archivadores de cartón. En el centro de la sala había una mesita redonda con dos sillas colocadas frente a frente. Sobre la mesa había un cuchillo de plata con una empuñadura y unos gavilanes desproporcionados que le daban apariencia de crucifijo, más que de arma, y un cáliz del mismo material lleno de una sustancia oscura.

Se acabó. Ya había tenido suficiente.

Lisa dio media vuelta para marcharse, pero San Juan estaba plantado en el umbral. Cerró la puerta y obligó a Lisa a retroceder hasta que tropezó con una de las sillas.

—Siéntese, por favor. Le explicaré lo que hacemos aquí y por qué le he pedido que venga.

Lisa, escasa de opciones, sacó la silla de debajo de la mesa y se sentó. Echó un vistazo a la habitación y reparó por primera vez en que todos los libros trataban de psicología y psiquiatría; textos académicos, en su mayoría, casi todos los cuales le resultaban familiares.

Entonces los vio. Entre los archivadores había un juego de carpetas, todas ellas etiquetadas con una pegatina blanca en la que habían escrito dos únicas palabras.

INSTITUTO ROOKWOOD

—¿Qué...? —Miró a San Juan, que estaba sentado al otro lado de la mesa, con la boca abierta por la sorpresa.

—¿De dónde las ha sacado? ¿Quién cojones es usted?

San Juan sonrió.

—¿Me está diciendo que no se acuerda de mí? ¿O no me reconoce?

Lisa negó con la cabeza, confundida.

—He sido un gran admirador suyo —dijo él—. Sus artículos sobre el pensamiento de grupo y el poder de la sugestión. Fascinantes. Incluso hablamos un poco de ellos cuando nos conocimos.

Lisa entornó los ojos mientras su cabeza pensaba a mil por hora. Entonces volvió a mirar los archivadores.

«El Instituto Rookwood. Por supuesto.»

Se hizo la luz. Lo vio como entonces, con el pelo más largo, la barba poblada cubriéndole la cara. Y sin gafas de sol, claro.

San Juan asintió, al verle en la cara que por fin lo había reconocido.

—Participé en el programa piloto —dijo—. Fui uno de los seis primeros presos.

—Yo... —susurró Lisa—. No tenía ni idea. Pero... ¿qué hace ahora? Me ha dicho que dirige su propio programa. ¿Aquí? —Señaló los archivos con un gesto—. ¿Lo está basando en mi trabajo?

—Dirijo un programa, sí —respondió San Juan—. Usted y su trabajo son solo el principio. Cuando la conocí, reavivó algo que llevaba dentro. Me recordó un pasado que había intentado olvidar; un trabajo que había realizado hace mucho, mucho tiempo. Podría incluso llamarlo inspiración divina.

—¿Divina?

San Juan no hizo caso de la interrupción.

—He estado trabajando duro, estos últimos meses. Hay tanto que hacer, para tenerlo todo listo... Pero he hecho un buen uso de ese tiempo. Usted no es mi primera recluta. Ni mucho menos. Llevo meses despachando a mis hermanos a la ciudad, con la orden de buscar a los perdidos, los necesitados. Para traerlos aquí, conmigo, donde puedo enseñarles la verdad, donde puedo revelarles el plan. Donde puedo ponerlos a trabajar. Donde puedo ponerla a usted a trabajar.

Lisa negó con la cabeza y se dispuso a levantarse...

Pero no podía moverse. Bajó la vista y vio que sus manos aferraban los brazos de la silla, pero... no podía moverlas. Ni las piernas. Estaba paralizada.

—Se avecina el día de la Sierpe —dijo San Juan asintiendo con la cabeza—. Usted también lo ha visto, ¿verdad? Se lo veo en los ojos. Pronto la oscuridad cubrirá la tierra, y Él reclamará Su trono.

Lisa contempló sus reflejos gemelos en las gafas de espejo de aquel hombre. Se sentía... mareada, pero no adormecida, sino despierta, viva, poseída por una corriente eléctrica que hormigueaba por todo su cuerpo. Sentado ante ella, San Juan se le antojaba lejano, demasiado incluso para tocarlo. A su alrededor, los estantes de metal del pequeño cuartito parecían ondular, como olas batiendo contra una playa.

Sonó un golpe fuerte a su espalda. Alzó la cabeza de golpe, y la habitación cobró de nuevo nitidez, al igual que San Juan, que adquirió una definición cristalina ante ella.

Parecía enfadado.

—Fuera —dijo a quienquiera que acabase de irrumpir por la puerta.

Lisa flexionó los dedos y descubrió que podía volverse en la silla. En la puerta vio a uno de los hombres de San Juan.

—Hay problemas abajo —dijo este.

—Pues ocúpate de ellos.

—Son el nuevo y Martha. Creo que debería bajar.

San Juan, con las fosas nasales dilatadas por la ira, se levantó. Echó un vistazo a Lisa y luego salió hecho una furia, dando un portazo tan fuerte que hizo temblar los estantes.

Lisa se levantó de un salto de la silla, dando gracias por haber recuperado la capacidad de moverse, sin saber si lo que acababa de experimentar había sucedido siquiera en realidad.

Sin embargo, había una cosa de la que estaba segura: la habían dejado encerrada.

Tiró del pomo y lo sacudió, pero no sirvió de nada.

Pero una puerta cerrada no iba a detenerla. Pegó la oreja a la madera y cerró los ojos para escuchar, antes de arrodillarse. Se sacó del pelo una horquilla de metal, la desdobló y hurgó con ella en la cerradura, agradecida por todo el tiempo que había dedicado a estudiar escapismo como parte de su número de magia... aunque nunca hubiera pensado que aprovecharía esas habilidades para salvar la vida.

38

Escondite

13 DE JULIO DE 1977
Sur del Bronx, Nueva York

—¡**B**asta! Hopper y Martha dejaron de trazar círculos uno alrededor del otro y miraron los dos hacia el lugar donde había sonado la inconfundible voz de San Juan. Los mirones se apartaron una vez más para dejar que el cabecilla de la banda se colocara delante de los dos contendientes. Los miró desde detrás de sus gafas de sol de espejo y luego se desentendió de ellos para dirigirse a los pandilleros reunidos.

—Que todo el mundo vuelva al trabajo.

Nadie se movió.

San Juan giró sobre sus talones. Abrió los brazos y sus ropajes púrpuras se desplegaron de lado a lado.

—¡A trabajar!

Esa vez, la gente le hizo caso. Los mirones se dispersaron y salieron disparados en todas las direcciones para escapar de la cólera de su líder.

San Juan volvió donde estaban Hopper y Martha: el primero con los puños alzados, la segunda con la palanca en la mano. San Juan se desentendió de Martha y se interpuso entre ambos de cara a Hopper.

Detrás de este, Hopper vio la mirada que Martha lanzaba a su amado líder. Destilaba un odio puro y abrasador.

A Hopper aquello le pareció interesante. ¿Estaba enfadada solo porque había interrumpido la diversión? ¿O acaso su furia entroncaba con una animosidad más profunda contra el cabecilla de la banda?

San Juan se dirigió a Martha, sin apartar la mirada de Hopper.

—Martha, ¿escoges este momento para desafiar a nuestro nuevo amigo? Sabes tan bien como yo que se acerca el día, ¿verdad?

Entonces San Juan dio media vuelta para encararse con la mujer con una celeridad que sorprendió a Hopper. Martha se echó atrás ante su imponente presencia y la palanca arañó el suelo mientras retrocedía a trompicones.

—¡¿Verdad?!

Martha asintió.

—Sí, San Juan, sí.

—Entonces te sugiero que vuelvas al trabajo —dijo el cabecilla, poniéndole una mano en la mejilla y dedicándole una sonrisa a la que ella no correspondió.

Luego San Juan dejó caer la mano y se volvió de nuevo hacia Hopper, quien vio que Martha lanzaba otra mirada colérica a la espalda de su líder —con lo que confirmó que, en efecto, su furia tenía por destinatario al propio San Juan— antes de dar media vuelta y alejarse.

—Debo disculparme por el comportamiento de mi... asociada. —San Juan ladeó la cabeza—. Entiendo que quieres saber lo que estamos haciendo aquí, ¿verdad?

Hopper no dijo nada.

—A lo mejor ya va siendo hora. Venga, tengo cosas que enseñarte.

San Juan se volvió y arrancó a caminar hacia la escalera del otro extremo del almacén.

Hopper lo siguió.

—¿Usted cree en el sacrificio, señor Hopper?

San Juan subió por la escalera metálica hasta el segundo nivel de las oficinas del almacén. Una vez más, saltaba a la vista que aquel lugar llevaba años abandonado: los despachos no eran más que cascarones vacíos, con el enladrillado a la vista y cubiertas de grafitis casi de arriba abajo. Mientras avanzaban, Hopper vio que los espacios estaban cada vez más llenos de cajas, ya que los Víboras estaban usando las oficinas como zona de almacenamiento adicional.

Necesitaba saber lo que contenían esas cajas. Al igual que las que había visto en el almacén propiamente dicho, eran rectangulares, largas pero no muy altas.

Necesitaba ver el contenido con sus propios ojos.

—Es una pregunta difícil, lo entiendo.

Hopper alzó la vista y perdió el hilo de sus pensamientos al ver que San Juan se había parado en el pasillo y se había girado de cara a él. El propio Hopper se había detenido delante de una de las salas destinadas a almacén. San Juan llevaba un rato observándolo, observando cómo miraba.

—Deja que te explique cuál creo que es la respuesta. —San Juan se acercó un poco más. La mirada de Hopper fue a dar en las placas identificativas que resplandecían colgadas de la cadena que llevaba al cuello—. Creo que la respuesta es «sí». Creo que la respuesta es que tú crees en el sacrificio tanto como yo. Creo que lo entiendes como lo entiendo yo. Te lo veo en los ojos.

San Juan hizo una pausa. Estaba tan cerca que Hopper notaba su aliento en la cara.

—Dicen que los ojos son el espejo del alma —prosiguió San Juan—. Y yo creo que es cierto. Creo que es muy cierto. Y créeme, cuando te miro a los ojos, y me asomo a tu alma, veo esa verdad escrita en ella. Veo el sacrificio. Veo la fe.

«Ves exactamente lo que quieres ver —pensó Hopper—. Un reflejo de ti mismo, y nada más.»

—Veo la comprensión, nada habitual, de que hay trabajo por hacer —prosiguió el jefe de la banda, y asintió—. Los dos hemos vivido muchas cosas; hemos visto muchas cosas. Y ahora, aquí estamos, preparados, expectantes, dispuestos. De modo que sí, lo entiendes. Tus manos son las de Él, unas manos que Él dirigirá como lo hacen nuestra misión. Él usará nuestras manos como si fueran las Suyas propias, utilizándonos como se emplea una herramienta, con un fin tan singular como verdadero. Él lo ve. Él ve la verdad de tu alma, porque esa alma ahora es Suya. Tú le perteneces tanto como yo, y por eso nos regocijamos.

Hopper respiró poco a poco por la nariz. Estaba claro que San Juan le tenía una gran consideración, sin más motivo aparente que el hecho de que ambos habían combatido en Vietnam.

¿Era ese el motivo de que Leroy y Lincoln le hubiesen llevado al grupo de apoyo para veteranos? San Juan concedía mucha importancia a la experiencia militar.

Por supuesto. El grupo de apoyo —los grupos, en plural— eran un caladero de reclutas. San Juan buscaba gente; gente de la clase adecuada, por lo menos a sus ojos.

Gente còmo Hopper: un veterano que tenía tanto experiencia como un deseo acuciante de... hacer algo. En el caso de Hopper, los dos atributos eran ciertos, pero aquel hombre había logrado tergiversar el segundo hasta formar una fantasía a la que San Juan se había aferrado con las dos manos, hasta el punto de elevarlo de novato a favorito.

A esa distancia, Hopper distinguía perfectamente la información grabada en las placas identificativas. El formato coincidía con el de las que él mismo guardaba en un cajón en su casa:

SAINT
JOHNATHAN
RA098174174
A POS
CATÓLICO

Hopper miró a San Juan —Jonathan Saint— a la cara. Su reflejo le devolvió la mirada por partida doble desde las lentes plateadas y convexas de las gafas de aviador. El pasillo de las oficinas estaba bien iluminado y, mientras miraba, Hopper creyó apreciar una leve sombra de movimiento tras los cristales cuando el cabecilla de la banda parpadeó.

—Si los ojos son el espejo del alma —dijo Hopper—, ¿por qué lleva esas gafas?

«¿Qué intentas ocultar a tus seguidores?»

San Juan sonrió y le dio unos golpecitos en el pecho con el dedo.

—Sabía que eras especial. En el país de los ciegos hay quienes pueden ver, hermano, hay quienes pueden ver. Tú y yo somos los elegidos. Él te ha enviado a mí para que cumplamos Su obra... y qué gloriosa es.

San Juan se giró y arrancó a caminar por el pasillo. Luego se paró y dio media vuelta de nuevo al descubrir que Hopper no lo seguía.

—¿Quién es «Él»? —preguntó este, extendiendo los brazos—. ¿Para quién estamos haciendo todo esto?

San Juan sonrió.

—Lo hacemos para nuestro amo.

—¿«Nuestro» amo?

—«El» amo. —San Juan se le volvió a acercar—. La gente Lo conoce por muchos nombres, pero el que Él me susurra al oído es Satanás. Y pronto Él caminará entre nosotros, que Lo acompañaremos hasta Su trono de fuego.

Dicho eso, San Juan se alejó.

Hopper tardó unos segundos en recomponerse y armarse

de valor para seguirlo, en vez de salir corriendo en la dirección contraria a toda velocidad.

San Juan lo llevó hasta su oficina, situada en el nivel superior, subiendo esa vez por unas escaleras internas, en lugar de por las metálicas del exterior. Desde luego el lugar era enorme, aunque estuviese desprovisto de actividad. En varios puntos, Hopper creyó oír a gente trabajando, porque llegaban golpes metálicos y ruidos sordos desde las entrañas del complejo, como si una parte del almacén siguiera albergando la actividad industrial que había motivado su construcción original, fuera cual fuese. Sin embargo, para cuando San Juan le hizo pasar a la gran oficina, Hopper no había visto a ningún otro pandillero.

El despacho parecía igual que la última vez que Hopper lo había visto pero, nada más cruzar el umbral, San Juan se adelantó, rodeó el escritorio y se dirigió a una de las dos puertas que había en la pared de detrás, que se encontraba entreabierta.

—¡No, no! —siseó San Juan entre dientes a la vez que abría del todo la puerta.

Hopper se le unió. La habitación del otro lado era un pequeño archivo, lleno de estanterías y carpetas de cartón. En el centro del cuarto había una mesita redonda con dos sillas a juego. No había más puertas.

San Juan dio media vuelta y empujó a Hopper con el hombro para salir hecho una furia del cuartito a la oficina principal y acercarse a la pared curva de cristal que daba al almacén propiamente dicho. Abrió una hoja del ventanal y gritó a sus esbirros de abajo.

—¡Leroy, Lincoln! ¡Subid aquí! Traed a vuestra gente. ¡Ya!

Abajo, Hopper vio que los hombres se ponían en marcha a toda prisa. Varios de ellos se levantaron de un salto de los viejos sofás colocados junto a las hogueras encendidas en bidones de petróleo y corrieron hacia las escaleras.

—¿Pasa algo? —preguntó Hopper.

San Juan se volvió. Hopper vio cómo le palpitaba el pulso en el cuello, con un eco en la sien.

—Nada que no pueda manejar —dijo, y luego señaló a Hopper—. Nada que no podamos manejar.

Después volvió a su mesa. Tras echar un último vistazo al archivo vacío, se volvió y abrió el cajón superior del escritorio. Desde su posición junto a la ventana, Hopper no distinguía lo que había dentro, pero el líder de la banda asintió una vez con la cabeza y luego cerró el cajón, al mismo tiempo que la puerta de la oficina se abría de golpe y entraban corriendo Leroy y Lincoln, con la respiración agitada tras la carrera escaleras arriba. Detrás de ellos se agolpaban varios pandilleros más.

San Juan los miró y luego se dirigió a los grandes archivadores. Abrió el segundo cajón, que no estaba cerrado con llave, sacó un folio grande y, con un floreo, lo extendió sobre la mesa de reuniones. Los otros se reunieron alrededor de ella, Hopper incluido. Al examinar la hoja de papel, vio que era un plano del almacén y las oficinas. Como había sospechado, lo que llevaba visto hasta el momento solo era una pequeña parte del complejo. Al parecer los Víboras se habían hecho también con un par de las naves industriales contiguas, y el bloque entero estaba conectado por una serie de puentes y pasadizos a varias alturas.

El líder de la banda empezó a señalar varios puntos del plano.

—Leroy, coge a tu equipo y poneos a peinar el lado este. Dividíos en dos: un grupo que coja la escalera hasta arriba del todo y el otro que empiece por abajo. Lincoln, haz lo mismo, dividíos y ocupaos del sector oeste. No paréis de buscar arriba y abajo. Enviad a unos cuantos hombres para que cubran las salidas, en el lado norte y el sur. Si esa mujer sigue en el edificio, podemos arrinconarla en el centro.

«¿Esa mujer?»

Los otros asintieron, en apariencia dispuestos a seguir las instrucciones del jefe sin la menor confusión. Hopper no sabía lo que pasaba, pero creía poder adivinarlo.

Alguien, por lo visto una mujer, estaba encerrada en el archivo y había escapado. Se preguntó quién sería. ¿Delgado? No, ella sabía lo que Hopper estaba haciendo y, lo que era más importante, confiaba en él. Nunca se metería de por medio.

Entonces ¿de quién se trataba?

San Juan dio otros golpecitos en el mapa.

—Hopper, llévate a varios hombres de Leroy. Empieza por aquí y ve avanzando, cubriendo la zona central y las oficinas. Lo repito: si está aquí, podemos empujarla a salir a campo abierto.

Hopper miró al líder.

—¿A quién buscamos?

San Juan enderezó la espalda y habló sin mirar a Hopper, porque sus espejos seguían apuntando al plano de la mesa.

—A alguien muy importante. En marcha. —Les indicó por señas que se fueran.

Los demás entraron en acción de inmediato y se agruparon enseguida en pequeños destacamentos de dos y tres hombres. Leroy habló con su grupo y luego señaló a Hopper con la cabeza.

—City y Reuben irán contigo —anunció a la vez que dos pandilleros se adelantaban.

Hopper los reconoció de su anterior ronda de presentaciones: City era un joven de cara larga y melena rubia recogida bajo un pañuelo rojo; Reuben, un hombre negro y más mayor con el pelo cortado a cepillo con una precisión milimétrica. Mientras Leroy y Lincoln partían con sus equipos, Hopper saludó con la cabeza a sus dos hombres.

Tuvo una idea. Se volvió hacia la mesa y le hizo un gesto a San Juan.

—Mira, tengo experiencia en esto. Fui poli durante años, sé organizar una búsqueda por cuadrícula. ¿Puedo?

San Juan extendió las manos y dio un paso atrás para dejar sitio a Hopper, que se acercó y giró el mapa para orientarse. Recorrió una zona con el dedo, pero sus ojos estaban puestos en otra parte, estudiando otras secciones, intentando grabarse el mapa en la memoria.

—Vale —dijo, al cabo de otro momento—. Si nos separamos, podremos abarcar más terreno. —Señaló el mapa—. City, ocúpate de este sector. Reuben, ve hacia aquí. Yo me quedo el centro. Como ha dicho el jefe, actuaremos como una tenaza. Si nuestro objetivo está en el centro, lo tenemos. Si no, lo empujamos hacia aquí o hacia aquí, y los otros lo atraparán. ¿Entendido?

Los otros dos asintieron y City le dio a Reuben una contundente palmada en la espalda mientras se ponían en marcha.

Hopper volvió a repasar el plano con la mirada y luego se incorporó. San Juan lo estaba mirando, con los brazos cruzados.

—Buena planificación, hermano.

Hopper se pasó la lengua por el labio inferior, pero no respondió. En lugar de eso, se despidió con un gesto de la cabeza y partió hacia el interior del complejo.

La escala que tenía la operación de los Víboras inspiraba a Hopper dos reacciones diametralmente opuestas. Por un lado, era asombrosa, porque la banda al parecer se había adueñado de un bloque entero de naves industriales para sus propios fines. No sabía cuántos pandilleros habría allí, pero estaba claro que San Juan necesitaba el espacio para algo.

Por otro lado, el hecho de que hubieran ocupado el complejo de almacenes con tanta facilidad no tenía nada de sorprendente. Nueva York era una ciudad de flagrantes contradicciones. En la parte más baja de Manhattan, las torres gemelas del World Trade Center rozaban el cielo, testimonio del aguante y la ambición de una ciudad que se precipitaba hacia la peor crisis económica de su historia. Más arriba, el Midtown seguía en auge, mientras que la crema de la sociedad neoyorquina seguía disfrutando del lujo en el Upper West Side.

Hopper ni siquiera se atrevía a imaginar cuánto duraría todo aquello. Porque, como había visto con sus propios ojos, a otras partes de la ciudad les iba mucho peor. Nunca había trabajado de policía en el Bronx y nunca había sentido el menor deseo de servir en aquel barrio. Había oído más que de sobras sobre él incluso antes de partir de Hawkins. La mala gestión de sus dirigentes había afectado a diferentes partes de la ciudad de Nueva York de distintas maneras, pero el Bronx era casi como otro planeta, uno compuesto de edificios en ruinas o incendiados entre solares vacíos e hileras de bloques de pisos al borde del colapso. Encontrar en aquella zona un complejo industrial abandonado y adaptarlo a sus propios fines en realidad no les debía de haber resultado tan difícil a San Juan y sus seguidores. Además, era una base de operaciones perfecta: lo bastante grande para que la banda pudiera crecer y para convertir las instalaciones en un cuartel general con todas las de la ley, con espacio suficiente para acumular recursos, equipo y material bélico; lo bastante alejado de las zonas residenciales y comerciales existentes —y ocupadas— para que nadie los molestara, incluida la policía, a la vez que les permitiría avistar a cualquiera que lo intentase; y lo bastante céntrico para concederles un fácil acceso a la ciudad.

En pocas palabras, San Juan lo había hecho bien. Tal vez padeciera alguna especie de delirio, cuando no una enfermedad mental, pero saltaba a la vista que era un experto en planificación y logística. Había mencionado que en Vietnam lo habían destinado a unas «tareas especiales». Hopper se preguntó qué significaría aquello exactamente.

También quería saber qué era lo que San Juan planeaba, y por qué. Y había llegado la oportunidad perfecta para averiguarlo. Aprovechando que la banda andaba buscando a la prisionera fugada —porque Hopper no podía creer que la mujer, fuera quien fuese, estuviera allí de forma voluntaria— y que él mismo formaba parte de la batida, dispondría de la libertad que necesitaba para echar un vistazo y escarbar un poco, sin levantar más sospechas.

Perfecto.

Recorrió con paso decidido los pasillos vacíos, intentando reproducir el trazado en su cabeza. Aquel lugar era un laberinto. En un principio Hopper había supuesto que la fugitiva ya habría encontrado la salida y habría escapado, pero después de media hora de asomarse a una habitación detrás de otra y embocar pasillo tras pasillo, no estaba tan seguro. Había perdido la noción de dónde se encontraba y el mapa que había trazado en su mente estaba olvidado desde hacía un rato, pero oía el ruido que hacían los otros al buscar, ya que en apariencia no concedían demasiada importancia al sigilo mientras cazaban a su presa.

Por supuesto, para ellos aquello no era más que otro juego. Más deporte.

De momento, la búsqueda del propio Hopper por los almacenes no había revelado del todo lo que él se esperaba. Al parecer aquella parte del edificio se utilizaba, más que nada, para guardar comida. Las viejas oficinas y salas de juntas estaban más o menos llenas de cajas de madera y cartón, pero las que Hopper había abierto contenían latas de jamón, paquetes de leche en polvo y fruta en conserva. Había suficiente para alimentar a un ejército.

La idea no le hacía mucha gracia a Hopper.

Por lo que respectaba a la fugitiva, no había visto ni oído nada. Al llegar al final de un pasillo que desembocaba en una escalera del lado oeste, estaba a punto de dejar la zona y probar una planta más abajo, cuando se detuvo.

Ahí. Un sonido. Por encima del eco de los ruidos de la batida que reverberaban en el hueco de la escalera del oeste, estaba seguro de haber oído algo mucho más cercano, en su nivel: un sonido que salía de un poco más atrás por el pasillo que acababa de recorrer.

Volvió a captarlo. El chirrido de una puerta y el inconfundible roce de un zapato en el duro suelo de cemento.

La fugitiva. Tenía que ser ella. Había esperado a que Hopper pasara de largo escondida en una oficina. Demasiado enfrascado en su búsqueda particular, él no había detectado su presencia.

Hopper dejó que se cerrase la puerta de la escalera y luego deshizo su recorrido por el pasillo hasta llegar al primer cruce. Dobló la esquina con sigilo, apretó la espalda contra la pared y se puso a esperar con la cabeza vuelta hacia el sonido.

Los pasos volvían a acercarse. Alguien avanzaba, lento pero seguro, por el pasillo, al otro lado de la esquina.

Hacia él.

Hopper se preparó, aunque no estaba muy seguro de qué esperar. Pero le vinieron dos ideas a la cabeza.

En primer lugar, si era él quien capturaba a la fugitiva, eso aumentaría su prestigio entre los Víboras. Su líder ya había aceptado a Hopper como hombre de confianza, y en bastante poco tiempo, al parecer espoleado por su experiencia común en Vietnam. Pero los demás, dejando de lado a Leroy, seguían siendo una incógnita. La banda había disfrutado con el pequeño espectáculo de Martha y, desde luego, a Lincoln no le caía bien. Aun contando con el apoyo de San Juan, Hopper no estaba seguro de lo afianzada que estaba su posición entre los Víboras.

No obstante, en segundo lugar, si Hopper podía alcanzar a la fugitiva el primero, podía utilizar aquello en beneficio propio de otra manera. Porque, aunque no supiera quién era aquella persona, existía la posibilidad de que una enemiga de San Juan pudiera convertirse en aliada suya. El líder de los Víboras había dicho que la prisionera era alguien importante. Si así era, quizá supiera lo que tramaba la banda o su líder.

A lo mejor ella podía proporcionarle a Hopper la información que necesitaba transmitirle a Gallup.

Dos pasos más, lentos y sigilosos, pero en el aire muerto del pasillo sonaron como campanadas en los oídos de Hopper. Aguzó todos los sentidos para intentar formarse una imagen mental de la persona que se acercaba, deducir su tamaño y si iba armada. Sabía que la prisionera era mujer, pero eso no significaba nada, nada en absoluto. La hermana de Leroy, Martha, era la mitad de grande que él pero también más que capaz de tumbarlo. Hopper no podía dar nada por sentado.

Si tan solo pudiera leer a la persona a través de la sólida pared, como si fuera el dibujo de una carta Zener...

Se tensó y se preparó para la acción. La persona casi había llegado a la esquina.

Fue entonces cuando oyó otro sonido: una puerta que se abría, pasos pesados y un parloteo en voz muy alta. Era otra partida de búsqueda, que enfilaba por un pasillo cercano. En cualquier momento se toparían con Hopper. El ruido ya había espantado a la persona del otro lado de la esquina, cuyos pasos se habían detenido.

Hopper tenía que actuar, y deprisa.

Apretó los dientes y dobló la esquina con un movimiento veloz.

Entrevió algo rojo y la expresión de sorpresa de la mujer de larga melena castaña y luego se detuvo en seco, casi a media zancada.

Lisa Sargeson lo miraba con los ojos muy abiertos.

Detrás de Hopper se oyó a los pandilleros que se acercaban. Este se llevó rápidamente un dedo a los labios para indicar a Lisa que guardara silencio y luego señaló en la dirección de la que procedía ella y asintió con la cabeza. Lisa captó el mensaje de inmediato, salió disparada pasillo abajo y se metió por la puerta más cercana, seguida por Hopper.

Aquella oficina tenía ventanas, que empezaban a la altura de la cintura, a lo largo de toda una pared, la que daba al pasillo donde se habían encontrado. Lisa se agachó y se deslizó debajo del viejo escritorio, que era todo cuanto quedaba del mobiliario de la habitación. Hopper se dispuso a seguirla pero se detuvo cuando vio que no había sitio para los dos.

Lisa lo miró con expresión angustiada. Él le indicó con una seña que no pasaba nada y luego se desplazó hasta la pared, donde se arrodilló para quedar por debajo de la altura de las ventanas. Si entraban los pandilleros, que lo encontraran a él no era tan problemático como que dieran con ella.

Los pandilleros avanzaron por el pasillo armando un jaleo que parecía más escandaloso todavía después del sigilo de Hopper. La oficina estaba a oscuras y el pasillo, iluminado; Hopper vio desplazarse las cinco sombras por el suelo y el lateral del viejo escritorio a medida que los pandilleros recorrían el pasillo. Después se levantó y se asomó por encima de la repisa de la ventana de la oficina para observar cómo atravesaban el cruce que había más adelante y seguían su camino.

—¿Vía libre?

Hopper giró en redondo a la vez que Lisa asomaba la cara por encima del borde del escritorio. Asintió y le indicó por señas que podía acercarse. Ella salió de su escondrijo pero se mantuvo agachada.

—¿Qué cojones haces aquí? —le preguntó a Hopper.

—Estoy infiltrado, trabajo para un grupo operativo federal. Pero ¿qué haces aquí tú? San Juan te tenía encerrada en su trastienda. —Hopper echó otro vistazo al pasillo y se volvió de nuevo hacia Lisa.

—Es una larga historia —respondió ella.

—Pues empieza a contarla.

—Me ofreció trabajo.

Hopper la miró atónito.

—¿Qué? ¿Trabajo? ¿De qué?

Lisa se encogió de hombros.

—No estoy segura. Pero era solo una artimaña, en cualquier caso. Me ha invitado a subir aquí y me ha hecho una visita guiada, pero luego me ha encerrado en aquel cuartucho. —Se pasó las manos por el pelo y sacudió la cabeza, con la mirada puesta en el suelo en vez de en Hopper—. Ha intentado obligarme a...

Hopper sintió que se le helaba la sangre en las venas.

—¿A qué?

Lisa volvió a sacudir la cabeza.

—Da igual. Pero escucha, esto no se parece a ninguna banda callejera con la que haya trabajado antes. Es algo raro, no sé, como un cruce entre un ejército privado y una especie de secta. San Juan tiene dominada de alguna manera a esta gente. Está obsesionado con lo que él llama el día de la Sierpe: una especie de profecía apocalíptica que él cree que está a punto de cumplirse.

Hopper frunció el ceño.

—¿Estás segura de que tú no crees también en ella?

—¿A qué te refieres?

—La fiesta del Cuatro de Julio. Cuando entraste en trance hablaste de la oscuridad que se avecina, una gran nube, negra como sierpe.

Lisa entornó los ojos y esbozó una mueca de confusión.

—Lo siento, no recuerdo nada de aquello. —Hizo una pausa—. ¿De verdad dije eso? Ostras.

—Sí, eso mismo digo yo. —Hopper cambió de postura manteniéndose en cuclillas, para ponerse algo más cómodo—. ¿Vas a decirme que no existe ninguna conexión entre los Víboras y tú?

—No, sí que hay una. Conozco a San Juan.

Hopper sintió una punzada familiar de adrenalina en el pecho.

—¿Lo conoces?

Lisa asintió.

—Trabajé con él hace tiempo, durante un viejo estudio en el que participé, en un sitio llamado Instituto Rookwood. Era uno de los delincuentes del grupo que se apuntó al programa piloto. No llegamos muy lejos antes de que lo cancelaran, pero él estaba en aquel grupo.

Lisa le informó de lo que había descubierto de labios de San Juan estando en su compañía. Hopper la escuchó con atención procesando lo que decía. Después, cuando acabó, asintió.

—Vale. Tenemos que sacarte de aquí.

—¿A mí? ¿Qué pasa contigo?

Hopper negó con la cabeza.

—A juzgar por lo que acabas de contarme, el día de la Sierpe es algo muy gordo. Necesito descubrir de qué se trata.

—¡Pero yo puedo ayudarte!

—Sí que puedes: saliendo de aquí. Ve a la Comisaría 65 de Brooklyn y habla con la inspectora Delgado. Cuéntale todo lo que sabes y ella se lo transmitirá al grupo operativo.

—De acuerdo —dijo Lisa—. Pero ¿cómo salgo de aquí?

Hopper se frotó a barbilla.

—Tengo un contacto aquí dentro, él podrá echarnos una mano. Pero antes tengo que encontrarlo. ¿Estarás bien aquí?

Lisa asintió.

—Vale, genial. Deja la luz apagada y mantente escondida, ¿de acuerdo? Iré lo más aprisa que pueda.

—Buena suerte —dijo Lisa.

Hopper se despidió de ella con un gesto de la cabeza, se puso de pie y se marchó, cerrando la puerta de la oficina a sus espaldas con un leve chasquido.

39

Hallazgos peligrosos

13 DE JULIO DE 1977
Sur del Bronx, Nueva York

Hopper desanduvo sus pasos lo mejor que pudo y descubrió que recordaba el trazado de las instalaciones mejor de lo que se había pensado. No tardó mucho en llegar al bloque central de oficinas y, siguiendo las voces de las partidas de búsqueda, logró localizar a la cuadrilla de Leroy.

—Hola, tío, ¿ha habido suerte?

Hopper negó con la cabeza y miró de reojo a los dos acompañantes de su cómplice de infiltración. Tenía que ser rápido y no dejar lugar a dudas.

—Alguien ha visto algo en el edificio oeste —dijo Hopper. Señaló con la cabeza a los otros dos—. Vosotros, id a por Lincoln y su grupo y dirigíos hacia ese lado. Leroy y yo saldremos a la calle y entraremos por la parte de atrás. Así la arrinconaremos.

Los dos pandilleros se miraron mientras procesaban las improvisadas instrucciones de Hopper. Fue Leroy quien tomó la iniciativa y dio una palmada.

—Ya habéis oído al colega, en marcha, ¡en marcha!

Con eso pareció bastar. Los pandilleros dieron sendas palmadas en el hombro a Leroy al dejarlo atrás y luego aceleraron pasillo abajo. Hopper esperó a perderlos de vista para volverse hacia Leroy.

El joven asintió con una sonrisa sardónica en la cara.

—¿Qué, dónde está? —preguntó.

Hopper le puso una mano en el hombro y lo atrajo hacia sí para poder bajar el tono.

—Se llama Lisa y tienes que sacarla de aquí. Tiene información importante para los federales, ¿entendido? Debe llegar sana y salva hasta Gallup. —Miró a Leroy a los ojos—. ¿Crees que podrás sacarla sin que os pillen?

—Yo me encargo.

Hopper le indicó lo mejor que pudo cómo llegar a la vieja oficina y Leroy le escuchó asintiendo con la cabeza y dijo que sabía por dónde ir. Hopper se despidió de él y luego echó un vistazo a su alrededor para orientarse. Estaba en la planta baja de la zona de oficinas principal, por lo que el despacho de San Juan quedaba cuatro pisos por encima de su cabeza.

Perfecto.

Saber que Lisa, con un poco de suerte, pronto sería libre hizo que Hopper sintiera un gran alivio, como si le hubieran quitado de encima un peso y eso le dotase de una nueva sensación de apremio y de energías redobladas.

Iba siendo hora de inspeccionar con más atención esos almacenes.

Tras adentrarse en los pasillos del bloque central, que ya reconocía, Hopper se metió en la primera oficina vacía que había visto antes. La habitación estaba llena de cajas de madera, todas ellas apiladas en columnas de seis que le llegaban a la altura del pecho. En ese momento reparó en que todas llevaban estampada una especie de marca distintiva tachada por un par de trazos rápidos de pintura negra en aerosol.

Hopper se acercó a la caja que tenía delante. La tapa estaba

clavada, por lo que iba a necesitar una herramienta para abrirla, algo como la palanca que tenía antes en el almacén. Mirando a su alrededor vio que en aquella oficina no había nada
que le fuera a resultar de utilidad. Renegó entre dientes, salió
con cautela al pasillo y probó en la oficina de al lado, y luego
la siguiente.

Tuvo suerte. Al igual que la habitación en la que había
dejado a Lisa, aquella todavía conservaba un viejo escritorio,
apartado contra una esquina. La superficie era de madera
pero, al mirarla bien, Hopper se fijó en que los cajones situados a ambos lados eran metálicos. Sacó uno y lo levantó para
examinar cómo estaba hecho. Eran cuatro planchas de metal
sujetas por los lados mediante cuatro tornillos. La base era
una lámina metálica lisa que vibró cuando la tocó.

Se llevó el cajón a la primera oficina, lo dejó en el suelo y,
mientras lo sujetaba pisando la parte de atrás con la punta de
la bota, agarró el asa con las dos manos. Dos tirones bruscos
y el cajón se combó, lo bastante para que pudiera sacar la lámina metálica de la base.

Aquella herramienta improvisada era mejor que nada. Con
ella se acercó a la pila de cajas e introdujo el canto de la lámina
bajo la tapa de madera de la primera. Fue alternando entre hacer
palanca y deslizar la plancha más adentro hasta que abrió una
brecha lo bastante ancha para meter los dedos. Después de eso
los clavos saltaron con facilidad. Hopper apoyó la tapa contra
la pila, junto a la lámina metálica, y miró dentro de la caja.

Era exactamente lo que sospechaba. Dentro, reposando
sobre un lecho de paja, había un arma. Para ser precisos, un
fusil de asalto Kalashnikov, también conocido como AK-47,
de diseño soviético y fabricado en algún lugar del bloque del
Este. El AK-47, que apenas había cambiado en los treinta
años anteriores, combinaba una sencillez sorprendente con
una gran eficacia, con lo que requería poco mantenimiento y
poca habilidad para utilizarlo, lo que lo convertía en la primera opción del mercado negro para los grupos guerrilleros

de todo el mundo y, más cerca de casa, para los grandes cárteles de la droga.

Sin embargo, para una banda de Nueva York, aquello era un armamento muy pesado. Hopper levantó el fusil y le hizo un examen superficial. No necesitó emplear muy a fondo sus conocimientos sobre armas de fuego para saber que la pieza que sostenía era auténtica. Aguantó el feo fusil con una mano mientras inspeccionaba la caja. Contó cinco ejemplares más enterrados en la paja, lo que arrojaba un total de seis fusiles por caja. Delante tenía una pila de seis cajas idénticas, y había por lo menos una docena de pilas en aquella habitación. Multiplicando aquello por el resto de oficinas destinadas a almacenamiento, por no hablar de los montones de cajas que había abajo en el almacén propiamente dicho, la escala de la operación de San Juan resultaba terrorífica.

No estaba montando una banda, sino un ejército. Un ejército acaudillado por un demente, un veterano de Vietnam que había vuelto de la guerra con su propia idea sobre cómo cambiar el mundo.

Que había vuelto, en apariencia, no oyendo la voz de Dios, sino la de su divina oposición. Que utilizaba esa fe para convencer a sus seguidores de que había llegado su momento, de que los esperaba un mundo mejor, en el que ellos estarían al mando.

Tan solo tenían que obedecer sus órdenes.

El día de la Sierpe, el día en que el mismísimo diablo llegaría a la Tierra y tomaría Nueva York como su reino.

Eran paparruchas, pura fantasía, por supuesto. San Juan era un hombre dañado, pero era imposible que creyera en el diablo. Sus soflamas pseudobíblicas eran un recurso fácil para elevarse por encima de su banda, una manera sencilla de mantener el control.

Porque había personas dispuestas a creerse cualquier historia, si se la contaban de la manera adecuada.

Pero lo del día de la Sierpe era real. Era el día en el que San Juan lanzaría a su ejército al ataque.

Hopper dejó el arma en la caja y luchó contra un acceso de náuseas y pánico que empezaba a bullir en su interior.

¿Cuál era el plan? ¿Dónde atacarían? ¿Los Víboras saldrían del almacén sin más disparando a diestro y siniestro?

No, eso no tenía sentido. San Juan planificaba las cosas. Había construido la banda y su arsenal poco a poco y con meticulosidad. Esperando el momento preciso.

Preparando su plan de ataque.

Y Hopper sabía exactamente dónde guardaba esos planes.

Salió corriendo de las oficinas convertidas en almacén y se dirigió a las escaleras.

Hacia la oficina de San Juan.

Hopper avanzó deprisa, aunque no sin cautela, pero descubrió que el lugar estaba desierto. Daba la impresión de que las partidas de búsqueda se habían desplazado todas hacia el lado oeste del cuartel general, siguiendo la noticia del fasto avistamiento de Hopper que Leroy había difundido para dejar vía libre a Lisa.

La esperanza de Hopper era que San Juan se hubiera sumado al resto de su banda, porque de lo contrario tendría que renunciar a su plan de colarse en el despacho del jefe. Al acercarse, decidió que su plan alternativo sería largarse cagando leches. Tenía información más que suficiente para que el grupo operativo de Gallup actuase contra los Víboras, sin contar con lo que Lisa pudiera aportar. Era cierto que no sabía cuándo iba a ser el día de la Sierpe ni estaba más cerca que al principio de establecer una conexión concreta entre los Víboras y los homicidios de las tarjetas, pero tenía que confiar en que todo aquello saliera a la luz una vez que San Juan y su banda estuvieran bajo arresto federal.

Pero Hopper siguió teniendo la suerte de cara. El despacho de San Juan estaba vacío.

Entró y vio que el mapa del almacén seguía extendido sobre la mesa, junto a un juego de utensilios de dibujo técnico. Se tomó un momento para estudiar el plano, antes de doblarlo y guardarlo bajo la chaqueta. Seguro que demostraba su utilidad cuando el grupo operativo planificase la redada.

Después volcó su atención en el ancho archivador que había contra la pared. Tenía seis cajones y todos menos el segundo contando desde arriba —que estaba vacío— estaban cerrados con llave. Sin embargo, no estaban diseñados para ser seguros. Al examinar la separación entre el primer cajón y el marco del mueble en sí, Hopper distinguió el diente del endeble mecanismo de cierre.

Volvió a la mesa, agarró una regla de metal que estaba entre compases, lápices y escuadras y la coló por la brecha de encima del cajón. Haciendo un poco de palanca, el pasador cedió y Hopper abrió el cajón y lo sacó lo bastante para poder quedarse a un lado y examinar las hojas organizadas en el interior.

Eran planos, con sus tradicionales líneas blancas sobre papel oscuro, elaborados con meticuloso detalle. A Hopper no le decían nada aquellos diagramas, pero recorriendo el borde del papel con el dedo no tardó en encontrar la leyenda. Entornó los ojos para leer el minúsculo texto.

Eran, al parecer, los planos de una turbina: una enorme unidad industrial, como de una central eléctrica.

Intrigado, Hopper hojeó los diagramas de debajo. Había otros iguales, y de aparatos parecidos: transformadores y sistemas de suministro eléctrico. Bajo estos había hojas de papel blanco que parecían, a primera vista, mapas de calles. Solo al fijarse mejor Hopper comprendió que se trataba de diagramas de los circuitos de un artefacto de una escala realmente inmensa.

Sacó las hojas y las tiró todas encima de la mesa. Repitiendo el truco de la regla, abrió el resto de cajones. Había planos arquitectónicos y páginas arrancadas de un libro de cuentas. Hopper no tenía ni idea de qué era todo aquello, y tampoco tenía tiempo de hacer un análisis minucioso.

¿Serían los planes del día de la Sierpe? No tenía ni idea.

Debía seguir buscando.

Empezó por el gran escritorio. Todos los cajones estaban vacíos, a excepción del de arriba a la derecha; el que había visto comprobar a San Juan antes. Dentro había un crucifijo de plata.

Hopper arrugó la frente, pero luego recordó lo que había visto grabado en las placas identificativas de San Juan, donde figuraba como católico de religión. ¿Era normal que, por lo tanto, tuviera un crucifijo? Hopper no estaba seguro y tampoco sabía por qué lo guardaba en un cajón. Pero no era importante y, desde luego, no era lo que estaba buscando.

A continuación se dio la vuelta y abrió la primera puerta situada detrás del escritorio: el archivo que había servido de celda improvisada para Lisa. Rodeó la mesita redonda, paseó la mirada por las estanterías metálicas y se quedó petrificado.

Alineados en un estante había un juego de grandes archivadores negros, cada uno de ellos marcado con una etiqueta que Hopper había visto antes:

DEPARTAMENTO DE DEFENSA DE ESTADOS UNIDOS PROHIBIDA SU RETIRADA

Los archivos del apartamento secreto de Hoeler. Estaban todos allí.

Bueno, un misterio resuelto. Hopper no sabía si era importante, pero desde luego que lo incluiría en su informe para Gallup. Siguió buscando en los estantes, atento a cualquier cosa que pudiera proporcionarle una pista sobre las intenciones de San Juan, pero al cabo de unos instantes dio un paso atrás, ofuscado y confuso.

Todos los anaqueles estaban llenos, pero Hopper no le veía sentido a la colección de libros que San Juan había reunido. Había gruesos mamotretos de tapa dura sobre psicología y psiquiatría: libros de texto académicos, supuso. Había tomos de historia militar y manuales prácticos de supervivencia. En otro estante había un variopinto surtido de libros más antiguos, cada uno de un tamaño distinto, unos encuadernados en cuero y con el corte de las hojas dorado, otros con sencillas tapas de tela. Las palabras del lomo de varios de los volúmenes estaban en idiomas que no entendía. Hopper reconoció el latín y supuso que el de otros sería griego. Los que sí entendía no le decían gran cosa sobre el contenido: *La clave de Salomón*, *El grimorio de Calvacan*, *La palabra del ojo*.

Hopper giró sobre sus talones y examinó el resto de estanterías. Más libros, nuevos y viejos. Más archivos, en este caso guardados en carpetas cuyos lomos estaban ordenados alfabéticamente bajo una pegatina impresa:

INSTITUTO ROOKWOOD

Hopper hizo un alto. Allí era donde Lisa afirmaba haber conocido a San Juan, pero ahora no tenía tiempo para investigarlo. Si el contenido de la pequeña biblioteca de San Juan era importante, bien, pero no podía llevarse nada por el momento. Ya había visto suficiente.

Era hora de irse.

Fue entonces cuando oyó movimiento en la oficina. Se quedó inmóvil y luego retrocedió poco a poco hasta pegar la espalda a una esquina de la habitación, junto a una de las estanterías metálicas. Esperó, aguzando el oído, rezando para volverse invisible o, por lo menos, para que no entrara nadie en el cuarto.

Oyó que otra puerta se abría y luego se cerraba, y después se hizo el silencio otra vez. Contó mentalmente y luego avanzó con cautela hasta la puerta. No se oía nada al otro lado, de modo que se arriesgó a asomar la cabeza por la jamba.

El despacho estaba vacío. Los papeles que había amontonado sobre la mesa seguían ahí, intactos.

Al salir al despacho, Hopper pensó en lo que había oído, el sonido de la otra puerta. No era la entrada principal de la habitación, porque esa seguía abierta. Tenía que haber sido la otra, la segunda puerta que llevaba a lo que supuso que sería otro archivo.

Hopper se deslizó pegado a la pared de detrás del escritorio y probó la segunda puerta. No estaba cerrada con llave.

La habitación del otro lado era como se esperaba, de dimensiones parecidas a la primera. Le sorprendió, sin embargo, ver que el espacio lo ocupaba un gran armario de pie.

Lo abrió. Dentro había un par de perchas vacías y otra de la que colgaba una larga túnica negra con capucha hecha de alguna tela tiesa y barata.

Hopper negó con la cabeza, consciente de que el tiempo se le escapaba. Cerró el armario y volvió al despacho.

Entonces oyó un golpetazo encima de su cabeza, como si algo muy pesado hubiera caído al suelo. Al levantar la vista, comprendió que lo único que le quedaba por encima era la azotea del almacén, en la que, plantado en mitad del despacho, oyó más ruidos. Había gente moviéndose por encima de su cabeza.

Mucha gente.

Tenía que averiguar lo que pasaba.

Hopper salió a la azotea y pegó la espalda a la pared de la caja de la escalera, que por suerte lo ocultaba mientras avanzaba de lado para asomarse por la esquina y ver lo que estaba pasando.

La azotea del bloque de oficinas era una superficie plana y cuadrada que se elevaba por encima del techo del almacén en sí, una sucesión de ángulos del tamaño de un campo de fútbol que se extendía a la izquierda de Hopper. Desde allí arriba, las luces del Bronx resplandecían en el aire cálido de aquella noche de verano. El complejo del almacén parecía la estructura más alta en varias manzanas a la redonda, aunque más adelante se veían las luces de los bloques de pisos. Al echar un vistazo rápido a su alrededor, vio que el cielo a su espalda llameaba con más fuerza porque las luces de Manhattan pintaban las escasas nubes de un naranja encendido. Incluso a aquella distancia se distinguía con claridad la aguja brillante del Empire State, además de otras alturas reconocibles del Midtown, y más lejos aún, las luces rojas que remataban la cima de una de las torres del World Trade Center parpadeaba sin cesar.

Pero Hopper no tenía tiempo ahora de disfrutar de las vistas. Se volvió para observar lo que sucedía en la azotea, con cuidado de mantenerse oculto tras la caja de la escalera.

El terrado estaba lleno de gente: miembros de los Víboras, por supuesto, aunque Hopper no podía estar seguro del todo, dado que todos los pandilleros llevaban puesta en esos momentos una larga túnica blanca con capucha que les cubría la cabeza. Formaban repartidos en varias líneas rectas, de espaldas a él.

Plantado ante su... —¿qué, congregación?, ¿aquelarre?, Hopper no tenía ni idea de cómo calificarlo—, había un hombre vestido con una túnica igual que las otras, pero negra.

San Juan. Él sí que miraba hacia la escalera pero, aunque la azotea estaba bastante bien iluminada por las luces urbanas que la rodeaban, Hopper estaba bastante seguro de que resultaba invisible a la sombra del bloque de hormigón.

San Juan tenía los brazos levantados y los dedos extendidos mientras se dirigía a la banda.

—¡Hermanos! ¡Oh, hermanas! ¡Estamos aquí reunidos, a la negra sombra de nuestro oscuro señor, y Le damos las gracias! Sí, Le damos las gracias, como Le damos nuestra sangre, y nuestra vida, y nuestras almas. ¡Oídme!

San Juan alzó la cabeza. Su cara quedaba oculta en las sombras de la capucha, pero Hopper distinguió, aun así, el destello de las gafas plateadas de aviador que seguía llevando.

334

—Estamos aquí en los albores de un nuevo día. De nuestro día. El día de nuestro juicio final. El día de nuestro despertar. El día que llevamos grabado en el tejido de nuestras almas desde el momento en que nacimos y perdimos de vista la oscuridad. ¡Oídme! Ha llegado el día. ¡Es el día de la Sierpe!

Su público guardaba silencio. San Juan bajó los brazos y agachó la cabeza. Nadie se movió ni dijo nada.

Entonces San Juan volvió a alzar la cabeza.

—Os cubro las espaldas —dijo, en voz casi demasiado baja para que Hopper la oyera—. Y vosotros me las cubrís a mí.

Al oír eso, los asistentes se enardecieron y empezaron a hacer saludos con el puño cerrado en el aire mientras coreaban la familiar expresión. San Juan volvió a levantar los brazos y les indicó a sus seguidores que aumentaran el volumen y el fervor.

Los Víboras obedecieron gustosos. Hopper se puso en cuclillas y sacudió la cabeza.

—¡Oídme! —bramó San Juan por encima de los cánticos de la banda—. ¡Oídme! ¡Tan solo nos queda una tarea por delante! Un acto más antes de que todo sea nuestro, antes de que el amo de la noche descienda para impartir Su oscura bendición sobre nosotros. ¡Un último sacrificio, para que advenga la tiniebla, la noche negra como sierpe!

Hopper dobló el cuello al avistar un movimiento con el rabillo del ojo. Se encogió un poco más en la sombra al ver que aparecían un par de miembros de los Víboras con ropajes blancos por un lado de la azotea, tirando de una mujer de vestido rojo y melena oscura que luchaba para zafarse de ellos.

Hopper sintió que el pecho se le encogía y que se le cortaba la respiración a la vez que se obligaba a no efectuar ni el menor movimiento, por pequeño que fuese.

Lisa. La habían capturado.

Los dos hombres la empujaron hasta San Juan. Lisa se

revolvía con uñas y dientes, pero la sujetaban con fuerza. Cuando la arrastraron hasta la posición que deseaban, ella miró a su alrededor y su expresión de miedo hizo que a Hopper se le helara la sangre en las venas.

«Es culpa mía. Es culpa mía. Tendría que haberla sacado en persona.»

San Juan se subió al murete que bordeaba la azotea. Sacó de alguna parte un objeto plateado que centelleó en su mano: el crucifijo del cajón del despacho. Lo agarró por el remate y tiró para revelar que el astil de la cruz era, en realidad, una daga, antes oculta por la funda que resplandecía en su otra mano.

Hopper maldijo entre dientes. Examinó la azotea mientras su corazón palpitaba más o menos a la mitad de la velocidad de la luz.

Pero fue en vano. Estaba solo contra un centenar. No tenía nada que hacer.

Al ver el cuchillo, Lisa gritó y tironeó de los brazos que la sujetaban. Mientras los dos hombres se esforzaban por inmovilizarla, a uno se le cayó la capucha.

Era Leroy.

Hopper sintió que le subía la bilis por la garganta.

«¿Qué he hecho?»

Tiraron de Lisa hasta situarla delante mismo de San Juan, que la miró desde lo alto de su posición en el murete, con los brazos extendidos una vez más y la daga en la mano derecha. Estaba hablando, pero Hopper no oía lo que decía.

Y entonces, Lisa dejó de revolverse. Se quedó quieta y muy derecha. San Juan gesticuló y Leroy y su compañero la soltaron. Los brazos de Lisa cayeron a sus costados. San Juan le tendió la mano y ella la cogió, se encaramó al murete junto al líder de la pandilla y se volvió de cara a los demás.

Uno de los acólitos entregó un cáliz de plata a su jefe, que lo cogió y se lo ofreció a Lisa. La siguiente palabra Hopper la oyó con total claridad.

—Bebe.

Lisa agarró el cáliz, casi sin mirarlo. Se lo llevó a los labios y entonces...

Se quedó quieta. Se bamboleó un poco. San Juan le aguantó la espalda.

—Ha llegado el momento —dijo—. Se cumple lo que estaba anunciado. Tú lo sabes. Sabes lo que tienes que hacer ahora. Bebe.

Hopper tenía que hacer algo. No sabía lo que pasaba ni lo que podía hacer, pero no pensaba quedarse de brazos cruzados como un imbécil. Debía intervenir. Aunque no tuviera ninguna posibilidad, aunque fuese un esfuerzo inútil y hasta suicida.

Tenía que intentarlo. Cuanto menos, tenía que intentarlo.

Clavó bien los pies y se puso en cuclillas, listo para salir como un toro de su escondrijo.

Entonces Lisa soltó el cáliz, que cayó con estrépito sobre la azotea.

Hopper se adelantó y salió al descubierto, contando con la ventaja de que todos los pandilleros, con la excepción de San Juan, miraban hacia el otro lado.

San Juan y Lisa. Cuando abandonó la sombra de la caja de la escalera, ella alzó la vista y miró. Lo miraba a él, estaba seguro.

Y luego dio un paso atrás y desapareció por el borde del tejado, con un flameo de su vestido rojo cuando la gravedad impuso su ley.

—¡No! —aulló Hopper.

Los pandilleros se volvieron sorprendidos para mirarle. A la cabeza del grupo, San Juan levantó los brazos.

—¡La oscuridad ha llegado! ¡Amanece el día de la Sierpe!

A su espalda, las luces del Bronx se apagaron.

Hopper notó que se le cortaba la respiración. Miró a su alrededor y vio que en torno al almacén no había sino un vacío negro en tres direcciones. Se volvió hacia el resplandor

337

naranja que tenía detrás, Manhattan, una joya resplandeciente en la noche.

Y entonces las luces comenzaron a apagarse allí también, empezando por la parte superior de la isla. Los bloques de color se fueron desvaneciendo, casi en zigzag, a medida que la corriente caía y la oscuridad se extendía hacia el Midtown.

Hopper vio desaparecer el Empire State. Al cabo de un momento, las luces del World Trade Center se apagaron con un último parpadeo.

Nueva York estaba sumida en un apagón gigantesco.

Hopper se volvió. Tan solo la luna iluminaba ya la azotea. De pie en el borde del tejado, San Juan se rio y luego señaló a Hopper con los dos brazos enfundados en su túnica.

—¡A por él!

Fue entonces cuando Hopper notó una mano en la suya, que tiraba de él hacia atrás. Se volvió.

Martha lo miró a los ojos.

—No te quedes embobado y empieza a correr —dijo.

Hopper obedeció.

40

Brooklyn a oscuras

13 DE JULIO DE 1977
Brooklyn, Nueva York

—¿**V**es algo?

Delgado miró hacia abajo desde lo alto de la escalerilla, inclinando la linterna para no darle a Diane en la cara. Junto a su cabeza, la caja de fusibles del edificio de arenisca estaba abierta, dejando a la vista la vetusta maraña de cables, fusibles de cerámica e interruptores.

—No, a mí me parece que todo está bien, aunque no soy ninguna experta —dijo Delgado.

Cerró la caja y bajó por la escalerilla, que estaba sosteniendo el vecino de arriba de Diane, Eric van Sabben. La esposa de Eric, Esther, iluminaba con su propia linterna los pies de Delgado, para ofrecerle algo de visibilidad, muy necesaria durante el descenso, mientras otra luz alumbraba la caja de fusibles cerrada, cortesía en esa ocasión de la señora Schaefer, la anciana que vivía en la planta baja.

—Ya se lo he dicho —comentó—, es igualito que en 1965. Estuvimos sin luz... uf, doce horas por lo menos. Y además era invierno. Uno de los más fríos que recuerdo.

Al llegar al suelo, Delgado se preparó para oír otra de las batallitas de la señora Schaefer. Solo hacía media hora que la conocía, pero ya se sabía la historia no solo del edificio sino del vecindario entero, incluido el apagón que habían sufrido hacía algo más de una década.

En esa ocasión, sin embargo, la señora Schaefer pareció captar el mensaje. El grupo se reunió en el vestíbulo del edificio, a la luz de las diversas linternas.

—Creo que tiene razón —anunció Delgado—. No somos solo nosotros. —Avanzó hasta la entrada y la abrió. Fuera, la calle estaba a oscuras, a excepción de algunas linternas más en manos de los vecinos que habían salido a investigar.

—Creo que iré a echar un vistazo —dijo Eric, mientras le cogía la linterna a su mujer—. Tampoco es que haya mucho más que hacer, ¿no? —Miró a su esposa y luego a Delgado, como si alguna de las dos pudiera conseguir que volviera la corriente para que él siguiera viendo el partido de los Mets. Al ver que ninguna decía nada, suspiró—. Quiero ver hasta dónde llega.

—Hay un buen trecho hasta el estadio Shea —dijo Diane, con los brazos cruzados y una media sonrisa en los labios. Eric la miró y soltó una risilla.

—Perdón —dijo, a la vez que su propia sonrisa crecía de tamaño. Entonces volvió a mirar a Delgado, como si esperase a que le diera permiso.

Esta comprendió que, por lo menos en teoría, era cierto que ejercía una especie de autoridad, al ser una agente de policía. Asintió y señaló hacia la puerta con su propia linterna.

—Vale, pero vaya con cuidado. Es probable que esté más oscuro de lo que se imagina.

—Descuide, no me atracará nadie —repuso Eric sonriendo.

Al oír eso, Esther dio un grito ahogado y agarró el brazo de su marido.

—No son los atracos lo que me preocupa —dijo Delgado—. Es más probable que tropiece y se vaya al suelo o se caiga por un agujero o algo así. No es buen momento para romperse una pierna, Eric.

El aludido hizo un saludo con la linterna.

—Entendido. —Se volvió hacia los demás—. Iré lo más rápido que pueda, a ver qué veo. —Le dio un beso en la mejilla a su mujer—. Enseguida vuelvo —añadió, antes de encender la linterna y salir. Esther lo acompañó hasta la puerta y lo vio desaparecer en la oscuridad. Delgado la observó durante un instante y después tomó una decisión.

—De acuerdo —dijo—, vamos a intentar mantenernos juntas, ¿vale? Esperaremos a que vuelva Eric y nos cuente lo que ha descubierto. Entretanto, yo tendría que hacer un par de llamadas. —Se volvió hacia Diane—. ¿Te parece bien que vayamos a tu piso?

—Por supuesto —asintió—. Además, tenemos una radio a pilas en alguna parte. Quizá digan algo en las noticias.

—Genial —dijo Delgado. Esther dio media vuelta y Delgado la miró a los ojos—. ¿Le parece bien?

Esther asintió.

—¿Señora Schaefer? ¿Prefiere esperar en su piso?

—Ay, no, por Dios. Quiero oír lo que cuenta Eric cuando vuelva.

—Vale, bien.

—Deme un momento para coger unas cosas —dijo la señora Schaefer mientras se dirigía hacia su apartamento—. Podemos jugar una partidita de Monopoly a la luz de las velas.

Delgado vio desaparecer a la anciana por la puerta. Cuando se hubo ido, emitió un profundo suspiro.

—Vale, bien —repitió.

Diane se rio y le dio una palmadita en el hombro.

—La señora Schaefer es un encanto, te acabará cayendo bien.

—Eso sí, haga lo que haga, no saque el tema de *American Graffiti* —dijo Esther.

Delgado frunció el ceño.

—¿*American Graffiti*? ¿Cómo, la película?

Diane asintió.

—Sí, y es una historia muy, muy larga. Venga, vamos a ver si encontramos esa radio.

41

Apagón

Martha llegó la primera a la escalera, abrió la puerta de par en par y empujó la espalda de Hopper cuando le pasó por delante. Después cerró la puerta y atrancó el mecanismo de apertura con una palanca, quizá la misma que había blandido antes contra Hopper.

—Vamos —dijo, mientras bajaba por la escalera.

Hopper la siguió, apartando de su cabeza todas las preguntas menos la más obvia mientras se concentraba en bajar los peldaños sin partirse la crisma, porque la única luz de la que disponía eran los débiles rayos de luna que penetraban en la oscuridad a intervalos regulares por unas ventanas pequeñas y altas situadas en lo más alto del hueco de la escalera.

—¿Qué cojones está pasando?

—Más tarde. Ahora no hay tiempo para charlar. Y no te me rompas el cuello en las escaleras.

A Hopper le pareció un buen consejo. A medida que bajaban, la escalera se convirtió en un agujero negro. Oía a Martha más adelante, pero se vio obligado a aflojar el paso para descender a tientas con una mano en la barandilla y la otra extendida en la oscuridad hacia el otro lado, donde de vez en cuando rozaba la pared con la punta de los dedos.

Entonces se produjo una explosión de luz en el hueco cuando, abajo, Martha abrió la puerta de la planta baja. Alzó la vista y esperó a que Hopper la alcanzara. Él empezó a bajar los escalones de dos en dos, hasta que atravesó la puerta que su aparente rescatadora mantenía abierta.

Estaban de nuevo en el almacén, aunque Hopper no veía nada de él. Se llevó la mano a la cara para protegerse de la luz. Oyó el ronroneo continuo del motor antes de comprender que estaba mirando de frente a los faros de la decrépita ranchera de Leroy. Martha ya estaba al volante.

Hopper no necesitó invitación. Corrió hasta el lado del copiloto y se metió dentro al mismo tiempo que el vehículo arrancaba con una sacudida de su gastada suspensión mientras Martha, con un volantazo, daba media vuelta marcha atrás, de tal modo que los faros pasaron a enfocar la salida del almacén. La puerta de Hopper se cerró impulsada por su propio peso cuando Martha metió la marcha y pisó a fondo el acelerador. El chirrido de los neumáticos resonó en todo el almacén cuando la ranchera avanzó a toda velocidad hasta las puertas abiertas y salió a la noche. Hopper se agarró fuerte al agarradero de encima de su puerta mientras el coche daba tumbos por la accidentada calzada y los faros danzaban por las paredes del callejón. Al cabo de unos segundos, esas paredes desaparecieron cuando salieron a la calle principal. Martha hizo un viraje brusco para salir del polígono industrial y poner rumbo al Bronx propiamente dicho.

—¿Vienen?

Hopper se volvió en el asiento de banco mientras el coche saltaba al pillar otro bache. Detrás no veía nada salvo la vaga intuición del almacén, porque la poca luna que había se estaba ocultando por el momento tras una nube.

—No veo nada —respondió.

—Vale —dijo Martha.

Dio otro volantazo para doblar una esquina a demasiada velocidad. La ranchera se subió a la acera y el motor petardeó con estruendo antes de calarse. Martha pisó el freno y el vehículo derrapó hasta detenerse. Se quedó sentada tras el volante, con la respiración trabajosa y meneando la cabeza a los lados.

—Carraca. De. Mierda. —Aporreó el volante y soltó una palabrota.

Hopper se volvió hacia ella.

—Ahora puedes contarme qué cojones pasa. ¿Qué ha sido eso de la azotea, y por qué cojones me ayudas ahora? La última vez que nos vimos querías matarme.

Martha lo miró de reojo, sin apartar las manos del volante.

—Ya, perdona por eso —dijo—. Pero tenía que hacer algo. Lincoln iba a volarte la tapa de los sesos y me ha parecido que valía la pena mantenerte de una pieza. Pero no te preocupes, no pensaba matarte. A lo mejor darte una palicilla, nada más. Pero escucha, eso que dijiste de la poli... sigues trabajando con ellos, ¿verdad?

Hopper parpadeó.

—¿Qué?

—Solo era una tapadera —prosiguió Martha—, para poder entrar. Vamos, que no soy tan tonta. Aunque a lo mejor me fijé más que los otros. En los Víboras conviene mantener los ojos abiertos. Llevo un año haciéndolo, de manera que supongo que me he acostumbrado a ello.

Hopper la miró, anonadado.

—¿Qué es eso de que llevas un año manteniendo los ojos abiertos? ¿Eres una de los Víboras o no?

—Sí y no —contestó Martha—. Pero mira, no creo que tengamos tiempo para entrar en detalles. Tenemos que salir pitando de aquí, ahora mismo.

Dicho eso, Martha giro la llave en el contacto. Necesitó tres intentos, pero el coche acabó arrancando con otro petardeo. Martha dio gas un par de veces y luego, satisfecha al parecer, metió la marcha.

—Vigila a nuestra espalda —dijo—. No tardarán mucho en salir detrás de nosotros.

—Tienes razón, no han tardado.

Martha se volvió para mirar hacia atrás, como Hopper ya estaba haciendo. A lo lejos, un destello de luces indicó que unos vehículos se acercaban por una bocacalle.

Los Víboras los perseguían.

Hopper se volvió hacia delante.

—En marcha. ¡Ya!

Martha pisó el pedal y el coche salió disparado.

42

La ciudad del revés

La oscuridad que se había adueñado de Nueva York era una sorpresa para Hopper. Constatar que, en efecto, la noche era negra —«negra como sierpe», decía una vocecilla en un rincón de su cabeza— resultaba desconcertante.

Había experimentado aquella clase de oscuridad otras veces, por supuesto. Tal vez por eso le ponía nervioso... incluso después de su experiencia en la azotea del almacén, cuando había visto a Lisa Sargeson saltar aparentemente a su muerte.

Porque era la clase de oscuridad que solo podía experimentarse de verdad en la naturaleza salvaje.

O en una selva, a cientos de kilómetros de la civilización.

Hopper relegó esos pensamientos a un segundo plano, compartimentándolos para sacar adelante la situación que tenía entre manos. El plan era sencillo: escapar a toda costa de los Víboras y llegar a un lugar seguro. Entonces podría pararse a averiguar quién era Martha en realidad y por qué le estaba ayudando. Y después tendría que acudir a las autoridades y verse con Gallup. No sabía aún si Martha colaboraría también con aquella parte, pero una cosa era evidente: ella estaba igual de interesada que él en huir de los Víboras.

Y después tendría que ir a casa. No sabía si el apagón llegaba hasta Brooklyn —y esperaba de todo corazón que no—, pero ya llevaba demasiado tiempo lejos de Diane y Sara.

Hopper volvió a agarrarse con fuerza al asa de encima de la puerta y apartó de su pensamiento la imagen de su familia, por lo menos de momento, para concentrarse en el problema inmediato. Pero pronto quedó claro que, cualesquiera que fueran sus planes, iban a resultar muy difíciles de llevar a cabo.

Las calles del polígono industrial estaban vacías tanto de personas como de tráfico, y Martha condujo la ranchera por la cuadrícula de calles indistinguibles, que al parecer se conocía al dedillo, en un intento de despistar a sus perseguidores. Aparentemente se había salido con la suya, porque tras el primer avistamiento del brillo de unos faros, Hopper no había visto ninguna otra indicación de que los estuvieran siguiendo.

Entonces la oscuridad empezó a disiparse ahuyentada por un resplandor anaranjado que procedía de algún punto por delante de ellos. El color cambiaba de tonalidad en una neblina que Hopper comprendió que era humo.

Martha salió de la zona industrial a una arteria principal y pisó el freno a fondo, a la vez que daba un volantazo para evitar llevarse por delante a un grupo de personas que estaban en mitad de la calle. Más adelante, en la esquina, un edificio ardía desde el suelo hasta el techo, reducido ya a una estructura esquelética por las llamas que se elevaban hasta diez metros en el aire. Hopper sintió el calor desde el lugar en el que se habían detenido. A su alrededor había gente dispersa por toda la calzada. Algunos llevaban linterna y todos se mantenían lo más alejados posible del edificio incendiado.

Martha accionó con suavidad el claxon y la muchedumbre empezó a abrirles paso con movimientos perezosos. A Hopper le pareció que eran el único vehículo en circulación, y entendió por qué.

El apagón había sacado a todo el mundo a la calle. Todavía era relativamente pronto, las nueve más o menos, según su reloj, y la noche era cálida y bochornosa. Sin electricidad no había ni luces, ni tele, ni aire acondicionado para aquellos habitantes del barrio lo bastante afortunados para tenerlo, ni ventiladores.

Con todo, la muchedumbre, como Hopper constató mientras la ranchera avanzaba a paso de tortuga, no estaba asustada ni nerviosa. En todo caso, parecían contentos. Se volvían sonrientes para verlos pasar y los saludaban con la mano. Algunos daban un golpe en el techo o el capó del coche y, por encima del fragor del incendio, Hopper oyó conversaciones, salpicadas por algún grito y, con mayor frecuencia, por alguna carcajada. Más allá de la casa en llamas, se redujo la densidad de personas ociosas, que además ya tenían sitio para sentarse en la acera o encima de los coches aparcados, donde bebían de latas y botellas a la luz de las brasas naranjas de los cigarrillos que danzaban en la semipenumbra.

Martha estiró el cuello por encima del volante mientras se arriesgaba a acelerar un poco, para ver bien la calzada.

—Vaya un momento para montar una fiesta en la calle —susurró.

Hopper arrugó la frente y echó otro vistazo hacia atrás. A media manzana de distancia, pudo apreciar el tamaño de la multitud, a la luz del incendio. Parecía, en efecto, una fiesta callejera.

El ruido de un golpe le hizo girar en redondo. Martha soltó una palabrota y dio un volantazo para pasarse al carril contrario. Volvió a renegar cuando alguien se interpuso en su camino y la obligó a regresar a la línea central. Mientras esquivaba al peatón, este gritó algo y se oyó otro golpe: había arrojado lo que parecía medio ladrillo contra la puerta del conductor.

Martha pisó el acelerador a fondo y el coche salió lanzado hacia delante. Hopper miró por el retrovisor a la vez que oía un ruido de cristales rotos. Detrás de ellos, los hombres que habían lanzado ladrillos contra el coche los tiraban ahora contra el escaparate de una tienda. Hopper vio que un grupo nutrido de personas, cuya silueta se recortaba sobre el fondo del resplandor del incendio, se dirigía hacia el agujero y empezaba a tirar de los bordes de las planchas de vidrio hasta derribar el escaparate entero. Ante aquello, varias personas salieron corriendo, pero otras siluetas se colaron en la tienda.

—Ya ha empezado el saqueo —afirmó Hopper—. Y esto no hará más que empeorar.

—Cuando antes salgamos de aquí, mejor.

Pero Hopper negó con la cabeza.

—¿Salir de dónde? La ciudad entera se ha quedado sin luz. Si no vuelve pronto la electricidad, Nueva York se convertirá en un sálvese quien pueda.

—Este era su plan —dijo Martha—. El día de la Sierpe. Cortar la luz y sumir en el caos la ciudad entera. Apagar las luces y que la gente se vuelva unos contra otros. La ciudad se destruye sola. Ese era el plan, Hopper. San Juan quiere destruir Nueva York. Tiene su propio ejército. Con el corte de luz, es el condenado rey.

Mientras hablaban, la calle volvió a llenarse, iluminada por más incendios. Allí las caras eran menos halagüeñas y la muchedumbre se movía con prisas, cruzando a izquierda y derecha, la mayoría cargados con brazadas de prendas de vestir. Hopper echó un vistazo hacia el lado de Martha y vio una gran tienda de ropa con las puertas dobles destrozadas y un montón de prendas tiradas en la acera de delante, abandonadas allí por la gente que seguía entrando y saliendo con su botín.

—Escucha —dijo Hopper, inclinándose hacia Martha—. No sé de qué palo vas tú, pero sí, yo sigo siendo policía y sigo teniendo un trabajo que hacer. Necesito ponerme en contacto con las autoridades y voy a dar por sentado que me ayudarás con eso, porque, si no, bien podrías haberme dejado tirado en aquella azotea. ¿Estoy en lo cierto?

Martha, concentrada en esquivar obstáculos de la calzada, no contestó, pero asintió con la cabeza a modo de confirmación.

Entonces, unas luces desde atrás. Hopper miró por encima del hombro y vio que se les acercaba otro coche, tocando la bocina mientras serpenteaba para esquivar a los transeúntes.

—Víboras. —Hopper volvió a mirar hacia el frente—. Tenemos que despistarlos.

Martha señaló hacia el parabrisas.

—Hay demasiada gente por en medio. No podremos seguir adelante.

Hopper ya estaba oteando la calzada. Señaló.

—Allí.

Se acercaban a un gran cruce de cuatro direcciones y, doblando la esquina, había una hilera de coches muy pegados, que se daban las luces y tocaban el claxon, frustrados con el atasco. En el otro sentido, la calzada estaba despejada.

Martha giró por la calle vacía y la ranchera quedó de nuevo envuelta en la oscuridad una vez más al alejarse del resplandor de los incendios de la vía principal. Aminoró y se asomó por encima del volante para mirar por el parabrisas.

—¿Qué pasa?

—Solo intento orientarme —dijo.

Entonces se le iluminó la cara cuando aparecieron unos faros detrás de ellos y su reflejo en el retrovisor deslumbró a Hopper por un instante. Se agachó y dio media vuelta en el asiento, solo para ver que el coche de los Víboras avanzaba contra ellos a toda velocidad.

—¡Vamos! —exclamó.

—¡Este montón de chatarra no puede ir más deprisa!

El haz de los faros de sus perseguidores cruzó el interior del coche de atrás hacia delante cuando el vehículo, más nuevo, de los Víboras los alcanzó sin demasiados apuros con un rugido del motor. Una vez a su lado, varios de los ocupantes se asomaron por la ventanilla trasera para gritar a Martha y a

Hopper. Este vio que conducía Lincoln y, por un instante, sus miradas se encontraron. Entonces el vehículo de los pandilleros se adelantó a toda velocidad y atravesó como una exhalación el cruce siguiente. Una vez alcanzada una distancia suficiente, hizo un trompo para cambiar de sentido y luego meterse en el mismo carril que la lenta ranchera y avanzar de cara hacia ella.

—¡Joder!

Martha volvió a pisar el freno. Los neumáticos protestaron, pero hicieron poco por detener su avance. Hopper se sujetó en previsión del impacto, porque aunque no creía que Lincoln estuviera lo bastante loco para embestirlos, tampoco quería tener que lamentar esa presuposición.

Fue entonces cuando apareció un tercer vehículo, que se aproximaba al cruce por la calle que quedaba a la izquierda de Hopper. Un camión de la basura, achaparrado y gris, una mole maciza de acero reforzado. Hopper fue quien lo vio primero, con el rabillo del ojo, justo a tiempo para estirar el brazo y, apartando las manos de Martha del volante, mandar el coche derrapando hacia un lado en un intento de evitar unirse al accidente que estaba a punto de producirse.

Hopper no estaba seguro de si Lincoln lo había visto venir, pero en los últimos momentos antes del choque le pareció ver que los Víboras volvían la cabeza para mirar al vehículo que se les acercaba. Cuando los pandilleros reentraron en el cruce, el camión de la basura se les echó encima y se estrelló contra el lado del copiloto. El impacto frenó al camión, pero no mucho. Mientras la ranchera derrapaba hasta detenerse, bamboleándose sobre la suspensión y quedando atravesada en mitad de la calle, el camión de la basura viró apenas un poquito, arrastrando por el cruce el coche de los Víboras hasta prácticamente partirlo por la mitad. Volaron chispas naranjas y blancas en arcos enormes desde la calzada a medida que el camión continuaba su avance hasta detenerse por fin junto al paso de peatones de la acera opuesta.

Hopper se incorporó en el asiento, con un pitido en las orejas, mientras Martha se hacía un ovillo a su lado. No se adivinaba movimiento alguno por parte de los Víboras —Hopper no creía posible que ningún ocupante de aquel coche hubiera sobrevivido al accidente—, pero de la cabina elevada y totalmente incólume del camión de basura se apearon dos hombres. Uno de ellos salió por la ventanilla del lado del copiloto para encaramarse al techo, mientras que el otro abrió la puerta del conductor y se puso derecho con un pie en el guardabarros. Ante la mirada de Hopper, el que había subido al techo levantó ambos brazos y alzó la cabeza para gritarle al cielo, mientras el conductor bajaba a la calzada para inspeccionar el coche destrozado. Cuando entró en el haz de los faros torcidos, pero aún funcionales, del camión, Hopper vio que llevaba una cazadora de cuero con un parche en la espalda:

ACORAZADOS

Otra banda. Aquel par debían de haber robado el camión de basura para darse una vuelta.

—Hostia puta.

Hopper miró de reojo a Martha, que se estaba enderezando detrás del volante y mirada la vista fija en la escabechina de la esquina.

—Sí, yo no lo hubiera dicho mejor —dijo Hopper—. Perdona que haya agarrado el volante. No estaba seguro de que hubieras visto venir el camión.

—Si no lo hubieras hecho, estaríamos muertos —confirmó Martha.

Llevó las manos temblorosas al volante y el cambio de marchas, mientras respiraba con el aliento entrecortado. Hopper se volvió hacia ella.

—¿Estás herida?

Martha negó con la cabeza.

—Vale, pues vámonos antes de que se interesen también por nosotros.

Martha puso la marcha atrás y esbozó una mueca cuando la transmisión chirrió. Delante de ellos, el conductor del camión de basura miró en su dirección, aunque su forma no era más que una silueta recortada sobre el brillo de los faros, pero al cabo de un segundo Martha ya había dado media vuelta con el vehículo y avanzaba hacia una travesía despejada. Mientras se alejaban del cruce, Hopper vigiló la retaguardia, pero nadie los seguía.

43

Cómo vive la otra mitad

Martha negó con la cabeza, inclinada una vez más por encima del volante. Llevaban quince minutos seguidos circulando, porque las calles secundarias estaban relativamente despejadas. Al parecer la mayoría de la gente había salido a las amplias avenidas principales durante el caos. Hopper no los culpaba; allí, en aquellas callejuelas entre edificios altos, la oscuridad era casi una presencia física, un ser vivo, una serpiente enroscada alrededor de la propia ciudad, que apretaba y apretaba.

Hopper se ordenó dejar de imaginar cosas.

—Vamos en la dirección equivocada —anunció Martha mientras frenaba el coche poco a poco hasta detenerse en mitad de una manzana residencial—. Si queremos llegar a las autoridades, tenemos que dirigirnos al sur, a Manhattan.

Al cabo de un momento el motor al ralentí petardeó y se paró de nuevo. Hopper se volvió en el asiento.

—Entonces ¿por qué me ayudas?

Martha se mordió por dentro las mejillas y dio unos golpecitos en el volante con ambas manos antes de dejarlas caer sobre el regazo y mirar a Hopper.

—Mira, tú eres poli, y en el sitio de donde vengo los polis no traen nada bueno.

Hopper negó con la cabeza.

—No lo pillo.

Martha suspiró.

—Lo que quiero decir es si puedo confiar en ti. Necesito poder hacerlo. Hice una apuesta conmigo misma, y ahora lo que espero es que haya sido una apuesta ganadora.

—Tienes razón, soy poli. Trabajo o, mejor dicho, trabajaba infiltrado. Mi misión era descubrir lo que estaba haciendo San Juan con los Víboras, qué planes tenía y cómo pararle los pies. Cuando tuviera todo eso, debía comunicárselo a un grupo operativo federal, para que entonces interviniera. De modo que sí, puedes confiar en mí, pero ahora soy yo quien necesita saber si me puedo fiar de ti. Porque necesito llevar mi información a las autoridades, y deprisa, y es posible que para eso necesite tu ayuda.

Martha asintió.

—Y puedes contar con ella. Sé que tal vez he esperado demasiado, pero a lo mejor todavía tenemos una oportunidad.

—¿Esperado para qué?

—Mira, yo no soy policía —dijo Martha—, pero lo único que hacía era cuidar de mi hermano, Leroy.

—¿Tú lo cuidabas a él? Si estaba intentando sacarte de allí. Por eso se involucró, de buen principio. Acudió a la policía y pidió protección si le ayudábamos.

Martha se quedó boquiabierta.

—¿Es allí adonde fue? —Entonces su asombro dio paso al humor, y sonrió—. Mierda. Así es mi hermanito. —Se acomodó en el asiento y negó con la cabeza, como si aún le diera vueltas a aquella revelación. Después miró a Hopper—. Tardé años en encontrarlo y... Escucha, la vida en casa no era un camino de rosas, y a veces no le culpo. Las bandas le hacían promesas, le dejaban imaginar una vida distinta, y él aceptó.

Nuestra madre se llevó un disgusto tremendo. ¿Sabes qué edad tenía Leroy?

Hopper no dijo nada.

—Once años —dijo Martha—. El muy memo tenía once años cuando empezó a ir con los Reyes del Bronx. Entonces intenté ayudarle, y más de una vez, pero nunca conseguí nada. Al final perdí el contacto con él del todo; la mayor parte de la familia lo daba por muerto, pensaban que se habría hecho matar en alguna esquina de mierda, probablemente. Pero mamá no. Ella nunca lo dio por perdido. Y yo tampoco. O sea que, al final, le dije que iría a buscarlo y lo traería de vuelta a casa, ¿me entiendes? Así que dejé mi trabajo, me despedí de mi madre y me puse a buscar. Para entonces había dejado a los Reyes y estaba con los Furias. No fue muy difícil unirme a ellos, aunque Leroy se declaró en contra de que me aceptaran. Le daba miedo que estuviera allí para llevarlo a casa... y, por supuesto, tenía razón. Pero soy su hermana mayor y sabía cómo jugar mis cartas y que, si quería sacarlo de allí, iba a hacer falta tiempo, ¿sabes? Estaba muy metido, y era consciente de que aún tendría que caer más bajo antes de que pudiera tenderle la mano para sacarlo.

—¿O sea que te quedaste con ellos para tenerlo vigilado?

—Y que lo digas. Le había hecho una promesa a nuestra madre. Tú harías lo mismo, ¿verdad? ¿O no?

Hopper asintió.

—Claro que sí —dijo Martha, desviando la mirada hacia los pedales—. Y estuvo bien. Empezamos a hablar. Leroy y yo, digo. Parecía menos enfadado cuando yo estaba cerca, lo que tomé por algo bueno. Así que nos mantuvimos juntos. Entonces llegaron los Víboras, y los Furias se unieron a ellos, junto con todas las demás bandas. Los Slits, los Fixers, los Crazy Jacks, todos.

—¿Y tú te pasaste con ellos?

—Oh, créeme que estaba buscando una manera de salir, pero eso es más fácil decirlo que hacerlo. Lo máximo que pude lograr fue mantenernos a salvo y tener los ojos abiertos. —Volvió a alzar la vista hacia Hopper—. Y como he dicho, espero haber tomado la decisión correcta contigo. Porque necesito salir, además de sacar a Leroy de allí. Tenemos que volver a casa.

—No eres la única —dijo Hopper—. Podemos ayudarnos el uno al otro. Parece que sabes mucho sobre San Juan y los Víboras... y lo que sea que se traen entre manos.

Martha se encogió de hombros.

—Algo. Más que otros. En los Furias fui ascendiendo, y San Juan me conservó en mi posición. O sea que sí, algo sé.

—Más que yo, eso seguro —dijo Hopper—. Tenemos que llevar toda la información posible a los federales. —Hizo una pausa—. Entonces ¿me ayudarás?

—Sí, joder. Si con eso consigo llevar a Leroy de vuelta a casa con su madre, haré lo que sea. —Martha examinó los adosados que había a ambos lados de su vehículo detenido—. Supongo que no habrá muchas posibilidades de usar un teléfono.

—Bueno, el cableado telefónico es independiente de la red eléctrica —respondió Hopper volviéndose en su asiento—. Mira. En esa esquina hay una cabina. A ver si puedes arrancar otra vez este trasto.

Martha giró la llave en el contacto y el vehículo arrancó con un gruñido. Dio marcha atrás y se subió de culo a la acera a la altura de la cabina. Hopper bajó y, rodeando el coche, no pudo sacudirse la sensación de que intuía movimientos con el rabillo del ojo, formas y sombras que danzaban por los tejados de las casas adosadas, pero siempre que volvía la cabeza para mirar, no había nada que ver. Solo edificios oscuros recortados contra un cielo más claro, gracias a los incendios cada vez más numerosos que consumían el Bronx e iluminaban las nubes. A lo lejos se oían las sirenas de los camiones de bomberos, pero parecían a kilómetros de distancia. Por el momento, no había oído —ni visto— el menor atisbo de presencia policial.

Los vándalos habían dejado más o menos intacta la cabina, lo que insufló en Hopper un cauto optimismo. El auricular estaba en su sitio y parecía entero.

Al llevárselo al oído, sin embargo, lo encontró mudo. Colgó unas cuantas veces, pero no sirvió de nada. Al parecer los teléfonos habían caído junto con la electricidad.

Al salir a la acera, escuchó las sirenas y los cláxones en la lejanía, y creyó oír algo más. Se colocó en mitad de la calle y observó las casas.

—¿Ha habido suerte?

Hopper echó un vistazo por encima del hombro y vio a Martha de pie junto a la ranchera, con un pie dentro y apoyada en la puerta del conductor.

—No —respondió, y volvió a mirar a su alrededor—. ¿Oyes eso?

A su espalda, oyó que Martha cerraba la puerta del coche y se acercaba. Caminó hasta una intersección en T. Delante tenían un parquecillo cercado de árboles, atravesado por un camino empedrado que, en el centro, rodeaba una fuente seca. Al otro lado del parque, en la calle paralela, Hopper vio que la última planta del adosado de en medio estaba iluminada. Había gente moviéndose bajo la luz y sonaba una música enlatada.

—Supongo que los ricos no tienen que preocuparse de quedarse sin luz —comentó Martha.

Hopper la miró de reojo y echó otro vistazo. Tenía razón, la zona que rodeaba el parque parecía relativamente buena. Los adosados tenían cinco plantas y algunos parecían compartir una espaciosa galería abierta en el ático, con unas grandes cristaleras detrás. Era en una de esas galerías donde parecía celebrarse aquella fiesta tan animada.

Martha chasqueó la lengua.

—¿Crees que podemos usar su teléfono?

Hopper negó con la cabeza.

—Los teléfonos no funcionan —dijo, señalando hacia

atrás con el pulgar, en la dirección de la cabina de la esquina—. Lo que de verdad necesitamos es encontrar un policía para usar su radio.

Martha se rio.

—¿Tú has visto a algún policía en este rato? Hazme caso, están dejando que el Bronx se queme. —Hizo una pausa—. ¿Y si probamos con un equipo de bomberos? ¿Llevan radio?

—Podemos probar, pero imagino que ya andarán bastante ocupados.

Sonó un estridente silbido al otro lado de la calle, como si alguien intentara parar un taxi.

—¿Eres tú, Frankie? —gritó alguien desde la galería.

Hopper, ceñudo, se adelantó para ver mejor sin el impedimento de los árboles. Al cruzar el parque, acompañado por Martha, vio a una docena de personas en la galería charlando, fumando y bebiendo. Había un mesa en una esquina y un gran radiocasete a pilas por el que sonaba el *Born to Run* de Bruce Springsteen.

—No soy Frankie, lo siento —gritó Hopper.

Al oír su voz, varios invitados más de la fiesta se asomaron a la barandilla de la galería para echar un vistazo. Hopper no podía distinguirlos, porque estaban iluminados por detrás a través de las cristaleras.

—¿Charles? —dijo una mujer.

Hopper cruzó una mirada con Martha y luego volvió a mirar hacia la fiesta.

—Lo siento, tampoco soy Charles.

—Bueno, espero por lo más sagrado que traigas más champán.

Como para recalcar las palabras de la desconocida, se oyó que alguien descorchaba una botella. Hubo risas.

Entonces se oyó otra clase de detonación: un disparo, y cercano. Hopper y Martha se agacharon de forma instintiva, mientras algún invitado de la fiesta lanzaba un chillido de miedo antes de que se hiciera el silencio en la galería, a excepción de Bruce y su E Street Band.

Sin levantarse, Hopper se volvió hacia Martha. Entonces se oyó otro disparo y luego un tercero. Le dio un golpecito en el hombro y juntos corrieron hacia los coches aparcados al lado de la acera de debajo de la casa de la fiesta. Martha se asomó por encima de un maletero y Hopper echó otro vistazo a la residencia. La galería seguía iluminada y alguien los miraba desde encima de la barandilla.

—Que todo el mundo se meta dentro —le dijo Hopper, tan alto como se atrevió—. Apaguen la música y las luces y quédense ahí.

La sombra de la galería no respondió nada, pero desapareció. Al cabo de un momento cesó la música y se apagaron las luces, a la vez que un chasquido anunciaba que habían cerrado las cristaleras.

Hopper se volvió hacia Martha, que seguía examinando la zona.

—Ha sonado inquietantemente cerca —dijo.

—No veo nada —replicó Martha—. Por el sonido podría haber sido en la calle siguiente.

—Venga, tenemos que movernos. ¿Sabes dónde estás ahora mismo?

—Sí, estoy situada. ¿Listo para marcharnos?

Hopper se puso en pie poco a poco y mirando a su alrededor. No se habían producido más disparos y no se veía a nadie más por la calle.

—Vale, estamos listos. Pero muévete deprisa.

Martha salió corriendo de detrás del coche y cruzó el parque. Hopper hizo un último repaso de la zona y la siguió. Llegaron a la ranchera y se subieron al mismo tiempo. Martha giró el volante para ejecutar un cambio de sentido que precisó tres movimientos en aquella estrecha calle. La ranchera era tan larga que se vio obligada a dar gas y subir la rueda delantera a la acera, y para cuando estuvieron orientados en la dirección correcta, los dos neumáticos del lado izquierdo estaban sobre ella. El motor volvió a calarse.

Sonó un golpe sordo cuando el vehículo se hundió sobre sus amortiguadores antes de rebotar otra vez hacia arriba y bambolearse ligeramente de lado a lado. Junto a Hopper, Martha alzó la vista y luego lanzó un grito ahogado de miedo cuando el techo se abolló por encima de su cabeza con otro golpe estruendoso y el vehículo cabeceó de nuevo al caerle encima algo más. Sonaron dos impactos más y el parabrisas se rajó por la parte superior, justo delante de Hopper, a la vez que el techo se combaba todavía más hacia abajo.

Martha se peleó con el cambio de marchas mientras la ranchera seguía zarandeándose y, luego, miró otra vez hacia arriba y lanzó otra exclamación de sorpresa. Hopper vio aparecer un par de piernas delante del parabrisas, pertenecientes a alguien que se había deslizado desde el techo para ponerse de rodillas sobre el capó. Luego ese alguien giró en redondo y se pegó al parabrisas, con la boca abierta de par en par mientras gritaba y se reía.

De pronto se vieron rodeados por todas partes de movimiento, más hombres que se deslizaban por el techo del coche y lo rodeaban por delante, detrás y los lados. Hopper se volvió a izquierda y derecha en el asiento corrido y luego dio un golpe seco al seguro de su puerta, antes de estirar el cuerpo por delante de Martha y bajar el de ella.

El coche estaba rodeado por aquellos hombres que en apariencia habían saltado de la galería de la casa bajo la que se encontraba el vehículo. Hopper contó siete pero, cuando empezaron a zarandear el coche de lado a lado, vio que se acercaban otros caminando por la calle. Algunos llevaban armas improvisadas: bates de béisbol, por ejemplo, aunque había uno que parecía blandir un hacha contra incendios. Todos vestían de tela vaquera azul pálido, como si fueran de uniforme.

Otra banda. No eran los Víboras, pero Hopper no creía

que eso fuese a suponer una gran diferencia por lo que tocaba a sus posibilidades de supervivencia.

Martha giró la llave en el contacto y el coche arrancó con un rugido, pero cuando pisó el acelerador se oyó un petardeo y volvió a pararse. Repitió la maniobra mientras Hopper se veía reducido a mirar a los hombres que los rodeaban mientras el vehículo se balanceaba como un barco a la deriva. A los pandilleros les bastaría con coordinarse un poco para volcar el vehículo con ellos dentro.

Levantó los brazos en un gesto instintivo cuando la hoja del hacha que llevaba uno de los recién llegados se clavó en el parabrisas delante de él. El cristal no se hizo añicos, pero las grietas que ya habían empezado a formarse se extendieron como una telaraña por toda su superficie. El pandillero se subió de un salto al capó y tiró fuerte del arma, que al soltarse le hizo perder el equilibrio y caer del vehículo, para regocijo de sus compinches. Ocupó su posición otro miembro de la banda, que recogió el hacha y atacó una segunda vez.

—¡Vamos! —gritó Hopper, y agarró la chaqueta de béisbol de Martha mientras se tiraba por encima del respaldo del asiento y aterrizaba con estrépito en la parte de atrás, agitando las piernas en el aire.

Notó que Martha le agarraba el tobillo y usaba sus piernas para impulsarse y unirse a él en el asiento trasero. Cayó al suelo junto a él, que lejos de quedarse quieto trepó al respaldo del asiento y pasó al espacioso maletero. Martha lo siguió con rapidez y se agazaparon tras el asiento mientras la pandilla, al parecer concentrada por completo en la parte delantera del vehículo, empezaba a destrozar las ventanillas con los bates de béisbol, mientras el sujeto del hacha pasaba a trabajar el capó. Hopper no tenía ni idea de si los pandilleros sabían siquiera que Martha y él seguían dentro, pero era ahora o nunca. Miró por el parabrisas trasero y vio que la calle estaba despejada. Avanzó hasta la puerta del maletero, pero luego desvió su atención al suelo de la ranchera, donde clavó las uñas en la estera para levantarla y revelar un hueco vacío que en teoría debería haber ocupado la rueda de repuesto. Sin embargo, encontró lo que buscaba: una barreta para neumáticos que sí estaba en su ranura, a un lado. Mientras la sacaba, Martha pasó por su lado y abrió la puerta de atrás usando la palanca interna. Una vez despejada la vía de escape, se volvió hacia Hopper, que señaló hacia la calle con el mentón.

—¡Sal! Voy detrás de ti.

Martha se volvió, se deslizó fuera del coche y arrancó a correr por la calle. Varios de los pandilleros vieron por fin que intentaban escapar. Hopper oyó que dos les daban una voz y se ponían a correr por un lado del coche para perseguirlos.

Salió de un salto, blandiendo la barreta de hierro. Su garrote improvisado alcanzó a los dos perseguidores, que cayeron al suelo al instante, uno noqueado y el otro rodando mientras se tapaba la cara con las manos, por entre las cuales ya corría un reguero de sangre.

Los otros captaron el jaleo pero, para cuando llegaron hasta sus compañeros caídos, Hopper ya había recorrido media calle, batiendo los brazos mientras interponía toda la distancia posible entre él y la pandilla. Más adelante, vio a Martha agachada junto a un coche aparcado. Le hizo un gesto y ella arrancó otra vez, con Hopper a los talones.

Corrieron.

44

Los jinetes del infierno

13 DE JULIO DE 1977
Sur del Bronx, Nueva York

Avanzaron más deprisa a pie, tanto que Hopper deseó haber abandonado antes la ranchera de Leroy. Los pandilleros que habían asaltado el coche se habían rendido enseguida, apenas después de dar media vuelta al parquecillo persiguiéndolos a Martha y a él. Cuando pararon a descansar, dando boqueadas mientras se sentaban en el bordillo, Martha le sonrió. Hopper le correspondió, pues compartía su sensación de euforia aunque supiera que habían tenido suerte de escapar. Si sus agresores hubieran llevado armas de fuego, la historia podría haber tenido un final muy distinto.

Recuperados, dirigieron sus pasos de nuevo hacia la avenida principal, porque necesitaban usar una radio de la policía para ponerse en contacto con Delgado y, a ser posible, con el agente especial Gallup, y Hopper pensó que tenían más posibilidades de encontrar a agentes del orden en las arterias principales que en las zonas más tranquilas. Martha estuvo de acuerdo.

El problema era que no había ni un policía a la vista. En las calles más anchas había ajetreo, como el que habían encontrado más al norte, pero el buen ambiente de los primeros momentos del apagón había desaparecido hacía mucho. La ciudad ya llevaba unas cuantas horas sin luz y, al ver que las autoridades no daban señales de vida, los ciudadanos se habían dividido en facciones para tomarse la justicia por su mano. Mientras caminaban hacia el sur, Hopper y Martha pasaron por delante de más tiendas que o bien estaban siendo saqueadas o bien habían sido vaciadas con anterioridad, hasta quedar reducidas a meras cáscaras rodeadas de cristales rotos y basura. Se cruzaron con un viejo que estaba sentado en una silla de jardín delante de una tienda de artículos deportivos McCammen's con una escopeta apoyada en el hombro y una pistola en la mano, mientras una cola de personas desmantelaba el colmado contiguo, del que se estaban llevando hasta los estantes. Cuando Hopper y Martha pasaron por delante, el hombre de la silla de jardín los miró de arriba abajo y agarró más fuerte la pistola. La tienda que tenía detrás seguía incólume, mientras un par de jóvenes sacaban del colmado una nevera entera de bebidas sobre una carretilla de dos ruedas.

—La ciudad se muere —comentó Martha, dirigiendo al frente una mirada inexpresiva mientras seguían su trayecto—. Se corta la luz, hace un calor de mil demonios y esto se convierte en un zoo.

Hopper no dijo nada. Se limitó a mantener los ojos abiertos para contemplar la destrucción en curso y buscar algún indicio de presencia policial.

No captó ninguno.

Pararon en el siguiente cruce para orientarse y buscar una ruta alternativa, ya que la calle de delante estaba bloqueada por varios coches, uno de los cuales estaba volcado y otro, incendiado. Delante de aquel desastre, un joven discutía con un grupo de otros tres, mientras un trío de mujeres gritaba a cierta distancia. No pasó mucho tiempo antes de que el joven acabara en el suelo, recibiendo patadas de los otros tres mientras dos de las mujeres sujetaban a la tercera.

La calle siguiente daba la impresión de haber sufrido un impacto de bomba, pero Hopper reconoció aquellos daños como antiguos, una simple muestra más de cómo Nueva York ya se caía en pedazos mucho antes de que se fuera la luz. Dos edificios anchos con las ventanas cegadas con tablones flanqueaban un solar vacío lleno de malas hierbas casi tan altas como él. En la acera de enfrente, dos hombres fumaban apoyados en una valla de tela metálica.

Hopper apretó el paso y Martha no se quedó atrás.

En la esquina siguiente oyeron que alguien pedía ayuda a gritos. Era una voz de mujer mayor, pero el eco que resonaba en las calles hacía imposible averiguar la procedencia. A medida que seguían avanzando, la voz cobró volumen y luego fue debilitándose hasta cesar por completo.

Hopper apretó los dientes. Miró a Martha de reojo y vio que la joven volvía a tener la vista fija al frente, con la expresión impasible.

Ella tenía razón. La ciudad se moría. Se estaba destruyendo a sí misma.

El día de la Sierpe de San Juan

Hopper juró que se lo haría pagar caro a los Víboras.

Mientras seguían avanzando hacia la vía principal que llevaba a Manhattan, vieron que la noche era mucho más luminosa que antes gracias a los incendios que habían aumentado en número de forma progresiva durante su caminata. Unas manzanas más adelante, cualquiera hubiera dicho que la calle entera estaba en llamas y vieron el resplandor de varios fuegos en todas las direcciones, titilando en la oscuridad. Hopper no podía ni imaginar el aspecto que tendría el Bronx al amanecer.

—¿Crees que Manhattan estará igual?

Hopper miró a Martha apretando los labios. Pensó en los imponentes rascacielos, los clichés turísticos de la Gran Manzana, y no logró imaginarlos en llamas. Pero Manhattan era una isla muy grande y la parte que la gente tenía en mente cuando pensaba en la ciudad de Nueva York solo ocupaba una parte relativamente pequeña de ella.

—No lo sé —respondió Hopper, y decía la verdad—. No hemos visto ningún policía aquí arriba porque apuesto a que están todos ahí abajo, manteniendo la paz. Hay muchos ricos en la ciudad.

—Y muchos pobres en el Bronx que se van a quedar sin nada después de esta noche.

La calle empezó a llenarse de nuevo. Había más coches, porque la gente intentaba huir, aunque lo único que lograban era sumarse a otro atasco. Eso no impedía a los conductores explayarse con sus bocinas. Hopper hizo una mueca, ensordecido por el estruendo, al pasar por delante del punto crítico del embotellamiento. Más adelante, vio un grupo de motoristas que atravesaba un cruce esquivando sin aparentes dificultades a los vehículos atascados.

«Ojalá nosotros tuviéramos también una moto —pensó—. Habríamos llegado a Manhattan hace horas.»

Siguieron caminando y el bramido de las motos volvió a cobrar fuerza, hasta que al cabo de un momento apareció una en una travesía y se detuvo allí. Hopper observó al conductor, que pareció mirarlos a ellos, antes de darle gas a la moto y volver por donde había venido con un estridente gemido de su motor.

Hopper aflojó el paso y luego se detuvo del todo. Estaba exhausto y su cansada imaginación le jugaba malas pasadas, pero lo reconcomía un presentimiento muy malo.

Martha se detuvo y se volvió para mirarlo.

—¿Qué pasa?

El gemido de las motocicletas apareció como salido de la nada. Martha giró sobre sus talones. Hopper siguió su mirada para ver que el motorista había regresado, seguido por otros seis, cada uno de los cuales pilotaba la misma clase de motos de cross, altas y ligeras. El que estaba más adelantado se puso de pie sobre los estribos y soltó un aullido.

—¡Bueno, bueno, pero si es Martha W. y su polvete de la pasma! ¡Hola, Martha W.! ¿Cómo va?

El cabecilla motero era City, y tras él sus compañeros empezaron a trazar lentos círculos, entre carcajadas que resultaban audibles por encima del gemido de las motos.

Martha miró a Hopper, que se limitó a negar con la cabeza.

Los Víboras los habían encontrado.

45

El parte de Eric

13 DE JULIO DE 1977
Brooklyn, Nueva York

—O sea que le dije a George: mira, le dije, si quieres hacer una película que de verdad signifique algo para el público, tienes que hacer una película que signifique algo para ti. Y entonces él me mira y me suelta, ¿qué quieres decir? Y entonces yo le miro y le digo: escucha, joven, ¿sabes cuál fue el mejor momento de tu vida? Cuando ibas al instituto, ni más ni menos. Luego te gradúas y todos tus amigos se van y entonces, bueno, puf, ya está, se acabó. O sea que a lo mejor deberías rodar una película sobre eso.

Delgado miró a Diane de reojo, pero la expresión de esta permaneció inamovible mientras intentaba contener un bostezo. Sacudió ligeramente la cabeza.

No era la primera vez que oían aquella anécdota esa noche. El tablero de Monopoly seguía desplegado ante ellas sobre la mesa del comedor, pero Delgado se había aburrido enseguida y, a pesar de las advertencias, había decidido preguntar a la señora Schaefer por el tema prohibido.

La anciana le había respondido de mil amores y para entonces, un par de horas más tarde, había logrado de alguna manera repetir la anécdota de cuatro maneras distintas, cada vez con una formulación algo diferente, pero siempre centrada en torno a cómo había inspirado a un director llamado George Lucas para que rodase lo que, según ella, era su «mítica película», cuando era su tutora en la Universidad del Sur de California. Delgado no tenía ni idea de si era verdad o solo una fantasía confeccionada por una señora mayor excéntrica. Diane se negaba a dejarse arrastrar a la conversación.

A lo mejor otra partida de Monopoly a la luz de las velas tampoco era tan mala idea.

Esther estaba de pie junto a las ventanas que daban a la calle. Llevaba allí un rato, pendiente del retorno de su marido. Mientras la señora Schaefer seguía parloteando, Delgado consultó su reloj. Después miró a Diane, pero esta negó con la cabeza. Ya habían sostenido aquella conversación un par de veces.

—Si sales ahí —dijo Diane—, no lo encontrarás ni en broma. Podría estar en cualquier parte. Entonces volverá por su cuenta y serás tú la que falte.

Tenía razón, por supuesto. Lo único que podían hacer era esperar. Sabían que la ciudad estaba sumida en un apagón, pero eso era todo lo que habían podido averiguar con la radio antes de que se gastaran las pilas. Habían pasado algo más de media hora buscando otras que estuvieran cargadas, pero no encontraron ninguna.

Lo único que podían hacer era tener paciencia y esperar.

Delgado por lo menos había conseguido localizar a Gallup por teléfono. No sabía muy bien por qué sentía la necesidad de informarle, pero parecía lógico. Le había referido lo que había descubierto gracias a su modesta investigación y él hasta había mostrado un atisbo de interés, lo bastante satisfecho con la información para pasar por alto el detalle de cómo estaba ella al corriente de la operación de incógnito de Hopper.

Una operación de la que Delgado no formaba parte ni antes ni en esos momentos, aunque le pareciese que, dadas las circunstancias, lo mejor era como mínimo mantener informado a Gallup, o a sus agentes, sobre su paradero durante un incidente que tenía el potencial de estallar en una crisis a escala de toda la ciudad.

Gallup le había aconsejado que se pusiera a disposición de sus propios superiores en el departamento de policía de Nueva York, pero cuando había colgado para llamar a la Comisaría 65, la línea se había cortado. Delgado había barajado la idea de acudir a la comisaría más cercana y punto, pero la había descartado enseguida.

Había hecho una promesa a Hopper.

—¡Ha vuelto!

La señora Schaefer calló mientras Esther se separaba de la ventana y corría a la entrada del piso. La atravesó como un cohete y Delgado la oyó bajar por la escalera con estrépito hasta el vestíbulo. Al cabo de unos instantes, ella y Eric volvieron juntos al apartamento.

Diane se levantó de la mesa.

—¡Dios mío, Eric, te has tirado horas fuera! ¿Dónde narices estabas?

Eric apagó la linterna y la dejó sobre la mesa. Separó una silla, se sentó y respiró hondo. Esther le tendió la mano y él la aferró.

—Uf, he estado en muchos sitios —dijo, sacudiendo la cabeza—. Lo de ahí fuera es un circo. Un montón de gente, un montón de coches. Nunca he visto nada parecido. —Miró a su mujer—. O sea que me he acercado a casa de Charles y June. Están bien, pero él también quería salir a dar una vuelta para investigar. O sea que hemos ido juntos. Lo siento, no me he dado cuenta de que tardaría tanto en volver. Pero hemos llegado hasta la avenida Willoughby.

Dejó de hablar y sacudió la cabeza otra vez.

Las demás se miraron entre ellas. Entonces Delgado cogió una silla y se sentó junto a Eric.

—¿Qué pasa?

Eric miró a la inspectora.

—No sé lo que pasa, pero es algo raro.

Diane se les acercó.

—¿Raro?

Eric asintió.

—En Willoughby hay un edificio que todavía tiene corriente, porque tendrá un generador o algo así. Tenía todas las luces encendidas. —Alzó las manos y las movió en el aire delante de su cara, como si esculpiera el relato para ellas—. Pero había un montón de personas, no sé, cientos, a lo mejor. —Sacudió la cabeza—. No lo sé. Pero todas iban hacia allí, desfilando. Y todas llevaban el mismo tipo de chaqueta, además de fusiles.

—El ejército —dijo la señora Schaefer—. Lo sabía. Sabía que vendrían a echar un cable.

—No, no era el ejército —la corrigió Eric—. Mira, en cuanto nos hemos dado cuenta, hemos vuelto lo más rápido posible. —Se inclinó hacia delante—. Era una banda. Muy grande. Todos llevaban el mismo parche en la espalda, una serpiente.

A Delgado le dio un vuelco el corazón.

—¿Una serpiente?

—Eso es —dijo Eric.

Delgado se hundió en la silla. Esther apretó la mano de su marido y miró a la inspectora.

—¿Eso significa algo? ¿Sabe quiénes son?

Delgado enderezó la espalda y, por el momento, se desentendió de esa pregunta en concreto.

—¿Has dicho que eso era en Willoughby? ¿Recuerdas a qué altura, exactamente?

—Ah, claro, ya lo creo —dijo Eric—. El edificio con luz es un sitio muy grande. Se llama Instituto Rookwood.

46

Huida al peligro

13 DE JULIO DE 1977
Sur del Bronx, Nueva York

City detuvo su motocicleta y la inclinó en un ángulo pronunciado a la vez que apoyaba un pie en el suelo. Sonrió y retorció el manillar para dar gas sin parar mientras hablaba.

—¡Bueno, bueno, tía, te hemos estado buscando por todas partes! —Hopper creyó detectar en su voz un deje sureño—. ¿Tu madre no te dijo que no salieras con desconocidos?

Hopper notó que Martha se tensaba a su lado. Llevaba mucho tiempo en los Víboras, esforzándose por cuidar de su hermano. Había trabado amistad con los pandilleros, incluido el joven que se hacía llamar City.

Detrás de él, los seis motoristas restantes se colocaron en fila metiendo ruido con los motores como su cabecilla. Uno que estaba en uno de los extremos parecía algo pasado de entusiasmo, y la rueda trasera de su moto empezó a cocear e inclinó de lado el aparato antes de que tuviera ocasión de corregirlo.

Hopper no sabía mucho de motocicletas, pero aquellas eran altas y ligeras, con la horquilla larga. Estaban diseñadas para circular por terrenos accidentados, para que las pilotaran de determinada manera. Tenían el par motor alto y los mandos sensibles.

Hopper miró de reojo a Martha para captar su atención.

—Cuando te diga que corras —susurró con voz inaudible para City a causa del jaleo que armaba su moto—, corres y punto, ¿vale?

Martha puso cara de extrañada pero asintió de forma muy disimulada.

—Oye, pero, bueno —dijo City—, ¿qué es eso de hablar en secreto delante de tus hermanos, Martha W.? Verás, tenemos que llevaros con el santo. Yo creo que tú puedes montar conmigo, ¿me entiendes? Tendrás que agarrarte bien fuerte. —Volvió a dar gas a su moto, una, dos y tres veces. Detrás de él, lo otros se rieron e hicieron lo mismo.

—¡Corre!

Hopper salió disparado hacia su derecha, en dirección al toldo que colgaba sobre la acera. Al final de la calle que tenía delante destacaba en la oscuridad el resplandor de los postes de la valla de un parque público, que parecía mucho más amplio que el que habían encontrado antes. Al llegar a la verja, miro hacia atrás, solo para descubrir que no había ni rastro de Martha.

—¡Mierda!

Había salido corriendo en otra dirección. Delante, vio que tres de las motos se separaban del resto y derrapaban para trazar un giro cerrado y arrancar en persecución de la chica, mientras que las otras tres y City ya aceleraban por el centro de la calle hacia él.

Hopper atravesó la entrada y estuvo a punto de tropezar porque el camino caía casi de inmediato pendiente abajo. Enfrente, el parque se extendía en la oscuridad, donde unos pocos senderos gastados y estrechos serpenteaban en rutas tortuosas por entre árboles maduros sobre un terreno irregular y con acusados desniveles en algunos puntos.

Hopper descendió medio corriendo, medio deslizándose

por el terraplén, aprovechando uno de los árboles para frenar su impulso y elegir una dirección. El gemido de las motos ya estaba muy cerca. Se volvió y vio que City y sus tres compañeros atravesaban como exhalaciones la entrada y que sus motos despegaban del suelo cuando, tal vez sin querer, saltaron por la pendiente y aterrizaron en la zona plana del parque. Uno de los motoristas cayó de lado al aterrizar, pero los demás no esperaron a que se levantara. Al avistar a Hopper, City aceleró y se enderezó en el asiento mientras aullaba eufórico cargando hacia él.

Hopper se cobijó detrás del árbol mientras City pasaba de largo y luego maniobraba entre los árboles mientras intentaba efectuar más giros cerrados. Sus compañeros tenían las mismas dificultades que él para circular por aquel terreno. Como Hopper había sospechado, las motos de cross no estaban hechas para manos inexpertas: valían para correr por una calle asfaltada, pero, aunque estuvieran diseñadas precisamente para ese tipo de terreno, los pandilleros estaban incómodos pilotando aquellas máquinas por entre los árboles y las cuestas del viejo parque.

—¡Hopper!

Cuando se paró junto a otro árbol, iluminado por los faros que danzaban a su alrededor mientras los Víboras enderezaban sus motos, vio que Martha le hacía señas desde el otro lado del parque, claramente visible en la oscuridad gracias a los vaqueros y la chaqueta blancos. Luego la chica arrancó a correr, haciendo molinetes con los brazos para mantener el equilibrio mientras bajaba por la abrupta pendiente. Al cabo de un momento la iluminaron los faros de los otros tres motociclistas, que acababan de aparecer en la entrada, donde se habían parado para buscar a su presa antes de dar gas de nuevo y entrar en el parque.

Martha llegó hasta Hopper al mismo tiempo que City, que hizo un caballito con la moto hasta dejar la rueda delantera a la altura de sus cabezas. Hopper se tiró al suelo en una dirección y vio que Martha se lanzaba en la otra. Después él se puso en pie ayudándose con las manos y levantando una nube de polvo del suelo reseco. City dio media vuelta con la moto y encañonó a Hopper con el faro, que convirtió el aire en una neblina parda y asfixiante.

Los demás pandilleros se gritaron unos a otros con las ruedas girando a toda velocidad y se lanzaron contra Hopper y Martha. Hopper puso un árbol entre él y sus perseguidores, y Martha hizo lo mismo. Los dos se pegaron a la corteza mientras las motos les pasaban disparadas por el lado y llenaban el aire de más polvo y hojarasca. Hopper vio oscilar los faros de los Víboras cuando estos se vieron obligados a deslizarse para frenar y girar a peso sus máquinas para reemprender la persecución. Perdido en la nube de polvo, aprovechó para cambiar de posición y desplazarse hasta un escondrijo distinto detrás de otro árbol. Asomó medio cuerpo y le hizo señas a Martha para se quedara donde estaba, pero con el aire tan cargado de polvo no estaba seguro de que lo hubiese visto.

Entre el bramido de las motos, City lanzó un grito; no a los dos fugitivos, sino a sus compañeros de banda. Entonces, con los motores zumbando en rápidos estallidos de potencia, los Víboras avanzaron, ahora más despacio, iluminando el aire polvoriento con sus faros oscilantes.

Hopper veía cumplidas sus esperanzas: los Víboras los habían perdido. Poco acostumbrados a las motos de cross, habían tenido que concentrarse en mantenerse derechos, en vez de en seguir el rastro de sus presas, mientras que la tierra que habían levantado con sus ruedas había proporcionado más cobertura aún a Hopper y Martha.

Él se agachó y palpó la superficie del suelo. Había muchos guijarros y piedrecillas sueltos, pero lo que buscaba de verdad era algo mucho más grande.

Lo encontró. Estaba hundida en el suelo, pero resultó fácil sacarla. La roca tenía el tamaño aproximado de una pelota de béisbol. Sería ideal.

Cuando se acercaron las motos, Hopper alzó la roca y la lanzó trazando una alta parábola por encima de las nubes de polvo iluminadas. Desapareció en la noche y, un segundo más tarde, aterrizó con estrépito entre unos arbustos invisibles.

Los faros de las motos viraron de inmediato para apuntar en aquella dirección. Cuando uno de los motoristas dio gas a su motor, Hopper salió de detrás del árbol. Ahora estaba a la espalda del último perseguidor. Mientras los pandilleros avanzaban con cautela hacia el origen del sonido, Hopper agarró al último por el cuello de la chaqueta en la que lucía los colores de la banda.

Esa acción fue suficiente. Al hombre se le escapó el manillar y la moto se le escurrió de entre las piernas. Hopper se apartó de un salto y soltó la chaqueta mientras la moto caía de lado y desmontaba a su piloto. Sin perder un momento, Hopper se dejó caer encima del pecho del víbora, con las rodillas por delante para cortarle la respiración. Lo agarró por la pechera de la camiseta, le levantó un poco y le asestó un puñetazo certero. Notó que la nariz del hombre se desplazaba bajo el impacto, y luego un chorro de sangre tibia en los nudillos.

Se puso de pie, pasó por encima del víbora y se dirigió hacia su moto, que seguía a tope de revoluciones, tirada en el suelo sin que nadie le hiciera caso. La levantó, echó mano del acelerador y luego miró hacia atrás. Martha salió de detrás de un árbol cercano y se montó a su espalda.

Hopper miró hacia abajo, para quedarse con la posición de los pedales de freno y cambio de marchas. Martha le rodeó la cintura con los brazos y casi le chilló al oído.

—¿Seguro que sabes conducir este trasto?

—Antes sí —dijo Hopper.

Aunque esa clase de motocicleta era desconocida para él, de joven había pilotado algunas. Una vez que estuvieran fuera del parque, manejar la sensible máquina resultaría sencillo.

Por lo menos, en teoría.

Martha le dio unos golpecitos en el hombro. Más adelante, los faros de las otras motos dieron media vuelta cuando City empezó a dirigir a su grupo hacia ellos.

Hopper dio gas, accionó el pedal de las marchas y se agarró como si le fuera la vida en ello cuando la moto saltó hacia delante. Suponiendo que la mera velocidad los mantendría derechos, giró el acelerador y apuntó hacia la entrada del parque. Al cruzar la puerta, rozó el borde con el hombro, lo que provocó que hicieran algunas eses. Hopper maldijo y aceleró todavía más. Cuando los neumáticos de la moto pisaron el asfalto de la calle y obtuvieron tracción completa, el repentino aumento de la velocidad los sorprendió tanto a él como a Martha, que le gritó algo al oído.

Pero seguían de pie y avanzando.

Hopper lo consideró una victoria.

Orientó la moto hacia el oeste y luego, con el río Harlem a la vista, viró para circular en paralelo a él, hacia lo que tomó por una callejuela que pasaba entre solares vacíos y cubiertos de maleza por el lado del río y vías de tren por el otro. Antes, Hopper había seguido un rumbo errático por la cuadrícula de calles, donde la velocidad y agilidad de la moto les había permitido escapar limpiamente de los Víboras. Ya circulando en línea recta y por una calle desierta, el vehículo devoró kilómetros con facilidad.

En su recorrido hacia el sur, carreteras y rampas de acceso empezaron a entrecruzarse por encima de sus cabezas, a medida que varias rutas principales convergían en un puente situado más adelante, donde las calles ya estaban atestadas de coches, con sus luces y su coro de bocinazos. Nadie se movía, pero Hopper esperaba que, si encontraban un atasco, la moto fuera su salvación.

El puente al que se acercaban era el de University Heights, ante el cual se extendía una maraña endiablada de cruces en los que desembocaban varias calles. Hopper aminoró mientras embocaba una rampa de acceso con la moto, sorteando coches detenidos hasta que se vio obligado a poner fin a su viaje.

Aquello no era un atasco corriente. El puente estaba cerrado; más que eso, estaba fortificado, bloqueado con pesadas vallas portátiles que alguien había tendido de lado a lado de la calle para cerrarlo al tráfico y obligar a los coches entrantes a dar media vuelta en una curva que los alejaba de Manhattan. En el espacio disponible tras las vallas habían instalado unos faros enormes, con cuatro generadores del tamaño de furgonetas que ronroneaban junto a la calzada.

Más adelante todavía, donde empezaba el puente propiamente dicho, se veía una línea de policía montada. Los agentes, equipados con cascos antidisturbios con la visera de malla bajada y largas porras de madera en las manos protegidas por guantes reforzados, ocupaban los dos carriles en toda su extensión. Los caballos —algo menos protegidos que sus jinetes— cabeceaban y piafaban bajo el cálido aire nocturno.

—Por fin, las autoridades —dijo Hopper—. Espera.

Apretó el acelerador y adelantó la motocicleta a lo largo de la hilera de coches parados, para luego pivotar y colarse por una rendija entre las vallas. Se dirigió derecho hacia la fila de policías montados.

—¡Quédate donde estás!

Hopper aminoró y ladeó la moto mientras la detenía. Desde el final de la hilera de policías, un oficial hablaba con un megáfono pegado a la boca. Adelantó un poco su caballo, aunque el animal se volvió de lado en señal de protesta.

—¡Baja de la moto y quédate donde estás!

Martha bajó de la parte de atrás. Hopper miró por encima del hombro y luego desplegó la pata de cabra y la imitó. Cruzó una mirada con Martha y luego caminó hacia delante.

—¡Quédate donde estás y pon las manos donde pueda verlas!

Hopper paró y levantó las manos por los costados. Tenía que intentarlo; técnicamente estaba en busca y captura, pero, dado el caos imperante, supuso bastante probable que los policías que vigilaban el puente tuvieran bastantes preocupaciones sin reconocer su nombre.

—¡Soy el inspector Jim Hopper! ¡Trabajo en la Comisaría 65 de Brooklyn, en Homicidios!

El oficial montado bajó el megáfono y se acercó a sus compañeros. Le dijo algo al más cercano, que luego dio media vuelta a su caballo y retrocedió al trote hacia el otro lado del puente. El resto de policías ajustaron su posición para llenar el hueco.

Hopper suspiró y empezó a caminar hacia delante.

—¡Hopper, espera!

Se volvió para mirar a Martha y luego oyó los cascos a su espalda. Dirigió la vista de nuevo hacia delante y vio que dos de los policías montados avanzaban hacia él.

Se detuvo y levantó las manos.

—¡Escuchadme! ¡Soy policía! ¡Necesito hablar por radio con mi comisaría! Tengo información importante que debe transmitirse a las autoridades federales.

Los dos policías montados empezaron a trazar círculos alrededor de Hopper, para aislarlo en el centro del puente mientras obligaban a Martha a retroceder.

—¡Las manos en la cabeza! ¡De rodillas!

Hopper levantó la cabeza para mirar al policía, pero no distinguió su cara tras el visor del casco. Este alzó la larga porra de madera.

—¡De rodillas!

Hopper suspiró y obedeció, entrecruzando los dedos de ambas manos a la altura de la nuca mientras descendía sobre el asfalto caliente. Adiós a la teoría de que no sabrían quién era.

La fila de policías montados volvió a separarse y por el hueco apareció un coche patrulla, con las luces encendidas, seguido por un gran furgón negro. Los dos vehículos pararon y de ellos salieron varios agentes ataviados con el uniforme reglamentario habitual, camisa azul claro de manga corta y pantalones oscuros. Se acercaron corriendo, algunos pistola en mano, para cubrir a Hopper.

—¡Eh, soltadme!

Hopper volvió la cabeza y vio que Martha ya estaba esposada y que dos agentes uniformados la llevaban hacia el gran furgón. Cuando dirigió la vista de nuevo hacia el frente, recibió un puñetazo en la mandíbula.

El mundo de Hopper volcó de lado cuando cayó al suelo. Aturdido, pero no inconsciente, sintió un líquido caliente en la cara y la boca se le llenó de un sabor a cobre. Entonces le apretaron el rostro contra la calzada mientras varios policías le juntaban las muñecas y lo esposaban antes de levantarlo.

Sus pies no llegaron a tocar el suelo cuando lo transportaron hasta la parte de atrás del furgón y lo lanzaron dentro.

26 de diciembre de 1984

Cabaña de Hopper
Hawkins, Indiana

Había parado de nevar. Ya era algo. Hopper miró por la ventana de la cocina mientras fregaba su taza de café. Debía de haberse bebido ya dos litros.

En la sala de estar, Ce estaba tumbada en el sofá, enterrada debajo de una montaña de mantas. Cuando echó un vistazo, Hopper vio sobresalir los rizos de su coronilla por encima del brazo del sofá. Hacía un rato que no se movía. Era tarde, y habían hecho otra pausa en el relato. Lo más probable era que se hubiera dormido. Y mejor así, casi. Hopper llevaba hablando toda la tarde y parte de la noche. No estaba seguro de cuánto tiempo podría aguantar, aunque la voz de momento resistía.

Podían seguir por la mañana. En realidad, podía ofrecerle un resumen censurado de lo que faltaba. Aquellos días de 1977 en Nueva York fueron complicados, y le parecía que la historia era, bien pensado, demasiado para ella.

¿O no? ¿Quizá sería peor para Ce si se detenía? Era una niña inteligente. De acuerdo, no era como otras chicas de su edad, pero la verdad era que hasta aquel momento había disfrutado del relato, que había escuchado absorta. Hopper le estaba revelando todo un mundo nuevo, por supuesto, además de una faceta de él completamente distinta.

Esperaba que la considerase buena. En aquel entonces lo había hecho lo mejor que había podido, pero no quería mentir. No pretendía hacerse pasar por lo que no era.

La historia era siniestra, daba miedo aun sin las partes que había censurado. Pero eso quizá no fuera algo malo. A los niños les gustaba pasar un poco de miedo... si se sentían seguros. Pero ¿qué podía ser más seguro que aquello? Hopper había salido de Nueva York indemne. Ya había dejado claro a Ce que Delgado estaba bien.

Se habían producido muertes, sí, y quedaban más por llegar.

Hopper suspiró. Quizá le estuviera dando demasiadas vueltas. Quizá subestimaba a Ce.

No, nada de quizá. Estaba claro que sí.

Ce se movió en el sofá. Hopper volvió a la sala de estar mientras ella se incorporaba bajo las mantas.

—¿Qué pasó luego? —preguntó.

—¡Pensaba que te habías dormido!

Ce negó con la cabeza mientras se ponía cómoda en el sofá y levantaba una rodilla.

—¿San Juan era como yo?

Hopper movió la mandíbula sin decir nada durante unos instantes.

—¿Como... tú?

Ce asintió.

—Especial... diferente.

Hopper se frotó la barbilla. Era una buena pregunta, y la chica debía de llevar un buen rato sopesándola. Dada su experiencia con el doctor Brenner y el proyecto MKUltra, era una conclusión lógica.

Y que a lo mejor no se alejaba tanto de la verdad.

—Bueno —dijo Hopper—, él no podía mover objetos con la mente como tú, pero sí, había formado parte de un proyecto. De una clase distinta, no como el del laboratorio de

Brenner. Pero nos estamos adelantando un poco a la historia otra vez. —Se sentó a su lado y le puso una mano sobre la pierna cubierta por la manta—. Y no quiero que tengas pesadillas, ¿vale?

Ce pareció cavilar un rato con la cara muy seria. Después miró a Hopper, asintió con la cabeza y se arrellanó en el sofá, sin duda esperando a que retomase la narración.

Hopper le pasó la mano por el pelo y se puso en pie para estirarse otra vez. Después se sentó en el sillón, se recostó en el respaldo y se llevó las manos a la nuca.

La aventura continuaba.

47

Cambio de impresiones

—¿Ves algo?

Martha miraba por el minúsculo ventanuco cuadrado de vidrio reforzado con malla metálica del portón trasero del furgón, que ofrecía la única vista del mundo exterior. Suspiró y volvió a sentarse en el banco metálico, uno de los dos que había pegados a las paredes de la camioneta.

—No. Ni idea de dónde estamos.

Sentado enfrente de ella, Hopper intentó ponerse un poco más cómodo, pero no sirvió de nada. Sentía un intenso dolor palpitante en la mejilla y el labio, que le había partido el puñetazo de aquel policía, y además el interior del furgón era pequeño para un hombre de su tamaño. Ni siquiera podía sentarse con la espalda recta en el banco metálico, y se veía obligado a colocarse en el borde y encorvado, de tal modo que el afilado ángulo de noventa grados se le clavaba en el culo, mientras que las manos esposadas a la espalda no facilitaban las cosas.

Hasta ese momento, su viaje había estado marcado por muchas interrupciones. Habían cruzado el puente a una velocidad razonable, pero luego se habían detenido de nuevo, al parecer en otro control. Por la ventanilla trasera, Hopper había entrevisto la sombra de más policías montados, y luego el furgón había reemprendido su travesía vete a saber dónde.

Al cabo de diez minutos habían hecho otra parada, en la que habían permanecido inmóviles durante otros diez minutos antes de retomar la marcha.

Diez minutos más tarde, el furgón había parado de nuevo. Aquella parada duraba ya media hora larga por lo menos. El motor seguía encendido y Hopper no había oído salir a nadie de la cabina de delante. Tampoco se había asomado nadie a la parte de atrás para ver cómo estaban los detenidos.

—¿Crees que alguien nos va a hacer caso? —preguntó Martha—. ¿A una pandillera y un poli fugitivo?

Hopper frunció el entrecejo. A la chica no le faltaba razón.

—Bueno, tenemos que intentarlo. Si consigo hablar con alguien del grupo operativo, ellos saben quién soy.

Martha alzó una ceja.

—La ciudad se quema. No creo que nadie vaya a querer ponernos en contacto con nadie. —Apoyó la espalda en la pared del furgón—. Nos meterán en una celda con todo el mogollón de gente que han detenido. Claro, acabarán descubriendo que decimos la verdad, pero lo más probable es que para eso tengamos que esperar hasta Navidad.

Hopper se pasó la lengua por los dientes. Martha tenía razón. El departamento de policía, corto de financiación y de efectivos, estaría trabajando por encima de sus posibilidades en una crisis como aquella. Entonces se le ocurrió que quizá ni siquiera tendrían sitio en el calabozo. Tal vez estaban destinados a permanecer dentro de aquel furgón durante mucho, mucho tiempo.

Martha volvió a mirar por el ventanuco y apretó la nariz contra el vidrio para intentar ver qué pasaba fuera.

Hopper, incómodo, volvió a cambiar de postura y notó que algo se le clavaba en la barbilla. Al bajar la vista, vio que la esquina del mapa doblado del cuartel general de los Víboras asomaba por el cuello de su chaqueta. Alzó la vista.

—Bueno, cuéntame lo que sepas del plan de San Juan.

Martha volvió a sentarse en el banco.

—No sé gran cosa. San Juan le contó a un puñado de personas, yo incluida, alguna parte del plan, pero la mayoría se la guarda en secreto. Lo que está claro es que lleva por lo menos un par de años reforzando los Víboras: absorbiendo a otras bandas y quedándose su territorio, además de todo lo que tienen. Gente, dinero, lo que sea.

—Armas de fuego —añadió Hopper.

—Oh, sí, ya lo creo que tiene armas de fuego. Hizo algún que otro trato con varios cárteles, pesos pesados auténticos de Colombia y México, grupos que ya tenían una parte del pastel en Nueva York. Sabía cómo trabajar con ellos, y ellos tenían lo que él necesitaba.

—¿Qué les dio a cambio?

Martha se encogió de hombros.

—No lo sé. Dinero, a lo mejor. Vías de entrada a la ciudad. No lo sé. Supongo que sabía lo que se hacía, eso sí. Es un genio del crimen, ¿sabes lo que te digo? Un experto. Vamos, que sabe cómo camelarse a la gente, captar su atención y conseguir que hagan lo que él quiere. Tío, he visto morir a gente porque él se lo mandaba.

Martha calló y se sorbió las mejillas. Hopper asintió.

Lisa Sargeson. La había visto saltar a su muerte, en aparente cumplimento de una orden de San Juan. Lo había visto con sus propios ojos, pero aún no lo entendía.

Y Martha también. Tenía que ser así; estaba en aquella azotea con él.

Hopper bajó la mirada y contempló el suelo de metal moldeado del furgón. Quedaban cabos sueltos que no acababa de entender, piezas del rompecabezas que no encajaban del todo; pero tenía la impresión de que estaban cerca de conseguirlo.

Por supuesto, tal vez cerca no fuera suficiente.

—Es psicología —dijo.

—¿Qué?

Hopper alzó la vista.

—Psicología. San Juan tiene una colección de libros detrás de su despacho: manuales, guías. Es como si fuera su propia biblioteca de investigación. Me contó que, allá en Vietnam, estuvo metido en algún asunto turbio. Según él, lo trasladaron a «tareas especiales». ¿Y si estas tareas tenían que ver con el lavado de cerebros?

Martha entornó los ojos.

—¿Qué dices? Pero ¿eso es real?

Hopper se encogió de hombros y cambió de posición en el banco.

—No lo sé. Nunca lo he visto en persona, pero he oído historias. Pero mira, los dos hemos visto lo que San Juan puede hacer. Tiene una especie de poder, como un dominio sobre las personas. De ahí sale toda esa palabrería de magia negra. Necesitaba un gancho, algo extraño, algo que la mayoría de gente no se encontraría nunca.

—Sí, bueno, a San Juan le van toda clase de rollos raros.

Hopper ladeó la cabeza.

—Pero ¿a ti no te engatusó?

Martha se encogió de hombros.

—Es posible que lo intentara pero, como te he dicho, yo tenía mi propio plan, ¿sabes lo que te digo? Seguí centrada e hice lo necesario para sobrevivir, y para mantener a salvo a Leroy.

—Solo que a Leroy sí que le comió el coco San Juan, ¿verdad? Quizá a ti no te convenciera, pero tu hermano cayó.

Martha negó con la cabeza.

—Pensaba que yo podía protegerlo de aquello. En fin, Leroy lo llevaba bien. O, al menos, eso me parecía. Supongo que me equivocaba.

—No, no te equivocabas —dijo Hopper—. Así es como

me metí yo en todo esto. Tu hermano acudió a mí, pidiendo ayuda para sacarte de ese mundo. Estaba luchando contra el dominio que San Juan tenía sobre él, fuera cual fuese. Y casi consigue liberarse.

—Sí, bueno, a veces no basta con un «casi», ¿verdad? Pero es cierto, he visto lo que puede hacer. Sé de lo que es capaz.

—Pero, como te he dicho, es pura psicología. Sabe cómo funciona la mente humana. Sabe que, si puede convencer a la gente, la clase de gente adecuada, de que ha estado en contacto con, no sé, alguna otra clase de poder, eso los asustará. Y el miedo es una herramienta muy poderosa; tal vez la más poderosa que existe. Él mismo no se cree nada de todo eso. No lo necesita, siempre y cuando sus seguidores lo crean. Lo único que hace es reforzarlo haciendo que los Víboras se disfracen con túnicas de vez en cuando y encargando a sus seguidores que cometan asesinatos rituales.

—¿Asesinatos?

—Antes de saber que los Víboras estaban implicados, yo investigaba una serie de asesinatos con mi compañera. Las muertes eran rituales, pero no tenían ningún significado propio, solo formaban parte del método de control de San Juan.

Martha exhaló una bocanada larga y lenta de aire.

—No sé nada de eso. Ni hablar, ni en broma. Tienes que creerme.

Hopper asintió.

—Oh, te creo. Pero ¿cuánto sabes sobre este plan? San Juan está detrás del apagón. Tiene que ser cosa suya. Ha cortado la luz de la ciudad, pero tiene que haber un motivo de fondo.

Martha se limitó a sacudir la cabeza.

Fue entonces cuando las puertas de atrás del furgón se abrieron de par en par. Hopper y Martha se volvieron al oírlo, deslumbrados por la intensa luz de las linternas que sostenían unos policías con grueso equipamiento antidisturbios. Mientras los sacaban a Martha y a él, Hopper se fijó en que los agentes tenían más aspecto de militares que de policías, porque su equipo era más avanzado, más blindado. A la luz de las linternas, pudo leer las dos palabras pintadas con grandes letras amarillas de plantilla en la pechera de sus chalecos antibalas:

AGENTE FEDERAL

Miró a su alrededor mientras el enjambre de agentes rodeaba el furgón. Se encontraban en un gran espacio abierto. Alrededor había unos edificios altos de fachada plana, todos a oscuras. Habían montado faros y generadores, pero, aun así, Hopper tardó un momento en darse cuenta de que se hallaba en pleno centro de Times Square.

Un agente lo empujó con delicadeza para darle la vuelta y quitarle las esposas. Mientras Hopper agitaba las manos para recuperar la circulación, se le acercó otro agente al trote. Llevaba un traje oscuro, sobre cuya americana se había colocado un chaleco antibalas.

—Inspector Hopper —dijo el agente especial Gallup—. Me alegro de que haya podido asistir a la fiesta. Por aquí, por favor.

48

El informe final

El centro de mando improvisado era una gran carpa blanca que ocupaba en toda su anchura el tramo de la calle Broadway que cortaba en diagonal Times Square. El lugar en el que entraron Hopper y Martha guiados por Gallup era un hervidero de actividad, donde policías y agentes federales uniformados se mezclaban con personas vestidas de calle y otras que llevaban monos de faena y casco. Este último grupo estudiaba unos planos extendidos sobre grandes mesas de caballetes. Hopper vio que habían montado una radio de campaña militar en una esquina, cerca de la cual zumbaba un generador diésel.

Mientras caminaban, Gallup los puso al día de la situación.

El sistema eléctrico entero de la Con Edison había caído, porque la empresa se había visto obligada a apagar lo poco que quedaba activo de la red después del apagón inicial para intentar reequilibrar la carga y localizar la avería. Sin embargo, algunas zonas, incluida una sección de Queens y la península de Rockaway, sí que tenían luz, por una pura cuestión de suerte: no estaban conectados a la Con Edison, sino a la red de la Long Island Lighting Company.

Gallup se llevó a Hopper y Martha a un rincón, donde habían erigido un gran tablón vertical y lo habían cubierto con una lámina de acetato para que la gente pudiera escribir con rotulador, cosa que habían hecho hasta llenar la pizarra por completo de información.

Gallup siguió resumiendo la situación, pero a esas alturas un único pensamiento se repetía en bucle dentro de la cabeza de Hopper, ahogando todo lo demás. Oyó hablar a alguien. Parpadeó, y la persona habló de nuevo.

—¿Inspector Hopper?

Arrancado de su trance, Hopper miró al agente especial Gallup.

—Mire, he hecho todo lo que quería y ahora usted va a ayudarme, ¿de acuerdo? No quiero oír más gilipolleces de las suyas. Tengo que ir a casa —dijo—. Diane, Sara... Ya es hora de que vuelva. Esta situación estará destrozando a mi mujer, y ahora, si se ha ido toda la luz, incluso allí abajo, en Brooklyn...

Gallup se acercó un paso más a Hopper y le puso una mano en el brazo.

—Están bien. Están bien.

—Yo... ¿Qué? ¿Qué quiere decir con que están bien?

—La inspectora Delgado está con ellas.

—¿Qué? ¿Delgado?

Gallup asintió.

—Vino a vernos ayer y nos presentó pruebas que había estado ocupada reuniendo en su ausencia. Al acabar, nos dijo que iría derecha a su apartamento, Hopper, porque según ella tenía una promesa que cumplir. Y es una suerte que lo hiciera. Yo no puedo desprenderme de nadie ahora que se ha ido la luz. Delgado sigue allí. Se puso en contacto con nosotros en cuanto empezó el apagón.

Hopper estuvo a punto de ahogarse de la risa, porque sintió un alivio que era la sensación más gloriosa, más maravillosa que hubiera experimentado nunca. Saber que su esposa y su hija se encontraban bien en mitad de todo aquel caos...

—Tengo que ir a verlas. —Hopper miró a Gallup, luego a Martha, y después señaló la pizarra—. Aquí no puedo hacer nada. Martha sabe más sobre lo que está pasando que yo. —Después de decir eso, se bajó la cremallera de la cazadora de cuero y sacó el mapa doblado del cuartel general de los Víboras—. Esto les será útil. Si el grupo operativo monta una redada contra los Víboras ahora...

Gallup levantó una mano.

—Eso es más fácil de decir que de hacer, inspector. El grupo operativo no está preparado. Están dispersos por toda la ciudad, esperando unas instrucciones que no recibirán.

—¿Cómo que «esperando»?

—No funciona ninguna radio —explicó Gallup—. Sin electricidad, no hay repetidores de AM. Aunque hubiese logrado echar mano de una radio de la policía, no habría podido ponerse en contacto conmigo. Si he sabido que venía ha sido solo porque un policía ha llegado en moto para ponernos al día de lo que pasaba en el Bronx.

—El Bronx se está convirtiendo en una zona de guerra, eso es lo que está pasando —dijo Martha.

—Créame, ya lo sé —aseveró Gallup—. Cuando se fue la luz, antes de que cayeran los teléfonos, se ordenó a todos los policías que acudieran a la comisaría más cercana a donde viven.

Hopper soltó un taco.

—¿Qué? Es una idea horrible.

—No puede culparles por intentarlo, inspector.

—¡Pero los polis no suelen vivir cerca de sus comisarías, y mucho menos en el Bronx! —Se volvió hacia Martha—. Eso explica por qué no hemos podido encontrar ningún policía. No estaban allí.

—Eso no es del todo cierto —observó Gallup—. Los que se encontraban de guardia sí que tenían que estar.

—No son ni de lejos suficientes para ocuparse de lo que hemos visto —replicó Martha.

—En cualquier caso —prosiguió Gallup—, estamos poniendo en marcha una red de radios de reserva. —Señaló hacia el equipo militar de comunicaciones de la esquina—. Pero tendremos que llevarlas hasta los equipos del grupo operativo para que puedan estar intercomunicados. Tardaremos un poco, pero pronto podremos actuar contra los Víboras.

Hopper se dirigió de nuevo a Gallup.

—Vale. Pero mire, yo tengo que irme. Ahora mismo.

Gallup asintió.

—Entendido. Escucharé lo que Martha tenga que decirme y le conseguiré a usted una moto de la policía.

Gallup se volvió y llamó a uno de los agentes uniformados que había por allí cerca. Hopper lo miró, sintiéndose repentinamente...

«¿Culpable?»

Todo el trabajo que habían hecho, durante tanto tiempo, el peligro que afrontaba la ciudad, San Juan haciendo Dios sabía qué allá arriba en el Bronx, y ahora lo único en lo que él podía pensar era...

«Diane.»

«Sara.»

Porque, si bien tenía el deber de servir y proteger a la ciudad, también tenía el de servir y proteger a su familia.

Y había hecho lo que se había propuesto, lo que le habían encomendado: volver con información. Y así lo había hecho, en forma de Martha.

Gallup regresó al cabo de unos instantes, cargado con un gran teléfono de campaña militar.

—¿Entiendo que sabe manejar uno de estos? —le preguntó mientras se lo entregaba.

Hopper lo cogió. Pesaba una tonelada; el aparato emisor y receptor a larga distancia era muy parecido a los que había usado en Vietnam.

—Sí, gracias —dijo Hopper.

—Hay una moto esperándolo. Buena suerte.

49

No se duerme hasta Brooklyn

14 DE JULIO DE 1977
Brooklyn, Nueva York

Era medianoche para cuando Hopper llegó a su piso. Gallup había requisado una gran moto de policía para él, un monstruo que Hopper pilotó con mucha mayor comodidad que la nerviosa e impredecible motorista de cross. Con las sirenas y las luces a todo trapo, había cruzado Manhattan y entrado en Brooklyn por entre los atascos de tráfico y las calles abarrotadas sin necesidad de hacer demasiadas paradas. Durante el recorrido había confirmado sus sospechas de que la situación era mucho más estable en aquella parte de la ciudad. Gracias a las órdenes improvisadas por los jefes de policía, Manhattan y Brooklyn contaban en esos momentos con una presencia policial desproporcionada, lo que era buena noticia para los barrios de esas zonas, pero menos para el Bronx y otros vecindarios menos prósperos, donde había numerosas comisarías pero muy pocos efectivos para sacarlas adelante.

Hopper se detuvo en la acera delante mismo de los escalones de la entrada y bajó el caballete casi antes de apagar el motor. Se apeó de un salto, se puso de inmediato manos a la obra para extraer la radio militar de la alforja lateral de la moto y luego se volvió y subió corriendo los escalones.

Abrió la entrada del edificio, al mismo tiempo que alguien hacía fuerza contra él desde el otro lado. Confuso, Hopper arreó una patada a la puerta para abrirla por las bravas y luego estuvo a punto de tropezar con algo al cruzar el umbral. El vestíbulo del edificio estaba iluminado con velas y, al mirar abajo, vio a un hombre tendido en el suelo.

—¡Dios bendito! —exclamó el caído mientras se incorporaba sobre un codo; luego hizo una pausa—. ¿Eres tú, Jim?

Era Eric van Sabben. Hopper le echó un vistazo y luego se dirigió hacia las escaleras.

—Ah, sí, hola, Eric. ¡Perdona!

Al llegar a la puerta de su apartamento, Hopper la aporreó con el puño, pues no quería espantar a los ocupantes abriendo con su propia llave.

—¿Diane? ¡Soy yo! ¡Abre! ¡Estoy aquí, abre!

Al cabo de un momento oyó el roce de algo pesado que se arrastraba desde el otro lado de la puerta. Después quitaron la cadena. Luego descorrieron el cerrojo.

—¡Jim!

Diane casi se cayó encima de Hopper, a la vez que lo envolvía con los brazos y hundía la cara en su pecho, con el cuerpo entero estremecido de sollozos. Sin soltar la radio militar, Hopper hizo lo posible por devolverle el abrazo, mientras apretaba la cara contra su coronilla. Aspiró el olor de su mujer con una bocanada larga y profunda.

—Estoy aquí —repitió, y no paró de decirlo hasta que los sollozos de Diane empezaron a remitir.

Al cabo de un rato, se soltó y lo miró a los ojos. Hopper le retiró con delicadeza el pelo de la cara con un dedo y luego sonrió, mientras derramaba sus propias lágrimas, que se mezclaron con las de su mujer.

—¿Dónde está Sara?

Diane se metió en el piso, seguida por Hopper. Mientras avanzaba, señaló el aparatoso objeto que acarreaba su marido.

—¿Qué es eso?

Él se acercó a la encimera de la cocina y lo dejó encima.

—Una radio militar —respondió—. Para que pueda hablar con la base. ¿Sara? —Ya caminaba hacia el pasillo que daba a las habitaciones.

—Está dormida —contestó Diane, que lo siguió—. No te preocupes, está bien. Ya estaba acostada cuando se ha ido la luz.

Hopper abrió la puerta y entró en el dormitorio de Sara. Su hija dormía boca abajo y se había destapado con los pies. Al no haber corriente tampoco funcionaba el aire acondicionado, y en la habitación hacía calor.

Se sentó con cuidado en el borde de la cama. Sara abrió los ojos por un instante y miró a su padre. Luego se durmió otra vez. Hopper se quedó mirándola y acariciándole el pelo.

«Estoy en casa, estoy en casa, estoy en casa.»

Con un hondo suspiro, se frotó la cara y se puso en pie con cuidado. Echó un último vistazo a su hija dormida y salió del cuarto. Ya en el salón, Diane estaba encendiendo más velas antes de dirigirse a la puerta al oír que llamaban. Dejó entrar a su vecino, Eric. Hopper le saludó con la mano, avergonzado.

—¿Esther está bien, Eric?

El vecino asintió.

—Sí, se ha acostado. Hemos instalado a la señora Schaefer en el dormitorio de invitados. ¿Crees que tengo que ir a despertarlas?

Hopper levantó una mano.

—No, si están bien, pues están bien. —Después echó un vistazo a la sala—. ¿Dónde está Delgado?

Diane y Eric cruzaron una mirada.

—Eso iba a preguntarte a ti —dijo Diane.

—¿Qué?

Eric negó con la cabeza.

—¿No te ha encontrado ella?

—¿Encontrarme? ¿Dónde?

—En el Instituto Rookwood.

Hicieron falta unos minutos para poner en marcha la radio. Mientras Hopper intentaba localizar a Gallup en el centro de mando de Times Square, Diane ofreció a Eric un resumen muy sucinto de lo que su marido había estado haciendo o, por lo menos, pensó Hopper mientras los medio escuchaba, de lo que Delgado le había contado al respecto.

Delgado, que se había ido por su cuenta y a saber en qué andaría metida.

Por fin, la radio militar cobró vida con una crepitación y se hizo el silencio en el resto de la sala.

—«Centro de mando Te Setenta Setenta, le recibo, cambio.»

Hopper suspiró aliviado y pulsó el botón para hablar.

—Al habla el inspector Jim Hopper. Pásenme con el agente especial Gallup, por favor. Cambio.

—«Recibido.»

La línea enmudeció durante un momento. Diane se acercó y se colocó junto a Hopper ante la encimera.

Entonces la radio emitió un chasquido.

—«Hopper, tendrá que ser rápido. Cambio.»

—Delgado no está aquí —dijo Hopper al micrófono—. Se ha ido al Instituto Rookwood. Cambio.

La radio calló; Hopper pensó que Gallup quizá estuviera transmitiéndole la información a Martha, pues no había caído hasta después de hablar con él en que el agente tal vez no supiera qué era ese sitio... ni lo que significaba para San Juan.

Claro que, ¿lo sabía Martha?

Hopper miró de reojo a su esposa y luego volvió a pulsar el botón.

—¿Necesitan que lo repita? Cambio.

—«Perdón. Estaba hablando con Martha. No sabemos qué significa eso. ¿Conoce usted la ubicación? Cambio.»

Hopper se frotó la cara. En esos momentos no tenía tiempo de desarrollar la historia de San Juan con la institución, y menos por medio de una mala conexión radiofónica.

—Sí. Al parecer se ha visto a los Víboras en la zona, dirigiéndose hacia el instituto en una gran caravana. Parece que el edificio todavía tiene corriente. Cambio.

—«¿Y eso ha bastado para que Delgado fuera hasta allí? Cambio.»

—Rookwood es importante para San Juan. ¿Martha le ha hablado de Lisa Sargeson? Cambio.

—«Afirmativo. Cambio.»

Hopper asintió para sí.

—El Instituto Rookwood es donde San Juan la conoció, justo antes de que lo liberaran de una cárcel federal. Puedo explicarlo todo más tarde, pero allí es donde empezó todo esto. Si los Víboras van hacia allá, será que San Juan está al mando. Delgado cree que sigo con ellos, de modo que ha ido a buscarme. Cambio.

—«De acuerdo, quédese donde está. Le mandaré todos los agentes que me resulte posible. Si lo que dice es correcto, podemos atrapar a San Juan allí...»

Hopper negó con la cabeza, pensando en la mera potencia de fuego que tenían los Víboras a su disposición y que estaba llegando a su barrio.

—¡Negativo, negativo! —poco menos que chilló al micrófono—. Si baja aquí con agentes, empezará una guerra.

Hizo una pausa y luego volvió a alzar el micro, pero antes de que acertara a hablar, la radio crepitó una vez más, más alto esa vez, y el altavoz emitió unos cuantos petardazos, como si alguien pulsara y soltase el botón para emitir en rápida sucesión. Hopper miró el micrófono que tenía en la mano, pero el aparato cuadrado parecía funcionar como era debido y el piloto rojo de encima indicaba que su propio micro estaba apagado.

—¿Qué es eso? —preguntó Diane.

Hopper se encogió de hombros.

—Es cosa de ellos, me parece.

—«¡Hopper!»

La voz que graznó por la radio en ese momento no era la del agente especial Gallup. Hopper estrujó su micro.

—¿Martha?

Sonaron un par de petardazos más y entonces el micrófono del otro lado quedó abierto. Hopper oyó una especie de forcejeo y luego algo que parecían dos personas discutiendo. Al cabo de un momento, las voces aumentaron de volumen.

—«¡Suéltame! —Era Martha. Luego el micrófono enmudeció otra vez, para luego volver a encenderse—. Sí, vale, no te pongas así, macho. Hopper, ¿sigues ahí?»

—Sigo aquí. ¿Qué pasa? Cambio.

—«Nada, que he cogido prestada la radio un segundo.»

—¿Has oído lo que hemos dicho? Cambio.

—«Sí. Escucha, si van todos hacia el Rookwood, entonces Leroy también estará allí. Ah... cambio.»

Hopper sacudió la cabeza, porque sabía exactamente lo que vendría a continuación.

—Martha, quédate donde estás. Yo puedo ocuparme de la situación en esta parte, y Gallup estará a la espera con sus agentes. ¿De acuerdo?

—«Ni hablar, Hopper. Voy para allá abajo ahora mismo. Tengo que sacar de allí a Leroy antes de que la cosa vaya a peor, ¿vale? Y no pienso dejar que me paréis ni tú ni don agente especial, aquí presente, ¿vale?»

—¡Martha, espera! ¿Martha?

Hopper soltó el botón. La radio calló y luego petardeó otra vez cuando Gallup se puso al aparato.

—«Usted también tiene que quedarse donde está, inspector. Nosotros nos ocuparemos de esto.»

—Ya, porque hasta ahora lo han hecho de maravilla. Cambio y corto.

Hopper dejó caer el micrófono en la encimera y apagó el

interruptor principal de la radio militar. El aparato enmudeció. Alzó la vista y vio que Diane y Eric lo miraban.

—Voy a por ella.

Eric abrió la boca, sorprendido, pero no dijo nada. Hopper no le hizo caso, porque toda su atención estaba puesta en Diane, que tampoco hablaba. Estaba esperando algo; una mejor motivo, una mejor explicación.

Lo único que Hopper tenía era la verdad.

Rodeó la encimera y se acercó a Diane, pero en esa ocasión ella dio un paso atrás, abrazándose con fuerza a sí misma, y sacudió la cabeza.

—Jim...

—Lo siento —dijo él—. Es posible que Delgado esté en peligro, debo ir a ayudarle, y tengo que parar lo que está pasando. Si puedo hacerlo por medios pacíficos, antes de que llegue la caballería, tengo que intentarlo.

Diane asintió.

—¿Quién es Martha?

—Es alguien que intenta salvar a su hermano. Y es una persona capaz. Si ella también está en camino, juntos, a lo mejor, podemos detener todo esto.

Diane lo miró durante unos segundos y luego bajó la cabeza.

—Al menos ve con cuidado, ¿vale? —Alzó la vista y sonrió, débilmente, con los ojos ya empañados de lágrimas.

Hopper se adelantó y volvió a abrazarla, y en esa ocasión Diane no se apartó. Se balancearon de un lado a otro, sujetos el uno al otro. Hopper miró por encima de la cabeza de su esposa hacia Eric, que seguía plantado en el centro de la habitación.

—Eric, cuida de mi familia por mí.

El vecino asintió.

Entonces Hopper interrumpió el abrazo y besó a Diane en la frente.

—Seré todo lo rápido que pueda —dijo, y luego salió del piso, sin atreverse a mirar atrás.

50

En el nido de la sierpe

14 DE JULIO DE 1977
Brooklyn, Nueva York

En las callejuelas de Brooklyn reinaba la paz y la oscuridad, de tal modo que el caos y la violencia de una ciudad en llamas semejaba casi un sueño olvidado mientras Hopper escondía la moto de policía en un solar vacío y cubría caminando el resto del camino hasta el Instituto Rookwood. Sabía lo que estaba pasando dentro de su cabeza, por supuesto, para empezar a pensar así. La adrenalina, el agotamiento, el hambre y la sed, por no hablar de las lesiones leves que había sufrido desde su fuga de los Víboras, empezaban a pasarle factura. Lo había experimentado antes, en Vietnam, de modo que al menos era capaz de reconocer que no podría mantener aquel ritmo durante mucho más tiempo.

Encontrar el instituto no resultó difícil. Se trataba de un edificio enorme, una mole de columnas y arcos góticos a caballo entre una iglesia y una mansión rural, que se alzaba justo al final de una avenida ancha, el centro del barrio.

También era el único edificio en kilómetros a la redonda que tenía luces encendidas. A Hopper le bastó con seguir aquel intenso resplandor blanco... y a los Víboras, que llegaban en un constante caudal y se congregaban en la calle de delante del instituto. Los pandilleros debían de estar llegando en algunos vehículos, pues su cuartel general estaba muy al norte, pero en algún punto se habían apeado para recorrer a pie el último trecho del recorrido, como él mismo. Hopper no estaba seguro de por qué, y tampoco estaba seguro de que le importase, pero los pandilleros en sí tenían un aire... inquietante en aquellos momentos. Avanzaban sin hablar, limitándose a caminar, sin llegar a desfilar pero en silencio, a excepción del sonido de sus pasos en la calzada.

Hopper perdió la cuenta. Desde luego había muchos más de los que había visto en el almacén, pero todos llevaban los chalecos de cuero con la palabra VÍBORAS estampada en la espalda. Cada uno de ellos llevaba, además, un AK-47 colgado del hombro.

El ejército particular de San Juan, que marchaba sonámbulo hacia...

«¿Qué?»

Hopper tenía que entrar en el instituto. Los Víboras, que seguían llegando a pie, formaban delante del edificio y alzaban la vista hacia él, esperando pacientemente, supuso Hopper, a que su amo hablara para ellos. La escena le recordó a la asamblea en la azotea que había presenciado; la misma que había conducido a Lisa a su muerte.

Hopper dejó a un lado aquel recuerdo y observó a la banda durante un minuto más, antes de tomar una decisión.

No iba a esperar a Martha. La chica tardaría un buen rato en llegar allí abajo, y eso suponiendo que lograse convencer a Gallup de que le prestara un medio de transporte. La verdad era que Hopper no tenía ni idea de dónde estaba y ni siquiera estaba seguro de que fuese a aparecer, de modo que no tenía sentido perder más tiempo. Además, si ella llegaba y veía a los pandilleros reunidos delante del edificio, Hopper esperaba que prestara atención al sentido común y se mantuviera bien alejada.

Que era precisamente lo que no iba a hacer él.

Dio media vuelta y retrocedió al trote por la calle desierta. Al llegar al cruce siguiente tomó un desvío y luego otro, y pronto se descubrió observando la retaguardia de la marcha de los Víboras, los últimos rezagados que avanzaban, bastante espaciados, hacia su destino.

La calle estaba jalonada de árboles maduros. Escondido detrás de uno, Hopper los espió, contando el tiempo además de los pandilleros, y luego salió de su escondite con un movimiento rápido, encajó el hueco del codo bajo la barbilla del último de la fila y apretó con todas sus fuerzas. El víbora se revolvió, pero, antes de que pudiera pedir ayuda, Hopper le tapó la boca con la otra mano. Tiró de él hacia la acera y lo tumbó tras un coche aparcado, torciéndole el cuerpo para que el fusil de asalto que llevaba al hombro no cayera al suelo y llamara la atención de los demás.

Cuando tuvo la certeza de que el hombre estaba inconsciente, aflojó el brazo y le quitó el chaleco de cuero. Se despojó de su cazadora y se puso la insignia de los Víboras sobre la camiseta amarilla manchada de sangre.

Después levantó el fusil, se lo echó al hombro y arrancó a trotar por la calle para seguir a los demás. Manteniéndose a la cola de la procesión, Hopper resultaba prácticamente invisible mientras los pandilleros llegaban al instituto y se colocaban formando filas tras sus compadres. Todos miraban hacia arriba, en dirección al edificio y las luces blancas que se derramaban por todas las ventanas, y...

Esperaban.

Hopper abandonó la retaguardia, escondiéndose detrás de otros coches. Tenía que meterse en el edificio, y la entrada delantera quedaba a todas luces descartada. Pero el instituto era un edificio enorme y laberíntico que ocupaba él solo una manzana entera. Siguiendo la hilera de coches aparcados y manteniéndose agachado para que no lo vieran, recorrió el último tramo de la calle y llegó casi hasta la fachada. Desde aquel ángulo, las intensas luces del edificio proyectaban un cono de sombra negra a cada lado; aunque estaba a plena vista de los Víboras, Hopper corrió el riesgo, cruzó la esquina a la carrera y desapareció en las tinieblas de los laterales del edificio. Esperó, pegado a la pared de ladrillos, escuchando por si oía algo, lo que fuera.

Había pasado desapercibido. Después de echar un vistazo arriba, hacia el edificio, Hopper avanzó por la calle oscura, buscando otra vía de entrada.

Encontró su oportunidad al cabo de poco. En la parte de atrás, la pared plana del edificio trazaba una curva hacia dentro, que llevó a Hopper hasta un gran patio trasero en el que había un contenedor rodeado de bolsas de basura. Cerca de él había una puerta, casi escondida tras un muro bajo de ladrillo. Estaba cerrada con llave pero, apoyado en el muro, Hopper lanzó una patada al picaporte con el tacón de su bota. Cuatro golpes potentes y la puerta se combó hacia dentro, lo bastante para que aplicara presión con el hombro hasta abrirla.

Dentro estaba oscuro como boca de lobo. Hopper respiró hondo y cruzó el umbral.

Sus ojos se acostumbraron enseguida a la oscuridad; la habitación en la que había entrado estaba en penumbra, pero había una luz más adelante que se colaba por debajo de otra puerta cerrada. Hopper avanzó con celeridad y sigilo y giró el picaporte con cautela. No estaba cerrada con llave. Se asomó al pasillo y luego entró en el edificio en sí.

El pasillo estaba revestido con paneles de madera e iluminado por grandes lámparas ornamentales de hierro forjado que colgaban del techo. El suelo de baldosas de linóleo enceradas relucía. Después de pasar horas en una ciudad atrapada en un apagón, hallarse dentro de un edificio con corriente resultaba algo inquietante, sobre todo porque sabía que era el único sitio en kilómetros a la redonda que todavía tenía electricidad. Hopper ladeó la cabeza y escuchó con atención, y entonces lo oyó: leve, pero omnipresente, el rumor de un generador en marcha, probablemente en un sótano.

Siguió adelante, pisando con cuidado, con un pie detrás de otro y el AK-47 sujeto cómodamente —quizá demasiado— en las manos.

Al cabo de un poco apretó el paso, porque el Instituto Rookwood parecía desierto. Sin embargo, a diferencia del cuartel general de los Víboras en el Bronx, aquel edificio estaba en perfecto estado, con los suelos abrillantados y los muebles de las oficinas que no se usaban pulcramente apilados a un lado. A Hopper le recordaba al último día de clase en Hawkins hacía... uf, veinticinco años, cuando los alumnos ayudaban a los profesores a recoger el contenido de las aulas para formar un montón ordenado que permitiera limpiar a fondo el centro durante las vacaciones de verano.

Hopper permaneció atento, sin saber adónde iba pero decidido a no rendirse.

Delgado estaba allí dentro en alguna parte. También San Juan. Lo sabía.

Lo único que tenía que hacer era encontrarlos.

En la tercera planta, Hopper encontró un mapa: la planta del edificio elaborada en preciosa marquetería con todo lujo de detalles y enmarcada en la pared junto a la escalinata principal. Hopper no sabía para qué habían usado aquel edificio antes de que el gobierno federal lo adquiriese, pero dio gracias a los artesanos decimonónicos por su trabajo mientras repasaba el trazado e intentaba idear un patrón que le permitiera organizar mejor su búsqueda. Al cabo de un momento, tiró la toalla y decidió seguir con el recorrido que llevaba. Era demasiado tarde para empezar a cuestionar sus propios métodos.

Delante tenía unas puertas dobles con vidrieras de colores. Al otro lado del cristal, la luz parecía moverse; no era que parpadease, exactamente, pero había... movimiento. Intrigado, Hopper se acercó y echó un vistazo al interior; después maldijo, tiró de la puerta con violencia y entró corriendo.

Era una habitación grande y larga —tal vez una sala de juntas o conferencias, aunque en aquel momento no contuviera ningún mueble—, que no estaba iluminada por las antiguas lámparas de hierro sino por centenares de velas de cera negra distribuidas por el suelo.

En el centro de la sala se encontraba Delgado. Estaba tumbada boca arriba, con los brazos y las piernas extendidos, en el centro de una gran estrella de cinco puntas que habían tallado directamente en los tablones del suelo. Alrededor de la estrella había más símbolos, dibujados en este caso con una sustancia de color rojo intenso, como pintura espesa. Delgado tenía los ojos cerrados, pero su pecho subía y bajaba con regularidad.

Hopper se quedó paralizado en el umbral, escrutando la habitación, mirando fijamente al hombre que estaba de pie sobre la cabeza de Delgado.

San Juan.

Llevaba la túnica negra, pero con la capucha retirada. La luz de las velas centelleaba en las lentes plateadas de sus gafas de sol.

—Bienvenido, hermano mío.

Hopper sintió que el grito se formaba en su interior antes incluso de abrir la boca. Se abalanzó hacia delante, olvidándose del arma que tenía en las manos, mientras San Juan lo esperaba sonriente y con las manos unidas.

Hopper sabía que eso era algo que quería hacer con las manos desnudas.

Y entonces su avance se vio atajado de golpe cuando lo agarraron por detrás, dos pares de manos que le sujetaron por los brazos y luego ejercieron presión hacia abajo hasta obligarlo a arrodillarse. Hopper cayó al suelo y alzó la vista mientras le arrancaban de las manos el AK-47.

Leroy tiró el arma a un lado y luego recuperó la posición y empujó de nuevo el hombro de Hopper hacia abajo. Al otro lado, otro miembro de su equipo —Reuben— lo sujetaba con fuerza. Los dos hombres tenían la mirada vidriosa y la expresión perdida.

Igual que los de fuera.

San Juan tenía el control.

Hopper se volvió y miró al cabecilla de la banda, que caminaba alrededor del cuerpo tendido de Delgado.

—¿Para qué demonios es todo esto, eh? —gritó Hopper—. ¿Se puede saber qué narices buscas?

San Juan se detuvo delante de Hopper y se agachó para mirar a los ojos a su prisionero. Hopper contempló una vez más su reflejo.

San Juan no habló.

Hopper sacudió la cabeza.

—¿Qué es toda esta basura mística? En un momento dado fuiste un líder, ¿no es así? En Vietnam. Tenías hombres a tu mando. Dabas órdenes, obedecías órdenes. No tenía nada de mágico. Ni entonces ni ahora. —Hopper movió la cabeza para señalar la estrambótica puesta en escena de San Juan en aquella sala—. Todas esas gilipolleces apocalípticas sobre la llegada del diablo a Nueva York, sobre el fin del mundo y el día de la Sierpe. Es puro teatro. No te lo crees, pero tampoco te hace falta. Es algo que utilizas, una semilla que plantas en la cabeza de tus seguidores para darles algo que temer, un motivo para servirte, porque para ellos eres la única salida. Eres el único que se interpone entre ellos y el diablo. ¿O no?

San Juan ladeó la cabeza, pero no dijo nada.

—Y además disfrutas con ello, ¿verdad? —Hopper escudriñó las gafas de espejo, tratando de ver al otro lado—. Esto te da poder. Te sientes fuerte, reuniendo en tu secta a los débiles y vulnerables. Eres un manipulador, un genio del crimen, como dijo alguien. Y tenía razón. Eres un maestro de la planificación; un líder. Créeme, lo entiendo. Llevas mucho tiempo planeando esto. No sé cómo lo has conseguido, pero el apagón es un golpe de genialidad. El detonante perfecto, el arranque de tu día de la Sierpe.

Hopper miró más allá de San Juan. Delgado no se había movido. A su alrededor las velas titilaban, como si una suave corriente recorriera la habitación, aunque Hopper no notaba moverse ni una molécula de aire.

La punta de la lengua de San Juan apareció entre sus incisivos y luego asintió.

—Te felicito por tu trabajo detectivesco, Hopper. Podríamos haber hecho grandes cosas, tú y yo juntos.

—¿Para qué es? —preguntó Hopper, con la voz reducida a un susurro—. Contéstame solo a esa pregunta: ¿para qué haces todo esto?

San Juan se puso de pie y entonces se rio. Caminó hasta Delgado y la miró desde arriba antes de volverse de nuevo hacia Hopper. Extendió los brazos y su túnica negra se abrió como un abanico a su alrededor.

—Tú mismo lo has dicho. Es el día de la Sierpe, la hora elegida en la que el mismo diablo ocupará Su trono. —San Juan volvió a agacharse delante de Hopper.

»Se me apareció entonces, cuando me arrastraba por el barro, cuando mataba porque me lo mandaban. Se me apareció y me explicó Su plan, y me mostró el futuro. Me contó cómo allanar el camino, cómo organizar los rituales.

San Juan volvió a levantarse y regresó junto a Delgado, dándole la espalda a Hopper.

—Cinco sacrificios para invocar el velo de la tiniebla sobre la Tierra.

Hopper sintió que el pulso le martilleaba en las sienes.

Se había equivocado. Se había equivocado de medio a medio.

San Juan no solo manipulaba a los Víboras. Él mismo creía hasta la última palabra.

Se lo creía.

El líder de la banda metió la mano entre los pliegues de su túnica y sacó una gran tarjeta blanca. La giró para enseñársela a Hopper.

Una carta Zener; de manufactura casera, como las demás, con el símbolo de un cuadrado vacío. Después se arrodilló junto a Delgado y colocó la carta sobre su corazón.

Hopper hizo un recuento de víctimas en su cabeza.

Jonathan Schnetzer. Sam Barrett. Jacob Hoeler.

Lisa Sargeson.

Con Rosario Delgado sumaban cinco.

Hizo acopio de fuerzas y empujó contra los dos hombres que lo mantenían arrodillado, pero no sirvió de nada. Con los tendones del cuello tensos como cables, apretó los dientes y cargó el peso contra Leroy y Reuben, mientras delante de él San Juan se adelantaba y sacaba otra cosa de la túnica.

Hopper vio un destello de algo plateado, y sintió un pinchazo eléctrico y caliente en el cuello.

Y después no vio nada más.

51

La víctima final

Unas luces danzaban en la oscuridad. Un fuego, que proyectaba chispas en la distancia, que crecía, ardiente, luminoso en una noche negra como sierpe.

Hopper despertó con un grito y se incorporó, dando boqueadas, mientras miraba a su alrededor para situarse.

Seguía en la gran sala de juntas. Delgado aún estaba en el suelo, en el centro del pentagrama tallado.

Hopper bajó la vista, con la frente arrugada por la confusión. Estaba sentado en una silla de madera, agarrando los reposabrazos, pero no lo habían atado. Delante tenía una mesita redonda, al otro lado de la cual había una silla idéntica en la que estaba sentado San Juan. Entre ellos, sobre la mesa, había un cáliz plateado lleno de un líquido oscuro y el crucifijo-puñal de plata, con la hoja a la vista y la punta mirando hacia San Juan.

Hopper respiró hondo y levantó el brazo...

Pero no se movió. Con la respiración trabajosa, volvió a intentarlo y trató de mover las piernas, pero sus extremidades se negaban a obedecerle. Jadeando, luchó contra nada en absoluto y logró mover los dedos sobre la madera de la silla, pero sus brazos no se desplazaron ni un solo centímetro.

—¿Qué me has hecho? —preguntó, mirando a San Juan. Los hombros del líder de la banda se alzaron bajo la túnica y luego descendieron otra vez.

—¿Yo? Nada de nada. Lo que haces te lo haces tú solo.

Hopper intentó moverse otra vez y, en esa ocasión, consiguió zarandear un poco la silla de lado a lado. Miró hacia abajo, incapaz de entender cómo lo mantenían inmovilizado. Al echar un vistazo por encima de un hombro y luego del otro, vio que Leroy y Reuben montaban guardia impasibles junto a la puerta, lejos de la silla.

—Tenías razón.

Hopper se volvió para mirar a su captor. San Juan asintió.

—Vietnam. En fin, aquello era el infierno, ¿verdad, Jim?

Hopper no dijo nada.

—Las cosas que hicimos allí —prosiguió San Juan—. Las cosas que hice yo allí. No me ofrecí voluntario, por lo menos al principio. No, señor. Me escogieron de entre toda mi unidad, dijeron que era apropiado, me ordenaron que me presentara en una base que habían escondido en algún punto en las profundidades de la jungla. Dijeron que iba a hacerle un gran servicio a mi país estando allí. Como si tuviera elección. Como si la hubiera tenido en algún momento.

Hopper respiró hondo por la nariz y asintió.

—¿Una operación encubierta de alguna clase? Oí rumores sobre que la CIA andaba por ahí experimentando con soldados, usando drogas y toda clase de historias extrañas. En su momento no creí ni media palabra. ¿Tú formaste parte de aquello?

—Me usaron de conejillo de Indias. El Sujeto Cero, me llamaban. Me dijeron que querían crear un tipo mejor de soldado. Y yo les creí. Pensaba que estaba cumpliendo con mi deber. No entendía nada, por lo menos al principio. Pero no morí. Creo que eso los sorprendió, en un principio. Daba igual lo que hicieran, lo que intentasen, que nada me mataba. A los demás los mató, por supuesto. Pero a mí, no.

Hopper suspiró.

—Lo siento.

San Juan le dedicó otro de sus lentos encogimientos de hombros.

—No lo sientas. Sobreviví. Colaboré. A decir verdad, acabé por unirme a los investigadores para hacerles a otros lo que ellos me habían hecho a mí. Ayudé con los experimentos, a refinar el proceso. —Sonrió—. Hicimos un buen trabajo. Aprendí mucho, sobre cómo funciona el cerebro. —Al decir eso, se tocó la sien—. Somos pura química y electricidad, ¿lo sabías? La mente y el alma son ilusiones, efectos secundarios de una sopa de neurotransmisores, hormonas, reacciones químicas e impulsos nerviosos. Y todo eso se está produciendo ahora mismo, dentro de nuestros cráneos, y nos convierte en quienes somos. Nos hace soñar. Nos hace creer. —Bajó las manos antes de continuar—. Química, tú y yo; solo química. Una vez que sabes cómo funciona, sabes cómo trabajarlo, cómo cambiarlo... o incluso controlarlo. Se usan fármacos; se usan otras cosas. Llámalo programación. Convertir la mente en una máquina, lista para recibir instrucciones, órdenes, lista para hacer lo que te salga de las narices que haga.

Hopper sacudió la cabeza.

—Lo siento.

—Ya lo has dicho, y repetirlo no significa que lo sientas más que la primera vez.

Hopper echó un vistazo a la sala,

—¿Qué me dices de este sitio? ¿Estuviste aquí, reinsertándote? ¿Qué pasó?

San Juan curvó una comisura de la boca a modo de sonrisa.

—¿Qué pasó? ¿Es que no estabas escuchando? Pasó Vietnam. Ni más ni menos. Y después, cuando se cansaron de intentar convertirme en superhombre y yo me cansé de hacer lo mismo con otros, me mandaron a casa y me dijeron que lo olvidara todo. Que nunca había sucedido. Que lo había soñado; imaginado. Lo llamaron «fantasía postraumática». Pero yo sabía que era cierto; sabía por lo que había pasado. ¿Tienes idea de lo duro que es que la gente no escuche? ¿Que por mucho que te esfuerces en intentarlo, no vean lo que se supone que tienen que ver?

—¿Cuánto tiempo pasaste encerrado?

San Juan se rio.

—Oh, yo siempre he estado encerrado. Pero fue aquí, en Rookwood, donde encontré mi salvación. Porque fue aquí donde volví a oírle a Él. Habían pasado años, pero sabía que Le había oído una vez y que volvería a hacerlo. Eso tampoco se lo creyeron, de modo que aprendí a mantenerlo en secreto. En cuanto me metieron a rastras por estas puertas, volví a oír Su voz. Me recordó mi camino. Me recordó lo que había que hacer. Aquí fue donde se desbloqueó mi mente; yo no lo sabía, pero me había cerrado al mundo. Había dejado de escucharle a Él. Pero Él había estado ahí todo el tiempo. Con la ayuda de Lisa volví a oír Su voz. Es una pena que ella no esté con nosotros para presenciar el glorioso fruto de Su plan, pero ella siempre formó parte de él.

San Juan alzó la cabeza y miró al techo. Sonrió, y Hopper vio que su nuez subía y bajaba, movida en apariencia por una fuerte emoción.

—Es apropiado que Él me ordenara venir aquí, a este lugar, para el último acto.

—Necesitas ayuda —dijo Hopper—. Yo puedo conseguírtela. Soy como tú, ¿recuerdas? He pasado por lo mismo. Regresé y me costó adaptarme. Pero lo superé y vuelvo a sentirme fuerte. Tú puedes hacer lo mismo. Solo tienes que confiar en mí. Puedo ayudarte. Ayudarte a arreglar esto.

San Juan bajó la cabeza y miró a Hopper por encima de las gafas. Por primera vez, Hopper entrevió sus ojos desnudos. Eran claros, y castaños, y... nada más. Porque San Juan era solo un hombre, como Hopper. El inspector sintió una extraña punzada de decepción.

San Juan era solo un hombre.

—Arreglar esto, sí —dijo San Juan en voz baja—. Piénsalo: nos mandaron allí, a una pesadilla, ¿y para qué? ¿Para esto? ¿Por Estados Unidos? ¿Por Nueva York? Nueva York es la pesadilla americana. Una ruina, un páramo. Pero Él puede arreglarlo. Me ha enseñado cómo.

Hopper sintió vértigo al comprender el calado de la locura de San Juan. Sus experiencias en Vietnam, el verse sometido a un infierno de dolor no a manos del enemigo, sino de su propio bando, lo habían trastornado. Y luego había regresado para encontrarse con que su hogar se encaminaba en la misma dirección.

Hopper lo entendía. Allí, en aquel momento, se odió a sí mismo por ello, pero... lo entendía. Él había vuelto de Vietnam con ganas de arreglar las cosas, de cambiar las cosas. De controlarlas.

Y lo mismo le había pasado a Jonathan Saint. Dos veteranos que intentaban encontrar un nuevo camino en la vida, un nuevo lugar en el mundo.

Qué diferentes eran sus caminos.

—Las cajas —dijo Hopper—. Esos archivos, los que había en el almacén. Jacob Hoeler los tenía escondidos en su casa. Yo di con ellos, pero desaparecieron. Fuiste tú, ¿verdad? O uno de los Víboras, en cualquier caso, enviado por ti.

—Ah, Jacob, Jacob, Jacob —suspiró San Juan, y formó un tejado con los dedos delante del pecho—. Esos archivos eran míos, inspector, solo míos. El historial de mi trabajo en la selva. Ellos dijeron que todo aquello no había ocurrido, pero estaba todo ahí, ¿o no?

—¿De modo que Jacob los obtuvo para ti? Lo infiltraron en los Víboras, pero tú descubriste quién era, para quién trabajaba. ¿Fue eso lo que sucedió? Descubriste para quién trabajaba y para qué podías utilizarlo.

San Juan emitió un chasquido con la lengua, como si la conversación empezara a aburrirlo. Hopper aprovechó para dar otro tirón con los brazos, pero seguía sin poder moverse.

—Jacob Hoeler trabajaba para mí, sí —dijo San Juan—. Fue fácil de corromper y someter a mi voluntad. Mantenía alejadas a las autoridades y me dio tiempo para poner mis planes en marcha. Poseía cierto nivel de acceso que pudo poner en juego para conseguirme los archivos. Allí había constancia de un trabajo importante que yo quería continuar.

—Pero ¿qué? ¿Logró zafarse de tu control e intentó devolverlos? ¿O sea que lo mandaste matar, bajo la apariencia de uno de tus rituales, y recuperaste tú mismo los archivos?

San Juan alzó la cabeza de golpe.

—Ve con cuidado, inspector. Esto no son apariencias.

Hopper no le hizo caso.

—Lo mandaste matar, como hiciste también con Sam Barrett y Jonathan Schnetzer.

—James Hopper...

—Los grupos de apoyo eran tu caladero de reclutas. Buscabas a personas vulnerables, influenciables. Personas asustadas. Porque el miedo es la clave, ¿o no? Si la gente tiene miedo, tú puedes controlarla.

—¡Basta!

Hopper respiró hondo.

—Escúchame, Jonathan, puedo ayudarte.

San Juan sonrió.

—Sí, puedes ayudarnos a todos.

Hopper frunció el ceño. Entonces San Juan señaló los objetos que había en la mesa entre ellos.

—Cogerás ese cuchillo y matarás a tu compañera. Después beberás del cáliz y morirás. Una víctima para Él. Otra para mí.

—¿Qué?

—Harás lo correcto. Harás lo que te ordene. Encontrarás el camino y lo seguirás, porque sabes que es la verdad.

Hopper hizo una mueca. Se sentía... raro. No mareado, exactamente, sino... desconectado.

—Quieres coger el cuchillo. Quieres matarla. Quieres beber.

Hopper parpadeó. De repente le parecía que la habitación estuviese a mil kilómetros de distancia, como si mirase por el lado equivocado de un telescopio.

Quería coger el cuchillo. Quería matar. Quería beber. Quería todo eso porque era lo correcto, porque era verdad. Porque quería. Porque quería hacer...

Dio varias boqueadas para inhalar gran cantidad de aire. Notó que tenía unas gotas de saliva en la barbilla. Agarró los reposabrazos con tanta fuerza que le dolieron los dedos.

San Juan estaba hablando, pero Hopper no lo oía, solo veía moverse sus labios a medida que se sucedían las instrucciones.

«Me han drogado.» El repentino acceso de claridad hizo que la sala cobrase nitidez de golpe y que la voz de San Juan se oyera alta y clara.

Drogado. Fuera lo que fuese lo que le habían inyectado —un cóctel de agentes hipnóticos, algo procedente de los tiempos de San Juan en Vietnam—, estaba interfiriendo con la química de su cerebro, lo estaba volviendo sugestionable, maleable para las órdenes de San Juan.

Hopper se concentró. Necesitaba centrarse, despejar su mente, hacer un intento —tal vez imposible— de resistirse a la sugestión del líder de la banda. Empezó a recitar el alfabeto al revés.

—Zeta...

—Coge el cuchillo. Coge el cáliz. Esa es tu verdad.

—Y griega...

—Mata a la mujer. Mátate tú. Esa es tu verdad.

—Equis...

—Solo sirves al que está por venir. Esa es tu verdad.

—Uve doble...

—Sabes lo que tienes que hacer. Sabes lo que quieres hacer. Esa es tu verdad.

Hopper miró a San Juan. Se pasó la lengua por los labios y arrugó la frente.

—¿Uve doble...?

Entonces Hopper dejó caer la cabeza sobre su pecho y emitió un gran suspiro entrecortado.

—Echadle un vistazo.

Unos dedos fríos le buscaron el pulso en el cuello. Unas manos le movieron la cabeza y le levantaron los párpados. Hopper se dejó.

—Está demasiado atontado. Dadle algo que lo despierte un poco. Pero medid la dosis con cuidado.

Un ruido a sus espaldas. Algo metálico... Alguien —¿Leroy?— preparaba una nueva inyección, un nuevo cóctel, algo que contrarrestase la dosis original que San Juan había calculado mal.

Leroy se colocó detrás de Hopper y empujó su cabeza hacia un lado. Este notó el aliento del pandillero cuando le acercó el rostro para elegir con meticulosidad el punto de entrada para la aguja.

Fue entonces cuando Hopper saltó como un resorte. Levantó el codo de golpe y se lo clavó a Leroy en la garganta. El joven emitió un grito ahogado y cayó hacia atrás; la jeringa se le escapó de la mano. Hopper se levantó de la silla, trazó un giro brusco y, con el mismo movimiento, agarró al tambaleante Leroy por el cuello de la camiseta y tiró de él para asestarle un cabezazo. Se oyó un crujido cuando la nariz se le rompió y Hopper sintió una explosión de dolor en la frente.

El dolor era lo que necesitaba, porque el subidón de adrenalina lo despabiló y despejó sus sentidos.

Dio media vuelta y vio que Reuben corría hacia él con los puños ya levantados. Hopper los esquivó con facilidad, agachándose a un lado para luego lanzar un gancho al abdomen de su agresor. Reuben se dobló por la cintura y, al caer de lado, volcó la mesita. El cáliz de plata salió volando por los aires y le cayó en la cabeza en el preciso instante en que el pandillero intentaba levantarse del suelo. La sorpresa del golpe lo mandó al suelo de nuevo a la vez que el rojo contenido del cáliz se derramaba sobre su cara.

San Juan soltó un rugido. Se abalanzó sobre Hopper, le pasó el brazo por el cuello y utilizó su peso para tirar al suelo al inspector. Hopper juntó los brazos y empujó hacia arriba, para intentar deshacer la llave del líder de la banda, pero San Juan era fuerte. Rodaron por el suelo, volcando velas. Hopper empujó y San Juan contraatacó hasta empotrarlo contra el cuerpo inconsciente de Delgado. San Juan sacudió las piernas buscando un punto de apoyo en el suelo, y los faldones de su túnica volaron y chocaron con otras velas.

Se oyó un murmullo y su túnica se incendió. San Juan miró hacia abajo, distraído por un momento, y Hopper aprovechó la oportunidad para levantar un pie y quitárselo de encima de una patada. San Juan cayó de espaldas y luego se revolvió en el suelo, estirando las manos hacia la túnica para intentar apagar los faldones en llamas.

Hopper avanzó y se tambaleó asaltado por una oleada de mareo provocada por los efectos de las drogas, que amenazaban con doblegarlo otra vez. Un destello blanco y brillante apareció en su campo visual. Sacudió la cabeza para ahuyentarlo, pero vio que se trataba de la daga de plata, tirada en el suelo junto a su mano.

La recogió al mismo tiempo que San Juan arremetía de nuevo contra él. Hopper se volvió y salió al paso de su agresor, con la daga por delante. La hoja se dobló, como si fuera a partirse, y luego la mano de Hopper se deslizó hacia delante cuando el cuchillo se desplazó y la punta atravesó la túnica de San Juan a la altura del hombro, hasta que la empuñadura golpeó contra sus nudillos cuando se hubo clavado toda la hoja.

San Juan lanzó un alarido de dolor y pareció que perdía toda su fuerza de golpe. Se apartó y rodó hacia un lado al golpear el suelo. Se quedó tumbado, palpándose el hombro con una mano mientras trataba de incorporarse, inútilmente, sobre la otra.

Hopper se volvió, aprestándose para el siguiente ataque, pero no parecía haber ninguno en camino. Reuben estaba aovillado en el suelo, jadeando con grandes bocanadas entrecortadas mientras una espuma blanca le atoraba la garganta y se le derramaba por la boca, fruto del veneno del cáliz, que empezaba a hacer efecto.

Leroy se levantó del suelo ayudándose con las manos, con la cara empapada de la sangre que seguía manándole de la nariz partida. Hopper se agachó con una mano cerrada y la otra abierta, listo para recibir el ataque con un puñetazo.

Entonces Leroy se echó a reír. Hopper se puso tenso y basculó de un pie a otro, porque no tenía nada claro lo que el chico pensaba hacer a continuación y no se veía capaz de dar nada por sentado.

Fue entonces cuando el pandillero sacó la pistola que llevaba guardada en la parte de atrás de los pantalones. Hopper la reconoció como una Colt M1911, el mismo modelo que su propia arma, la que Lincoln le había quitado cuando estaban en el almacén.

Al parecer Leroy había aprovechado su encontronazo con Martha para hacerse con la pistola.

—¡Leroy, escúchame! —dijo Hopper.

¿Hasta dónde llegaba la programación de San Juan? ¿Había drogado a su secuaz antes de acudir al Instituto Rookwood? Hopper recordó el estado en el que se encontraba Leroy en la comisaría, cuando había acudido pidiendo ayuda. No se le estaba pasando ningún colocón de drogas, sino los efectos de lo que fuera que San Juan le había administrado.

¿Hasta qué punto estaba enajenado en esos momentos? ¿Podía Hopper siquiera llegar a él? ¿O acaso Leroy obedecía ciegamente las últimas órdenes de su amo, como el resto de los Víboras?

Abrió el puño y se irguió, extendiendo las manos en son de paz.

—Leroy, venga, tío. Estoy contigo. Solo tienes que escuchar mi voz. Acuérdate de Martha. Te está buscando, quiere que estés a salvo. Es lo que queremos todos, ¿no? Estar a salvo y ser libres. Yo puedo ayudarte. Podemos hacer esto juntos. No pienses en nada más. Concéntrate en mi voz. Puedo sacarte de esta. Martha nos espera. Podemos salir juntos de aquí.

La pistola empezó a sacudirse en la mano de Leroy. Hopper se tensó y bajó la mirada al cañón. Dio un paso adelante. Volvió a mirar al joven a la cara.

—Puedes bajar la pistola. Solo soy yo. Te acuerdas de mí, ¿verdad? Intenté ayudarte una vez. Y puedo hacerlo ahora. Podemos salir e ir a ver a tu hermana. Martha está fuera. Podemos encontrarla. Nos espera. Solo tienes que bajar la pistola.

Las sacudidas aumentaron en intensidad. Leroy esbozó una mueca agónica, con los músculos de la mandíbula marcados a causa del esfuerzo por combatir su programación.

El brazo de la pistola descendió.

Hopper respiró y dio otro paso adelante.

—Eso es, Leroy, puedo ayudarte. Tú concéntrate en el sonido de mi voz. Puedo conseguir que salgamos de esta.

Leroy se estremeció.

Levantó la pistola y apuntó.

Hopper paró en seco y levantó las manos, sacudiendo la cabeza.

—Leroy, puedo ayudarte.

El pandillero volvió a bajar el brazo del arma. Hopper avanzó, pero Leroy lanzó un grito que dejaba claro el dolor mental que estaba padeciendo. Levantó la pistola y apretó el gatillo.

Hopper llegó demasiado tarde. Golpeó el brazo de Leroy

a la vez que se disparaba la pistola con una explosión que hizo enmudecer al mundo y no dejó más que un zumbido agudo en el oído de Hopper. Notó un tirón en la parte superior del brazo izquierdo y luego, un momento más tarde, sintió como si el hombro le ardiera.

Había recibido un disparo. Desconocía la gravedad de la herida, pero aún podía mover el brazo, por lo que dio gracias mientras seguía forcejeando con Leroy.

La resistencia del muchacho no tardó en desvanecerse. Hopper le tenía agarrado el brazo del arma por la muñeca y le bastó con una sacudida para hacérsela soltar. Después logró encajarle el otro codo debajo del mentón, con un impacto que provocó que a Leroy le flaquearan las rodillas. El joven gruñó y se desplomó en el suelo.

Hopper cayó de rodillas y se llevó una mano al bíceps herido. Tenía la manga empapada de sangre y el dolor era una lanzada al rojo que se intensificó cuando hizo rodar el hombro.

Viviría.

Se puso en pie y giró sobre sus talones, con otras preocupaciones en la cabeza.

Delgado.

Durante la pelea con San Juan, la habían desplazado por el suelo, de tal modo que en ese momento la vio tumbada sobre un costado, con la melena peligrosamente cerca de un par de velas negras. Hopper fue corriendo hasta ella, se arrodilló y apartó las velas de un manotazo mientras la colocaba boca arriba. Le comprobó el pulso y acercó la oreja a su boca, dispuesto a administrarle un masaje cardíaco, pero entonces ella emitió un gemido y abrió los ojos con un parpadeo. Alzó el cuello, miró a Hopper, suspiró y su cabeza cayó de nuevo sobre el duro suelo. Esbozó una mueca de dolor y emitió un leve quejido.

Satisfecho al comprobar que Delgado empezaba a recuperarse, Hopper desvió la vista hacia San Juan. El líder de la banda seguía tendido en el suelo, pero había rodado para colocarse de lado, de cara a Hopper, con una mano sobre el hombro y la túnica destrozada y empapada. Jadeaba, y de la comisura de la boca le descendía un reguero de sangre.

No llevaba puestas las gafas, que habían saltado durante la pelea. Parpadeó mientras miraba a Hopper.

El inspector se le acercó, con la intención de colocarlo boca arriba y aplicar presión a su herida. El cuchillo había salido, lo que permitió a Hopper apreciar que la herida era más grave de lo que había imaginado en un principio. La hemorragia sugería que se había seccionado alguna arteria importante.

Cuando tocó a San Juan, el cabecilla de la banda intentó apartarlo, pero estaba escaso de fuerzas.

—Va, va, cálmate, tengo que cortar la hemorragia.

San Juan no habló, pero sí sonrió y, cuando Hopper lo volteó, se echó a reír.

Hopper encontró el orificio en la túnica y metió dentro los dedos para rasgar el tejido y dejar la herida a la vista. De ella manaba brillante sangre arterial a borbotones, como si fuese de un manantial.

—El sacrificio —logró susurrar San Juan, que miró a Hopper con sus grandes ojos castaños—. Tú... me crees..., ¿verdad?

Hopper no respondió. Sus dedos patinaban con la sangre mientras intentaba encontrar una manera de contener aquella hemorragia.

¿Cómo había tanta sangre?

San Juan cerró los ojos.

—A veces los hombres buenos... los hombres buenos hacen cosas malas. A veces... los hombres buenos... no tienen... elección.

Se quedó inmóvil, con la cara pálida, empapando de sangre la túnica, a Hopper y el pentagrama grabado en el suelo con fuertes y toscas cuchilladas.

Hopper se arrodilló a su lado durante unos instantes y luego se puso de pie.

—Eh... ¿Hopper?

Se volvió a la vez que Delgado se movía de nuevo en el suelo. Fue con ella y la ayudó a sentarse. Su compañera sacudió la cabeza y la apoyó en el pecho de Hopper, que la abrazó con sus manos ensangrentadas.

Permanecieron así hasta que llegaron los agentes.

52

Las secuelas del terror

14 DE JULIO DE 1977
Brooklyn, Nueva York

Después de que le curasen el hombro —aunque solo había sido un arañazo, el brazo le dolía como si la bala lo hubiera atravesado—, Hopper se sentó en la parte trasera de la ambulancia y, con un estremecimiento, se arrebujó un poco mejor con la manta. La noche no había refrescado, pero sentía escalofríos.

Imaginaciones suyas, probablemente.

La zona que rodeaba el Instituto Rookwood estaba llena de vehículos: ambulancias, camiones de bomberos y al menos una docena de coches patrulla, cuyas luces creaban una vorágine estroboscópica blanquiazul que hacía que a Hopper le diera vueltas la cabeza. Aún no se le habían pasado por completo los efectos de las drogas y se sentía de nuevo algo desconectado, como si llevara mil años sentado en aquella ambulancia y lo sucedido dentro del Instituto Rookwood hubiera ocurrido en una especie de sueño, mucho tiempo atrás.

Bajó los pies al suelo y esperó un momento para asegurarse de que podía mantenerse derecho, antes de acercarse a la ambulancia vecina. Dentro, Delgado estaba sentada en una camilla, respondiendo a la batería de preguntas que le hacía el técnico de emergencias mientras inflaba el manguito de un tensiómetro que tenía enrollado alrededor del brazo de la inspectora. Cuando apareció Hopper, Delgado lo miró a los ojos, sonrió y le dedicó un saludo con la cabeza antes de hundirla de nuevo en la almohada.

Estaba viva.

Leroy también. Hopper pasó a la siguiente ambulancia, donde el joven estaba tumbado sobre la camilla mientras un enfermero le examinaba las pupilas con una linterna y otro repasaba una lista de control enganchada a un sujetapapeles. Leroy levantó un brazo, pero el técnico de la linterna se lo volvió a bajar; estaba consciente, pero seguía bajo la influencia de la porquería que San Juan le hubiese administrado.

Pero estaba vivo.

Hopper se volvió hacia la calle. Del ejército de los Víboras solo quedaba un puñado de hombres, que estaban todos detenidos y sentados en el asiento de atrás de los coches patrulla, donde los agentes uniformados ya intentaban tirarles de la lengua. Al parecer el resto había huido antes siquiera de que llegaran los primeros agentes federales, una pequeña sección del grupo operativo de Gallup.

A la vez que dos coches patrulla salían a la calzada, apareció otro vehículo, un coche oscuro sin marcas distintivas que llevaba encendida una luz magnética en el lado del conductor. Aparcó en diagonal y las puertas delanteras se abrieron de par en par, para dejar salir a Martha y el agente especial Gallup. Hopper abandonó la manta y les salió al encuentro en mitad de la calle.

Martha lo miró de arriba abajo.

—¿Estás bien? ¿Qué coño ha pasado?

Hopper se miró y vio que seguía empapado en sangre de San Juan.

—Estoy bien, estoy bien —dijo—. Entiendo que al final no has encontrado una manera de bajar hasta aquí.

—Sí, bueno, puedes echarle la culpa a este memo. —Martha fulminó a Gallup con la mirada—. Me ha dicho que me dejaba un coche, ¡y luego me ha encerrado dentro! —Entonces giró sin moverse del sitio, contemplando el grupo de vehículos de emergencias—. ¿Dónde está Leroy? Hopper, ¿estaba aquí?

Hopper señaló una de las ambulancias. Martha salió disparada hacia allí, casi tropezando. Se coló dentro de la ambulancia, ajena a la sorpresa de los técnicos de emergencias, y se echó encima de Leroy para abrazarlo. Hopper solo alcanzó a ver que el joven alzaba unos brazos aún débiles para rodear el cuerpo de su hermana.

—Se acabó, inspector.

Hopper se frotó la cara y se volvió hacia Gallup. Respiró hondo y trató de serenarse. Le dolía todo el cuerpo y se sentía cansado, cansadísimo.

Gallup le dio unas palmaditas en el hombro.

—Se acabó —repitió—. Váyase a casa. Vuelva con su familia.

Amanecía cuando Hopper subió corriendo los escalones de la entrada de su edificio, y el sol de la mañana, cada vez más fuerte, empezaba a ocultar las luces del coche patrulla en el que lo habían acompañado. Antes de llegar arriba, se abrió la puerta y apareció Diane, llevando en brazos a Sara, que dormía con la cabeza encajada bajo la barbilla de su madre.

Hopper hizo una pausa, a dos escalones del final. Diane se rio, como reacción al intenso alivio que debía de sentir, con la cara empapada de lágrimas.

Hopper no fue menos y se echó a llorar como un niño. Él y su esposa se plantaron en el centro del vestíbulo del edificio y se abrazaron. La presión que Hopper sintió en el brazo herido, encajado entre sus cuerpos, era dolorosa, pero ignoró la sensación con mucho gusto.

Sara, resguardada entre los dos, despertó parpadeando y alzó la cabeza. Miró a Diane y luego a Hopper. Se frotó un ojo con el dorso de la manita.

—¿Eres tú, papá?

—Soy yo, cariño, soy yo. —La besó en la mejilla—. Estoy en casa.

53

Héroes por un día

26 DE JULIO DE 1977
Brooklyn, Nueva York

—¿Qué me dices, Cher, seguro que quieres hacer esto? —¿No tendrías que ponerte con los brazos en jarras?

—Capullo.

—Oye, espera un segundo.

—¿Que espere qué?

—Yo soy Sonny. Cher eres tú.

—¿Por qué yo?

—¿Qué? Porque Cher es una mujer. Yo soy Sonny; tú eres Cher.

—¿Cher es una mujer?

—¿Me estás diciendo que no sabes quiénes son Sonny y Cher?

—¿Tendría que saberlo?

—Tienes que estar de broma. Por favor, dime que estás de broma.

—Oye, no es culpa mía, soy de Cuba.

—No eres de Cuba, eres de Queens. Y sabes quiénes son Sonny y Cher.

—La pregunta sigue en pie.

—¿Qué pregunta?

—¿Seguro que estás preparado para esto? Porque ya sabes lo que nos espera al otro lado de esta puerta, ¿no?

—Sí, pero...

—Entonces ¿seguro que quieres hacerlo?

—¿Tú crees que tenemos elección?

—Ah... bueno, dicho así...

—A lo mejor no han hecho nada.

—A decir verdad, eso no me sorprendería.

—Al capitán no le pega, ¿verdad? No es su estilo.

—No, eso es cierto.

—O sea que a lo mejor no hay nada. A lo mejor no han hecho nada.

—Claro.

—Lo que significa que podemos entrar tranquilamente.

—Claro.

—¿Sabes qué más significa eso, inspectora Delgado?

—¿Qué, inspector Hopper?

—Significa que llegamos tarde a trabajar.

Delgado miró a su compañero, con la boca curvada en una sonrisa maliciosa.

—Creo que tenemos derecho. Por una vez, digo. Las hemos pasado canutas. Yo estuve en el hospital, ¿sabes? Hasta me tuvieron ingresada una noche. Una noche entera, inspector Hopper.

Este se rio.

—Tendría que haberte enviado flores.

—Soy alérgica —replicó Delgado—. ¿Cómo va ese brazo?

Hopper levantó el brazo izquierdo, que aún llevaba en cabestrillo.

—Todavía me duele. Y bastante, ojo.

—Una.

Hopper arrugó la frente.

—¿Una qué?

—Llevo la cuenta. Tienes permiso para decir que te duele

el brazo cuatro veces al día, y eso porque soy generosa. Más allá de eso, conocerás un lado algo menos paciente de mí, compañero.

Hopper usó el brazo herido para hacerle un saludo militar.

—Ay. Sí, señora.

Fue entonces cuando se abrió una de las puertas dobles que daban a la oficina de homicidios. El capitán LaVorgna, plantado en el umbral, sacudió la cabeza.

—¿Vais a entrar, par de dos, o queréis una invitación del alcalde?

—Solo si la firma Bella Abzug —dijo Delgado.

—Y solo si está grabada en una placa —añadió Hopper.

—Ya os gustaría a vosotros —replicó LaVorgna—. La ciudad no puede permitirse esas chorradas. Y tampoco estuviste tanto tiempo hospitalizada, Delgado. Además, después de todo lo que pasó, Cuomo tiene las elecciones en el bote. Ya lo veréis.

Delgado miró a Hopper ceñuda.

—Es el calor, ¿verdad? ¿Será que al capitán por fin se le ha hervido la sesera por culpa de su estricta observancia de la normativa sobre vestimenta? O a lo mejor es porque vive encerrado en un despacho minúsculo con una nube perpetua de humo de tabaco.

Hopper abrió la boca para decir algo, pero una miradita de LaVorgna le sugirió que era mejor que se lo callara.

Entonces el capitán salió al pasillo y mantuvo la puerta abierta con una mano mientras con la otra indicaba a los dos inspectores que pasaran.

Hopper y Delgado cruzaron una mirada. Hopper no pudo resistirse a esbozar una sonrisilla; Delgado le correspondió y abrió la marcha.

Los inspectores de la oficina prorrumpieron en aplausos. Hopper siguió a Delgado, aunque los dos tuvieron que detenerse cuando sus compañeros se adelantaron para formar un semicírculo y aclamar a los inspectores que volvían al trabajo. Además, no estaban solo los que tenían turno: el equipo de la noche del sargento Connelly se había quedado para sumarse al comité de bienvenida.

Hopper sintió un contundente manotazo en la espalda. LaVorgna se colocó entre los dos inspectores y le pasó a cada uno un brazo por los hombros.

—Vale, chicos, es suficiente. No sea que alguien nos oiga y se crea que por una vez hemos resuelto un caso. —Dejó caer los brazos mientras se iban apagando los aplausos, y se adelantó para dirigirse a los inspectores reunidos—. Bien, no es habitual que tengamos motivos para hacer esta clase de celebraciones, pero la verdad es que vuestros dos compañeros aquí presentes han hecho un buen trabajo. Pensaréis que es un elogio bastante tibio, después de todo lo que han pasado, pero dejad que me explique. Lo que espero es que todos y cada de vosotros cumpla con su trabajo. Por eso estáis aquí; por eso trabajáis para mí. Así que, cuando os digo que el trabajo que habéis hecho es bueno, creedme, no hay nada más. El buen trabajo es lo que mantiene a salvo esta ciudad. El buen trabajo nos salva cuando falla todo lo demás.

Hubo un murmullo de risas entre los inspectores, además de más de una expresión perpleja, sobre todo entre los miembros del turno de noche, observó Hopper.

El capitán dio media vuelta para ponerse de cara a él y Delgado.

—Habéis hecho un buen trabajo, inspectores. Y queda buen trabajo por hacer, por no hablar del informe que tendréis que redactar para vuestro viaje a Washington el próximo jueves. El agente especial Gallup ya ha llamado para decir que él y sus trajeados amigos esperan deseosos una muy larga y muy productiva declaración conjunta de vosotros dos junto con Leroy y Martha.

Delgado alzó una ceja y miró de reojo a su compañero.

—¿Larga y productiva?

—Suena a que será un día muy divertido —comentó Hopper.

—Bien —prosiguió el capitán mientras señalaba sus escritorios—, ¿qué os parece si movéis el culo hasta el asiento y vais empezando?

Luego sonrió y dio una única y estruendosa palmada.

—Y esta noche, copas en el Mahoney.

Hopper se rio.

—Gracias, capitán, me alegro de estar de vuelta.

LaVorgna se despidió con un asentimiento de cabeza y volvió a su despacho. Mientras Hopper y Delgado se dirigían a sus escritorios contiguos, el resto de los inspectores se les acercaron para estrecharles la mano y darles palmadas en la espalda. Hopper se lo agradeció a todos, pero sintió que la sonrisa empezaba a borrársele de la cara para cuando llegó detrás de su silla. Delgado se sentó a su mesa y la miró con la frente arrugada. Después miró a Hopper.

—¿Qué pasa?

Hopper apretó los labios y se sentó.

—El retorno de los héroes, ¿no?

—Oye, no dejes que el discursito del capitán se te suba a la cabeza, Hop —bromeó su compañera.

Hopper sonrió, sin mucha convicción.

—Fui un héroe una vez, hace tiempo. Por lo menos eso me dijeron.

—Te concedieron una medalla por ello. A mí me parece prueba suficiente.

—Pero —objetó Hopper, bajando la vista al escritorio—, no es eso lo que nos motiva, ¿verdad? El capitán tiene razón.

—Pues sí. Estamos aquí para hacer nuestro trabajo. Y eso es lo que hicimos.

Hopper contempló su mesa. Delgado suspiró, abrió un cajón y sacó una botella de whisky. La colocó en el escritorio, entre los dos. Hopper la miró, con una ceja alzada.

—¿En Cuba beben whisky escocés?

—No, lo beben en Queens, capullo.

Delgado echó un chorrillo en su taza de café y luego otro poco en la de Hopper.

—Por hacer un buen trabajo —brindó, alzando la taza.

Hopper levantó la suya.

—Por hacer un buen trabajo.

La apuró de un trago y luego tendió la taza a Delgado.

La inspectora se rio y volvió a servirle.

—Bebiendo estando de servicio, Hop. ¿Qué diría el capitán?

Hopper sonrió y levantó el brazo.

—Aún me duele. Una distensión muy fea, me dijeron.

—Dos.

Hopper alzó la taza.

—Brindo por eso —dijo.

27 de diciembre de 1984

Cabaña de Hopper
Hawkins, Indiana

En la cabaña del abuelo de Hopper reinaba el silencio. Él estaba sentado en el sillón y Ce en el sofá, delante de él, todavía arrebujada entre las mantas mientras observaba algo en la media distancia.

Era tarde. Medianoche pasada, para ser precisos. Pero no sucedía nada. No tenían planes para el día siguiente. Podían dormir hasta tarde los dos.

Pero Hopper no estaba seguro de que fuera a poder conciliar el sueño. Todavía no. Y mirando a Ce, volvió a preocuparle haber ido demasiado lejos.

—Oye, mira —empezó a decir, pero se calló cuando Ce alzó la vista y lo miró.

—Gracias —dijo la chica.

—Yo... Vale, claro, si tú lo dices. —Hopper se frotó la cara—. Solo quería pedirte perdón.

Ce enderezó la espalda y lo miró algo desconcertada.

—Por contarte esta historia, digo. A lo mejor eres demasiado pequeña.

—No —replicó Ce—. He aprendido... Ayudaste a la gente.

Hopper se rio.

435

—¡Vaya, gracias!

—¿Por qué estabas triste?

Hopper miró a Ce y se le atragantó la risa.

—¿Triste?

—Salvaste a gente —dijo Ce—. Pero...

—También vi morir a gente.

—Eras un héroe. —Ce ladeó la cabeza—. Los héroes son buenos.

Hopper soltó una risilla queda.

—Eso es verdad, pero creo que me pasé la mayor parte del tiempo intentando salir de un lío u otro y vivir para contarlo. Y mira, enana, ser un héroe está muy bien y es muy bonito, pero las cosas no se hacen por eso. Nadie debería querer serlo. Lo único que hay que querer es hacer lo correcto. El heroísmo no es un trabajo; ser poli es mi trabajo. Ser poli es lo correcto para mí, y por eso lo hago; tanto ahora como entonces. Era mi trabajo, e intenté hacerlo bien.

Ce asintió, y luego bostezó. Hopper intentó resistirse a bostezar por contagio, pero la mueca que tuvo que poner para reprimirse hizo que Ce se riera. Entonces Hopper se rindió y se estiró.

—Vale, enana. A la cama. Ya. Y tienes permiso para dormir hasta tarde, pero tampoco te pases, ¿de acuerdo? No quiero que lo de trasnochar se convierta en una costumbre.

Ce se liberó de las mantas y se dirigió a su habitación. Se detuvo ante la mesa roja y recogió la carta Zener, que seguía metida en su bolsita para pruebas. Hopper hizo una pausa para observar cómo su hija miraba la carta antes de volver a meterla en el archivador de Nueva York y cerrar la tapa.

Después entró en su cuarto y la puerta se cerró a su espalda sin que nadie la tocara.

Hopper sonrió, con los brazos en jarras. Estaba agotado, pero contento. Quizá Ce había aprendido algo, algo sobre su pasado, su vida anterior, en una ciudad muy lejana, haciendo un trabajo que era tan satisfactorio como peligroso.

Su vida anterior.

Levantó el archivador de Nueva York y lo llevó de vuelta a la sala de estar. Se arrodilló, apartó la alfombra y levantó la trampilla que daba al hueco. Metió la mano, buscó a tientas el interruptor de la luz y la pequeña bombilla iluminó débilmente el reducido espacio.

Hopper dejó con cuidado la caja en el agujero.

Después apagó la luz, cerró la trampilla y se fue a la cama.

25 de diciembre de 1977

Brooklyn, Nueva York

Más que nevar, caía aguanieve, y lo hacía en ráfagas impulsadas por un viento inclemente que confería a los cuatro grados bajo cero un toque peligrosamente ártico, y la calle entera, en el exterior, era una pesadilla helada y...

Y Hopper estaba disfrutando de hasta el último carámbano. Porque dentro de su piso, dentro de la casa de arenisca, reinaban el calor y la luz, y estaba rodeado por su familia.

Y era Navidad.

A Hopper le encantaba la Navidad.

Se recostó en el sillón y cerró los ojos, y al abrirlos al cabo de un momento encontró a Diane mirándolo desde el suelo, donde estaba pescando regalos de debajo del árbol, con la diestra ayuda de Sara. En esos momentos tenía en las manos un regalo grande, plano y rectangular —«ah, sí, ese el siguiente, qué bien, a Sara le iba a encantar»—, pero con una ceja arqueada y los labios fruncidos, aunque Hopper no sabía a qué se debía aquella pausa.

—¿Todo bien, abuelo? —preguntó Diane.

Hopper abrió la boca y luego volvió a cerrarla. Sara se rio y le dejó categóricamente claro a su madre que papi no era

438

de ninguna manera el yayo y que, si pensaba lo contrario, mamá era la persona más tonta de la calle, si no del mundo entero.

—¿Abuelo? —logró proferir Hopper al fin. Se echó un vistazo a sí mismo—. ¿Esa es tu manera de decirme que este precioso jersey que mi preciosa mujercita me ha regalado por Navidad me hace parecer maduro y digno?

Diane se rio y Sara se unió a las risas a la vez que intentaba volver a vestir a su nueva muñeca, el primer regalo navideño que había abierto. A su lado, en el suelo, estaba el regalo número dos, un gran libro ilustrado cuya cubierta proclamaba las maravillas del espacio exterior. Hopper estaba ansioso por echarle un vistazo él mismo, en cuanto tuviese ocasión.

—No, no es el jersey —dijo Diane—. Pero me alegro de que te guste.

—¿Gustarme? ¡Me encanta!

—Muy bien. Pero no, ha sido más bien el suspiro de satisfacción y los ojos cerrados. A lo mejor tendría que haberte comprado también una pipa y unas pantuflas.

Hopper sonrió.

—Si he suspirado, y no estoy diciendo que lo haya hecho, atención, pero si he suspirado, lo que está claro es que ha sido de satisfacción.

Después de decir eso, se recostó otra vez y cerró los ojos, para luego menear el trasero de forma exagerada y juntar las manos sobre la panza. Fingió que roncaba, lo que arrancó otra catarata de risitas a Sara.

El golpe que le asestó Diane con el pesado regalo que tenía en la mano reanimó a Hopper, que se rio y se adelantó en el asiento, para coger el presente y leer la tarjeta.

—¡Oye, este pone que es un regalo especial para Sara de su mami y de su papi! Ven aquí, enana. ¡Vamos!

Sara se levantó del suelo de un brinco y corrió hasta el sillón de Hopper, sobre cuyo regazo se encaramó antes de estirar los brazos hacia el regalo. Diane se levantó y se puso al lado de su marido, acomodándose en el reposabrazos con un brazo sobre los hombros de Hopper. Este alzó la vista y la pareja se dio un beso rápido en los labios mientras Sara hacia trizas el papel de regalo y revelaba un libro grande de tapa dura. En la cubierta había una ilustración de una niña rubia con vestido azul mirándose en el espejo.

Sara miró a sus padres con una cara que era la viva imagen de la alegría. Había reconocido a la niña de la cubierta y empezó de inmediato a hojear el libro, buscando el resto de ilustraciones que le eran familiares y que sin duda estarían escondidas en el interior.

—Oye, ve con cuidado, enana —dijo Hopper mientras asía con delicadeza las manos de Sara para guiarlas a un ritmo menos frenético. Colocó bien el libro delante de ella y volvió atrás, a la portada.

—«*A través del espejo y lo que Alicia encontró allí*» —leyó, siguiendo las palabras con el dedo.

—¡Alicia! —exclamó Sara, casi gritando—. Me encanta Alicia, porque tomó té con la reina y el gato y se cayó por un agujero.

Diane le acarició el pelo.

—¡Exacto, cariño! Y además tiene otro cuento entero. Papá puede empezar a leértelo esta noche.

Sara retorció el torso para mirar a su padre.

—¿Puedo irme ya a la cama para que me lo empieces a leer?

—No te puedes acostar tan pronto, o te convertirás en un abuelo como papá.

Sara se rio.

Diane pegó el cuerpo a Hopper.

—¿Sabes que te digo? No estoy segura de si he leído este libro.

—Bueno, el primero le chifló, ¿no? En realidad, a ti también, si mal no recuerdo.

Diane le apretó el hombro.

—A lo mejor puedo apuntarme a escuchar.

Sara giró el libro para ver la contracubierta y luego pasó los brazos por encima y agarró el extremo opuesto con las dos manos.

—Creo que papá puede empezar a leer ahora. Porque se pueden leer libros a cualquier hora del día, no solo al acostarnos.

Hopper frunció los labios.

—Tiene razón, ¿sabes?

—La verdad es que sí —corroboró Diane.

—Vale —dijo Hopper, que enderezó la espalda y volvió a subirse a Sara al regazo—. Niños y niñas, acercaos, es hora de contar un cuento de Navidad. —Hizo una pausa—. Bueno, un cuento que se cuenta en Navidad, no un cuento de Navidad...

—¡Papi, venga!

—Huy, qué público más exigente.

Hopper abrió el libro y, con su niña en el regazo y su esposa al lado, empezó a leer.

Agradecimientos

Doy las gracias a Tom Hoeler, prodigio de la edición, por su trabajo duro e incesante, su entusiasmo ilimitado y su habilidad superlativa. Tom, Elizabeth Schaefer y el equipo entero de Del Rey se han volcado con este libro, y cuentan con mi agradecimiento eterno por haberme dado la oportunidad de trabajar en un proyecto tan ilusionante, un proyecto que no existiría de no ser por la imaginación y visión de los hermanos Duffer y Netflix, quienes crearon un universo entero y tuvieron la amabilidad de dejarme jugar en él. Gracias también a Paul Dichter por sus consejos y observaciones.

También quiero expresar mi sincero agradecimiento a mi agente, Stacia Decker, de Dunow, Carlson & Lerner. Gracias también a David M. Barnett, Bria LaVorgna, Cavan Scott y Jen Williams por su apoyo, y a Martin Simmonds por la maravillosa lámina de Ce que cuelga orgullosa de la pared de mi despacho. Un agradecimiento especial a Jason Fry y Greg Prince por sus profundos conocimientos del béisbol de 1977, y a Greg Young y Tom Meyers del podcast *The Bowery Boys: New York City History* por su ayuda con la investigación.

La posibilidad de contribuir a la mitología de una serie como *Stranger Things* es un auténtico honor, y no habría sido lo mismo sin David Harbour y Millie Bobby Brown, que han dado vida en la pantalla con tanto realismo a Jim Hopper y Once. Espero haber hecho justicia a vuestros personajes.

Por último, a mi esposa, Sandra, por su infinita paciencia, su amor y sus ánimos cuando más los necesitaba. Te lo dedico.